Secrets de famille

Catalogage avant publication de Bibliothèque et Archives nationales du Québec et Bibliothèque et Archives Canada

Titre : Secrets de famille / Rosette Laberge
Nom : Laberge, Rosette, auteure
Laberge, Rosette | Les voix silencieuses
Description : Sommaire incomplet : tome 3. Les voix silencieuses
Identifiants : Canadiana 20230052304 | ISBN 9782897837808 (vol. 3)
Classification : LCC PS8623.A24 S43 2023 | CDD C843/.6–dc23

Images de la couverture : Thomas_Ondrejka/Shutterstock
middelveld, Shanina, Fortgens Photography, Lisa-Blue, Eddisonphotos,
Tom Kelley Archive, atlantic-kid/iStock

Les Éditeurs réunis bénéficient du soutien financier de la SODEC
et du Programme de crédit d'impôt du gouvernement du Québec.

Financé par le gouvernement du Canada | Canada

Édition
LES ÉDITEURS RÉUNIS
lesediteursreunis.com

Distribution nationale
PROLOGUE
prologue.ca

Imprimé au Canada

Dépôt légal : 2024
Bibliothèque et Archives nationales du Québec
Bibliothèque et Archives Canada

ROSETTE LABERGE

Secrets de famille

***

Les voix silencieuses

LES ÉDITEURS RÉUNIS

De la même auteure chez Les Éditeurs réunis

Secrets de famille
1. *L'écho des murmures,* 2023
2. *Le poids des confidences,* 2023
3. *Les voix silencieuses,* 2024

Agathe
1. *Entre fougue et passion,* 2022
2. *Les voies de l'adversité,* 2022

Un bonheur à bâtir
1. *La folie des grandeurs,* 2021
2. *Le défi de la démesure,* 2021
3. *Le temps compté,* 2021

Rue Principale
1. *Été 1966,* 2019
2. *Hiver 1967,* 2019
3. *Printemps 1968,* 2020

Souvenirs d'autrefois
1. *1916,* 2015
2. *1918,* 2016
3. *1920,* 2016

La nouvelle vie de Mado Côté, retraitée, 2015

Un voisinage comme les autres
1. *Un printemps ardent,* 2014
2. *Un été décadent,* 2014
3. *Un automne sucré-salé,* 2014
4. *Un hiver fiévreux,* 2014

Souvenirs de la banlieue
1. *Sylvie,* 2012
2. *Michel,* 2012
3. *Sonia,* 2012
4. *Junior,* 2013
5. *Tante Irma,* 2013
6. *Les jumeaux,* 2013

La noble sur l'île déserte, 2011, 2017

Maria Chapdelaine: Après la résignation, 2011, 2020

Le roman de Madeleine de Verchères
1. *La passion de Magdelon,* 2009
2. *Sur le chemin de la justice,* 2010
3. *Les héritiers de Verchères,* 2012

1

Été 1974

Deux ans plus tard, Marguerite ne se lasse toujours pas d'admirer son jardin. C'est ainsi que matin après matin, à peine a-t-elle les yeux ouverts qu'elle va s'installer à la fenêtre qui surplombe le chef-d'œuvre d'Henri – parce que c'est vraiment ce dont il s'agit. Son gendre s'est surpassé sur ce coup et elle saisit toutes les occasions pour faire l'éloge de son talent. De son grand talent, aime-t-elle préciser. Qu'à cela ne tienne, il faut dire qu'elle n'est pas la seule à l'aimer. La plupart des habitants de l'Île d'Orléans l'ont vu, certains d'entre eux s'y sont arrêtés devant plus d'une fois. Il arrive même que de parfaits inconnus viennent sonner à sa porte pour connaître le nom du paysagiste qui l'a réalisé. Et voilà qu'elle se met à vanter ses mérites en prenant soin bien sûr de préciser que c'est son gendre. Et même parfois d'ajouter que c'est son gendre préféré. L'autre jour, Geneviève n'a pas pu s'empêcher de rire quand elle l'a entendue parler de cette manière de son mari. Offusquée de sa réaction, Marguerite lui en a débité tout un chapitre sur le respect des personnes âgées lorsque les visiteurs improvisés sont partis. Sa mise en garde a eu pour unique effet de provoquer un fou rire interminable de la part de sa fille.

— Depuis quand on n'a pas le droit de changer d'opinion sur quelqu'un ? lui a-t-elle demandé pour clore la discussion.

Marguerite a fini par hausser les épaules. Elle déteste se faire critiquer. Aussi bien l'admettre, elle reconnaît n'avoir jamais porté Henri dans son cœur avant le fameux jour où elle lui a rendu visite à son salon. Allez savoir ce qui s'est passé exactement… Toujours est-il que depuis elle lui voue une admiration sans bornes. D'ailleurs, ça lui rappelle qu'elle devra lui demander d'autres cartes professionnelles. La dernière fois qu'elle l'a vu, il l'a suppliée à genoux d'arrêter de l'encenser pendant au moins une semaine. Le pauvre, il ne sait plus où donner de la tête tellement il a du travail. C'est bien mal la connaître de croire qu'elle va se priver de répandre la bonne nouvelle simplement parce qu'il le lui a demandé. Les gens ont besoin de beauté et Henri possède le don d'embellir tout ce qu'il touche. Pourquoi s'en priver ? Il se reposera quand il sera mort. Elle pousse un grand soupir. Elle n'en revient pas qu'il soit aussi difficile de satisfaire tout le monde. Comme elle ne connaît pas la demi-mesure – elle aime ou elle n'aime pas –, Marguerite secoue la tête de gauche à droite et poursuit son examen quotidien de son merveilleux jardin.

Bien qu'elle aime toutes les fleurs qui l'ornent, elle reconnaît avoir un faible pour les dahlias géants. D'abord parce que chacun représente un de ses enfants. Qui eût cru qu'un jour Marguerite gonflerait la poitrine à la limite de la faire exploser parce que ses chérubins lui ont rendu hommage d'une manière aussi originale malgré tout ce qu'elle leur a fait endurer ? Elle n'oubliera pas de sitôt ce moment de grâce. Quelle belle façon de marquer leur nouvelle maison et l'arrivée d'un nouveau membre dans la famille ! Sur ce coup, Marguerite n'a que des bons mots pour chacun de ses enfants. Ils ont accueilli Frédéric à bras ouverts. Il fallait voir l'effet que leur geste a eu sur ce fils taillé sur mesure pour elle. Aussi bien l'avouer, il est un cadeau du ciel, et ce, depuis la seconde où elle l'a invité à venir s'asseoir près d'elle sur le dernier banc au fond de l'autobus dans lequel elle était montée dans l'espoir de tomber sur quelqu'un qui l'inspirerait suffisamment pour lui insuffler le goût de lui inventer une vie. Ce jour-là, elle a trouvé mille fois mieux qu'un modèle, elle a rencontré une personne d'exception. Frédéric prend du galon à chacune de ses apparitions. Même Adrien s'y est attaché. À vrai dire, il n'a jamais passé autant de temps avec aucun de ses enfants qu'il en passe avec lui. Les deux hommes discutent des heures durant de tous les sujets chauds du moment. Comme si ce n'était pas suffisant, il leur arrive aussi régulièrement de se retrouver en ville pour boire une bière sur une terrasse du Vieux-Québec pendant la belle saison ou pour aller voir un match de hockey ou une partie de baseball. Marguerite a fait des pieds et des mains pour se faire inviter, sans succès. Même son air déçu n'a pas eu gain de cause. Une partie d'elle comprend que Frédéric a trouvé un père chez Adrien alors que l'autre a l'impression de s'être carrément fait voler son nouvel ami. Le jour où elle a osé s'en plaindre à ses filles, elle s'est fait revirer comme une crêpe. En gros, elles lui ont dit qu'elle se comportait comme une enfant gâtée. Frédéric ne lui appartient pas et elle doit le laisser libre de ses faits et gestes si elle veut le garder dans sa vie. Évidemment, leur réaction n'a pas fait son affaire. Ça lui a tout pris pour ne pas se lever de table et partir sans rien dire. L'ancienne Marguerite aurait réagi ainsi sans se préoccuper des conséquences. La nouvelle, elle, s'est dit qu'elle perdrait beaucoup trop au change. Elle a la chance de faire partie de leur vie et ça n'a pas de prix. En réalité, elle ne pourrait plus se passer d'elles, ne serait-ce qu'un seul jour. Savoir que ses filles sont là au bout du fil vaut son pesant d'or. C'est pourquoi elle s'est contentée de prendre une grande inspiration avant d'avouer bien candidement qu'elle était la femme la plus égoïste que la terre ait portée. Contre toute attente, les cinq se sont levées en même temps et sont venues l'embrasser à tour de rôle sur la joue. La vie peut être si douce quand on se donne la peine d'apprécier chaque petit plaisir.

— Bonjour, Marguerite ! dit Adrien de sa voix chaude avant de l'embrasser sur la joue. Est-ce que ton jardin est aussi beau qu'hier ?

— Il est encore plus beau et tu sais pourquoi ? Parce que chaque matin, une nouvelle fleur apparaît. Est-ce qu'il t'arrive de te demander pourquoi on a mis autant de temps avant de déménager sur l'Île ?

— C'est drôle que tu me le demandes aujourd'hui parce que, vois-tu, pas plus tard qu'hier soir, j'ai décidé d'arrêter de chercher ce qui nous retenait en ville et de plutôt profiter à plein de la chance qu'on a d'habiter ici.

— Je devrais suivre ton exemple. Ou plutôt je vais suivre ton exemple. Ça te dirait de manger une omelette au jambon et au fromage ?

— Ne me dis pas que tu vas enfiler ton tablier pour moi ?

— Ne le prends pas mal, mais depuis que tu t'es mis aux fourneaux, lance-t-elle d'un ton plaintif, j'ai comme qui dirait perdu tout intérêt à cuisiner. Et je trouve que mon tablier ne me va plus. Ne t'avise surtout pas de m'en acheter un nouveau, ce serait de l'argent gaspillé puisque, sans vouloir te flatter, je commence à trouver que tu es bien meilleur que moi, ajoute-t-elle en lui tapant un clin d'œil.

— Et ce n'est que maintenant que tu t'en rends compte ? s'écrie Adrien d'un ton moqueur.

L'instant d'après, il prend la pose d'un serviteur et ajoute :

— Vos désirs sont des ordres, madame. Continuez à admirer votre jardin pendant que je vais vous préparer une omelette dont vous vous souviendrez longtemps.

— On devrait acheter des poules, lance-t-elle sans se préoccuper aucunement de ce qu'Adrien vient de dire.

— Et une vache pour avoir de la crème fraîche, peut-être !

— Pas question, argumente aussitôt Marguerite, ça pue trop et elle détruirait mon jardin. Juste deux poules, je t'en prie.

— Oublie l'idée de transformer mon garage en poulailler.

— On n'a qu'à les installer dans la remise, elle est pratiquement vide. Penses-y un peu, on mangerait des œufs frais tous les matins. Promis, j'irais les ramasser.

Adrien se frotte le menton. Il n'a aucune envie de jouer au fermier, d'autant qu'ils sont entourés de fermes et qu'il suffira de s'informer pour trouver des œufs frais.

— Oublie le projet, dit-il d'un ton ferme. Par contre, je veux bien chercher où en acheter sur l'Île.

Marguerite lui tire la langue comme le ferait une gamine. Adrien s'affirme beaucoup plus depuis qu'ils ont troqué la ville pour la campagne et, à vrai dire, ça lui plaît. Le simple fait que tout ne repose plus sur ses épaules lui fait un bien immense. Le seul petit inconvénient, s'il en est un, c'est qu'elle doit parfois faire une croix sur une nouvelle envie, comme avoir des poules, par exemple. Avant, son homme aurait fait des pieds et des mains pour satisfaire ses moindres désirs alors que, maintenant, il se donne le droit de refuser s'il pense que cela va lui pourrir la vie.

Elle sort sur la galerie pour observer de plus près les va-et-vient des abeilles dans son jardin. Elle en connaît très peu sur leurs activités. En fait, tout ce qu'elle sait, c'est qu'elles butinent de fleur en fleur, qu'elles retournent à la ruche porter ce qu'elles ont ramassé et que ça finit par donner du miel. La science n'a jamais été son fort et elle ne s'en cache pas. Elle est meilleure dans les lettres. N'empêche qu'elle n'en revient pas que de si petites bêtes puissent faire d'aussi grandes choses. Dans son livre à elle, faire du miel avec si peu représente un exploit.

Elle s'assoit à la table et ferme les yeux un instant. Il lui arrive parfois de penser à tout le temps qu'elle a perdu pour des banalités au lieu de l'employer pour s'instruire sur ce qui l'entoure et qui lui permet d'avoir une belle vie malgré son peu de connaissances sur ce qu'elle consomme. Aucun doute, elle va mourir ignorante et ça la désole. Seulement un peu. Nul n'est tenu à la perfection, après tout. Elle sursaute lorsque la porte-moustiquaire s'ouvre sur Adrien. Elle n'a pas vu passer le temps.

— Madame est servie, annonce-t-il en déposant un plateau devant elle.

— Qu'est-ce que je ferais sans toi? lui demande-t-elle d'une voix mielleuse.

— Probablement ce que tu faisais avant, répond-il du tac au tac. Tu serais à la cuisine et j'attendrais que tu me serves. Bon appétit, ma douce Marguerite.

Être aimée de cet homme est la meilleure chose qui lui soit arrivée. Bien qu'elle ne prie plus beaucoup, elle remercie Dieu chaque soir de l'avoir mis sur son chemin. Il a toujours su comment faire sortir le meilleur en elle. Enfin… la plupart du temps.

— Tu devrais ouvrir un restaurant, lance-t-elle aussitôt sa première bouchée avalée. C'est délicieux.

— J'aime cuisiner, mais pas à ce point. Et ne compte pas sur moi pour te faire des tartes Tatin.

— Pas la peine. J'ai déjà mon fournisseur.

— Tu as beaucoup de chance que Robert te permette de les commander directement auprès de lui.

— N'est-ce pas à cela que servent les relations ?

— Celles de Myriam, précise Adrien, pas les tiennes ni les miennes.

— Tss-tss ! Au nombre de tartes et de baguettes que je lui ai achetées, je pense qu'il le fait pour moi et non parce que je suis la mère de Myriam.

Ils mangent leur omelette en silence. Le jour où ils seront toujours d'accord n'est pas près d'arriver, mais l'un comme l'autre vivent plutôt bien avec ça.

— Je me suis régalée, confie Marguerite en déposant ses ustensiles.

— Moi aussi, ajoute Adrien. Avant que j'oublie, j'ai parlé à Richard pendant que l'omelette était au four.

Le visage de Marguerite se rembrunit aussitôt. Elle en veut encore à son petit-fils depuis qu'il l'a laissée sur le seuil de sa porte au lieu de la faire entrer. Elle était allée lui dire qu'il serait plus que temps qu'il enterre la hache de guerre avec sa mère, qu'il l'avait fait assez souffrir. Les grands-parents ne sont pas là uniquement pour offrir des cadeaux, ils sont aussi là pour dire les vraies affaires aux leurs. Heureusement, aujourd'hui, Geneviève et son aîné sont capables d'être dans la même pièce et même de discuter ensemble. Seul problème, Marguerite a la rancune plus longue que la distance entre Québec et Montréal.

— Il va passer cet après-midi.

Marguerite hausse les épaules et lève les yeux au ciel.

— Malheureusement, je ne serai pas là.

— Tu le fais exprès ou quoi ? Il serait peut-être temps que tu lui pardonnes.

— Je ne vois pas de quoi tu parles. Sérieusement, j'ai déjà quelque chose de prévu. Tu n'auras qu'à le saluer pour moi. Et de grâce, ne l'invite pas à souper.

Adrien secoue la tête. Richard n'est pas le seul dont le nom apparaît sur la liste des mal-aimés de sa femme. Celui de Carole y figure toujours. Si leur petite-fille a réussi à se remettre sur les rails, ça ne suffit pas pour que sa grand-mère la change de colonne. Il y a aussi l'ex-mari d'Annie et... Adrien balaie l'air de la main. À quoi bon poursuivre étant donné qu'il n'a aucun pouvoir à ce sujet sur celle avec qui il partage sa vie.

— Serait-ce trop te demander de me dire où tu vas cet après-midi ?

— Je te le ferai savoir en temps et lieu, répond-elle avant de rentrer dans la maison sans s'être donné la peine de ramasser son assiette et ses ustensiles.

La porte n'est pas sitôt refermée que sa tendre moitié se met à rire comme un fou. Sacrée Marguerite, elle n'a pas son pareil. Il laisse s'écouler quelques minutes et il va la rejoindre dans leur chambre.

— J'ai oublié de te dire quelque chose tout à l'heure. Il serait temps d'ajuster ton discours concernant le concepteur de ton jardin. Henri m'a encore dit hier que Richard avait dessiné le plan d'aménagement et qu'il l'a appliqué à la lettre. Aussi, ils l'ont réalisé à deux, *ton* jardin. Alors, ou tu reconnais le génie et le travail de Richard ou je vais me faire un malin plaisir de te corriger devant tous ceux qui demanderont le nom du paysagiste. Est-ce que je me suis bien fait comprendre ?

Au lieu de répondre, Marguerite file à la salle de bain et barre la porte derrière elle. Adrien la suit.

— Ça ne te tuera pas de reconnaître le talent de ton petit-fils même s'il a osé te tenir tête, dit-il d'une voix forte.

Il attend quelques secondes avant de tourner les talons. Il attrape ses clés d'auto au passage et sort de la maison sans se retourner. Il a perdu la partie. Il s'arrête devant la première cabine téléphonique et compose le numéro de Frédéric. Il répond à la première sonnerie.

— C'est Adrien. Es-tu libre ce matin ?

— Complètement, excepté pour aller à la messe.

— Ça tombe bien, je n'ai pas l'intention d'y aller. As-tu encore ta table de billard ?

— Je vous attends. Préparez-vous à perdre.

Marguerite sort de la salle de bain aussitôt qu'elle entend claquer la porte d'entrée. Elle court à la fenêtre et a tout juste le temps de voir partir Adrien au volant de son auto. Ça ne l'aurait pas tuée de baisser sa garde, pour une fois. D'autant qu'Henri lui a dit plus d'une fois que c'est Richard qui a dessiné les plans. Et après ? Il n'en demeure pas moins qu'il est sous la supervision de son père, en l'occurrence son patron. N'est-ce pas dans l'ordre des choses que ce dernier récolte tous les honneurs ? Elle regarde l'heure et va s'habiller. Geneviève est sûrement debout. Alors qu'elle allait sortir de la maison, elle décide de lui téléphoner au lieu de débarquer sans s'annoncer.

— Bonjour, ma fille ! Aurais-tu un peu de temps pour ta vieille mère ce matin ? J'irais faire un tour.

— La journée au grand complet si vous le souhaitez. Henri est attaché à son bureau et Rémi est chez Colette jusqu'à cinq heures. On pourrait aller se balader dans le Vieux-Québec si le cœur vous en dit.

— J'arrive.

— N'oubliez pas de mettre des chaussures confortables.

Marguerite s'examine les pieds et grimace un tantinet. Elles sont assorties à sa robe, mais on repassera pour le confort après des heures de marche sur le macadam. Elle reconnaît à contre-cœur qu'elle aura d'autres occasions de les porter. Elle retourne dans sa chambre et choisit l'unique paire qui ne lui donne jamais mal aux pieds. Elle les met et évite de se regarder dans le miroir. C'est loin d'être le grand luxe et c'est tant pis ! S'il y a une chose que son premier voyage en Europe lui a apprise, c'est d'adapter sa tenue au programme de la journée. Ou elle se plie au gros bon sens ou elle souffrira le martyre et elle n'appréciera rien.

Quelques pas suffisent pour lui confirmer qu'elle a fait le bon choix. Elle marche d'un pas rapide jusque chez sa fille. Elle sonne et attend qu'elle vienne lui ouvrir.

— Si ce n'est pas ma belle-mère adorée, s'écrie Henri lorsqu'il l'aperçoit.

Il s'approche et l'embrasse sur les joues. La première fois qu'il a osé ce geste, il avait un peu trop bu aux dires de Geneviève, Marguerite l'a attiré à elle et en a fait tout autant. Depuis, il perpétue la coutume sans se faire prier.

— En chair et en os, confirme-t-elle promptement. Toujours aussi occupé ?

— Au point que je dois travailler même le dimanche. Croyez-vous que j'irai en enfer ?

— Je serai là pour vous accueillir si jamais il existe vraiment, ce dont je doute de plus en plus. Depuis le temps que je suis sur cette terre, je peux vous dire que l'enfer est sur le plancher des vaches et pas ailleurs.

Henri rit de bon cœur. La répartie de Marguerite a toujours le don de le mettre de bonne humeur.

— Sur quoi travaillez-vous aujourd'hui ?

— Sur le jardin d'une maison de Sillery. Elle est quatre fois plus grosse que la mienne et son jardin au moins dix fois plus grand que le vôtre.

— Richard ne devrait pas être avec vous ?

— Pas aujourd'hui. En fait, je l'ai obligé à prendre congé. Il est venu me porter son ébauche hier soir et j'ai pour mission de l'enrichir… si je peux. Entre vous et moi, mon fils est bien plus talentueux que moi à ce chapitre.

— Et vous, bien trop humble.

— Plutôt réaliste. Sérieusement, il est promis à un bel avenir comme paysagiste s'il continue ainsi.

L'arrivée de Geneviève met brusquement fin à leur discussion, ce qui fait l'affaire de Marguerite. La tentation de parler contre son petit-fils commençait à être forte et ce n'était ni l'endroit ni le moment. Elle embrasse sa fille et lui montre ses pieds.

— Excellent choix. On y va ?

Une fois seul, Henri déménage ses pénates sur la table de la salle à manger. Pour une fois qu'il a la maison pour lui tout seul, il va en profiter pour étendre son plan à sa pleine grandeur. Encore une fois, Richard a fait de l'excellent travail. D'ailleurs, il ne comprend pas pourquoi Marguerite lui en veut encore pour quelque chose qui date et qui, somme toute, est sans grande importance de son point de vue. Certes, il aurait été plus poli d'inviter sa grand-mère et de lui offrir un thé, sauf que pour cela il aurait d'abord fallu qu'il existe une forme d'attachement de part et d'autre, ce qui n'était pas le cas. Enfin ! Il met ses lunettes et se penche sur le plan. Ce n'est pas aujourd'hui qu'il convaincra sa belle-mère de passer l'éponge.

* * *

Geneviève se doutait bien que sa mère l'inviterait à aller boire un thé et à manger une pointe de tarte au Château Frontenac à un moment donné de la journée. Elle le fait chaque fois. Ce qu'elle ignorait, c'est que ce serait leur premier arrêt.

— On peut rentrer à la maison si vous préférez, lui offre-t-elle gentiment.

— Pourquoi on ferait ça ? Je ne suis pas fatiguée. J'ai juste envie de jouer à la touriste plus tôt que d'habitude. On y va ? À moins que toi tu préfères rentrer à la maison. Je ne t'en voudrais pas, tu sais.

— Non ! Non ! Allons-y ! Je suis juste surprise, on vient à peine d'arriver.

Pour toute réponse, Marguerite se contente de hausser les épaules. Une fois assise, elle regarde partout autour d'elle et se redresse sur sa chaise autant qu'elle peut. Son geste amuse Geneviève.

— Je me dis toujours que je vais finir par connaître quelqu'un, annonce Marguerite après avoir terminé son inspection des lieux, mais ce ne sera pas encore pour aujourd'hui.

— Avouez que ce serait surprenant. Vous n'avez qu'à tendre l'oreille et vous verrez que les gens de Québec sont rares. Comme papa a l'habitude de dire, c'est un vrai piège à touristes.

— Eh bien moi, j'adore l'endroit et j'ai l'intention d'y venir chaque fois que l'occasion se présentera. Est-ce que je t'ai parlé de ma résolution de l'année ? J'ai décidé de me faire plaisir au moins une fois par jour. Des fois ça me coûte de l'argent et des fois ça me donne des calories. Commande ce que tu veux, c'est moi qui régale. Aussi bien en profiter puisqu'aux dernières nouvelles, le coffre-fort ne suit pas le corbillard.

— Pour moi, ce sera juste un thé.

Marguerite lit le menu d'un bout à l'autre alors qu'elle le connaît par cœur depuis belle lurette.

— J'ai envie d'essayer la tarte au citron aujourd'hui. Qu'en penses-tu ?

— Tout ce que je sais, c'est qu'Annie l'adore.

— Parle-moi de ton travail en attendant que la serveuse vienne prendre notre commande. Mais je t'en supplie, ne te contente pas d'un thé, le tien est meilleur que celui d'ici. Alors ? Est-ce que tu vas te laisser tenter ?

— Je vais y penser.

— Comme tu voudras. Je t'écoute maintenant.

Le visage de Geneviève s'illumine d'un coup. Faire le saut dans le monde de l'édition lui a demandé beaucoup de courage. N'eût été l'appui d'Henri, probable qu'elle n'aurait pas osé abandonner son poste d'enseignante à l'école primaire par crainte de se retrouver le bec à l'eau si jamais ça ne fonctionnait pas à la hauteur de ses attentes.

— En résumé, je nage en plein bonheur. Et en particulier, je savoure chaque minute au maximum. Je peux bien vous le dire à vous : je n'ai jamais été aussi heureuse. Professionnellement parlant, on s'entend.

— Pas besoin de te justifier avec moi. L'essentiel, c'est que ça te plaise et c'est le cas, alors je suis contente pour toi, ma fille. Es-tu bien payée, au moins ?

— Plus qu'avant et je travaille beaucoup moins fort. Fini les devoirs à corriger le soir. Terminé les réunions après l'école. Je suis gagnante sur toute la ligne. J'ai même pu m'offrir un mois de vacances cet été. C'est moins que lorsque j'enseignais, mais je m'en accommode très bien. Vous savez à quel point j'aime lire. Résultat : je n'ai pas l'impression de travailler. Je suis payée pour dénicher de nouveaux talents et pour aider l'auteur dont le roman sera publié à le rendre encore meilleur avant de le remettre au réviseur.

— En tout cas, je peux te dire que Georgette ne se gêne pas pour t'encenser. Est-ce que ses romans se vendent bien, au moins ?

— Je serais la première ravie si les romans québécois se vendaient aussi bien que les européens ou les américains. En même temps, il ne faut pas perdre de vue qu'on est pas mal moins nombreux qu'eux. Un navet chez eux dépasse largement un *best-seller* ici en termes de ventes. Ceci étant dit, son deuxième roman s'est vendu cinq fois plus que son premier. Et l'éditeur a misé gros sur son troisième.

— Remarque qu'elle n'attend pas après ça pour payer ses comptes. D'après Georges, elle est plutôt bien nantie. Son mari avait une grosse assurance.

— C'est ce que j'ai cru comprendre et c'est tant mieux pour elle parce qu'écrire n'est pas synonyme de richesse, au Québec. Comme je te l'ai déjà dit, tous les artistes n'ont pas la chance de Frédéric. Choisir ce métier, c'est accepter de vivre modestement, pour ne pas dire pauvrement, pour la majorité d'entre eux. À la maison d'édition pour laquelle je travaille, aucun des auteurs ne gagne autant que l'employé le moins bien payé.

— Il me semblait que les éditeurs recevaient de l'aide, avance Marguerite.

— C'est toujours le cas, mais… Je préférerais changer de sujet avant d'être mal à l'aise d'être aussi bien payée alors que ceux qui fournissent la matière première d'une maison d'édition perçoivent un pourcentage minime sur chaque exemplaire de leur livre vendu.

L'arrivée de la serveuse avec leur commande tombe à pic. Lorsqu'elle dépose une pointe de tarte au citron devant sa mère, Geneviève salive rien qu'à la regarder.

— Est-ce que j'ai le droit de changer d'idée ? demande-t-elle.

— Bien sûr que oui ! lui répond promptement la gentille dame qui les sert.

— Je vais prendre la même chose que ma mère, s'il vous plaît.

— J'aurais mis ma main au feu que tu changerais d'idée quand tu la verrais. Je vais t'attendre pour la manger.

— C'est trop gentil, riposte Geneviève d'un ton moqueur. Connaissez-vous la dernière nouvelle concernant Carole ?

Marguerite fronce les sourcils. Décidément, le sort s'acharne sur elle aujourd'hui. C'est la dernière personne dont elle a envie d'avoir des nouvelles.

— Elle m'a téléphoné hier soir pour m'apprendre sa grande nouvelle. Imaginez-vous donc que sa candidature et celle de Maryse ont été retenues pour aller enseigner le français et les mathématiques dans un collège français sur l'île de Victoria en Colombie-Britannique. J'en avais les larmes aux yeux rien qu'à l'écouter.

— Tant mieux, s'efforce de dire Marguerite du bout des lèvres.

Son manque de sincérité n'échappe pas à Geneviève, mais celle-ci décide de ne pas en faire de cas. Sa mère reviendra un jour à de meilleures intentions avec Carole… ou pas. Elle n'a pas le pouvoir de la faire changer d'avis.

— Les filles ont déjà trouvé à sous-louer leur appartement. Je les trouve chanceuses, comparées à nous. On va les payer pour découvrir le monde. D'après ce qu'elle m'a dit, le plus dur était d'obtenir un premier contrat. Elles ambitionnent de se promener pendant quelques années avant de se fixer.

— C'est un beau projet, j'en conviens. Reste à souhaiter que tout se déroule comme elles l'ont planifié.

— Vous savez aussi bien que moi que seul l'avenir le dira. Enfin, ma tarte arrive.

La serveuse l'a à peine déposée devant elle que Geneviève s'empare de sa fourchette et la pique dans la pointe pour prendre une première bouchée.

— C'est trop bon, déclare-t-elle pendant que Marguerite savoure encore l'explosion de citron qui court toujours dans sa bouche.

— Tu sais ce que je vais faire en arrivant chez moi ? Je vais jeter les deux boîtes de garniture pour tarte au citron que j'ai dans mon garde-manger.

— Donnez-les-moi à la place, c'est le dessert préféré d'Henri.

— C'est parce qu'il n'a jamais goûté à celle du Château. Laisse-moi ça entre les mains, je m'occupe de faire son éducation. Je lui demanderai de m'emmener voir le jardin qu'il est en train de concevoir pour une cliente de Sillery et on fera un petit crochet par ici sur le chemin du retour. Je te promets qu'il lèvera le nez sur toutes les autres.

— Et moi je n'aurai plus qu'à ramasser mes sous pour pouvoir lui offrir une pointe de tarte du Château à sa fête, à cause de vous. Au cas où vous l'auriez oublié, je suis loin d'avoir vos moyens.

— Ni mon âge. Si j'avais le choix, je troquerais tout ce que j'ai à la Caisse pour quelques années de moins. Et contrairement à ce que tu sembles croire, je ne suis pas riche, ton père non plus. On possède assez d'argent pour bien vivre, sans plus, et pour nous gâter quand on en a envie. Crois-moi, c'est un des seuls avantages de vieillir, et encore, parce qu'on n'est pas si nombreux que ça à pouvoir le faire.

Marguerite laisse passer quelques secondes avant d'ajouter d'un ton ferme :

— Fais-moi plaisir… Commence à profiter de la vie et gâte-toi pendant que tu peux le faire. S'offrir une petite collation au Château coûte cher, j'en conviens. En revanche, j'en retire tellement de bonheur que ça n'a pas de prix. Es-tu prête à fouler le macadam de la basse-ville, maintenant, et à prendre le traversier pour Lévis ? Je suis impatiente d'admirer le Château de l'autre rive.

— Pas avant d'avoir avalé ma dernière bouchée de tarte.

2

Depuis qu'elle est rentrée du travail, Catherine joue avec le bracelet que lui a offert Nolan après son retour en Irlande. Il a voulu le lui remplacer plusieurs fois et elle a toujours refusé. Elle y tient comme à la prunelle de ses yeux, même s'il vaut trois fois rien selon les dires de son cher mari. Chaque fois que quelque chose la titille, elle le fait tourner sur son poignet jusqu'à ce qu'elle trouve une piste de solution à son inconfort, voire à son problème. Aujourd'hui, la brique qui risque de lui tomber dessus en est une de taille. Elle s'est arrêtée à la pharmacie sur le chemin du retour pour acheter un test de grossesse et elle désespère de connaître le résultat. Seul hic, elle n'ose pas regarder. Elle vérifie l'heure et soupire. À moins d'un changement de dernière minute, sa tendre moitié sera ici dans une demi-heure. Autant trente minutes peuvent passer en un claquement de doigts, autant elles donnent parfois l'impression de s'éterniser, ce qui est le cas en ce moment. Avoir un bébé maintenant ne fait pas partie de leurs projets, ni à court ni à moyen terme. Nolan travaille depuis un an seulement et, de son côté, il lui reste encore deux sessions d'université. De grosses larmes coulent sur ses joues sans qu'elle s'en préoccupe le moindrement. Elle ne sait même pas si elle veut avoir des enfants. Le visage de Carole lui apparaît. C'est alors qu'elle pense à ce que sa sœur a pu vivre lorsqu'elle a su qu'elle était enceinte d'un homme avec qui elle ne voulait pas partager sa vie plus d'une nuit à la fois. Elle fait les cent pas dans le salon. Ce serait vraiment un coup de malchance si le test s'avérait positif, d'autant qu'ils ont toujours fait ce qu'il faut pour que ça n'arrive pas. Désespérée, Catherine s'étend sur le divan et croise les bras sur sa poitrine. Elle se met ensuite en frais de vérifier si outre le fait de ne pas avoir eu ses règles le mois dernier, elle a d'autres symptômes qui pourraient confirmer une potentielle grossesse. Elle n'a pas mal au cœur. Elle ne vomit pas. Ses seins ne sont pas plus gros que d'habitude. Elle ne s'endort pas partout. En fait, elle est pétante de santé comme d'habitude et elle n'a aucun mal à finir ses journées de travail pourtant exigeantes physiquement. Elle se relève et arpente de nouveau le salon avec le même désespoir au ventre. Elle ne peut pas être enceinte. Pas maintenant. L'arrivée d'un bébé viendrait foutre sa vie en l'air. Si sa mère l'entendait, elle la traiterait d'égoïste et elle aurait raison. En ce moment, Catherine pense seulement à elle. Et pour cause, elle a travaillé dur pour arriver là où elle est et elle caresse de grands rêves pour sa future carrière. Elle se prend la tête à deux mains et bougonne. Elle ne peut pas être enceinte, un point c'est tout. Pas maintenant. Le visage de Carole s'impose de nouveau à elle. Est-ce qu'elle serait aussi téméraire que sa sœur ? Est-ce qu'elle oserait aller jusqu'à se faire avorter ? Elle secoue la tête avec énergie. Elle sort de la maison en coup de vent et prie pour ne pas croiser sa belle-mère. Dans l'état où elle est, Catherine aurait peur de déballer son désarroi sans même connaître l'issue de ce qui la fait tourner carrément en bourrique. Elle marche d'un bon pas au beau milieu de l'allée et sursaute lorsqu'un coup de klaxon la ramène sur terre. Nolan est en avance. Elle marche jusqu'au côté passager, ouvre la portière et monte à bord.

— Hé ! Qu'est-ce qui t'arrive, ma belle ? Tu es pâle à faire peur.

— Rentrons vite à la maison, je dois te parler de quelque chose de très important.

Quand il se stationne dans l'entrée, fidèle à ses habitudes, Nolan vient lui ouvrir sa portière et lui tend la main pour l'aider à sortir. Il l'attire ensuite à lui et l'oblige à le regarder.

— Dépêche-toi de me dire ce qui t'a mise dans cet état. Tu m'inquiètes.

Au lieu de lui répondre, Catherine le prend par la main et l'entraîne à l'intérieur.

— Assieds-toi, lui dit-elle d'un ton inquiet, je reviens tout de suite.

Elle va chercher l'objet de son désarroi et le remet à Nolan sans aucune explication.

— Je ne comprends pas, dit-il en fronçant les sourcils. Pourquoi as-tu passé un test de grossesse ?

— Parce que je n'ai pas eu mes règles le mois passé et que…

Trop émue, Catherine éclate en sanglots.

— … j'ai peur d'être enceinte.

— Et alors ?

Elle se contente de hausser les épaules.

— Alors, je t'attendais pour regarder le résultat.

Il lui tend la main et l'invite à venir s'asseoir près de lui. C'est la première fois qu'il la voit aussi vulnérable. S'il ne se retenait pas, il aurait la même réaction. Il n'a aucune envie d'être père maintenant, et peut-être même jamais. Ils en ont parlé ensemble, mais il reconnaît être resté flou. Comme ce n'est pas le moment d'en ajouter, il prend son courage à deux mains et regarde le résultat du test de grossesse.

— Il est négatif, laisse-t-il tomber au bout de quelques secondes.

— Je veux le voir de mes yeux, lui dit Catherine.

Elle regarde à deux fois, se retourne et lui saute au cou.

— Il faut fêter ça, suggère Nolan. Allons manger dehors.

— Pas question que je sorte avec la tête que j'ai.

— On n'aura qu'à aller dans un endroit où personne ne nous connaît. Sérieusement, de combien de temps as-tu besoin pour te refaire une beauté ?

— Ça risque d'être long. Au moins assez pour que tu sirotes une bière.

— Une chance que nos parents n'ont pas été témoins de la scène, annonce Nolan. Les gens normaux seraient tristes parce qu'ils n'auront pas d'enfant alors que nous, on se prépare à aller fêter l'événement. Est-ce parce qu'on n'a pas de cœur ?

— Tout ce que je sais, c'est que je ne suis pas prête à sacrifier ma vie pour un bébé. Et si tu veux tout savoir, je n'irai pas me confesser pour ce que je viens de dire. Je me dépêche.

Ils reviennent en taxi. Ou ils ont bu plus que d'habitude, ce dont ils doutent, ou leur état d'esprit a décuplé l'effet de l'alcool. Toujours est-il qu'ils ont pris place dans leur auto à leur sortie du bar pour en ressortir quelques secondes plus tard. Ni l'un ni l'autre n'était en état de conduire. Ils paient la course et peinent à débarrer la porte de la maison. Ils entrent et filent dans leur chambre. Ils s'écroulent sur leur lit tout habillés et sombrent instantanément dans un sommeil profond.

Lorsqu'ils émergent enfin du brouillard, ils ont l'impression d'avoir été frappés par un train.

— Heureusement que je ne travaille pas aujourd'hui, dit Nolan.

— Parle pour toi, ajoute Catherine d'une voix rauque. Je dispose d'exactement cinq heures pour me mettre les yeux vis-à-vis des trous et je doute que ça suffise.

Alors que Nolan allait la prendre dans ses bras, elle saute en bas du lit et court à la salle de bain où elle vomit ses tripes.

***

Carole et Maryse flottent sur leur petit nuage rose depuis qu'elles savent qu'elles auront leur baptême de l'air direction Vancouver à la fin du mois d'août. Elles n'auraient pas pu rêver mieux. Non seulement elles enseigneront dans la même ville, mais dans la même école. C'est bien plus qu'elles avaient osé espérer. Comme si ce n'était pas suffisant, un logement les attend à quelques rues de leur lieu de travail. Rien de très luxueux, leur a expliqué la secrétaire du directeur : le deuxième étage d'un duplex avec vue sur l'océan. Meublé, chauffé, éclairé. Elle a promis de leur envoyer des photos.

Depuis, c'est le branle-bas de combat dans l'appartement qu'elles partagent avec Isabelle, l'ex-petite amie de Richard.

— J'ai trouvé quelqu'un pour le sous-louer avec moi, leur annonce joyeusement cette dernière.

— C'est qui ? C'est qui ? lui demande aussitôt Carole.

— Elle s'appelle Johanne, c'est ma cousine préférée même si je ne la vois pas souvent. La dernière fois, c'était il y a trois ans. Elle reste en Abitibi. Imaginez-vous qu'elle a décidé de déménager à Québec et je l'ai convaincue, plutôt facilement, de venir habiter avec moi. Qu'en dites-vous ?

— C'est à toi qu'on sous-loue, lui rappelle Maryse, et non à elle.

— Idem pour moi, confirme Carole.

— Vous pouvez lui faire confiance. Je vous en ai parlé plusieurs fois. Je vous ai même montré sa photo. On est posées toutes les deux sur le traversier de Lévis.

— Il fallait le dire ! s'écrie Carole. La belle grande blonde au sourire d'enfer ?

— En plein ça.

— Moi aussi, je me rappelle. Les gars de Québec font mieux de se préparer à souffrir, ajoute Maryse.

— Aucun danger ! Johanne est sage comme une image. Comme dit ma mère, c'est l'intellectuelle de la famille. Elle passe son temps le nez fourré dans ses livres.

— Est-ce qu'elle travaille ? s'inquiète soudainement Carole.

— Ne vous tracassez pas pour l'argent, mon oncle va tout payer. Elle vient faire son bac en littérature à l'Université Laval. La connaissant, elle va faire des pieds et des mains pour travailler dans une librairie.

— Ne le prends pas mal, se croit obligée d'ajouter Maryse, c'est pour toi qu'on s'en fait. Vous devrez tout payer à deux. Tu comprends, on ne voudrait pas que tu te retrouves avec la facture complète, parce qu'on ne pourra pas t'accommoder. Le loyer qu'on nous a trouvé est deux fois plus cher que celui-ci et notre salaire, à peine plus élevé.

— Ne vous en faites pas. Et comme je vous l'ai dit, je ne ferai rien sans vous en parler auparavant. Alors ?

Maryse et Carole se jettent un bref coup d'œil avant d'approuver d'un commun accord.

— Merci beaucoup, les filles. Vous ne le regretterez pas.

Une autre affaire réglée, leur logement, leurs meubles et tous leurs effets seront entre bonnes mains.

— Savez-vous qui j'ai vu en ville ce matin ? leur demande Isabelle d'une toute petite voix. Sophie ! La Sophie de Richard !

Les yeux dans l'eau, Isabelle fait de gros efforts pour ne pas se mettre à pleurer. Elle n'arrive pas à tourner la page. Pas plus qu'elle n'a accepté de sortir avec un autre homme. Maryse et Carole ont fait des pieds et des mains pour apaiser sa peine d'amour sans y parvenir. Et pourtant, elles lui ont présenté de très beaux partis, comme diraient leurs grands-parents. C'était l'homme de sa vie et elle a tout fait foirer par pur égoïsme.

— Est-ce qu'elle t'a reconnue ?

— Je ne lui en ai pas laissé le temps. À la minute où je l'ai aperçue, je me suis dépêchée de disparaître de sa vue.

Carole lui tapote doucement l'épaule. Elle n'a jamais compris pourquoi son amie est aussi attachée à son frère. Depuis le temps, elle aurait dû retomber sur ses pieds. Richard est gentil, mais elle continue à croire qu'il n'a pas bien agi avec Isabelle pour le loyer. Il n'avait pas le droit de le lui faire payer au complet même si ça représentait en fin de compte un montant ridicule. Si elle le pouvait, Carole effacerait cette période de sa mémoire, et pour cause. Elle a contribué largement à l'éclatement de ce couple malgré son attachement pour les deux parties. Sa relation avec son frère ne sera plus jamais comme avant. Il la garde à distance et elle le comprend. Quant à tante Irène, elle est polie lorsqu'elles sont dans la même pièce, sans plus. Heureusement, Carole la voit rarement. Il faut dire qu'elle n'a pas mis les pieds dans le loft au-dessus de son garage depuis que la vieille dame leur a intimé de quitter sa propriété. D'abord parce qu'elle ne s'en sent pas la force et, ensuite, parce que son frère ne l'a jamais invitée. Il se contente de la voir dans les rencontres de famille. Mais celle qui lui en veut le plus, c'est sa grand-mère. Elle ne rate pas une seule occasion de lui lancer une de ses flèches empoisonnées comme elle seule sait le faire. Marguerite n'a pas digéré la façon dont sa petite-fille s'est conduite avec elle alors qu'elle était la seule à vouloir l'aider. Dommage qu'elle ne puisse pas effacer cette période de sa vie !

— Tu peux arrêter ? lui demande poliment Isabelle.

Surprise, Carole retire aussitôt sa main.

— Désolée, j'étais ailleurs.

— On avait remarqué, confirme Maryse. Un jour, il faudra que tu tournes la page toi aussi.

— Plus facile à dire qu'à faire, ajoute Isabelle.

— Je seconde, ajoute Carole sans aucune hésitation.

* * *

Geneviève doit passer pour une femme très pieuse pour les gens qui habitent à proximité de l'église de son ancienne paroisse. Elle entre y faire brûler un lampion pour Carole chaque fois qu'elle passe par là. Lorsque ce n'est pas sur son chemin et que ça fait un moment qu'elle ne l'a pas fait, elle fait un détour. Le temps a estompé la peine que son aînée lui a causée en la repoussant au moment de se faire avorter. Elle la comprend avec sa tête, mais pas avec son cœur de mère. Et puis, Carole n'est plus la même. Sous ses airs de jeune femme émancipée se cache le poids de son geste. Geneviève a fait de nombreuses tentatives pour se rapprocher d'elle, sans y parvenir totalement.

Leur relation s'est améliorée, mais il n'en demeure pas moins une réserve de part et d'autre. Comme le dit si bien l'adage : un vase recollé ne sera plus jamais le même. Ainsi en va-t-il de leur relation mère-fille. Belle en apparence et boiteuse en réalité.

Geneviève s'agenouille devant les lampions qui attendent seulement qu'elle fasse jaillir leur lumière. Elle sort son porte-monnaie, prend un billet d'un dollar et le dépose dans la fente prévue à cet effet. Elle est prise d'un fou rire. Si Marguerite était là, elle la tirerait par le bras pour qu'elle arrête de gaspiller son argent pour des bondieuseries. Voir si faire brûler des lampions va aider Carole ou qui que ce soit. Pour ça, il faudrait d'abord que Dieu existe. Geneviève rit de plus belle. Sa mère n'a pas son pareil. Elle va à la messe tous les dimanches, mais jamais à la confesse. Elle paie religieusement sa dîme, et elle fait tout pour contredire le curé de la paroisse lors de sa visite paroissiale. Le pauvre homme, il a tout juste trente ans. Lors de la dernière, il a prétexté un malaise au beau milieu de la plaidoirie de Marguerite et est parti sans s'excuser sous le regard amusé d'Adrien. Geneviève le sait parce qu'il a débarqué chez elle quelques minutes plus tard et lui a raconté ce qu'il venait de faire.

Contrairement à sa mère, Geneviève n'a pas besoin d'y croire pour faire brûler des lampions. Tant et aussi longtemps que ça lui procurera un peu de réconfort, elle le fera. Elle ferme les yeux et pense très fort à Carole avant d'en allumer un premier à son intention. Elle espère sincèrement qu'elle trouvera le bonheur à Victoria. Elle ferme de nouveau les yeux et se concentre sur Richard. Les choses vont beaucoup mieux entre eux. La semaine dernière, il l'a même invitée à manger chez lui avec Henri. Une première ! Elle n'est pas près d'oublier ce moment. Il s'était donné la peine de lui cuisiner son plat préféré. Elle en a eu les larmes aux yeux. Quand il a vu ça, il s'est approché, l'a prise dans ses bras et lui a dit qu'il l'aimait. Elle a fondu en larmes comme une imbécile, elle était inconsolable. Jamais elle n'a été aussi gênée de toute sa vie. Devant Sophie par-dessus le marché. Enfin ! Une fois remise de ses émotions – ce n'est pas tous les jours que son aîné lui dit qu'il l'aime –, elle a passé une excellente soirée. Elle allume un lampion pour lui et pour qu'il lui fasse une plus grande place dans sa vie.

Satisfaite, elle se lève et, au lieu de s'en aller, elle s'agenouille de nouveau. Chantale et Catherine lui manquent énormément. Elle voit rarement sa cadette, bien que seulement trois heures de route les séparent. Entre ses cours à l'université, son travail été comme hiver, le tennis et son cher Donald, il ne lui reste plus beaucoup de temps pour faire des allers-retours à l'Île. Pas plus, d'ailleurs, pour recevoir sa famille. Depuis qu'elle vit à Montréal, elle les honore de sa visite à Noël et à Pâques. À sa fête, Henri, Rémi et Geneviève montent la voir. Ils assistent à quelques matches de tennis dans la journée où elle brille toujours autant et ils l'emmènent souper au restaurant. Ils dorment ensuite à l'hôtel, car l'appartement de Chantale et de Donald est minuscule. Le lendemain matin, ils reprennent la route pour Québec. Henri ne peut pas s'offrir le luxe de découcher plus d'une nuit pendant la belle saison à cause de son travail. Pour ce qui est de Catherine, c'est beaucoup plus compliqué. Elles s'écrivent régulièrement et se téléphonent de temps en temps. Les appels outre-mer sont hors de prix. Geneviève maintient que sa relation avec sa deuxième fille est bonne, voire excellente. En même temps, elle doit admettre que rien ni personne n'oblige Catherine à tout lui dire. A beau mentir qui vient de loin, dit le proverbe. Toujours est-il qu'elle les honore de sa visite une fois par année et c'est parce que Marguerite et Adrien lui paient son billet d'avion. Geneviève sait que sa fille ne roule pas sur l'or. Et puis, elle serait mal placée pour se plaindre puisqu'elle reporte toujours son voyage en Irlande. Partir seule l'inquiète au plus haut point, d'autant que son anglais n'est pas meilleur que lors de sa première visite. Probablement qu'il est pire puisqu'elle n'a aucune occasion de le parler. En vérité, elle est morte de peur à l'idée de se retrouver à l'aéroport et de devoir s'exprimer dans la langue de Shakespeare. Elle s'entend déjà bafouiller comme une illettrée. Elle sort un nouveau billet d'un dollar et le glisse dans la fente avant d'allumer deux nouveaux lampions. Si ses enfants savaient ce qu'elle est en train de faire, ils la renieraient. Elle se relève, fait son signe de croix, descend l'allée et sort de l'église où elle a été baptisée. Une fois dehors, elle regarde le ciel et plisse le nez. Ils avaient annoncé de la pluie et ça s'en vient. Elle a tout juste le temps de s'asseoir dans son auto avant qu'un énorme nuage se mette à déverser toute son eau sur sa tête. Elle attend que le plus gros passe avant de démarrer. De toute manière, elle n'y verrait rien tellement il pleut fort.

Lorsque le temps s'éclaircit enfin, elle roule jusqu'à l'arrêt et tourne à gauche. Annie l'attend.

— Je commençais à penser que tu avais changé d'idée, s'écrie-t-elle en lui ouvrant la porte.

— Tu sais bien que je t'aurais avertie. J'attendais que l'orage passe.

— Ne le prends pas mal, je me suis dit que tu t'étais accroché les pieds à l'église.

Geneviève baisse les yeux. Elle a fait la gaffe de lui parler de sa manie de faire brûler des lampions et, depuis ce jour, Annie ne se prive pas de la faire étriver.

— Pour vrai ? s'étonne Annie en voyant son air. C'est plus grave que je pensais. Veux-tu bien me dire combien tu en as allumé, cette fois, et pour qui ?

— Quatre. Un pour les deux mêmes que d'habitude, un pour Chantale et un pour Catherine.

— Jure-moi de ne jamais en faire brûler un seul pour moi, peu importe ce qui m'arrivera. Ça n'a pas de bon sens, Geneviève.

— Je ne fais de mal à personne.

— Peut-être, mais tu jettes ton argent par les fenêtres. Qui d'autre est au courant de ton obsession ?

— Personne et je compte sur toi pour tenir ta langue.

— Jamais je ne me permettrai de divulguer ton secret. J'ai une surprise pour toi, annonce-t-elle en ouvrant le réfrigérateur.

— Tu as acheté une tarte au citron au Château ? Wow !

Geneviève l'embrasse aussitôt sur la joue. Son geste la touche.

— On a chacune notre moitié.

— Ne me dis pas que je vais pouvoir repartir avec le reste de la mienne…

— Tu as tout compris. Et que je ne te voie pas toucher à la mienne. J'ai parlé à maman hier et elle m'a dit que tu l'avais adorée.

— Attends un peu, dit Geneviève. Je tiens à payer ma part.

— C'est hors de question. Si tu veux tout savoir, ils allaient la mettre à la poubelle et je l'ai eue pour une bouchée de pain.

— Et tu penses que je vais te croire ?

— Préfères-tu t'en priver ?

Geneviève met aussitôt les mains autour de son assiette.

— Tu essaies de me l'enlever et je te pique avec ma fourchette.

— Là, c'est mieux. Régalons-nous, maintenant !

Geneviève roule des yeux à chaque bouchée. Des cinq filles Gervais, c'est la plus gourmande. Si elle avait passé un an à Paris comme Myriam, elle serait revenue avec cent livres en trop. De cela, elle est convaincue.

— Et tes amours ? demande-t-elle à Annie.

— N'aie pas peur des mots. Et tes parties de jambes en l'air serait plus approprié. Très bien quand on arrive à se libérer en même temps. Mettons que depuis quelques mois, on a du mal à ajuster nos flûtes. Enfin ! J'ai plutôt l'impression que monsieur a le don de se rendre disponible quand je travaille. J'ai pourtant été claire avec lui. Seulement quand je suis en congé. Ce n'est pas comme s'il avait un emploi du temps surchargé.

— Dois-je comprendre que le torchon brûle entre vous ?

— C'est une façon de voir les choses. Pour ma part, je serais plutôt tentée de dire qu'il voit quelqu'un d'autre.

— Alors pourquoi continues-tu à le voir ?

— Parce que la moindre des choses, c'est qu'il m'en parle. On n'est pas mariés et on ne s'est rien promis. Alors, j'ai du mal à comprendre qu'il étire la sauce, s'il en a assez de moi. C'est pourtant simple.

— Pour toi, mais visiblement, pas pour lui. Et tu arrives à…

— … à baiser avec lui quand même ? Oui. Je te rappelle que je l'ai fait pendant des années avec mon ex-mari et que je n'avais plus aucun désir pour lui depuis une éternité. Des fois, tu me décourages tellement tu es vieux jeu. Je sais bien que tu aimes Henri, et je t'envie, mais j'avoue avoir du mal à croire que tu n'as jamais pensé à coucher avec un autre homme. Pas même une fois ?

Geneviève rougit comme une débutante. Elle se demande parfois pourquoi ses quatre sœurs la croient aussi puritaine. Outre le fait qu'elle aime faire brûler des lampions, elle a ses travers comme tout le monde. La seule différence avec elles, c'est qu'elle n'en parle à personne.

— Au moins une dizaine de fois, confesse-t-elle d'une toute petite voix. Six fois avec le même homme. Deux fois avec un autre…

Annie se redresse sur sa chaise. Elle a mal entendu, c'est certain.

— Et ce n'est que maintenant que tu m'en parles ! s'écrie-t-elle.

— Ça aurait changé quoi que tu sois au courant ? D'autant que je n'ai jamais succombé à la tentation.

— Est-ce qu'Henri est au courant ?

— Dis-moi d'abord de combien de temps tu disposes parce que ça risque d'être long.

Annie vérifie l'heure et l'avise qu'elle devra la mettre à la porte dans une heure.

— En réponse à ta question, disons plutôt qu'Henri bénéficie de mes coups de chaleur et qu'il ne s'en plaint pas. Remarque qu'on n'en a jamais parlé. Des siens non plus parce que je ne le croirais pas s'il me disait qu'il n'a jamais regardé une autre femme avec des yeux de prédateur. On a beau s'être fait les plus belles promesses le jour de notre mariage, on est humains et le monde est rempli de beaux hommes et de belles femmes. Et je ne connais personne qui aimerait manger du pâté chinois à tous les repas sa vie durant. À nous de décider si on saute la clôture ou si on fait profiter notre compagnon de vie des bénéfices de notre coup de chaleur.

— Là, j'avoue que tu m'étonnes et pas rien qu'un peu. Comment fais-tu pour transférer ton désir d'un autre homme sur Henri ?

— Difficile à expliquer.

— Essaie toujours.

— Je dirais d'abord que notre relation repose sur l'amour qu'on a l'un pour l'autre. Henri et moi nous aimons comme au premier jour et c'est avec lui que je veux vieillir. J'ajouterai que…

Les deux sœurs discutent à bâtons rompus jusqu'à ce qu'Annie la mette poliment à la porte en prenant soin de lui préciser qu'elles reprendront leur discussion la prochaine fois.

3

Richard ouvre les yeux et, au lieu de sauter en bas du lit comme il le devrait s'il ne veut pas être en retard au travail, il s'accorde un instant pour regarder dormir Sophie. Cette femme a changé sa vie de manière si brutale qu'il a bien cru pendant un moment qu'il avait rêvé ce qu'il a vécu avec elle le temps d'une nuit. Il croyait ne jamais la revoir. Et voilà qu'elle est réapparue dans sa vie sans s'annoncer le jour où ses grands-parents recevaient tous leurs enfants dans leur nouvelle maison à l'Île d'Orléans. Depuis, ils ne se sont plus laissés. Physiquement, oui, parce que Sophie est repartie en France deux semaines plus tard. Elle est revenue en octobre et elle l'a rejoint au port où son navire accostait chaque fois que c'était possible. Leur amour s'est construit dans une suite d'arrivées et de départs, mais là, ils ont besoin de plus que ça. Ils en ont parlé encore hier. Ils ont envie d'être ensemble pour vrai et pas dans dix ans. Reste maintenant à régler quelques petits détails. Vivront-ils ici ou en France ? Abandonnera-t-il sa vie de nomade ?

C'est à regret que Richard se lève en faisant bien attention de ne pas réveiller celle pour qui il serait prêt à renverser les montagnes. Il attrape ses vêtements de travail au passage et sort de la chambre. Il s'habille en vitesse, va se brosser les dents, prend son lunch dans le réfrigérateur et une pomme pour la route, attrape ses clés et il est parti. Le voilà fin prêt pour commencer sa journée. Il lui suffit de mettre le nez dehors pour comprendre qu'elle sera chaude et humide comme il les aime. Contrairement à son père, la température n'a pratiquement aucun effet sur lui et c'est tant mieux parce que les étés québécois n'ont pas leur pareil pour les variations de température. Il ne met que quelques minutes pour se rendre sur son lieu de travail. Il a dessiné le plan du jardin et, cette fois encore, Henri n'a rien trouvé à redire. Il se redresse sans même s'en rendre compte. Ça le rend fier. Tout ce qu'il sait, il l'a appris dans les livres. Henri lui dit qu'il est trop modeste.

Il a tout juste le temps de sortir son attirail avant l'arrivée de son père.

— Salut, papa ! As-tu passé la nuit sur la corde à linge ?

— C'est tout comme. J'y suis allé pas mal fort avec les *peanuts* hier soir et je me suis réveillé au moins dix fois en sueur. Depuis le temps, je devrais savoir que je suis mieux de manger des *chips* si je ne veux pas avoir des problèmes de digestion. T'inquiète, je devrais survivre.

— J'espère bien parce que j'ai besoin de toi, et ce jardin, encore plus. Je ne m'habitue pas, je le trouve beaucoup plus grand en vrai que sur papier.

— Si c'était l'été à longueur d'année, tu pourrais le faire seul. Vu que ce n'est pas le cas, on ne sera pas trop de trois. J'ai réussi à convaincre Daniel de venir nous donner un coup de main sur ce contrat. Il sera là à neuf heures.

— Pour toute la durée ?

— Non ! Non ! Je lui ai arraché trois jours de peine et de misère. En revanche, il m'a dit qu'il pourrait me prêter un de ses hommes pour trois autres jours la semaine prochaine. Il a de l'ouvrage par-dessus la tête et le nouveau qu'il a engagé en mai lui a donné sa démission hier. Il va travailler pour la compétition. As-tu réfléchi à notre offre ?

— Je te reviens très vite. Avez-vous établi les rôles de chacun pour ce jardin ? J'ai hâte de commencer.

— Suis-moi ! On va s'installer sur la table dans le solarium. Comme ça, si mère nature décide de nous arroser, notre plan sera à l'abri.

Une fois le travail réparti, chacun part de son côté. Richard repère quelques-uns des plants qu'ils ont décidé de conserver et les identifie comme il se doit. Avant que son fils vienne travailler avec lui, Henri et Daniel arrachaient tout sans se poser de question. Ils avaient pour leur dire que le client payait pour avoir un nouveau jardin, pas pour garder des reliques de son ancien. Petit à petit, ils se sont laissé convaincre que tout le monde y trouvait son compte. La facture du client est moins salée et ils réalisent le nouveau jardin plus rapidement que s'ils partaient de zéro. Qui plus est, plusieurs plantes et arbustes ont droit à une deuxième vie.

Richard adore l'étape du repérage. Elle lui permet de vérifier si ses calculs sont bons et de corriger le tir au besoin. Une des raisons pour lesquelles il adore créer des jardins, c'est qu'il a le loisir de penser pendant que son corps s'active. D'ailleurs, il faudrait qu'il se fixe une fois pour toutes sur l'offre que lui a faite son père. Il en a discuté avec Sophie hier pour en venir à la conclusion que la décision n'appartient qu'à lui. Elle lui a dit et redit qu'elle adorerait vivre au Québec pourvu que ce soit avec lui. Est-il prêt à se poser, voire à devenir associé ? À ce jour, il s'est contenté de travailler six mois par année dans la terre. Henri et Daniel lui offrent bien plus que ça. Ils le veulent sur le terrain et sur sa table à dessin pendant la belle saison et ils aimeraient qu'il prenne en charge leur entreprise d'hiver qui roule à l'année et qu'ils retiennent à deux mains pour ne pas qu'elle se développe trop vite. La première question à laquelle répondre est la suivante : pourrait-il se passer de ses voyages en mer ? Il hoche la tête et marmonne un oui sans remuer les lèvres. Il ne construira rien s'il ne s'installe pas quelque part. Il n'a pas encore vu le monde, mais rien ne l'empêchera de voyager pendant ses vacances et de visiter comme le ferait un touriste plutôt que de rester à port faute de temps pour s'éloigner. Parce qu'en réalité, il n'a pas vu grand-chose depuis qu'il navigue. Aimerait-il s'installer ici ou en France ? L'occasion qui se présente à lui est alléchante. Ce n'est pas demain la veille qu'il se fera offrir un emploi et des parts sur un plateau d'argent dans un domaine qui le passionne. Il tague un rosier, fait quelques pas et en tague un autre. La femme du propriétaire leur a dit plusieurs fois qu'elle adorait les roses. Il se relève et va voir son père.

— J'ai bien réfléchi, lance-t-il dès qu'il a son attention, et je suis votre homme. Vous n'aurez qu'à me dire quand et où signer.

Il tourne les talons et retourne travailler. Son intervention a été si brève qu'Henri se demande s'il a rêvé. Il se répète en boucle ce que Richard vient de lui dire et, après trois fois, il éclate de rire. Sa journée ne pouvait pas mieux commencer. Il est impatient d'apprendre la bonne nouvelle à Daniel.

À l'autre bout de la cour, Richard rit aussi. Il ne s'est jamais senti aussi bien de toute sa vie. Il tague un troisième rosier et se demande pourquoi ils sont étendus à la grandeur du jardin. Étant donné que ce dernier date de l'année de construction de la maison, il y aura bientôt quarante ans, il est plus que normal que rien ne ressemble à ce qui se fait aujourd'hui. Il se relève et en repère un autre. Il se sent léger comme une plume. Tellement qu'il irait apprendre sa grande nouvelle à sa mère s'il ne se retenait pas. Il renifle et se remet au travail. Renouer avec elle lui a demandé beaucoup de courage, mais il ne le regrette pas. Ils n'en sont pas encore au point où ils se rencontrent régulièrement pour discuter des sujets chauds de l'heure, mais il sait que ça viendra. Il a toujours admiré sa force de caractère et sa détermination. Certes, il en a fait les frais à première vue. Chaque fois qu'il remet le sujet sur le tapis, Sophie lui dit qu'il fallait qu'elle l'aime plus que tout pour lui consacrer autant d'intérêt. Et ça n'a aucune commune mesure avec ce que ses propres parents ont fait pour elle. Disons qu'ils se sont contentés de lui offrir le minimum et c'est vite dit. Facile à dire quand on se fait raconter des faits. Difficile à digérer quand on vous a obligé à jouer le rôle de la victime contre votre gré. Il secoue la tête vivement. Il a décidé de passer l'éponge et il a bien l'intention de continuer à faire ce qu'il faut pour se rapprocher de sa mère. D'ailleurs, il prend de plus en plus de plaisir à passer du temps en tête à tête avec elle. Il l'a même reçue chez lui il y a deux semaines, elle souhaitait qu'il lui parle des ports dans lesquels il a fait escale. Ils ont eu beaucoup de plaisir à discuter ensemble. Avant de partir, elle lui a lancé qu'il pourrait compter sur elle dans le cas où il souhaiterait écrire un livre sur ce qu'il a vu. Son offre l'a tellement surpris qu'il est resté bouche bée. Il compte bien lui demander de développer son idée la prochaine fois qu'il la verra. Ce n'est pas comme s'il avait visité tous ces pays. Depuis son retour à Québec, il a même osé s'inviter à manger deux fois chez ses parents avec tout ce qu'il faut pour préparer le souper. Sa mère était contente d'avoir congé de cuisine. Très contente. Son père et le petit crétin étaient aux anges. Si Henri s'est retenu de comparer les talents culinaires de sa femme à ceux de son fils, Rémi a répété sur tous les tons que Richard est bien meilleur qu'elle. Geneviève a ri et a dit à son aîné de ne surtout pas se gêner pour venir assiéger sa cuisine.

La vue de roses fuchsia lui rappelle Isabelle. Quand il avait quelque chose à se faire pardonner ou qu'il voulait lui faire plaisir, il lui en offrait une. Il aurait aimé que les choses se passent différemment entre eux, mais la vie lui a appris qu'on ne peut pas rattraper le passé. Aujourd'hui, il peut dire que leur relation ne les aurait pas menés au mariage. Le lien qui les unissait n'était pas assez fort, à tout le moins de son côté. Il l'a croisée une seule fois depuis la fin abrupte de leur histoire et c'est mieux ainsi. Il ne ressent plus rien pour elle et il n'a aucune envie de l'avoir pour amie. Pas après ce qui s'est passé. Carole se fait un devoir de lui donner de ses nouvelles chaque fois qu'elle le voit ; elle se sent encore coupable d'être à l'origine de leur séparation. Il pourrait lui dire d'arrêter de s'en faire avec ça, mais il n'a aucune envie de lui faciliter les choses pour libérer sa conscience. S'il est en train de renouer avec sa mère, il n'est pas prêt à en faire autant avec l'aînée de ses sœurs. Elle a frappé fort et sans aucune raison. Ou plutôt en pensant uniquement à elle. Il tague le rosier et part à la recherche du prochain.

La vie est drôlement faite. Avant, il était le seul de la famille à partir et, en septembre, il sera le seul en ville avec le petit crétin. Si l'ancienne version de son petit frère l'amusait, la nouvelle l'encourage à passer plus de temps avec lui. Seul petit hic, Rémi fait la vie dure à Sophie. Il faut dire qu'il était très attaché à Isabelle. La dernière fois que Richard l'a pris chez lui, il lui a fait comprendre que rien ne l'empêche d'aimer Sophie et Isabelle en même temps. Reste à voir si le dernier de la famille a bien saisi le message.

Une pression ferme sur son épaule droite le sort brusquement de ses pensées. Il se relève et se retrouve face à face avec Daniel.

— Désolé, mon gars ! J'ai essayé d'attirer ton attention par deux fois, mais tu ne m'entendais pas.

— J'étais concentré.

— J'ai bien vu ça ! Je voulais te dire que je suis très heureux que tu acceptes notre offre.

— Ce serait plutôt à moi de vous remercier. Je te promets de ne pas vous décevoir.

— Ça fait plaisir à entendre, mais je ne suis pas inquiet. Comme je viens de le dire à Henri, ne te gêne surtout pas pour nous faire part de tes idées pour développer l'entreprise. On a à cœur de la faire grandir.

— J'en ai déjà noté quelques-unes, mais je comptais passer le plus gros de la saison avant de vous en faire part. Et de toute façon, la plupart ne concernent pas le paysagement, mais l'arrosage des plantes intérieures.

— On s'en reparlera avant que tu en prennes la direction. On se voit plus tard.

Que Daniel ait pris le temps de venir le voir le touche. Il se remet au travail et retourne dans ses pensées pendant que ses mains s'affairent à déterrer un nouveau rosier. Chantale et Catherine lui manquent. Il a vu la cadette de ses sœurs deux fois au cours des quatre derniers mois et c'est parce qu'il est allé la voir jouer au tennis à Montréal. Elle a un agenda de premier ministre et elle ne s'en plaint pas une miette. Comme elle le lui a dit, elle a une vie de rêve. Elle est aimée par un homme merveilleux, elle adore ses cours à l'université de même que son travail d'été et le tennis. Et en plus, on la paie pour étudier. Franchement, il faudrait être bien exigeante pour en demander plus. Chantale a toujours été plus mature que son âge, mais là elle est carrément devenue une adulte. Ça se voit et ça s'entend dans tout ce qui sort de sa bouche. Quant à Catherine, il lui parle quelques minutes tous les dimanches matin et il n'est jamais rassasié. Étant donné qu'aucun des deux n'a les moyens de s'éterniser au téléphone, ils s'en tiennent à l'essentiel, c'est-à-dire qu'ils n'en savent guère plus sur la vie de l'autre une fois qu'ils ont raccroché. La dernière fois, Richard a eu l'impression que sa sœur n'était pas dans son assiette. Il a tenté d'en savoir plus, sans succès. Il y a des sujets trop sérieux pour qu'on se contente de les effleurer. Le soir, il lui a écrit. Elle n'aura sûrement pas reçu sa lettre dimanche prochain, mais bon.

S'il avait les moyens de ses ambitions et qu'il n'était pas enterré de contrats de paysagement, il se paierait un aller-retour en Irlande pour savoir s'il a raison de s'en faire pour elle.

La voix forte d'Henri le sort à son tour de ses réflexions. Déjà midi. Il pousse un grand soupir, il n'a pas avancé autant qu'il l'espérait.

— Dépêche-toi, Mme De Koninck nous attend pour dîner.

— Pars en paix, j'ai mon lunch.

— Pas question que je débarque chez elle sans toi, elle m'a fait promettre de t'emmener.

— J'avais dix ans la dernière fois que je l'ai vue.

— Fais-le pour moi.

À peine sa dernière phrase a-t-elle franchi ses lèvres qu'Henri regrette de l'avoir prononcée. Il n'a pas l'habitude de quémander de cette manière et surtout pas auprès de Richard.

— Oublie ce que je viens de dire, s'empresse de dire son père. Je serai de retour dans une heure.

Son fils soulève les épaules et les laisse retomber dans la seconde qui suit avant de soupirer. Cette phrase aurait été prononcée par sa mère que le dossier serait déjà clos.

— Papa ! Attends-moi !

— Rien ne t'oblige à m'accompagner. Je n'avais pas le droit de décider pour toi.

— Rassure-toi. Si j'y vais, c'est uniquement parce que je viens de me rappeler que tu as toujours vanté ses talents de cuisinière.

***

Une bonne odeur de poulet rôti titille les narines des deux hommes lorsque Mme De Koninck leur ouvre la porte. Elle embrasse Henri sur les joues et le serre contre elle. Son geste l'émeut, mais il s'efforce de n'en rien laisser paraître. Il est attaché à cette femme au point que lors de sa dernière visite, il lui a avoué la place qu'elle tient dans sa vie. Sa réaction l'a surpris et pas rien qu'un peu. Elle lui a dit qu'elle aurait été honorée de l'avoir pour fils. Et lui d'ajouter qu'il acceptait volontiers de jouer ce rôle à compter de maintenant. Comme second fils, il s'entend. Elle lui a caressé la joue avant de lui confirmer que c'est ainsi qu'elle l'avait toujours considéré.

Témoin de la scène qui vient de se dérouler sous ses yeux, Richard s'approche de la vieille dame et lui fait son plus beau sourire.

— Je suis ravi de vous revoir, Mme De Koninck. Vous êtes exactement comme dans mon souvenir.

Elle fronce les sourcils et pince légèrement les lèvres.

— J'ai même encore la boîte de métal rouge remplie de biscuits aux pépites de chocolat que vous m'aviez donnée.

— J'espère que tu en manges encore parce que je t'en ai fait au cas où tu viendrais, avoue-t-elle. Approche que je t'embrasse. Merci d'être venu.

Les deux hommes n'ont jamais mangé un aussi bon poulet. Curieux, Richard lui demande sa recette.

— C'est très facile. Je prépare une marinade et je la glisse entre la peau et la chair du poulet. Ensuite, je le couvre et je le laisse mariner quelques heures au frigidaire avant de le mettre au four.

— Facile pour vous, peut-être, avoue Richard, mais j'ai besoin d'en savoir plus si je veux en faire. Auriez-vous le temps de m'apprendre ?

— Appelle-moi quand tu seras libre et il me fera plaisir de te montrer.

— Demande-lui de te donner sa recette de bœuf bourguignon, dit Henri. Pour moi.

— Je serai ravie de partager avec toi tout ce que je sais en cuisine. Je pourrai même te donner le livre de recettes de ma famille. Ça n'intéresse pas mon fils.

— Dommage pour lui et tant mieux pour moi. Merci beaucoup !

La compagnie de Mme De Koninck est tellement agréable que ni l'un ni l'autre n'a regardé l'heure avant de sortir de chez elle. Ils réalisent très vite qu'ils ont consacré à leur dîner beaucoup plus de temps qu'ils auraient dû. Le père et le fils se regardent et poussent un grand soupir. Ils devront travailler jusqu'à la noirceur et se contenter de la boîte de biscuits que leur a donnée Mme De Koninck en attendant de souper.

Alors qu'il devrait être crevé vu l'heure à laquelle il rentre chez lui, Henri est en pleine forme, comme s'il avait dormi douze heures en ligne. Ne sachant pas si Geneviève est encore debout, il marche sur la pointe des pieds jusqu'à la cuisine. Il rêve de boire une bière froide depuis qu'il a pris la route pour revenir à l'Île. Il se poste devant le réfrigérateur et il sursaute lorsqu'il voit sa femme appuyée sur le comptoir.

— Veux-tu bien me dire ce que tu fais dans le noir ? lui demande-t-il d'un ton brusque. Tu es chanceuse que je ne t'aie pas prise pour un voleur.

— J'admirais la pleine lune, répond-elle. Sors-en une pour moi. Veux-tu qu'on aille s'asseoir au salon ?

— Non ! Non ! J'aime mieux être proche du frigidaire au cas où j'en voudrais une deuxième.

— Qu'est-ce qu'on fête ?

Henri lui sourit. Sa femme le connaît mieux que personne. Il est si rare qu'il prenne de l'alcool la semaine qu'elle en a vite déduit qu'il a forcément une bonne raison de le faire.

— Imagine-toi donc que Richard a accepté notre offre ce matin.

— Ne me dis pas qu'il va enfin rester à terre ! Je commençais à désespérer que ce jour arrive. À ta santé !

— À la tienne, dit Henri en frappant sa bouteille sur le verre de Geneviève. Ça nous enlève une grosse épine du pied, à Daniel et moi.

— J'imagine. Je l'appellerai demain pour le féliciter et confirmer notre prochaine rencontre. Je suis tellement contente qu'il ne parte pas. Je commence juste à me rapprocher de lui et ça m'aurait crevé le cœur de devoir mettre sur pause ce qu'on est en train de construire.

Geneviève a les yeux dans l'eau comme chaque fois qu'elle parle de sa relation en devenir avec son aîné. Elle a tellement souffert de son indifférence à son égard qu'elle est prête à tout pour ne pas perdre le peu qu'elle a gagné ces derniers mois. Henri lui prend la main. Ce n'est pas demain la veille qu'il cessera de s'en vouloir de n'avoir rien fait pour éviter que les choses aillent aussi loin. Tout ça pour un bout de papier. Dans son livre à lui, l'école n'est pas le seul chemin pour se bâtir un avenir. N'en est-il pas la preuve vivante ?

— Fais-lui confiance, lui suggère-t-il d'une voix douce. Et toi, ta journée ?

Elle se redresse sur sa chaise et lui sourit.

— Moi aussi, j'ai une bonne nouvelle. J'ai réussi à convaincre une romancière chevronnée de signer avec la maison d'édition que je représente.

— Tu l'as débauchée.

— On peut dire ça. Elle avait envie d'écrire autre chose, pour une fois, et son ancien éditeur refusait sous prétexte qu'elle perdra forcément des lecteurs s'il accepte de la publier dans un autre genre. Entre toi et moi, ç'a été un jeu d'enfant de la convaincre de s'en venir chez nous.

— Et tu n'as pas peur qu'elle en vende moins que d'habitude ?

— Je n'ai aucune raison d'avoir peur. Je l'ai présentée à l'éditeur et il l'a signée. Le reste n'est pas de mon ressort.

Henri la fixe. Geneviève a pris beaucoup d'assurance depuis qu'elle a quitté la commission scolaire. Et elle dort mieux, aussi.

— J'envie ton détachement, ajoute-t-il.

— Contrairement à toi, je suis salariée. Je suis dédiée à mon travail, mais ce n'est pas demain la veille que je vais m'en faire avec quelque chose qui ne relève pas de moi. Je serai la première à me péter les bretelles – enfin... tu comprends ce que je veux dire – si notre nouvelle recrue fracasse des records de vente. Dans le cas contraire, je ne prendrai pas tout le blâme. Ça non ! Dépêche-toi de finir ta bière qu'on aille se coucher avant que le soleil se lève. Je dois me lever à six heures.

— Moi qui pensais que...

— Ça aussi, c'est au programme. Dépêche-toi avant que je change d'idée.

4

Myriam est prise d'un fou rire à l'instant où elle raccroche le combiné du téléphone. Comme tous les jeudis soir, Jacques vient de l'inviter à aller boire un verre avec lui à cinq heures précises dans le Vieux-Québec. Alors qu'il essuie un refus de sa part neuf fois sur dix, probablement encore plus souvent, il revient à la charge semaine après semaine comme s'il n'était pas au courant que sa tendre moitié n'est plus fonctionnaire et que son horaire ne ressemble en rien au sien. En démarrant son entreprise, Myriam n'a pas seulement troqué son fameux fonds de pension contre un salaire de misère à ses yeux, elle commence plus tôt et finit plus tard. Beaucoup trop tard selon lui ! Alors qu'elle appelle ça la rançon de la gloire, il qualifie plutôt sa situation d'esclavage volontaire. En résumé, ce n'est pas demain la veille qu'ils seront sur la même longueur d'onde sur la question.

— Ne me dis pas qu'il vient encore de t'inviter ? lui demande Marie en apparaissant dans le cadre de porte de sa patronne.

— Je ne sais plus quoi inventer pour lui faire comprendre que je ne peux pas, répond-elle en s'efforçant d'arrêter de rire. Hier soir, je l'ai même supplié à genoux d'arrêter son petit manège.

— À sa place, il y a longtemps que j'aurais compris que c'est peine perdue.

— J'ai tout essayé, mais il n'y a rien qui fonctionne. Il me désespère avec ses invitations tous les jeudis. Il n'en a pas manqué un seul. Même lorsque j'étais à l'extérieur. Ce n'est pas comme si on y allait toutes les semaines quand j'étais fonctionnaire. Il trouvait toutes les excuses du monde pour refuser les 5 à 7, et maintenant que je ne suis plus disponible, il s'entête à m'inviter. Je ne comprends rien à son petit jeu et, entre toi et moi, ça commence à m'irriter drôlement.

— Tu m'en diras tant ! Je te trouve très patiente d'endurer son petit manège. En même temps, je ne sais pas quoi te suggérer pour que ça cesse. À moins que tu le menaces de ne plus répondre à ses appels.

— Au cas où tu l'aurais oublié, je vis avec lui et je l'aime.

— Vu de même ! N'empêche qu'il a le don de te pourrir la vie tous les jeudis après-midi à la même heure. Je te lève mon chapeau bien haut d'être encore capable d'en rire. Moi, j'aurais envie de lui arracher la tête. En as-tu parlé à maman ?

— Une ou deux fois et je refuse qu'elle s'en mêle. Déjà que Jacques a perdu du galon depuis qu'il a mal réagi à ma démission de mon poste au gouvernement et au fait que j'aie emménagé chez Annie, je ne vois pas ce qu'elle pourrait faire pour m'aider. En tout cas, certainement pas s'en prendre à lui. Bon, assez parlé des maladresses de mon cher mari pour aujourd'hui.

La sonnerie du téléphone ramène Marie à son bureau. Elle décroche et répond d'une voix douce à son interlocuteur. Aussitôt son appel terminé, elle revient se poster dans le cadre de porte de Myriam.

— Dépêche-toi d'accepter l'invitation de Jacques, ton rendez-vous de quatre heures vient de remettre votre rencontre à la semaine prochaine. Même jour, même heure, même endroit.

Au lieu de se réjouir, Myriam pousse un grand soupir et croise les bras.

— Je pensais que ça te ferait plaisir.

— Pas vraiment ! Si je le rappelle, il risque de croire que j'ai fait des pieds et des mains pour me libérer et ce n'est pas le cas. J'ai une idée. Allons plutôt prendre un verre toutes les deux.

— Et si jamais on le croise ?

— Je lui dirai que notre rendez-vous s'est terminé plus tôt que prévu et que je n'avais aucun moyen de le joindre. Pour une fois qu'on a la chance de quitter le bureau plus tôt, j'ai envie d'en profiter. Pas toi ?

— Pourquoi je me priverais ? Contrairement à Jacques, Jules ne m'attend pas pour aller boire une bière après son travail. Où veux-tu aller ?

— On décidera en chemin. Je t'emmène. Ah oui, interdiction de parler travail.

— Dommage qu'on ne l'ait pas su plus tôt, lance Marie, on aurait pu inviter les filles à se joindre à nous.

— Pas question ! Je n'ai pas envie de courir le risque qu'on tombe sur Jacques alors qu'on est cinq. Disons que ce serait pas mal plus difficile à défendre.

Marie soulève les épaules et fronce les sourcils. Elle a du mal à comprendre que Myriam supporte encore cette situation. Ça ne lui ressemble tellement pas de tolérer l'intolérable.

— Je te promets de régler la situation une fois pour toutes en rentrant, dit sa patronne comme si elle lisait dans ses pensées.

La vie joue parfois des tours. Les deux femmes entrent dans un bar de la rue Saint-Jean quelques minutes plus tard et elles tombent face à face avec Jacques. Marie éclate de rire alors que Myriam fige sur place.

— Je vais passer à la toilette, annonce Marie pour ne pas être obligée d'expliquer leur présence.

Jacques embrasse sa femme et se comporte comme s'ils avaient rendez-vous. Malheureusement pour lui, Myriam reste de glace.

— Il faut qu'on parle, dit-elle en le repoussant avec fermeté vers l'extérieur. Ton petit jeu a assez duré.

Il la regarde avec de grands yeux comme s'il ne voyait pas de quoi elle parle.

— Comment as-tu deviné que je serais ici ? lui demande-t-il d'un ton doucereux.

— Suis-moi ! lance-t-elle, une fois dehors.

Comme il ne bouge pas, elle le prend par le bras et le tire jusqu'au coin de la rue. Si elle se souvient bien, il y a un banc tout près. Comble de chance, personne ne l'occupe. Elle s'assoit et l'invite à en faire autant avant de commencer à parler.

— Ouvre bien grand tes oreilles parce que je ne le répéterai pas une seule fois de plus. Je t'interdis de me téléphoner jeudi prochain et tous les suivants pour m'inviter à aller boire un verre avec toi. Je t'ai dit au moins cent fois que je t'appellerais quand je serais libre.

— Et tu ne l'as jamais fait !

— Au cas où tu l'aurais oublié, ajoute-t-elle d'un ton impatient, je travaille à bâtir une entreprise d'importation de produits fins et je n'ai pas le temps ni l'envie de me prendre la tête avec tes invitations. Ai-je été assez claire, cette fois ?

— Ça ne change rien au fait que tu ne m'as jamais invité à aller boire un verre avec toi la semaine.

Si Myriam avait des fusils à la place des yeux, Jacques serait mort à l'heure qu'il est. Elle prend sur elle et inspire à fond avant de continuer à parler :

— Et après ? Tu te comportes comme un enfant gâté et je n'ai pas le temps de jouer à la mère avec toi. Ou tu arrêtes ton petit jeu ou je te quitte pour de bon.

Jacques blêmit d'un coup. La Myriam qu'il connaît n'aurait pas osé le menacer de cette manière parce qu'il l'invite à aller boire un verre. Il se lève, et alors qu'il allait faire un pas, une poigne de fer l'oblige à se rasseoir.

— Pas question que tu te dérobes. Pas cette fois. J'ai toujours été transparente avec toi et tu le sais très bien. Tu ne te lèveras pas de ce banc avant qu'on ait crevé l'abcès une fois pour toutes. Je ne veux plus que tu me harcèles avec tes invitations bidon alors que tu connais déjà ma réponse. Ce n'est pourtant pas si compliqué à comprendre. C'est le seul irritant entre nous et tu continues à mettre de l'huile sur le feu. À quoi joues-tu ? Je ne te laisserai pas détruire par pur entêtement ce qu'on a bâti. Je ne te demande pas la mer à boire, juste que tu respectes ma nouvelle réalité.

Cette fois, Jacques comprend l'urgence d'arrêter de mettre de la pression sur Myriam s'il veut la garder auprès de lui. Son geste ne partait pas d'une mauvaise intention, il voulait juste qu'elle lui accorde un peu de temps à son heure à lui. Aussi bien l'admettre, ce n'était pas une bonne idée.

— Promis ! Je ne t'embêterai plus avec mes coups de fil du jeudi après-midi.

Ce qu'il omet de lui dire, c'est qu'à sa place, il y a longtemps qu'il aurait pété les plombs. Il l'envie depuis le jour où elle a osé tout quitter pour réaliser son rêve. Il est jaloux de son succès, de son audace. Depuis qu'il est revenu de son séjour à Paris, il s'ennuie à mourir au travail. Il pourrait postuler à un autre poste, mais à quoi bon ? C'est d'un nouveau défi professionnel du genre de celui de Myriam qu'il aurait besoin. Pour cela, il faudrait d'abord qu'il trouve ce qui le ferait vibrer. Plus facile à dire qu'à faire. L'introspection n'a jamais été son fort. À la fin de ses études, il tenait mordicus à avoir un fonds de pension, et maintenant qu'il l'a, il est mort de peur à l'idée de le voir diminuer. Il regarde sa femme avec admiration. Elle a su trouver sa voie.

— Je te demande pardon, je me suis comporté en imbécile.

Myriam lui tend la main et lui sourit.

— Promets-moi de ne jamais me quitter.

— Il ne tient qu'à toi, lui dit-elle en le tirant pour qu'il se lève.

Ils parcourent ensuite la courte distance qui les sépare du bar où Marie les attend patiemment.

Deux heures plus tard, Myriam ramène sa passagère au bureau.

— Il faudra qu'on remette ça, dit Marie avant de descendre. J'ai adoré ça.

— Avec plaisir, mais on ira plutôt dans un bar où on peut rencontrer des gens d'affaires. Ce sera plus payant pour nous.

— Bonne idée ! À quelle fréquence ?

— Commençons par une fois par mois et on verra si ça vaut la peine.

— Que diras-tu à Jacques quand tu rentreras et que tes vêtements empesteront la fumée ?

— La même chose que lorsque j'ai rendez-vous avec un client au restaurant. J'ai l'impression qu'il va se tenir tranquille, maintenant.

— Il est jaloux de toi, avance Marie.

Surprise, Myriam active son clignotant et se range sur le côté.

— Pourquoi je n'y ai pas pensé ? Il a de moins en moins le moral quand je lui demande quelle sorte de journée il a passée. Ça ne lui ressemble pas du tout. Il a toujours adoré son travail. Et il me parle de plus en plus souvent de l'année qu'il a vécue à Paris, chose qu'il ne faisait pas avant. Mais s'il n'est plus heureux, rien ne l'empêche de démissionner.

— Tout le monde n'a pas ton cran et ta force de caractère.

— Je te rappelle qu'il a une trentaine de personnes sous ses ordres et il siège à plusieurs comités importants. Il a gravi les échelons grâce à son travail et sa force de caractère.

— Toujours dans le même environnement et il le connaît sur le bout des doigts.

Ce que Marie vient de dire a du sens. Il a mis près de cinq ans avant d'accepter de s'expatrier un an à la demande de ses patrons. N'eût été ses encouragements, jamais il n'aurait accepté. Myriam se souvient combien il était nerveux les premières semaines. Tellement qu'il en avait perdu le sommeil alors qu'elle courait comme un chien fou du matin au soir pour découvrir Paris et ses environs. Contrairement à elle, Jacques est un homme d'habitudes. Le seul problème, c'est qu'il a connu autre chose et il est incapable de retrouver ses marques.

— Pourquoi n'y ai-je pas pensé avant ? répète Myriam.

— Parce que tu n'as pas le temps.

— Je ne demande pas mieux que de l'aider.

— Il n'abandonnera pas son fonds de pension. Il m'en a encore parlé quand tu es allée aux toilettes. Il y tient comme à la prunelle de ses yeux.

Myriam reprend la route. Il lui tarde d'aller retrouver Jacques et de lui tirer les vers du nez parce que c'est sûrement ce qu'elle devra faire. Elles demeurent silencieuses jusqu'au bureau.

— Ton premier rendez-vous est à sept heures trente demain matin, lui dit Marie avant de sortir de l'auto, une fois au bureau. Bonne soirée !

— À toi aussi ! La tienne risque d'être moins houleuse que la mienne.

— C'est ce qu'on verra.

Il est onze heures passées quand Myriam monte se coucher. Elle a cuisiné Jacques à l'endroit comme à l'envers et elle est au même point qu'au moment de lui poser sa première question. À un moment donné, elle s'est retenue de lui crier après.

***

— S'il vous plaît, s'écrie Carole, ne raccrochez pas, grand-maman.

Bien que tentée de le faire, Marguerite se retient. Ça ne la tuera pas d'écouter sa petite-fille, pour une fois. Ce n'est pas comme si elle était à sa porte.

— Dépêche-toi de me dire pourquoi tu m'appelles, j'allais sortir.

— Je voulais vous remercier de m'avoir retourné les lettres qui m'étaient adressées, de même qu'à Maryse. C'est grâce à vous si on a obtenu nos postes et nous vous en sommes très reconnaissantes.

— Tu en as mis du temps avant de m'appeler ! réagit sèchement Marguerite.

Carole pousse un grand soupir. La tentation de raccrocher est forte. Une seule raison l'empêche de le faire. Sa grand-mère voulait vraiment l'aider après son avortement. Au lieu d'en profiter pour se sortir du merdier dans lequel elle s'était fourrée toute seule, elle a tout gâché.

— Je vous demande pardon, grand-maman. Je me suis très mal comportée avec vous quand vous nous avez hébergées, Isabelle et moi.

Il y a longtemps que Marguerite avait fait une croix sur des excuses de la part de sa petite-fille. Qu'elle lui demande pardon la trouble.

— Êtes-vous toujours là ?

— Oui, répond-elle au bout de quelques secondes.

Nouveau silence qui commence à être lourd à porter pour Carole. Après réflexion, elle se dit qu'elle peut bien laisser un peu de temps à sa grand-mère pour absorber le choc, étant donné qu'elle a mis plus de deux ans avant de trouver le courage de l'appeler.

— À une condition, ajoute enfin Marguerite. Je veux que tu viennes me voir avant de partir pour Victoria.

— On pourrait fixer le rendez-vous tout de suite, si vous êtes d'accord. Votre heure sera la mienne.

— Viens souper demain. À cinq heures, et ne sois pas en retard. Bonne journée!

Marguerite a raccroché depuis un moment et Carole tient toujours le combiné.

— À qui parlais-tu? lui demande Maryse en entrant dans le salon.

— À ma grand-mère, lui répond-elle en raccrochant.

— Veux-tu bien me dire ce qui t'a pris?

— Je l'ai remerciée pour les lettres et je lui ai demandé pardon pour mon comportement.

— Je ne te savais pas aussi courageuse. Est-ce qu'elle t'a raccroché au nez?

— Elle m'a invitée à souper demain et j'ai l'intention d'y aller. J'arriverai même en avance pour lui faire plaisir.

Son amie s'approche et met sa main sur son front pour voir si elle est fiévreuse.

— Tu pourrais lui apporter un cadeau d'hôtesse, tant qu'à y être, lui suggère Maryse d'un ton sarcastique.

— C'est une bonne idée, répond-elle avant de lui tirer la langue. As-tu besoin de quelque chose? Je vais faire un saut à Place Laurier.

— Merci! J'essaie de dépenser le moins possible avant qu'on prenne l'avion. Réalises-tu que dans trois semaines on va avoir notre baptême de l'air? Je suis tellement énervée.

— Et moi donc ! J'ai trop hâte d'être à Victoria. Tu me fais penser… je vais passer à l'agence de voyages pour avoir une brochure. À moins que je demande plutôt à Richard, il a sûrement un livre sur la Colombie-Britannique.

— Es-tu en train de me dire que tu vas lui demander pardon à lui aussi ?

— Je partirais le cœur plus léger si je trouvais le courage de le faire. Ne perds pas ton temps à essayer de comprendre et dis-toi que je le fais parce que je tiens à ma famille plus que je le croyais. Et j'en ai assez de me trouver des excuses pour ne pas aller aux fêtes de famille. Il est temps de régler mes comptes. Attends-toi à ce que je fasse un saut à Montréal la semaine prochaine, je dois voir ma petite sœur avant de partir. J'appellerai Catherine aussi.

— Et tante Irène ? lui demande Maryse d'un ton radouci.

— Bonne idée ! Il vaudrait mieux que je parte si je veux revenir. À plus tard !

Une fois seule, Maryse s'étend sur le divan. Elle aurait dû encourager Carole au lieu de la prendre de haut comme elle l'a fait. Qui est-elle pour lui faire la leçon ? Sa garde-robe est pleine de squelettes et elle ne lève pas le petit doigt pour régler ce qui traîne depuis trop longtemps. Elle compte sur ses doigts le nombre de personnes qu'elle aurait intérêt à aller voir pour s'excuser de les avoir mal traitées, à commencer par sa marraine. Elles sont en froid depuis le jour où Maryse lui a chanté une poignée de bêtises parce qu'elle n'aimait pas le cadeau de fête qu'elle lui avait offert pour ses quinze ans. Inutile d'ajouter que ça a été le dernier. Ça ne la tuerait pas de l'appeler pour s'excuser. Et son père. Le pauvre a fait les frais de sa colère il y a un an alors qu'il n'était nullement concerné. Elle venait de se faire plaquer pour une autre par celui qu'elle croyait être l'homme de sa vie. Son paternel lui parle toujours, mais le malaise est palpable quand ils sont dans la même pièce. Et son petit frère. Il avait l'habitude de se confier à elle jusqu'à ce qu'elle trahisse sa confiance en allant parler de ce qu'il lui a dit à leurs parents. Sa liste s'allonge sans qu'elle s'en rende compte. Elle se lève brusquement et secoue la tête de gauche à droite. Ça suffit pour aujourd'hui. Si elle continue, elle n'aura pas assez de temps pour faire le tour des personnes qu'elle a blessées de manière involontaire. Pourquoi a-t-elle laissé traîner les choses ? Par pure négligence. Elle marche jusqu'au téléphone, le décroche et compose le numéro de ses parents.

— Papa ? C'est moi. Aurais-tu un peu de temps pour moi ?

5

Chère Catherine,

Je viens juste de raccrocher avec toi et j'ai l'impression que tu ne vas pas aussi bien que tu veux me le faire croire. Si je ne me retenais pas, je sauterais dans le premier avion pour aller voir si je me fais des idées, ce dont je doute. Je suis prêt à tout entendre et à faire tout ce qui sera en mon pouvoir pour t'aider. Je t'en prie, dis-moi ce qui te tracasse. Tu peux m'appeler à l'heure que tu veux.

Richard xxx

C'est la quatrième fois que Catherine lit la courte lettre de son frère. Il a toujours su lire en elle, même au téléphone. Elle se laisse tomber sur sa chaise de bureau et laisse errer son regard sur la plantation. Elle courrait se jeter dans ses bras s'il était plus proche. Elle est bel et bien enceinte malgré toutes les précautions que Nolan et elle ont prises. Le deuxième test de grossesse l'a confirmé deux jours après le premier. Elle n'est pas encore allée voir le docteur ; elle le fera seulement quand ils auront pris une décision. Elle a mal au cœur, de son réveil jusqu'au moment de s'endormir. Comme si ce n'était pas assez, elle vomit dès qu'elle avale une bouchée. Au lieu d'aller travailler, elle passe ses journées à se morfondre chez elle et prie pour que sa belle-mère ne se présente pas à sa porte pour prendre de ses nouvelles. Nolan a pris les devants, il lui a dit que sa femme avait attrapé un virus et qu'elle ferait mieux de se tenir loin. Reste à souhaiter que ça la garde à distance encore un peu.

Elle regarde l'heure sur sa montre et compose le numéro de Richard. Elle compte les sonneries avant que son répondeur s'enclenche. Elle va lui demander de la rappeler. Elle doit parler à quelqu'un de ce qui lui est tombé dessus et il est l'heureux élu. Alors qu'elle allait ouvrir la bouche, Sophie décroche.

— Allô ! Allô ! Est-ce qu'il y a quelqu'un ?

— C'est Catherine, finit-elle par dire. Je voulais laisser un message pour Richard.

— Quel temps fait-il chez vous ?

La dernière chose dont Catherine a envie, c'est de faire la conversation à la nouvelle blonde de son frère, d'autant qu'elle ne l'a jamais rencontrée. Elle s'efforce d'être polie. Au moins un peu.

— Il fait beau soleil. Pourrais-tu demander à mon frère de me rappeler à frais virés ? Dis-lui que ça peut attendre à demain ou à après-demain. Je dois te laisser. Bonne journée !

Catherine se lève et arpente le salon comme si ce geste avait des chances de faire disparaître son problème. Elle ne doute pas un seul instant que Nolan se morfond autant qu'elle, à la différence qu'il est au travail et que la grossesse en tant que telle ne l'incommode pas physiquement. Elle en aurait long à dire à ce sujet. Quelle injustice ! Elle pourrait appeler sa mère. Elle le ferait si elle était certaine qu'elle n'essaiera pas de la convaincre de garder le bébé. Elle a besoin d'en parler à quelqu'un ou la tête va lui exploser. Elle prend son courage à deux mains et compose le numéro de ses parents. Geneviève décroche à la première sonnerie.

— Maman ? Étais-tu assise sur le téléphone ?

— Je passais devant quand il s'est mis à sonner. Est-ce toi, Catherine ?

— Oui.

— Veux-tu que je te rappelle ?

De l'autre côté de l'océan, sa fille éclate en sanglots. Prise au dépourvu, Geneviève ne sait pas quoi faire. Tout ce qu'elle trouve à lui dire pendant qu'elle l'entend pleurer, c'est qu'elle est là. Une minute passe, puis une autre et encore une autre avant que Catherine se calme suffisamment pour lui dire dans un souffle qu'elle est enceinte et qu'elle ne sait pas quoi faire.

— Voudrais-tu que j'aille te trouver ?

— Tu ferais ça pour moi, maman ?

— Bien sûr que oui. Je vais raccrocher et téléphoner à l'agence de voyages. Je te rappelle dès que j'ai les détails.

Geneviève se laisse tomber sur une chaise avant de sortir le bottin téléphonique. Elle a besoin de quelques secondes pour se remettre les idées en place. Catherine vient d'appeler au secours et elle doit aller l'aider. Elle va commencer par réserver son billet d'avion et, ensuite, elle demandera à Colette si elle peut prendre Rémi pendant son absence. Une partie d'elle a envie de sauter de joie parce qu'elle sera grand-mère alors que l'autre a très vite réalisé au timbre de voix de Catherine que ce n'est pas gagné d'avance. Geneviève aura tout le trajet pour se convaincre de ne pas influencer sa fille ni son gendre concernant la décision qu'ils ont à prendre. Elle a eu sa leçon avec Carole. Catherine est une adulte et tout ce dont elle a besoin, c'est de pouvoir compter sur sa mère ; pas qu'elle décide à sa place. Elle sait déjà ce qu'Henri va lui dire quand elle lui apprendra la nouvelle. « Ne t'en mêle surtout pas. » Dommage qu'il soit aussi occupé, elle lui aurait demandé de l'accompagner. À moins qu'elle offre à sa mère de faire le voyage avec elle ? Marguerite ne parle pas un traître mot d'anglais, mais son sans-gêne compensera largement. L'idée de ne pas partir seule lui plaît. Cependant, elle ne l'invitera que si Catherine est d'accord.

Une heure plus tard, Geneviève rappelle Catherine pour lui donner les détails concernant son arrivée à l'aéroport. Sa fille jubile à l'autre bout du fil. Lorsque sa mère lui dit qu'elle a pensé à emmener sa grand-mère, elle se met à rire de bon cœur.

— C'est une excellente idée, maman. Si elle hésite, dis-lui que j'ai besoin d'elle aussi.

— La connaissant, elle ne se fera pas prier. Je te confirmerai sa présence demain matin.

— Merci, maman.

Geneviève regarde l'heure. Elle a juste le temps de préparer le souper avant que Rémi revienne du parc. Elle l'emmènera chez ses parents après le repas et demandera à son père d'aller manger une crème glacée avec son petit-fils, le temps qu'elle parle à sa mère.

Comme elle s'y attendait, Marguerite n'a pas hésité une seconde. Elle a même appelé Catherine sur-le-champ pour annoncer sa visite.

— Maintenant, dit-elle à sa fille après avoir raccroché, dis-moi comment tu vois les choses.

— Je vais peut-être vous étonner, mais je ne vais pas en Irlande pour faire valoir ce que je ferais. J'y vais pour soutenir ma fille dans un moment difficile. Je ne vous cacherai pas que je serais folle de joie à l'idée d'être grand-mère. À la condition que Catherine décide de garder le bébé.

— Et si elle se fait avorter ?

— Je respecterai son choix et je souffrirai en silence. Je n'ai pas envie de la perdre. Merci de venir avec moi.

— À mon tour de te dire comment je vois les choses, dit Marguerite. Je ne ferai rien pour influencer sa décision, je lui ferai plutôt voir les conséquences des deux choix qui s'offrent à elle. Carole est venue souper à la maison avant-hier et elle porte encore le poids de son geste sur ses épaules. Je lui ai demandé si elle referait la même chose aujourd'hui et elle s'est mise à pleurer. Elle a fini par me dire qu'elle ne pouvait pas concevoir d'élever un enfant seule alors qu'elle connaissait à peine son père et que l'idée d'être mère ne lui avait jamais effleuré l'esprit. Avant de partir, elle a ajouté qu'il ne se passe pas une seule journée sans qu'elle se demande à quoi il aurait ressemblé. Je ne te dis pas à quel point j'étais triste quand elle est partie. La maternité est un piège. Elle peut te combler ou te détruire à petit feu. Dans un cas comme dans l'autre, elle te prend ce que tu as de meilleur et ne te donne pas toujours un retour sur investissement. Mettre un enfant au monde est un don de soi pur et dur qui n'est pas donné à toutes les femmes. Crois-moi, j'en sais quelque chose.

— Est-ce que vous regrettez ?

— Que vous soyez là, non. Ce que je peux dire, par contre, c'est que j'ai ramé à contre-courant pendant tout le temps que je vous ai élevés, et que ça m'a usée. Je vous aimais, et je vous aime encore plus aujourd'hui. Non ! Je vous aime mieux. Et je ne pourrais pas imaginer ma vie sans chacun d'entre vous.

Geneviève s'approche et serre sa mère dans ses bras. Aucun des huit enfants Gervais ne pourra effacer les passages à vide de sa mémoire. Heureusement, tous ont réussi à se faire de nouveaux souvenirs beaucoup plus heureux.

— Tant de souffrance seulement pour satisfaire le curé, dit Geneviève.

— J'aurais pu prendre ma vie en main avant ma huitième grossesse.

— Il vous aurait excommuniée.

— Je n'aurais pas perdu grand-chose, à part le fait que je n'aurais plus été obligée d'aller à la messe. On était mises dans un carcan le jour de notre naissance et il était resserré dès qu'on voulait mettre un pied en dehors pour s'assurer qu'on suivrait les règles établies par la religion et par toute autre instance qui dictait nos faits et gestes. Ajoute à cela que le Québec avait toujours été sous l'emprise d'une puissance étrangère. Tantôt les Français ! Tantôt les Anglais ! N'ayons pas peur des mots. Nous étions des colonisés et nous le sommes encore bien trop à mon goût.

Les deux femmes gardent le silence pendant un moment.

— Tes enfants te font la vie dure, mais mine de rien ils te libèrent un peu plus chaque jour. Enfin, les générations qui les suivront.

Des éclats de rire leur parviennent de dehors. Rémi et Adrien sont de retour.

— Grand-papa m'a acheté un cornet à trois boules, s'empresse-t-il de dire dès qu'il voit sa mère. Vanille, fraise et érable. Est-ce qu'on pourrait revenir le voir demain, maman ?

Adrien lui ébouriffe les cheveux. Il est très attaché à ce petit bout d'homme depuis qu'il ne joue plus au maître du monde. Il lui arrive même de passer le chercher pour aller marcher dans le bois ou sur le bord du fleuve. Évidemment, chacune de leurs sorties se termine quelque part où on vend de la crème glacée pour le plus grand plaisir de Rémi.

— C'est quand tu veux, jeune homme ! dit Adrien sans se faire prier. On pourrait aller traîner dans le Vieux-Québec avec Frédéric, s'il est libre.

— Bonne idée, grand-papa. N'oublie pas de l'appeler. Est-ce qu'on y va, maman ? Je rêve de prendre un bain.

Si Rémi s'est réconcilié avec Adrien, il ignore toujours sa grand-mère. Il est vrai qu'elle n'a pas levé le petit doigt pour l'amadouer. Quand Geneviève s'excuse pour son fils, Marguerite lui intime de ne pas s'en mêler.

— Juste un petit, répond-elle, il est tard.

— Ce n'est pas à moi de payer parce que grand-papa n'a pas regardé l'heure sur sa montre.

Geneviève salue ses parents et sort en tenant son fils par la main. Être mère est aussi exigeant que gratifiant. Est-ce que Catherine saura évaluer justement la portée de son geste si elle décide de se faire avorter ? Et si elle le garde ?

6

Frédéric fixe sa toile depuis un moment sans arriver à poser son pinceau dessus. Il dépose sa palette de peinture sur la table basse près de son chevalet et va s'asseoir sur le divan. Il se demande bien ce qui se passe avec lui. Il a son personnage en tête comme chaque fois et Marguerite lui a déjà inventé une vie. Vie qu'il connaît par cœur pour l'avoir lue pas moins de dix fois. Depuis le temps qu'il peint, c'est la première fois qu'il fige ainsi.

Il pousse un grand soupir. Il n'a aucune raison de vivre une telle situation: il était impatient d'immortaliser son coup de cœur du moment au point qu'il est passé à un cheveu de se lever au beau milieu de la nuit pour se mettre au travail. Il allonge le bras pour attraper l'esquisse qu'il a réalisée au crayon de plomb de l'homme qui a attiré son regard à l'instant où il est apparu dans son champ de vision. Un grand gaillard à l'air sévère, décoiffé, donnant l'impression de n'avoir peur de rien. Le genre de type qu'on préfère ne pas croiser la nuit dans une ruelle. Surtout si on est seul. Il la remet à sa place et se gratte la tête. Il existe forcément une raison pour qu'il se retrouve subitement paralysé devant une toile blanche. Il revoit toutes les étapes qui l'ont conduit à son chevalet. Il se lève et fait quelques pas. Pourquoi ça lui arrive aujourd'hui? Pour une rare fois en carrière, il a promis au galeriste de lui apporter son tableau à la fin du mois. Ça lui apprendra à vendre la peau de l'ours avant de l'avoir tué. Il retourne se placer devant son chevalet et soulève les épaules. Il a besoin de se changer les idées.

Le visage de Colette lui apparaît. Il rit tout seul. Il aura l'air de quoi s'il l'appelle pour l'inviter à aller boire un café ? Il lève les yeux au ciel et fronce les sourcils. Il aura l'air de ce dont il aura l'air. Peut-être qu'elle ne voudra pas le voir ou qu'elle ne répondra pas. Il va chercher le *scrapbook* qu'elle lui a donné et compose son numéro de téléphone sans plus de réflexion. Il verra bien. Elle répond à la deuxième sonnerie.

— Bonjour, Colette ! C'est Frédéric. Avez-vous un peu de temps à me consacrer ? Maintenant.

— Oui !

— Je serai devant chez vous dans quinze minutes.

— Vingt ! Je suis encore en robe de chambre.

— Dans une demi-heure, dit-il en réalisant qu'il n'y a pas le feu. À tout à l'heure.

Bizarre, la vie ! Alors qu'elle commençait à penser qu'elle n'aurait plus de ses nouvelles, voilà qu'il rapplique. Son appel lui fait très plaisir. Elle file à la salle de bain et se regarde dans le miroir. D'abord une douche rapide. Ensuite, une ligne de *eye-liner*, un peu de fard à joues et du rouge à lèvres. Et pour finir, elle attachera ses cheveux. C'est le mieux qu'elle peut faire en si peu de temps.

De son côté, Frédéric s'affaire à troquer ses vêtements pour peindre contre ceux de ville. Il ignore ce qui lui a pris d'appeler Colette et il s'en fiche. Peut-être le saura-t-il après l'avoir vue, et peut-être pas non plus. La vie lui a appris qu'on n'est pas obligé de tout comprendre. Ce qu'il sait pour le moment, c'est qu'il est face à un mur et que c'est drôlement inconfortable.

Il se stationne devant la maison de Colette à l'heure convenue, sort de son auto et va se placer côté passager pour lui ouvrir la portière quand elle arrivera. Il l'entend le saluer avant de la voir.

— Bonjour, Colette ! J'espère que vous ne m'avez pas trouvé trop effronté de vous appeler.

— Au contraire ! Ton appel m'a réjouie. Je m'inquiétais justement de ne plus avoir de tes nouvelles.

— En réalité, je n'ai aucune excuse sinon que le temps passe trop vite.

Il referme sa portière et va prendre place derrière son volant. La présence de Colette lui fait du bien.

— Avez-vous mangé ?

— J'allais me faire à déjeuner quand tu m'as appelée.

— Je sais où on va aller.

Ils discutent de tout et de rien jusqu'à ce que Frédéric remette ses clés au portier de l'hôtel.

— Le Marie-Antoinette m'aurait suffi.

— La prochaine fois, peut-être. J'ai envie de gaufres et on fait les meilleures en ville, ici.

— Excellent choix alors, réplique Colette d'un ton espiègle.

Aussitôt qu'ils sont installés à leur table, Frédéric lui raconte ce qui lui arrive.

— Avoir su, j'aurais apporté ma baguette magique.

Sa blague le fait sourire. Il a bien fait de l'appeler.

— Tu ne vas quand même pas me dire que c'était une première pour toi ?

— Oui ! C'est d'ailleurs pour cette raison que ça m'insécurise autant.

— S'est-il passé quelque chose de spécial les jours précédents ?

— Pas que je me souvienne. J'ai trouvé le modèle de mon prochain tableau il y aura bientôt deux semaines. J'ai fait une esquisse en arrivant chez moi et j'ai laissé passer quelques jours comme je le fais toujours avant de me mettre à peindre. Et vlan ! Je suis resté devant ma toile pendant une bonne heure sans parvenir à poser ne serait-ce qu'un minuscule point de couleur dessus. Je ne comprends rien.

— Es-tu plus fatigué que d'habitude ? Inquiet ?

— Je suis exactement comme d'habitude. Et même si je n'étais pas à mon mieux, j'ai toujours été capable de tracer une ligne entre ma vie privée et ma vie professionnelle. Pour tout vous dire, je me sens complètement perdu.

Colette le fixe en inclinant la tête de côté. Elle est flattée qu'il ait pensé à elle pour l'aider à sortir de cette mauvaise passe. Pour ce qui est de l'aider, rien n'est certain. Elle se creuse les méninges.

— Tu es vraiment convaincu que tout est exactement comme d'habitude ?

— Oui !

— Ma question va peut-être te paraître inutile. Tant pis, je vais quand même te la poser. À quel moment Marguerite invente-t-elle une histoire à ton nouveau personnage ?

— Seulement quand j'ai terminé mon tableau. Elle vient le voir à mon atelier et le regarde sous toutes ses coutures pour s'en imprégner.

— C'est toujours comme ça que ça se passe ?

Frédéric fronce les sourcils.

— À part cette fois, finit-il par répondre. Elle est venue prendre le thé et je venais juste de finir le croquis de mon nouveau personnage. Elle m'a demandé de le lui prêter et le surlendemain elle me l'a rapporté et m'a lu son histoire. Je l'ai tellement aimée que je l'ai pratiquement apprise par cœur à force de la lire.

— Est-ce que son histoire ressemblait au personnage que tu comptais peindre ou plutôt à celui que tu t'étais imaginé ?

Frédéric réfléchit avant de répondre.

— Oui et non ! Je ne sais plus.

— Récapitulons ! Tu as l'habitude de peindre ton tableau à partir de ton esquisse. Vrai ?

— Oui.

— Sans te préoccuper de l'histoire inventée par Marguerite ?

— Bien sûr que non puisqu'elle ne l'a pas encore écrite.

— Et cette fois, non seulement tu as lu son texte, mais il t'habite complètement. Ce que je m'apprête à dire est complètement fou. Serait-il possible que tu n'arrives pas à peindre ton personnage parce que celui que Marguerite a imaginé à partir de ton esquisse s'impose à toi avec tant de force qu'il t'empêche de créer le tien ?

— Wow ! s'écrie Frédéric assez fort pour que les clients assis aux tables voisines se tournent vers lui. Là, je suis bluffé. Votre théorie est remplie de sens. Mon personnage ne m'appartient plus, il est à Marguerite. Et, sincèrement, je doute d'être capable de le peindre un jour. La bonne nouvelle, c'est que je comprends pourquoi je n'y arrivais pas et, la mauvaise, c'est que je dois trouver un nouveau coup de cœur. Et reprendre ma séquence de création au plus vite.

— Et pour Marguerite ? s'inquiète Colette.

— Elle a probablement écrit sa meilleure histoire, mais celle-ci devra vivre sans être associée à un de mes tableaux. Elle doit passer à mon atelier cet après-midi, j'en profiterai pour lui en parler. Je ne vous remercierai jamais assez. Vous êtes dotée d'un esprit d'analyse hors du commun. Vous n'avez pas pensé à devenir détective privé ?

— Arrête ! C'est un coup de chance, rien de plus. Tant mieux si ça peut t'aider.

— Ne soyez pas aussi modeste. Vous avez résolu mon problème en quelques minutes. De mon point de vue, c'est un tour de force.

Le serveur leur apporte leurs gaufres. Colette s'empresse aussitôt de noyer la sienne de sirop d'érable alors que Frédéric dépose méticuleusement un petit morceau de beurre dans chaque petit carré. Il répète ensuite le même exercice avec des copeaux de chocolat noir belge et laisse fondre le tout pendant quelques secondes. Son invitée a déjà englouti deux bouchées quand il porte sa première à sa bouche. Ils se régalent dans le silence le plus complet et roulent des yeux sous le regard amusé de leurs voisins.

Ils discutent de sujets plus légers après leur déjeuner. Il est près de midi lorsque Frédéric raccompagne Colette chez elle. Il file à son atelier et sort le dossier dans lequel il conserve toutes les esquisses des passagers qui ont attiré suffisamment son regard pour qu'il pense à les immortaliser sur sa toile. Le regard d'une femme entre deux âges l'attire comme un aimant. Il la pose sur son chevalet avant d'aller changer de vêtements. Elle sera son prochain tableau. Trois heures plus tard, il compose le numéro de Colette. Pour une fois, il fait fi de toutes les règles de politesse que ses parents lui ont enseignées et lui dit dès qu'il reconnaît sa voix :

— Peut-être préféreriez-vous vous afficher comme sorcière ? lance-t-il d'un ton espiègle. Grâce à vous, je peins depuis que je suis rentré. Aimez-vous les roses ?

— Je ne connais aucune femme qui les déteste.

— Moi, oui. Ma mère les avait en aversion.

— C'est loin d'être mon cas.

— Je retourne à mon chevalet.

Une heure plus tard, le livreur du fleuriste le plus en vue de la ville de Québec livre à Colette deux douzaines de roses blanches accompagnées d'une boîte de chocolats fins. Sur la carte, il est écrit :

Vous êtes mon idole !

Frédéric

***

Pour une fois que Chantale avait trouvé le temps d'aller passer quelques jours dans sa famille, il a fallu que sa mère lui apprenne qu'elle s'envolera demain soir pour l'Irlande. Heureusement qu'elle a téléphoné avant de débarquer. Elle a dû insister pour savoir ce qui pressait tant de l'autre côté de l'océan pour que sa grand-mère soit du voyage. Elle a inondé Geneviève de questions jusqu'à ce qu'elle finisse par lui dire enfin la vérité. Chantale était sans voix au bout du fil quand elle a su pour sa sœur. Deux jours plus tard, elle ne sait toujours pas quoi penser. Ça ne fait aucun sens pour elle que Catherine soit enceinte. Par accident de surcroît. Voyons donc ! Elle l'aurait bien appelée, mais Geneviève le lui a interdit. C'est ainsi qu'au lieu de profiter de son seul congé de l'été, elle tourne en rond dans son petit appartement à essayer de comprendre ce qui a bien pu se passer pour qu'une fille aussi intelligente que sa sœur tombe dans le même panneau que Carole. Ce n'est pourtant pas si compliqué d'empêcher la famille! Elle est en train de virer folle à force d'être prise entre l'arbre et l'écorce. Elle ne peut pas appeler Catherine alors qu'elle en meurt d'envie. Soit! Elle comprend que si sa sœur avait voulu lui en parler, elle aurait composé son numéro au lieu de celui de leurs parents. Elle ne peut pas lui en vouloir. Chantale collectionne les messages d'appels manqués en provenance de l'Irlande sur sa boîte vocale. Depuis Pâques, les deux sœurs ont réussi à se parler trois fois. Elles s'écrivent, mais encore là elles mettent beaucoup de temps à se répondre et leurs lettres sont de plus en plus courtes. Le contenu de la dernière reçue de Catherine comptait dix lignes, incluant la date et la signature. À ce chapitre, Chantale n'a pas de leçon à faire à sa sœur. L'une comme l'autre, elles font ce qu'elles peuvent pour garder contact.

Chantale se laisse tomber sur son divan. Elle aurait bien mieux à faire que de se morfondre pour une situation totalement hors de son contrôle. Catherine prendra la bonne décision. Une chose est certaine, la dernière chose qu'elle voudrait, c'est d'être à sa place.

— Salut, ma beauté! s'écrie Donald avant de venir l'embrasser. Ne me dis pas que tu as encore passé la journée à penser à ta sœur.

— J'étais justement en train de me dire que j'avais perdu assez de temps avec cette histoire. Es-tu libre ce soir?

— Complètement.

— On pourrait aller manger un bon *smoked meat* et traîner en ville. On attrapera sûrement un spectacle au passage.

— Laisse-moi juste le temps de prendre une douche.

Chantale apprécie chaque minute passée en compagnie de Donald. Sa présence à ses côtés suffit à rendre sa vie belle.

7

Richard a tourné et retourné la question dans sa tête depuis qu'il s'est associé avec son père et Daniel. Il a enfin pris sa décision. Il demandera Sophie en mariage en arrivant chez lui. Elle correspond en tous points à la femme avec qui il souhaite vieillir, et peut-être même fonder une famille. Il sourit bêtement. Jusqu'à ce qu'elle débarque dans sa vie, il ne pensait ni au mariage ni aux enfants. Il en a parlé à Catherine lorsqu'il l'a enfin eue au téléphone avant que leur mère et leur grand-mère débarquent chez elle. Tout ce qu'il a trouvé à dire, quand elle lui a parlé de sa grossesse inattendue, c'est qu'elle pourrait toujours compter sur lui en cas de besoin. C'est bien peu. Ce n'est qu'au moment de raccrocher qu'il lui a demandé comment Nolan vit la situation. « Aussi mal que moi au point qu'il n'en a pas encore parlé à sa mère et on partage la même cour. » Sa sœur était tellement désespérée qu'il lui a parlé de ses projets de mariage dans l'espoir de finir leur appel sur une note plus joyeuse. Son annonce n'a pas suffi à effacer le mal-être de Catherine ; uniquement à la faire sortir de sa misère le temps de savourer la nouvelle de son frère.

Il a demandé à son père s'il pouvait partir un peu plus tôt. Henri lui a dit qu'il n'a pas de permission à lui demander maintenant qu'il est associé.

— Salut, ma beauté ! s'écrie-t-il en entrant chez lui en coup de vent. Tu me manquais trop alors j'ai décidé de rentrer.

Il s'approche et la soulève de terre avant de l'embrasser. Il l'entraîne ensuite dans la salle de bain et lui arrache ses vêtements. À son tour, Sophie se charge de lui retirer les siens. Ils s'embrassent à qui mieux mieux alors que leurs mains traînent allègrement sur le corps de l'autre. Richard ouvre les robinets et ajuste la température de l'eau sans quitter les lèvres de sa belle Sophie. Aussitôt sous l'eau, il lui chuchote à l'oreille :

— Veux-tu m'épouser ?

Elle ferme le robinet d'un geste brusque et le regarde d'un air sérieux.

— Peux-tu répéter ta question ?

— Veux-tu m'épouser, Sophie ?

Elle lui saute au cou et lui souffle un oui bien sonore à l'oreille et rouvre le robinet. Ils restent sous la douche jusqu'à ce que l'eau froide soit la seule survivante. Richard la ferme d'un geste brusque et se met à frissonner. La différence de température était saisissante. Il entraîne sa douce hors de la douche et il plaque ses lèvres sur les siennes. Une demande en mariage mérite d'être célébrée comme il se doit et c'est ce qu'ils s'activent à faire.

La noirceur est tombée lorsqu'ils émergent de leur partie de jambes en l'air. Affamés, ils vont voir dans le réfrigérateur et le referment d'un air déçu. Ils avaient prévu aller faire l'épicerie ce soir.

— Commandons une pizza, suggère Richard. Moitié *all dressed* pour moi et pour toi ? Même chose que d'habitude ?

— Oui ! Peux-tu appeler pendant que je m'habille ? Je grelotte.

— Avec plaisir, mais pas avant d'avoir enfilé au moins ma robe de chambre.

Ils n'ont pas encore fini leur première bière lorsque le livreur leur apporte leur pizza. Ils prennent chacun une pointe et l'engouffrent en quelques bouchées.

— Étais-tu sérieux quand tu m'as demandé en mariage ? lui demande Sophie d'une petite voix.

— Bien sûr que oui et je te rappelle que tu as accepté.

— Je voulais juste être bien certaine que je n'avais pas mal entendu. As-tu déjà une date en tête ?

— Non ! Et toi ?

— Non plus. Je pense qu'il faudrait d'abord décider si on fait un mariage intime ou un grand mariage. On peut même se marier en cachette si c'est ce que tu souhaites.

Richard lui caresse la joue entre deux bouchées. S'il n'a rien décidé, il a réfléchi à la question.

— J'aimerais inviter nos familles et quelques amis, c'est-à-dire peu pour ma part. En fait, je ne me verrais pas faire comme Catherine et Nolan. Même si mes parents semblent l'avoir bien pris, je les connais suffisamment pour savoir qu'ils auraient aimé être au mariage. Tout comme la mère et l'oncle de mon beau-frère. Je suis l'aîné et j'ai envie de leur faire plaisir. À moins que tu ne sois pas d'accord.

— Au contraire ! Par contre, je ne peux pas t'assurer que mes parents viendront. Pour tout te dire, j'en serais la première étonnée.

— Préférerais-tu te marier chez toi ?

— On ne va pas déplacer tous les tiens pour deux ou trois amis. Je t'en ai déjà parlé, ma famille n'a rien à voir avec la tienne. Faisons comme si elle n'existait pas, et si mes parents décident de venir, ce sera tant mieux. Dans le cas contraire, je survivrai.

— Si tu le dis. As-tu un problème si on se marie à l'église ? Je ne suis pas très pratiquant, mais j'y tiens.

— Je trouve que c'est beaucoup plus chaleureux qu'un mariage civil. On pourrait se marier aux alentours de Pâques. Comme ça, tu pourrais commencer ta saison de paysagement tranquille.

— Es-tu toujours aussi accommodante ?

Sophie le regarde avec des yeux de biche et lui sourit. Elle l'aime tellement.

— Rassure-toi, je suis loin d'être parfaite. Je trouve la vie facile avec toi.

— C'est la première fois qu'on me le dit.

— Et ça ne risque pas d'être la dernière non plus. Alors, que dis-tu de ma suggestion ?

— Si tu penses que ce sera suffisant pour tout organiser, je suis partant. Je propose qu'on commence par dresser la liste des invités avant de chercher une salle et tout le tralala. Attends une minute ! J'ai peut-être une idée pour la noce. Le voisin de ma tante Myriam, une des sœurs de ma mère, a un restaurant et je n'ai entendu que des compliments sur sa table.

Richard se retient à temps de partager l'avis d'Isabelle sur la question. On ne mêle pas son ex-petite amie à ses projets de mariage.

— Ce serait plus sympathique que la salle de bal d'un grand hôtel.

— Remarque que je n'y suis jamais allé, mais je peux m'informer. Encore mieux, on n'a qu'à réserver pour dimanche soir prochain. Si ça nous plaît, on creusera la question, sinon, ce sera l'occasion de fêter nos fiançailles.

— As-tu le nom de son restaurant? lui demande-t-elle sans revenir sur le dernier mot prononcé par son amoureux.

Richard fronce les sourcils. Sa mère et sa grand-mère sont parties pour une dizaine de jours. Il pourrait attendre leur retour, mais il a une meilleure idée. Son grand-père lui a dit qu'il allait régulièrement chercher des baguettes et des tartes Tatin au restaurant.

— Non, mais je peux te l'avoir dans une minute.

Il attrape le téléphone et compose son numéro. Adrien répond à la deuxième sonnerie. C'est seulement lorsqu'il entend sa voix que Richard réalise qu'il est tard.

— Grand-papa, c'est Richard. Je ne vous ai pas réveillé, j'espère…

— Non! J'en profite pour veiller pendant que ta grand-mère n'est pas là. Pour la voix rauque, tu es la première personne à qui je parle aujourd'hui. Quel bon vent t'amène, fiston?

— Pouvez-vous me donner le nom du restaurant du voisin de tante Myriam?

— Tu tombes mal, je n'ai pas encore réussi à le retenir. Par contre, je peux te donner le numéro de téléphone et l'adresse. Laisse-moi le temps de chercher dans le petit carnet de ta grand-mère.

Richard en profite pour aller chercher un papier et un crayon. Il note les informations que lui donne Adrien et le remercie.

— Si jamais tu veux de la compagnie pour y aller, fais-moi signe.

— Sophie et moi souhaitons nous y rendre dimanche soir.

— Oublie ce que je viens de te dire. Vous n'avez pas besoin d'un chaperon, encore moins d'un vieux grincheux comme moi.

— J'irai vous chercher chez vous, lui offre gentiment Richard. Je vous rappelle dès que j'ai réservé pour vous dire à quelle heure j'arriverai. Bonne nuit, grand-papa !

Sophie a les yeux pleins d'eau quand Richard raccroche. Elle l'envie d'être aussi proche de son grand-père. Et de tante Irène. Et de ses sœurs, sauf de Carole. Et de son petit frère. Et de son père. Et de plus en plus de sa mère. Il est né dans une famille aimante alors qu'elle a dû se battre sans relâche pour garder un semblant de relation avec les membres de sa famille. Elle a toujours eu l'impression d'être un poids et aucun d'entre eux ne s'est donné la peine de la rassurer de quelque manière que ce soit. La petite dernière que personne n'attendait et que personne n'avait envie de prendre sous son aile. Elle n'a jamais manqué de rien côté matériel, c'est au moins ça de pris. Sophie a l'habitude de dire qu'elle s'est élevée toute seule et qu'elle aurait très bien pu mal tourner puisqu'elle n'avait ni humain, ni chien, ni chat pour veiller sur elle. C'est ainsi que dès son jeune âge elle allait et venait à sa guise. La seule qui se préoccupait de son bien-être, c'est sa marraine. Or, elle habitait à cinq heures de route. Maryvonne l'appelait tous les dimanches à la même heure et prenait le temps de bavarder avec elle tant et aussi longtemps que sa nièce entretenait la conversation. L'été, elle l'invitait à aller passer un mois chez elle. Malheureusement, elle est décédée le mois avant que sa filleule fête son douzième anniversaire. Elle lui a laissé un bon petit pécule qu'elle a touché le jour de ses dix-huit ans. Si elle avait eu le choix, elle aurait préféré garder vivante la seule personne qui prenait soin d'elle. Si Sophie a des enfants un jour, elle veillera sur eux comme des parents normaux sont censés le faire.

— Sophie ! Sophie !

Devant son silence, Richard lui secoue doucement le bras.

— Désolée ! lance-t-elle en s'efforçant de lui sourire.

— Est-ce que ça va ?

— Oui, oui, répond-elle en haussant les épaules. Je pensais à ma famille et ça me fout toujours le cafard.

— Y a-t-il quelque chose que je pourrais faire pour convaincre tes parents de venir à notre mariage ?

— Ils ne se sont jamais intéressés à moi alors je ne vois pas pourquoi ils le feraient, même si mon futur mari les suppliait à genoux de traverser l'océan pour me faire plaisir. Ne perds pas ton temps. Il y a longtemps que j'en ai fait mon deuil.

— Je suis triste pour toi, lui dit-il en la serrant contre lui. Fais-moi signe si jamais tu changes d'idée.

Sophie retient ses larmes. Chaque fois qu'elle parle de sa famille, une vague de tristesse s'empare d'elle. Elle se racle la gorge et se redresse avant de se libérer de l'étreinte de son amoureux.

— Est-ce que tu m'as acheté une bague ? lui demande-t-elle à brûle-pourpoint.

Sa question frappe Richard comme un coup de masse.

— Ça ne m'a même pas effleuré l'esprit, lui avoue-t-il. Je finirai de travailler plus tôt vendredi et on ira à la bijouterie ensemble.

— C'était pour te taquiner, ça peut très bien attendre à l'automne.

— Pour que grand-papa me le renote jusqu'à la fin de mes jours ? Non merci. Excuse-moi, je n'ai pas l'habitude de demander les filles en mariage. Une chance que tu en as parlé.

— Arrête de t'en faire, c'est juste drôle.

— Parle pour toi. Je voulais bien faire les choses et j'ai oublié le plus important.

Sophie l'attire à elle et colle ses lèvres sur les siennes. S'ensuit un baiser qui ne finit plus de finir. Et les voilà repartis pour la gloire.

* * *

Nolan fait de gros efforts pour rester poli depuis l'arrivée de Geneviève et de Marguerite. Il faut dire que Catherine a attendu le matin de leur arrivée pour l'aviser qu'il faudrait aller les chercher à l'aéroport le soir même. Il ne comprend toujours pas pourquoi elle a fait appel à sa mère sans d'abord lui en parler dans un moment non seulement délicat, mais on ne peut plus privé. Garder le bébé ou pas ne regarde qu'eux, personne d'autre, et surtout pas leurs familles. À vrai dire, pour la première fois depuis qu'il la connaît, il lui en veut et pas rien qu'un peu. Comme si ce n'était pas suffisant, les deux femmes venaient à peine de déposer leurs bagages que sa propre mère est venue aux nouvelles. Quelques minutes ont suffi pour que ce qui devait rester entre eux se retrouve au beau milieu de leurs discussions. Insultée d'avoir été gardée à distance, Jeanne n'arrivait pas à croire ce qu'elle venait d'entendre. Nolan a tenté de la raisonner sans vraiment y parvenir. Quant à Catherine, elle regrettait amèrement d'avoir quémandé la présence de sa mère. Elle aurait dû en parler avec Nolan avant d'agir. Elle l'a pris par la main, l'a entraîné dans leur chambre et s'est excusée de toutes les manières possibles sans réussir à lui faire desserrer la mâchoire. C'était hier et il ne voit pas l'heure d'accrocher un sourire sur ses lèvres ou d'essayer d'engager la conversation avec leurs visiteuses qui, somme toute, n'ont encore rien dit ou fait pour les influencer.

— Nolan ! lui dit Marguerite. Viens me montrer la plantation.

Bien que tenté de lui répondre qu'il n'en a pas envie, il se lève et lui tend le bras. Il fait ainsi quand sa grand-mère maternelle vient les visiter.

— Je n'irai pas par quatre chemins, lui dit-elle aussitôt qu'ils sont dehors. Il ne faut pas en vouloir à Catherine d'avoir appelé sa mère et d'avoir accepté qu'elle vienne jusqu'ici. Elle est désespérée et elle a cru bien faire. En ce qui concerne ma présence, je me suis ajoutée parce que Geneviève angoissait à l'idée de partir seule vu son anglais approximatif. Très approximatif, je devrais dire, mais bien mieux que le mien. Heureusement que tu te débrouilles bien en français...

— À la condition que vous parliez lentement. J'ai l'occasion de pratiquer seulement quand je vois la mère de maman.

Marguerite arrête brusquement de marcher et se plante devant lui.

— Si j'ai accepté d'être du voyage, c'est pour que ma fille n'influence aucunement votre décision, quelle qu'elle soit. Si elle n'est pas grand-mère cette fois, eh bien, elle le sera plus tard.

— Et vous, que feriez-vous à notre place ?

— Le seul problème, c'est que je ne suis pas à votre place. Laisse-moi plutôt te raconter mon histoire.

Elle le fait sans embellir la vérité en lui faisant voir qu'il y aura des conséquences d'un côté comme de l'autre. Lorsqu'elle arrive à la fin, elle reprend son bras et se met à marcher. Nolan l'a écoutée attentivement en prenant soin de la faire répéter au besoin. Catherine lui avait dit que sa grand-mère était un personnage ; maintenant, il en a la preuve. Rien à comparer avec la sienne qui est la douceur incarnée.

— Comment ta mère voit les choses ?

— Une fois qu'elle sera passée par-dessus le fait que je ne lui en avais pas parlé avant votre arrivée, je crois qu'elle penchera de votre côté. Elle va me donner son avis et me laissera ensuite agir à ma guise sans me faire le moindre reproche si j'avoue m'être trompé.

— Et toi ?

Nolan arrête de marcher le temps de répondre à la question de Marguerite.

— Ça dépend des heures et parfois même des minutes. Avant de savoir que Cat était enceinte, je ne m'étais jamais demandé si je voulais avoir des enfants. Remarquez que je ne le sais toujours pas. Être père est à l'opposé de ce que je souhaitais faire de ma vie pour les cinq prochaines années. Au moins, j'ai terminé mes études. Cat, non. Il lui reste encore deux sessions et son stage. Il faudrait qu'elle accouche seulement dans un an et demi pour avoir le temps de finir. Sans compter qu'elle vomit dès qu'elle prend une bouchée et que je ne peux rien faire pour la soulager. Si vous voulez tout savoir, je suis assis entre deux chaises et aucune n'est plus confortable que l'autre.

Marguerite pose la main sur le bras de Nolan.

— Ni toi ni moi ne pouvons rien y changer. C'est injuste pour elle et frustrant pour toi. Je sais tout ça. Et ça ne risque pas de changer de sitôt. La vie est injuste et elle le restera, peu importe ce que vous déciderez.

Ils font quelques pas en silence avant que Marguerite lui demande de retourner à la maison. Avant d'entrer, elle l'embrasse sur la joue et lui dit :

— Si je peux te donner un seul conseil : ne t'endors jamais sans t'être d'abord réconcilié avec ta femme.

Nolan l'embrasse à son tour et se pousse pour la laisser passer.

— Je commençais à croire que vous vous étiez perdus, s'écrie joyeusement Geneviève en les voyant. Ça vous dirait de vous joindre à Catherine et moi ? Je l'ai invitée à aller manger dans une brasserie quand elle se réveillera de sa sieste.

— Trop tard, annonce Marguerite, j'ai convaincu Nolan d'aller faire un tour en ville avec Catherine. En amoureux. Pendant ce temps, toi et moi, on en profitera pour rattraper le décalage horaire. Inutile de sortir ton argent, c'est moi qui paie leur sortie.

Bien que tentée d'argumenter, Geneviève se tait. Elle a passé suffisamment de temps seule avec sa fille, et ce, sans rien dire pour l'influencer de quelque manière que ce soit. Elle s'est contentée de l'écouter. Elle aurait mérité une médaille. Curieusement, l'exercice n'a pas été aussi difficile qu'elle l'aurait cru. En réalité, elle compte bien poursuivre sur cette voie quand il arrivera quelque chose à un des siens. Elle a enfin compris que ce n'est qu'en s'abstenant de les influencer qu'ils la consulteront.

— Il vaudrait mieux nous laisser le numéro de ta mère avant de partir, dit Marguerite. Au cas où on aurait besoin d'aide.

Nolan lui tape un clin d'œil avant d'aller rejoindre Catherine dans leur chambre. Elle se réveille en sursaut dès qu'il tourne la poignée. Elle se frotte les yeux et lui sourit.

— Salut, toi ! J'étais en plein rêve. On se promenait en ville avec une belle petite fille au teint de porcelaine. Elle nous faisait la conversation depuis qu'on était partis de la maison et on l'écoutait religieusement. Les gens se retournaient sur notre passage et disaient qu'on ne connaissait pas la chance qu'on avait de partager notre vie avec elle.

Nolan va s'asseoir près de celle qu'il aime plus que tout et lui caresse doucement les cheveux.

— Désolé d'avoir aussi mal réagi à l'annonce de la visite de ta mère et de ta grand-mère. J'avais peur qu'elles tentent de nous convaincre de prendre la décision qu'elles souhaitent.

— Nous l'avions appelée Abby, ajoute Catherine sans porter attention à ce qu'il vient de lui dire.

— Je te demande pardon.

— Il n'y a rien à pardonner, j'aurais dû t'en parler avant. Ce qui nous arrive chamboulera complètement nos vies, peu importe notre décision.

— Je sais, on ne sera plus jamais les mêmes. J'ai encore besoin d'un peu de temps pour réfléchir. Par contre, discuter avec ta grand-mère m'a fait beaucoup de bien. Debout, paresseuse. Nos visiteuses nous obligent à sortir de la maison.

— Je croyais qu'on sortirait à quatre.

— Disons qu'il y a eu un petit changement de programme. Allez !

— Va leur tenir compagnie pendant que je me prépare. J'en ai pour quelques minutes seulement. Je rêve d'une bière froide et de frites.

— Il me semblait que l'alcool n'était…

— Tss-tss ! Tu ne vas pas commencer à surveiller tout ce que je bois et tout ce que je mange. Tu n'as qu'à faire comme si tu n'étais pas au courant que je suis enceinte. Allez, ouste !

Il pose la main sur la poignée et ajoute :

— Je trouve que c'est un très joli prénom, Abby.

8

Carole se sent beaucoup plus légère au sortir du bar où elle avait donné rendez-vous à Richard qu'au moment d'entrer. Elle était convaincue que son frère ne ferait rien pour lui faciliter les choses, et là, elle doit reconnaître que la réconciliation a été beaucoup plus facile qu'elle s'y attendait. Il n'est quand même pas allé jusqu'à lui dérouler le tapis rouge, elle ne le méritait pas. Il l'a laissée parler, l'a remerciée de s'être donné la peine de le rencontrer et lui a dit qu'il était temps de passer l'éponge. Devant son manque de réaction, elle était complètement figée, alors il a répété mot pour mot ce qu'il venait de dire. Ce n'est qu'à ce moment qu'elle a réalisé la portée des mots de Richard. Elle n'a fait ni une ni deux, s'est levée et est allée l'embrasser sur les joues avant de le serrer dans ses bras de toutes ses forces. Elle avait les yeux dans l'eau au moment de retourner à sa place. Ils ont ensuite bavardé comme ils avaient l'habitude de le faire avant le fâcheux événement. Il lui a même appris qu'il avait demandé Sophie en mariage en lui avouant qu'il avait oublié de lui acheter une bague. Ils ont ri à en avoir mal aux joues. Carole lui a dit qu'elle aimerait passer un moment avec sa future femme avant de partir pour Victoria. Il l'a invitée à les accompagner au restaurant le lendemain soir en prenant soin de préciser que leur grand-père serait là. Elle a accepté sans se faire prier.

Une fois sur le trottoir, elle regarde autour d'elle. Il est tard, mais elle n'a pas sommeil. C'est alors qu'elle entend :

— Si ce n'est pas ma belle Carole.

Elle se retourne vivement et plisse les yeux dans l'espoir de reconnaître l'homme bien en chair qui avance vers elle.

— Antoine ! s'entend-elle dire d'un ton trahissant sa peur.

— En chair et en os. Tu es plus belle que jamais. C'est fou ce que tu m'as manqué !

— Il me semblait que tu travaillais à Boston.

— Jusqu'à la semaine dernière. J'ai démissionné, je ne pouvais plus supporter d'entendre parler anglais. Et je m'ennuyais trop des petites Québécoises dans ton genre.

Plus elle en entend, plus Carole doit faire un effort pour résister à l'envie de fuir le plus loin possible de celui dont elle croyait s'être enfin débarrassée.

— J'ai eu du mal à te reconnaître, dit-elle du bout des lèvres.

— Disons que j'ai pris un peu de poids.

Si elle s'écoutait, elle ferait une tout autre description de sa nouvelle apparence. Il est rond de partout et ça ne l'avantage pas du tout. Puis elle ajouterait qu'il ferait mieux de se regarder dans le miroir avant de dire de telles âneries.

— Viens, je te paie un verre. On sera plus tranquilles pour parler à l'intérieur.

— Tu tombes mal, je dois me lever aux aurores demain matin. Bon retour !

Alors qu'elle allait l'abandonner sur le trottoir, il l'attrape par le bras et sert suffisamment fort pour la retenir.

— Lâche-moi, s'écrie-t-elle, tu me fais mal.

— Je ne t'ai pas demandé la lune, juste un verre au bar de l'autre côté de la rue.

Elle lui donne un coup de coude dans les côtes. Étant donné la couche de graisse qui l'enrobe, il se met à rire et resserre sa pression sur son bras. Elle grimace de douleur, mais il n'en fait pas de cas. Les fenêtres sont ouvertes dans le bar d'où elle vient de sortir, mais ça parle tellement fort que personne ne l'a entendue. Il l'entraîne de l'autre côté de la rue contre son gré. C'est alors qu'elle se met à crier comme une perdue.

— À l'aide ! À l'aide !

Antoine rit de plus belle. Il en a vu d'autres. Les femmes lui résistent alors qu'au fond elles sont folles de lui. Et de son charisme, il va sans dire. Plus elles luttent pour se libérer de son emprise, meilleures elles sont, au final. Il ouvre la porte du bar de sa main libre et se retrouve la seconde d'après couché au sol par un grand gaillard qui sortait de là où il voulait entrer avec Carole.

— Est-ce que ça va, mademoiselle ? lui demande son sauveur sans lâcher Antoine.

— Beaucoup mieux, merci.

— Connaissez-vous cette ordure ?

— Malheureusement, oui. On est sortis ensemble il y a longtemps et il refuse de comprendre que c'est fini entre nous.

— Vous devriez porter plainte !

— Avec un bleu sur un bras, non merci. Je n'ai plus de temps à perdre avec lui. Libérez-le qu'il disparaisse de ma vue au plus vite.

Richard sort du bar au moment où Antoine secoue ses vêtements pour enlever la poussière de la rue qui s'y est déposée. Il met quelques secondes à le reconnaître et se retient de ne pas le frapper. Il regarde ensuite l'homme qui est près de celui qu'il ne porte pas dans son cœur.

— Mike ! Veux-tu bien me dire ce que tu fais avec lui ?

— Salut, Rich ! Tu me connais assez pour savoir que je ne fraie pas avec des salauds de son genre. Je portais secours à la dame.

— Carole ! Non ! Ne me dis pas qu'il s'en est encore pris à toi. C'est ma sœur.

Il se retourne aussitôt et lutte contre l'envie de courir après Antoine et de lui donner la volée de sa vie.

— Il ne mérite pas que tu te mettes dans le trouble pour lui, lui dit Carole, qui a compris son intention. Pourrais-tu me ramener chez moi ?

— Pas avant de t'avoir présenté à un de mes bons amis. Mike Lapierre. On naviguait ensemble.

Carole le regarde dans les yeux et soutient son regard pendant quelques secondes avant de lui tendre la main. Elle le détaille ensuite de la tête aux pieds et lui sourit franchement. Il répond à tous ses critères en matière d'homme.

— Enchantée, mademoiselle.

— Est-il toujours aussi poli ? demande-t-elle à son frère.

— Je ne lui ai pas encore trouvé de défauts et ce n'est pas faute d'avoir essayé. Pas question que je te ramène chez toi avant que tu aies décanté ce que cet imbécile t'a fait subir.

— Sa seule vue me vire à l'envers.

— Et le bleu sur ton bras, tu ne l'avais pas tout à l'heure.

Carole est au bord des larmes. Chacune des apparitions d'Antoine la déstabilise au point qu'elle n'a qu'une seule envie : se rouler en boule et attendre que ça passe.

— Richard a raison, dit Mike. Commençons par aller prendre un pot. Tu me dois bien ça.

Il lui tend le bras. Elle lui sourit et joue le jeu sans se faire prier. Ils marchent jusqu'au coin de la rue et entrent dans une boîte à chansons ; ils seront plus tranquilles pour discuter. Richard appelle Sophie et lui dit de sauter dans un taxi et de venir les rejoindre, ce qu'elle fait avec plaisir. Les deux filles sympathisent tout de suite. Elles se sont rencontrées à la sauvette le jour de l'anniversaire de Rémi, Carole était venue lui donner son cadeau.

Le temps passe toujours trop vite quand on est en bonne compagnie. La première chose qu'ils savent, c'est qu'il est trois heures du matin. Ils finissent leur bière et sortent du bar avant que le barman les mette à la porte.

— Je vais te déposer chez toi, si tu n'y vois pas d'objection, annonce Mike. J'habite dans le quartier Saint-Roch. À moins bien sûr que tu préfères que ce soit Richard.

— Ça l'obligerait à faire un trop grand détour. On y va ?

— Je suis stationné à place D'Youville.

Ils marchent bras dessus bras dessous jusqu'à la décapotable de Mike. Il lui ouvre la portière et la referme avant d'aller s'installer derrière le volant.

— Est-ce que c'est compliqué d'enlever le toit ? lui demande Carole une fois à l'air libre.

— Pas du tout.

Mike se range sur le côté et fait le nécessaire en deux temps, trois mouvements.

— Merci, lui dit Carole quand il se rassoit. Je sais qu'il est tard, mais est-ce qu'on pourrait se promener un peu avant que tu me déposes chez moi ?

— Bien sûr que oui !

Il est près de cinq heures quand Mike se stationne devant l'appartement de Carole. Ils ont très peu parlé depuis qu'ils sont sortis du bar, ils ont juste profité du plaisir de se promener en décapotable par une belle nuit d'été. Il vient lui ouvrir sa portière et lui tend la main pour l'aider à sortir. Au lieu de la lâcher quand elle est debout, il la porte à ses lèvres sans la quitter des yeux. Elle a les jambes comme du coton et résiste difficilement à l'envie de se coller sur lui. Inutile de commencer quelque chose qu'elle ne pourra pas finir. Elle part dans deux semaines. Alors qu'elle recule d'un pas, Mike l'attire doucement à lui et l'embrasse. La chaleur de ses lèvres a vite raison de sa résistance.

— Dommage que tu partes à l'autre bout du pays, lui dit-il.

Carole sort un stylo de son sac à main et écrit son numéro de téléphone sur le poignet de Mike.

— Appelle-moi si tu as envie de me revoir.

— Je viendrai te chercher à sept heures lundi. Le dimanche, je sors ma mère.

— Bonne nuit ! lui dit Carole avant de rentrer chez elle.

***

Annie est comme un lion en cage depuis que son amant a trouvé le courage de la larguer pour une autre. Sa sortie brève et percutante remonte à près de trois semaines et elle lui en veut toujours autant. Heureusement pour lui, il ne s'est pas présenté au Château depuis. Il vaut mieux pour lui. Elle ignore si elle serait capable de se retenir de lui dire sa façon de penser. Elle ne lui en veut pas de l'avoir laissée, ils ne s'étaient rien promis. Elle lui en veut de s'être comporté de manière aussi cavalière avec elle. Il l'a traitée de haut et ça ne passe pas. Il a réussi à effacer en quelques secondes tout le plaisir qu'ils ont eu ensemble. Dire qu'elle lui faisait confiance. Son mari la trompait allègrement depuis un moment avant qu'elle demande le divorce et voilà que son amant en a fait autant. Inutile d'ajouter que sa confiance en la gent masculine a pris une méchante débarque. Comme elle a dit à Myriam, ce n'est pas demain la veille qu'elle baissera sa garde. Et le jour où elle le fera, elle contrôlera de A à Z la relation entre elle et le jules du moment.

— Ne te dérange pas, entend-elle en même temps que la porte d'entrée se referme un peu trop fort à son goût, ce n'est que moi, Myriam, ta sœur.

Annie rit malgré elle.

— Pas la peine de te nommer, lance-t-elle quand sa visiteuse se retrouve devant elle comme par magie, je reconnaîtrais ta voix parmi cent. Quel bon vent t'amène en plein cœur de journée ?

— J'avais rendez-vous avec Robert, mon cuisinier préféré, et j'ai décidé d'arrêter pour prendre de tes nouvelles avant de retourner au bureau.

— En général, ça va, et en particulier, je suis toujours en colère après lui.

— On le serait à moins. Maudits hommes ! Plus ils sont riches, moins ils savent vivre.

— Il n'était même pas riche, juste gigolo. Madame paie tout.

— Il me semblait qu'il était marié !

— Aucune loi n'empêche d'être pauvre et marié à une femme riche, à ce que je sache.

— Est-il beau, au moins ?

— Dans mes yeux, il l'était. Assez parlé de lui, il fait maintenant partie de mon passé, pas de mon avenir. As-tu le temps de prendre un café ?

— Je dispose d'exactement dix minutes. Un verre d'eau suffira. Quoi de neuf, à part que tu n'as pas le moral ?

Annie hausse les épaules.

— Tu sais très bien que ma vie n'est pas aussi palpitante que la tienne. Je travaille au Château quatre nuits par semaine, et le reste du temps je me ronge les sangs à essayer de comprendre pourquoi il m'a quittée pour une autre alors que je ne lui demandais rien.

— À t'entendre, on dirait bien que tu étais plus attachée à lui que tu voulais le montrer.

Nouveau haussement d'épaules de la part d'Annie. Myriam vient se placer derrière elle et lui frotte le dos. Sa sœur n'a jamais eu de chance avec les hommes. Quand elle était jeune, elle passait son temps à se faire plaquer. Ça lui arrivait aussi souvent que Myriam changeait de *chum* et elle ne se privait pas. Pourquoi l'aurait-elle fait puisqu'ils faisaient la file devant sa porte ? Toujours est-il qu'un beau jour, Annie leur a annoncé qu'elle se mariait avec le dernier en lice. Un bon gars, comme on disait dans le temps. Ni le plus beau ni le plus fin. Tous s'entendaient pour dire qu'il ferait un bon mari. Et c'est ce qu'il a été la plupart du temps qu'a duré leur mariage. À preuve, Annie ne s'en plaignait jamais.

— Ne m'en parle pas, finit par ajouter Annie d'une voix blanche.

— Oh ! C'est plus grave que je pensais. Tu es en peine d'amour et non en sevrage d'un bon amant. Je ne connais aucun autre remède que le temps pour guérir ton cœur.

— Je n'irais pas jusque-là. J'avoue que je l'appréciais plus que j'aurais dû, mais je ne l'aimais pas. En tout cas, pas suffisamment pour lui proposer d'emménager avec moi. J'étais bien avec lui, il avait le don de me faire sentir belle.

— Il l'a sûrement encore, sauf que c'est une autre qui en profite à ta place, lance Myriam en riant. Désolée ! Tu me connais, je n'ai aucun talent pour consoler les autres.

— Je ne te le fais pas dire. Arrête de me frotter le dos, veux-tu, et retourne travailler. Je dois me préparer moi aussi.

Annie se retourne pour faire face à sa sœur. Elle l'embrasse sur la joue et file à sa chambre.

— Ne t'inquiète pas pour moi, je vais survivre. N'oublie pas de fermer la porte en partant.

Myriam se met à rire. Annie n'est pas aussi triste qu'elle le laisse paraître. Elle prend son sac à main et sort de la maison le cœur plus léger qu'au moment d'y entrer. Après être arrivée au travail, elle se racle la gorge avant d'ouvrir la porte de son bureau et se met à chanter comme elle le fait chaque fois qu'elle revient d'un rendez-vous qui a porté fruit.

— Bonjour, Marie, je suis contente que tu…

C'est à ce moment qu'elle voit un homme d'une belle prestance assis sur une des chaises réservées aux visiteurs. Elle arrête net de chanter et rougit.

— C'est une de ses plus belles chansons, dit-il de sa voix rauque.

Aussitôt l'effet de surprise passé, Myriam s'approche et lui tend la main. Il se lève et lui tend la sienne.

— Je te présente M. Robert Loriau, l'informe Marie, maître d'hôtel au Château Frontenac. Ma patronne et propriétaire de l'entreprise, Myriam.

— Suivez-moi, dit la maîtresse des lieux en tentant de reprendre ses esprits, on sera plus à l'aise dans mon bureau.

— J'étais en excellente compagnie, vous savez. J'espère que vous ne m'en voudrez pas, je lui ai même offert un emploi.

Myriam jette un coup d'œil à sa sœur avant de disparaître dans son bureau avec son visiteur sur les talons. Elle lui a parlé pas moins de dix fois depuis qu'elle a démarré son entreprise, mais il a toujours plaidé qu'il était trop occupé pour la rencontrer. Elle lui a fait livrer ses produits les plus fins à mesure qu'elle les ajoutait à sa liste sans jamais avoir accès à l'homme qui décide de tout au Château. Elle se demande bien ce qui a pu arriver pour qu'il débarque à son bureau sans s'annoncer.

Plus d'une heure s'écoule avant que la porte du bureau de Myriam s'ouvre sous des éclats de rire. Marie se retient de crier sa joie.

— Accordez-nous deux jours pour vérifier si on a tous les produits que vous souhaitez vendre à votre boutique ainsi que ceux que vous comptez utiliser à la cuisine et on vous revient.

Il lui tend la main pour sceller leur nouvelle entente.

— Vous feriez mieux de vous préparer à ce qu'on travaille longtemps ensemble, lui dit-il.

— Ce sera avec plaisir.

Il salue Marie comme il se doit et sort sans se retourner. Les deux femmes attendent qu'il ait traversé la rue et se mettent à pousser de petits cris stridents pour exprimer leur joie. Elles attendaient ce jour depuis si longtemps.

— Maintenant, lance Myriam, dis-moi comment tu as réussi à le faire asseoir ici.

— Absolument rien ! Il a débarqué de nulle part au moins une demi-heure avant que tu reviennes. Il s'est présenté et on a discuté jusqu'à ton arrivée. Je commençais à désespérer.

— Il t'a vraiment offert un emploi ?

— Je ne vois pas pourquoi ça te surprend autant… Oui, et je l'ai remercié. J'avoue que ça m'a fait un petit velours.

— Voudrais-tu une augmentation de salaire ?

— Je te l'ai déjà dit, je travaille avec toi parce que j'aime ça. Au cas où ça t'intéresserait de le savoir, il était prêt à doubler mon salaire sans le connaître.

— J'aurais intérêt à revoir mon échelle salariale.

— Arrête ! s'écrie Marie en fronçant les sourcils.

— Veux-tu savoir comment s'est passée ma rencontre avec Robert ?

— Parce que vous en êtes déjà à vous appeler par vos prénoms ? Tiens donc !

Au lieu de réagir à la boutade de Marie, Myriam reprend de plus belle :

— Très bien ! Il m'a remis la liste des produits qu'il ne trouve nulle part au Québec et qu'il veut utiliser dans ses recettes. D'après ce qu'il m'a dit, il n'est pas le seul restaurateur à les chercher. J'ai bien peur qu'on doive faire un saut en France et en Belgique avant la fin de l'année. Crois-tu que tu pourras te libérer ?

— Aucun problème pour moi ! De combien de produits est-il question ?

— Une cinquantaine. Tiens, c'est la liste ! Je compte sur toi pour vérifier combien d'entre eux on importe déjà. Il faudra aussi contacter tous les restaurateurs qui apparaissent sur la deuxième page pour connaître les quantités qu'ils comptent acheter dans une année et vérifier parmi nos clients actuels qui ça pourrait intéresser.

— Et ensuite, prendre rendez-vous avec nos fournisseurs français et belges. J'ai peur qu'on n'ait pas assez de temps pour tout faire avant les Fêtes. Déjà qu'on est à la veille d'en avoir plein les bras avec les commandes de nos clients actuels... Sans compter qu'on n'a pas encore préparé celle du Château.

Plus Marie parle, plus Myriam sent la terre se dérober sous ses pieds. Même avec la meilleure volonté, elles n'arriveront pas à tout faire à deux.

— On doit engager quelqu'un pour nous aider, lance-t-elle d'un ton assuré.

— Je veux bien, mais on ne peut pas se lancer dans la recherche de la perle rare sans savoir ce qu'on attend d'elle. Note que j'ai tenu pour acquis que tu voulais embaucher une femme, mais c'est à toi de voir si tu préfères engager un homme.

Myriam se frotte le cou. Elle sait tout ça. Reste maintenant à trouver le temps pour faire leurs devoirs avant de composer une offre d'emploi. Elle est très contente que son entreprise prenne du galon et, à ce jour, Marie et elle ont réussi à tout faire à deux, pratiquement tout. Elles ont appelé tante Irène à leur rescousse l'équivalent de quelques semaines au cours des deux dernières années. Mais là, la situation est très différente. Elles doivent se donner les moyens de continuer à faire grandir l'entreprise d'importation de produits fins qu'elles tiennent à bout de bras sans jamais se permettre le moindre essoufflement.

— As-tu déjà quelqu'un en vue ? lui demande Myriam.

— Oui et non ! Je me disais qu'on pourrait garder en tête que Lyne, notre sœur, serait peut-être intéressée. Elle m'a téléphoné sur son heure de dîner et elle n'en menait pas large. Les mâles qui sont sous ses ordres n'acceptent toujours pas d'être dirigés par une femme et ils ont recommencé à lui faire la vie dure. Elle a tout essayé pour les mettre de son bord, mais rien n'y fait. Ils contestent ses moindres décisions. Étant donné qu'ils sont beaucoup plus nombreux que les femmes, elle accuse les coups les uns après les autres en s'efforçant de garder la tête hors de l'eau.

— La direction ne fait rien pour l'aider ?

— Souviens-toi que le directeur a été très clair quand il lui a donné le poste. Ou elle se débrouille seule ou elle retourne à ses anciennes amours, lui rappelle Marie.

— Et tu crois qu'elle aimerait travailler avec nous ? Elle n'aurait personne à diriger.

— En compensation, elle aurait beaucoup de nouveaux défis à relever.

— Commençons par faire nos devoirs et on verra, dit Myriam avant de retourner dans son bureau.

Elle ferme sa porte et va s'asseoir. Elle fait pivoter sa chaise de manière à voir dehors. La proposition de Marie lui donne à réfléchir. Désire-t-elle que son entreprise soit qualifiée de familiale ? Non ! Ceci étant dit, elle n'a rien contre la candidature de Lyne, au contraire. C'est juste qu'elle n'a aucune envie de courir le risque d'être en pleine crise existentielle du genre de celle que traverse Annie sous prétexte que ses employées n'arrivent pas à faire la distinction entre leur travail et leur vie personnelle. Aucun intérêt de son côté. Elle poursuit sa réflexion pendant quelques secondes. Elle vient d'avoir une idée. Elle se lève et retourne voir Marie.

— Que sais-tu du poste que M. Loriau voulait t'offrir ?

Marie la regarde d'un drôle d'air.

— Qu'il cherche un bras droit de confiance pour l'aider à diriger le personnel et qu'il vient de remercier le neuvième parce que ça ne fonctionnait pas.

— Crois-tu que c'est parce qu'il est trop capricieux ?

— Pas d'après ce qu'il m'a dit. Je vais te confier un petit secret. Il est le genre d'homme pour qui je travaillerais volontiers si je n'adorais pas mon travail.

— Tu devrais l'appeler et lui dire que tu as peut-être quelqu'un à lui proposer.

— Je te rappelle que je ne peux pas lire dans ta tête. Qu'est-ce que tu attends pour me dire son nom ?

— Lyne, notre sœur, serait la candidate parfaite. À la condition que ça l'intéresse, bien entendu. Je la vois très bien travailler avec lui. Pourrais-tu téléphoner à Annie demain matin et lui demander quel est le pourcentage de femmes et d'hommes qui travaillent au Château ? Mon petit doigt me dit qu'on a peut-être trouvé la perle rare pour Robert.

Marie se lève et va coller un bec sonore sur la joue de Myriam ; elle va ensuite se rasseoir.

— Comme disait notre défunte grand-mère : le Seigneur fit de toi une merveille, dit-elle d'un ton espiègle.

— Alléluia, ma sœur ! lance Myriam avant de tourner les talons.

9

— Et ce n'est que sur le chemin du retour que vous m'en parlez ! lui dit Geneviève alors qu'elles attendent qu'on annonce l'embarquement des passagers pour leur vol.

— Il n'y avait pas d'urgence et on en avait déjà plein les bras avec la grossesse-surprise de Catherine. Je tiens d'ailleurs à te féliciter pour avoir réussi à garder la tête froide pendant tout notre séjour.

— À vous, je peux bien le dire ! J'ai trouvé l'exercice très difficile. Les mots qui sortaient de ma bouche reproduisaient trop souvent à mon goût le contraire de ce que je pensais. Et le pire, c'est qu'on ignore toujours s'ils vont décider de le garder ou pas. Je suis morte de peur à la seule idée que Catherine puisse se faire avorter. En même temps, je comprendrais. Avec ma tête, mais pas avec mon cœur. J'en veux de toutes mes forces au docteur qui s'est battu pour que les femmes puissent se faire avorter. Il n'aurait pas pu se mêler de ses affaires ?

Marguerite met la main sur le bras de sa fille dans l'espoir de calmer un peu ses ardeurs. Les voisins sont proches et Geneviève parle assez fort pour que tous les passagers qui seront sur le même vol qu'elles aient entendu sa dernière sortie.

— Baisse le ton un peu, lui dit doucement sa mère.

Ce n'est qu'à ce moment que Geneviève réalise la proximité des gens. Elle rougit. Aucun doute, tous ceux qui ont prêté l'oreille connaissent son opinion sur l'avortement. Elle se laisse glisser sur son siège et se cache le visage le temps d'accepter la réalité. Quand elle rouvre les yeux, l'hôtesse annonce que l'embarquement débutera dans quelques minutes.

— Vous auriez dû m'avertir, dit-elle à voix basse à Marguerite.

— Ne t'en fais pas avec ça ! Ils auront tout oublié avant qu'on atterrisse.

— Ce n'est rien pour me rassurer. On en a pour six heures et demie. Je ferais mieux d'aller aux toilettes avant d'embarquer.

— Tu n'as pas le temps.

Geneviève pousse un grand soupir. Elle déteste être le point de mire. Elle se ressaisit et se dit qu'elle se fait sûrement des idées. Personne ne s'intéresse au babillage d'une femme sur un sujet aussi sérieux que l'avortement. Et si jamais c'est le cas, eh bien, elle avisera en temps et lieu.

— Revenons à nos moutons, maintenant. Si j'ai bien compris, Frédéric n'utilisera pas la dernière histoire que vous avez écrite.

— Normal puisqu'il ne peindra jamais le tableau qui devait l'accompagner.

— Je ne suis pas certaine de comprendre.

— Laisse-moi t'expliquer. D'habitude, il peint et j'écris. Cette fois, j'ai emprunté son esquisse et j'ai écrit avant qu'il peigne. Résultat : quand il s'est installé à son chevalet après avoir lu mon histoire nombre de fois, il avait perdu l'essence de son personnage.

— Ah ! s'écrie Geneviève en gardant la bouche ouverte et en inclinant la tête dans l'espoir de bien saisir la subtilité des propos de sa mère.

— Ferme ta bouche, lui suggère sa mère tout bas. Aimerais-tu que je te l'explique d'une autre manière ?

La voix de l'hôtesse de l'air suspend momentanément leur discussion. Ce n'est qu'une fois qu'elles sont assises à leur place dans l'avion que Marguerite fait une nouvelle tentative pour que Geneviève saisisse bien ce qui s'est passé avec son histoire.

— Ce que tu dois comprendre, c'est que Frédéric a vu l'homme en chair et en os et ce dernier l'a suffisamment inspiré pour qu'il ait envie de l'immortaliser sur sa toile. Pour ma part, je me suis laissé inspirer par son esquisse, c'est-à-dire par un portrait dessiné à la va-vite et pratiquement sans âme. Elle lui sert ni plus ni moins de rappel, sans plus. Résultat, je suis partie de quelque chose de flou et j'ai donné vie au personnage que j'ai inventé et non à celui de Frédéric.

— Et c'est tout l'effet que ça vous fait de savoir que votre nouvelle ne sera jamais associée à un de ses tableaux ?

— Comprends bien que je suis la seule responsable de ce qui m'arrive. J'ai voulu mettre la charrue devant les bœufs et j'ai perdu. Le plus important dans l'histoire, c'est que j'ai appris que certaines choses doivent être faites dans un ordre précis et pas dans un autre. Je vais fermer les yeux pendant un moment si ça ne te dérange pas.

— Ne vous gênez pas pour moi, je n'ai pas encore terminé de lire le roman que j'avais apporté.

Au lieu de le sortir, Geneviève ferme les yeux à son tour. Ces dix jours ont été tellement éprouvants pour elle qu'elle n'ose pas imaginer le choix que feront Catherine et Nolan. Ils lui ont dit qu'ils lui feraient part de leur décision aussitôt qu'ils l'auront prise. Elle sait déjà que l'attente sera insupportable. Heureusement, elle aura moins de temps pour se torturer les méninges puisqu'elle reprend le travail dans deux jours. Ça lui laissera beaucoup moins de liberté pour penser à tout ce que, de toute évidence, elle ne peut pas contrôler. On met des enfants au monde et on s'imagine qu'ils ne seront jamais assez grands pour décider par eux-mêmes. Un jour arrive où on frappe un mur : ils n'ont plus besoin d'être tenus par la main pour traverser la rue et ils sont parfaitement capables de penser par eux-mêmes. Si jamais vous vous entêtez à vous mêler de leurs affaires, ils feront le nécessaire pour vous garder à distance. Ainsi va la vie. On pioche comme des imbéciles pour en faire de bons adultes et on se fait mettre à la porte de leur vie sans crier gare.

Geneviève réveille sa mère, elle ronfle. Pas fort, mais tout de même un peu trop quand des centaines de personnes aussi captives qu'elles en sont témoins. Marguerite ouvre les yeux, secoue la tête pour se réveiller et lui sourit.

— Jure-moi que je n'ai pas ronflé, dit-elle à sa fille.

— Depuis quand ronflez-vous ? Bien sûr que non, voyons.

Sa mère lui donne un coup de coude dans les côtes. Toute la famille est au courant par la faute d'Adrien. Marguerite scrute le visage des passagers à proximité. La moitié d'entre eux ont les yeux fermés. Tant mieux !

— J'aurais dû t'écouter et m'acheter quelque chose à manger.

Geneviève attrape son sac de voyage. Elle l'ouvre et en sort deux sandwiches.

— Au jambon ou aux œufs ? demande-t-elle à sa mère.

— Peu m'importe pourvu que je mange. Juste une moitié.

— Gardez l'autre pour plus tard. Je vous laisse le jambon.

— Je te revaudrai ça.

— Vous en avez déjà assez fait pour moi.

Marguerite a insisté pour payer le billet d'avion de sa fille et les quelques sorties qu'elles ont faites pendant leur séjour avec Jeanne. Elles ont beaucoup apprécié la mère de Nolan. Le fait qu'elle parle français a fait le reste. Pour ce qui est du bébé à venir, elles n'ont jamais abordé le sujet en sa présence. Il valait mieux, dans les circonstances.

— Tss-tss ! Je fais ce que je veux de mon argent.

— Vous n'avez pas peur que les autres soient jaloux si jamais ça vient à leurs oreilles ?

— À moins que tu les mettes au courant, je ne vois pas comment ils pourraient le savoir. C'est entre toi et moi. Encore merci pour le sandwich. J'espère que ton père sera à l'aéroport quand on sortira avec nos bagages.

— Vous souvenez-vous de la dernière fois où il vous a fait attendre quelque part ?

Marguerite fait semblant de fouiller dans sa mémoire alors qu'elle connaît déjà la réponse.

— C'est arrivé une seule fois il y a quarante ans et je l'avais habillé de bêtises. Le pauvre, il avait fait une crevaison au coin de notre rue. Depuis, il part tellement en avance que ça n'est plus jamais arrivé.

— Une chance qu'il vous aime.

— Je dirais plutôt : une chance qu'il m'a parce qu'il s'ennuierait à mourir.

— Vous croyez ?

— En ce qui me concerne, sans lui, ma vie n'aurait plus aucun sens.

***

Les futurs mariés ont adoré leur petite sortie au restaurant de Robert. Non seulement ils se sont régalés, la compagnie d'Adrien et de Carole s'est avérée des plus agréables. La seule raison qui a retenu Richard et Sophie de parler de leur réception de mariage au chef propriétaire des lieux, c'est qu'ils n'ont pas encore fini de dresser la liste de leurs invités.

— C'est à toi de décider, annonce Sophie, parce que, comme tu le sais, le nombre d'invités de mon côté sera au mieux de quatre si mes parents nous honorent de leur présence et de deux s'il y a seulement mes deux meilleures amies.

— Je veux bien croire, mais ça ne t'empêche pas de me donner ton avis. Je te rappelle qu'on est sur le point de se marier. Je viens d'inscrire mon quatre-vingtième invité et j'en ai sûrement oublié. Qu'en penses-tu ?

Elle attrape une feuille de papier et un crayon et se met en frais de compter vite fait combien ça coûtera uniquement pour nourrir tout ce beau monde s'ils servent un repas chaud. Elle entoure le total et le lui montre. Il écarquille les yeux.

— J'ai deux questions pour toi, dit Sophie. La première : est-ce que tu tiens à chacune de ces personnes suffisamment pour les avoir près de toi le jour de ton mariage ? Et la deuxième : as-tu les moyens de payer pour chacun d'eux ? Comme tu le sais, je ne pourrai pas t'aider beaucoup…

— Ils vont sûrement nous donner un cadeau…

— Si c'est comme en France, la majorité offre aux nouveaux mariés tout ce qu'il faut pour la maison.

— Rien ne nous empêche de demander uniquement de l'argent parce qu'on a déjà tout ce qu'il nous faut. J'imagine que ça devrait en grande partie couvrir le coût du repas.

— Ce n'est malheureusement pas la seule dépense. Il faudra aussi payer pour ma robe, ton complet, le mariage à l'église, les fleurs, les faire-part, la musique, l'alcool...

Plus Sophie ajoute des dépenses, plus Richard voit le montant grossir.

— As-tu les moyens de nous offrir tout ça ? Je te répète qu'un mariage intime me conviendrait parfaitement.

Il se frotte le menton et se mordille la lèvre supérieure. Il a un peu d'argent à la Caisse, pas une fortune. En même temps, ils ne se marieront qu'une seule fois.

— Je pourrai répondre à ta première question après avoir revu ma liste à la baisse ; tu as raison, je ne tiens pas à tous les avoir près de moi. Pour ta deuxième question, je nage en plein brouillard parce que je n'ai aucune idée de combien coûte la majorité des choses que tu viens d'énumérer, à commencer par les frais à l'église. Pourrais-tu demander à tante Irène de t'aider à chiffrer chacune des dépenses ? Je ne peux pas décider sans savoir dans quoi je m'embarque.

— Est-elle au courant qu'on va se marier ?

— Pas encore ! On ira la voir demain quand je reviendrai de travailler.

— En as-tu parlé à tes parents ?

— Non plus. Remarque que ma mère est revenue seulement hier soir d'Irlande. J'en parlerai à papa demain matin et je téléphonerai à la maison sur mon heure de dîner.

Sophie n'est pas chaude à l'idée et elle ne s'en cache pas. Elle secoue la tête de gauche à droite et soupire.

— J'ai une idée, ajoute Richard, je fais comme j'ai dit, mais je nous invite à manger dimanche prochain chez mes parents pour fêter l'annonce de notre mariage.

Le visage de sa douce s'illumine aussitôt. Selon elle, il faut faire attention à la susceptibilité de ses proches quand on a la chance d'en avoir.

— J'aime mieux ça, confirme-t-elle en lui faisant son plus beau sourire. J'espère que tu ne me trouves pas trop pénible.

— Absolument pas ! Contrairement à moi, tu sais compter. Et tu fais attention aux gens que tu aimes.

— Disons que je n'ai pas vraiment eu le choix d'apprendre. Tant mieux si ça peut nous servir. As-tu vu l'heure qu'il est ?

— Déjà trop tard pour aller dormir, répond Richard en lui tendant la main.

***

Carole ne porte plus à terre depuis que Mike l'a sauvée des griffes d'Antoine. Elle était tellement énervée quand elle est rentrée chez elle qu'elle est allée réveiller Maryse pour lui raconter ce qui venait de lui arriver. Sa meilleure amie était folle de rage lorsqu'elle a su que l'imbécile était revenu et qu'il se prenait toujours pour le tombeur de ces dames. Elle s'est mise à rire quand Carole lui a dit qu'il était rond de partout. Déjà qu'il n'était pas un pétard avant de prendre du poids, elle n'ose pas l'imaginer maintenant. Maryse s'est redressée sur son lit lorsqu'elle lui a décrit son sauveur. Elle a déchanté quand elle a compris que Carole était tombée sous son charme à moins de deux semaines de leur départ. Au lieu d'être contente pour elle, Maryse a tout fait pour la décourager de le revoir. Elles s'étaient pourtant promis de partir l'esprit tranquille et le cœur libre.

S'il y a une chose qu'on ne contrôle pas, c'est bien à quel moment on va rencontrer quelqu'un qui nous plaît. Carole hausse les épaules. Elle trace ensuite une ligne d'*eye-liner* sur son œil gauche. Une partie d'elle donne raison à Maryse : ce n'est pas le temps de s'attacher. Une autre lui souffle à l'oreille que personne n'a les moyens de lever le nez sur le bonheur, quand bien même ce dernier ne ferait que passer. Elle met du rouge à lèvres et regarde le résultat dans le miroir. Elle replace une mèche rebelle derrière son oreille et sort de la salle de bain. Avec un peu de chance, elle sera partie avant que Maryse revienne de travailler. Elle va s'asseoir sur le divan et sourit. Elle ne peut pas s'en empêcher. Elle repense à son souper au restaurant de Robert. Elle a tout aimé, de l'entrée au dessert, et les gens avec qui elle a partagé ce pur moment de bonheur. Elle deviendrait très vite amie avec Sophie. Quant à Richard, il n'a pas arrêté de les faire rire. C'était bon de le retrouver. Adrien n'a pas donné sa place non plus. Elle adore son grand-père et il le lui rend bien. Si elle avait su que sa vie changerait à ce point après avoir présenté ses excuses aux gens qu'elle avait blessés, elle serait probablement restée. Elle hausse les épaules. Voici la première règle quand on prend une décision après mûre réflexion : ne pas avoir de regrets et foncer. Elle rêve depuis longtemps d'aller enseigner ailleurs et c'est ce qu'elle fera. Si jamais vivre loin des siens ne lui plaît pas, elle n'aura qu'à revenir à la fin de son contrat. Ce n'est pas comme si elle s'expatriait au fin fond de l'Afrique. Sans compter qu'elle se débrouille plutôt bien en anglais et qu'elle part avec sa meilleure amie. Difficile à battre, comme avantages. Ajoutons à cela qu'elles habiteront à proximité de la mer et qu'elles pourront se payer tous les beaux hommes qui croiseront leur route. Le visage de Mike lui apparaît. C'est ce qu'elle avait l'intention de faire avant de le rencontrer. Oui, mais il est hors de question qu'elle parte en laissant son cœur ici. Elle doit rester libre de ses faits et gestes pendant toute la durée de son séjour à Victoria. Elle pousse un grand soupir. Ah ! Elle déteste être assise entre deux chaises et c'est exactement la sensation qu'elle ressent. Il a suffi d'un baiser pour la chambouler. Elle se lève et fait les cent pas dans le salon. Si elle avait son numéro de téléphone, elle l'appellerait pour annuler leur rendez-vous. Elle arrête de marcher. Il sera à sa porte dans quelques minutes.

— Advienne que pourra ! dit-elle à voix haute avant d'éclater de rire.

Elle sursaute quand la porte s'ouvre sur Maryse.

— Désolée, ce n'est que moi. Wow ! Tu es chic !

— Peut-être un peu trop, je ne sais même pas ce qu'on va faire.

— Il le saura quand il te verra.

— Comment a été ta journée ?

— Correcte, à part le fait que les enfants n'écoutaient rien. Ça m'apprendra à toujours vouloir en faire plus au lieu de me la couler douce comme toi.

— Hé ! Je te rappelle que j'ai travaillé un mois au camp.

— N'empêche que tu as bien fait de prendre des vacances. Le directeur m'a offert de prolonger mon contrat d'une semaine. Comme s'il n'était pas au courant que je pars dans moins de deux semaines. J'ai hâte d'être là-bas.

Maryse la regarde. La Carole avec qui elle était censée partir se serait empressée d'ajouter un « Moi aussi » bien senti. Alors qu'elle allait lui en faire la remarque, la sonnerie de la porte annonce l'arrivée de son prince charmant. Carole se dépêche d'aller répondre. Quelle n'est pas sa surprise quand elle se retrouve face à face avec un livreur.

— J'ai une livraison pour Mme Carole Lapierre.

— C'est moi.

— Ne bougez pas, je vais la chercher.

Il revient avec une gerbe de fleurs aux couleurs multicolores. Elle la prend sans hâte, le remercie et referme la porte.

— Je suis désolée, dit Maryse.

— Pas autant que moi. Je croyais pourtant qu'il était différent.

— Tu devrais lire la carte qu'il y a dans l'enveloppe.

Devant le peu d'enthousiasme de son amie, Maryse prend les choses en main.

Profite de ton séjour à Victoria.

Mike

Carole est furieuse. Il a un sacré culot de l'avoir laissée se préparer comme si de rien n'était alors qu'il n'avait visiblement pas l'intention de venir la chercher. De grosses larmes coulent maintenant sur ses joues, mais toutes sans exception expriment la colère qui gronde en elle. De tous les hommes qui ont croisé sa route, il remporte la palme de celui qui l'aura déçue le plus. Elle se laisse tomber sur le divan et croise les bras sans se préoccuper que son maquillage coule sur son chemisier blanc à la même vitesse que ses larmes.

— Je ne peux pas croire qu'il m'ait fait ça ! crache-t-elle en serrant les dents.

— Tu devrais plutôt le remercier, lui dit Maryse d'une voix douce. Je n'ai pas eu le plaisir de le rencontrer, mais je l'aime déjà.

— Non, pas ça !

— Oh oui, madame ! Il a fait ce qu'il fallait pour que tu partes en paix.

Maryse va chercher la bouteille de rhum et deux verres à eau. Carole boira pour noyer sa peine et elle pour remercier Mike de ne pas avoir pensé uniquement à lui.

10

Les dix derniers jours ont semblé éternels à Chantale même si elle avait de quoi s'occuper, et l'esprit et les mains. Elle a participé à deux tournois de tennis et s'est classée au deuxième et au premier rang. Le journal local a écrit un long article sur elle avec photo à l'appui. Même le *Journal de Montréal* a parlé de son talent dans sa section des sports. Donald a découpé et collé les deux dans le grand *scrapbook* où il collectionne tout ce qui est publié sur son amoureuse. Personne n'est aussi fier que lui de ses performances. Il lui répète souvent qu'elle est promise à un bel avenir en tennis. Chaque fois qu'il lui dit ça, Chantale rit. Elle se défend bien, c'est vrai. Quant à dire qu'elle pourrait faire carrière du côté professionnel, elle n'en croit rien. D'abord, elle est trop vieille et, ensuite, ça ne l'intéresse pas. Elle joue au tennis comme d'autres font de l'équitation. Pour le plaisir, uniquement pour le plaisir. Et puis, elle n'a pas envie de vivre dans ses valises. Elle aspire à une vie plus simple. Quand elle aura terminé ses études en communication, elle se lancera en affaires. Elle ne se voit pas travailler sous les ordres d'un patron dans une grosse boîte. Elle a envie de liberté. La dernière fois qu'elle a vu sa tante Myriam, elles en ont discuté ensemble. Comme Chantale s'y attendait, elle l'a encouragée à réaliser son rêve. Il suffit de la regarder pour voir combien elle est heureuse. Elle n'a pas manqué de lui confier à quel point elle détestait être fonctionnaire. En fait, elle s'ennuyait à mourir. À sa grande surprise, sa tante lui a donné sa carte avant de partir et lui a demandé de l'appeler en septembre. Elle aura peut-être besoin de ses services.

Chantale regarde régulièrement son téléphone depuis qu'elle est rentrée. D'après ce que sa mère lui a dit hier soir, Catherine revient de son travail à six heures. Étant donné qu'elle ne veut pas laisser de message sur sa boîte vocale, elle attend bien impatiemment le bon moment. Elle va se chercher une bière dans le réfrigérateur. Elle l'a bien méritée. Elle la décapsule et en boit près de la moitié en une seule gorgée. Pour sa défense, elle dirait qu'elle est déshydratée. Elle se met à rire. Si Donald était là, il lui rappellerait que l'alcool produit exactement l'effet contraire. Elle cale le reste de sa bière et va s'en chercher une autre. Elle jette un coup d'œil à sa montre et s'empresse de composer le numéro de téléphone de Catherine. Elle désespère de lui parler lorsque la cinquième sonnerie lui vrille les tympans. Elle raccroche avant que le répondeur démarre. Elle déteste presque autant que sa grand-mère parler à une machine. Elle rappellera plus tard. Elle se laisse tomber sur son divan plus qu'elle s'assoit, allonge les jambes et prend le temps de savourer chaque gorgée de sa deuxième bière. Elle serait ravie que Myriam l'embauche pour un contrat. Elle essaie de réfléchir à la façon dont elle pourrait lui être utile et elle abandonne vite le projet. Tout ce qu'elle sait de son entreprise, c'est qu'elle importe des produits fins qui sont vendus au Québec. Quant à savoir comment sa tante s'y prend, elle n'en a aucune idée. Elle la questionnera la prochaine fois qu'elle la verra. À moins qu'elle demande à sa mère de lui dire tout ce qu'elle sait sur le commerce de sa sœur. Bonne idée ! Elle l'appellera demain. À moins qu'elle téléphone plutôt à sa tante Marie. S'il y en a une qui connaît l'entreprise, c'est bien elle. Comme il n'y a aucune urgence, elle le fera un soir cette semaine. Là, tout de suite, elle a juste envie de parler à Catherine. Elle compose de nouveau son numéro et a encore droit à la boîte vocale. Au lieu de retourner sur son divan, elle cherche le numéro de Carole. Pas pour lui parler de leur sœur. Pour lui dire qu'elle ne pourra pas descendre à Québec pour la voir avant son départ. Elle pourrait faire un aller-retour dans la même journée si elle le souhaitait vraiment – Donald lui a encore rappelé son offre hier –, sauf qu'elle n'en voit pas l'intérêt. Elles sont beaucoup moins proches qu'avant depuis que Chantale s'est rangée du côté de Richard quand sa sœur et Isabelle s'en sont prises à lui. Ce jour-là, le lien qui les unissait s'est rompu. Il faut dire qu'elle n'a fait aucun effort pour arranger les choses. Le temps a passé et elle s'est habituée à n'avoir pratiquement aucun contact avec Carole. Elle la croise dans les rencontres de famille et ça lui suffit. S'il lui arrive parfois d'avoir envie de renouer avec elle, Chantale se rappelle qu'elle n'est pas prête à se mettre à genoux. De toute manière, elle referait la même chose aujourd'hui. Lorsqu'elle s'ennuie trop du trio tricoté serré qu'elles formaient avec Catherine, elle se remémore l'été où elles travaillaient au même restaurant. C'était le bon temps ! Elle sourit. Elle n'est pas à bout d'âge. N'empêche que cette période de sa vie tiendra toujours une place dans son cœur. Elle regarde le numéro de Carole et laisse glisser son doigt sur celui de Richard. Il est sûrement rentré. Sinon, elle jasera avec Sophie. Dommage qu'elles n'habitent pas dans la même ville, elles se voisineraient. D'ailleurs, elles ont toujours un plaisir fou à se voir et un tas de choses à se raconter. Sans vouloir dénigrer Isabelle, Chantale a beaucoup plus d'affinités avec Sophie. Et puis, elle la trouve beaucoup mieux assortie à Richard. De par sa culture, sa force de caractère, sa joie de vivre, sa capacité d'adaptation… Ils forment un beau couple.

Elle va porter sa bouteille de bière sur le comptoir et l'appelle. La ligne est occupée. Décidément, elle n'a pas de chance avec ses appels aujourd'hui. Elle laisse s'écouler quelques minutes et se reprend.

— Allô ! Allô ! dit une voix féminine quand elle colle le combiné sur son oreille.

— Qui parle ?

— C'est Catherine !

— Impossible ! J'appelais Richard.

— Chantale ! C'est moi, ta sœur. Inutile de chercher plus loin, les lignes ont dû se croiser. J'avais peur que tu ne sois pas chez toi. Je voulais que tu sois la première à savoir que Nolan et moi avons décidé de garder le bébé. Nous l'appellerons Abby si c'est une fille et David si c'est un garçon.

Chantale a les larmes aux yeux tellement ce qu'elle vient d'entendre la touche.

— Jure-moi que maman et grand-maman n'ont rien à voir dans votre décision.

— Elles ont tout à voir, mais dans le bon sens. Avec Jeanne, la mère de Nolan, elles nous ont aidés à y voir clair sans jamais nous pousser dans un sens ou dans l'autre. Sans leur soutien, on tournerait encore en rond.

— Tant mieux parce que j'en connais deux qui se seraient fait parler. Félicitations, ma sœur ! Maintenant, dis-moi comment tu vis ce grand changement.

— À part le fait que j'ai mal au cœur en quasi-permanence et que je vomis pratiquement tout ce que je mange, je vais bien. Nolan aussi. Le plus difficile a été de décider pour le bébé. Maintenant que c'est fait, ça va beaucoup mieux.

— Je suis contente pour vous et très fière d'apprendre que je serai enfin la tante de quelqu'un de notre famille.

— Que dirais-tu d'être aussi sa marraine ?

— Oui ! Oui ! Oui ! Tu ne peux pas savoir à quel point tu me fais plaisir.

— Penses-tu que Donald accepterait d'être le parrain ?

— Il va être fou de joie. Veux-tu que je lui en parle ou tu préfères le faire toi-même ?

— Je te laisse ça entre les mains. Par contre, je ne serai pas joignable en fin de semaine. Nolan et moi avons décidé d'aller au chalet de sa famille et il n'y a pas le téléphone. De toute façon, rien ne presse. Dis-moi comment tu vas avant que je raccroche.

Chantale lui trace un tableau très succinct de ses deux derniers tournois.

— Tu es mon idole, déclare Catherine. Félicitations ! Et pour Carole ?

— Je vais me contenter de l'appeler pour lui souhaiter bonne chance.

— Je te comprends tellement. Bon ! Il vaudrait mieux que je raccroche avant d'être complètement ruinée. N'oublie pas de m'écrire !

Quelques secondes suffisent à Chantale pour réaliser qu'elle a oublié de demander à Catherine si elle peut répandre la bonne nouvelle. Elle compose son numéro, lui pose sa question dès qu'elle entend sa voix et raccroche. Elle peut en parler à qui elle veut, même que ça lui rendrait service si elle en parlait au reste de la famille, à commencer par leur mère et leur grand-mère.

Chantale s'acquitte tout de suite de sa tâche. Elle a toujours aimé être porteuse de bonnes nouvelles. Même sa discussion avec Carole s'est passée sous le signe de la bonne humeur. Elle a gardé Richard pour le dessert. Il sort de la douche et attend que Sophie revienne avec le souper.

— Sage décision ! dit-il en apprenant la nouvelle. Je n'en attendais pas moins d'elle et de Nolan. Histoire de rester dans les bonnes nouvelles, Sophie et moi avons trouvé l'endroit idéal pour le repas et la soirée de notre mariage. Robert, le voisin de tante Myriam, a accepté de nous recevoir à son restaurant. Il nous reviendra avant la fin du mois avec des suggestions de menus. Comme dit Sophie, c'est une bonne chose de réglée.

— Tant mieux ! As-tu fini d'épurer ta liste d'invités ?

— Je l'ai fait avant de réserver chez lui. On devrait être trente-trois, incluant les parents de Sophie si jamais ils décident de venir et ses deux amies. De toute manière, la pièce attenante à la salle à manger qu'on vient de réserver peut contenir quarante personnes au maximum. Entre toi et moi, je n'avais pas les moyens de faire un gros mariage avec cent personnes.

— Il suffira de préciser à vos invités que vous voulez uniquement des cadeaux en argent. Vu qu'aucun membre de notre famille ne vit sous le seuil de la pauvreté, j'aime croire que vous récolterez au moins assez pour couvrir la majorité de vos dépenses et peut-être le coût de votre voyage de noces.

— Je serais le plus heureux des hommes, mais permets-moi d'en douter. Le prix de la robe de mariée que veut porter Sophie équivaut presque à deux mois de mon salaire et je considère être bien payé.

— Attends une minute ! J'ai peut-être une idée. La fille avec qui je joue en double s'est mariée en juin et sa robe de mariée ne lui a même pas coûté cinquante dollars et elle était très chic. Je ne te mens pas, elle ressemblait à une princesse. J'ai cru comprendre qu'elle l'avait achetée usagée, mais personne n'aurait pu le dire. Idem pour le marié. Il portait un smoking noir. Laisse-moi m'informer et je te reviens. Tout ce que vous auriez à faire pour épargner beaucoup d'argent, c'est de venir passer une journée à Montréal.

— Deux, si c'est nécessaire. S'il y a une chose que je déteste, c'est bien de jeter mon argent par les fenêtres. En même temps, je ne veux pas priver Sophie du plaisir de porter la robe de ses rêves.

Chantale pousse un grand soupir. Elle ne fait pas partie des filles qui ne démordent pas de jouer à la princesse à leur mariage.

— Compte sur moi ! Je vais faire tout ce que je peux pour réaliser le rêve de Sophie à petit prix et t'épargner de payer votre mariage pendant les dix prochaines années. Ça ne vous tenterait pas de vous marier en jeans ?

— Moi oui, mais je doute que ça fasse l'affaire de ma blonde. À bien y penser, serais-tu à l'aise de lui parler de la robe de mariée usagée quand tu auras les détails ? Il me semble que tu seras plus convaincante que moi.

— Je m'en occupe.

— Merci ! Je vais devoir te laisser, mon souper vient d'arriver. Bye, ma sœur !

Chantale met quelques secondes avant de réaliser dans quel guêpier elle vient de se fourrer. Non seulement elle déteste magasiner, elle se demande bien quand elle trouvera le temps. Elle reprend les cours dans deux semaines. Elle a des tournois de tennis jusqu'à la fin novembre et son emploi pour arrondir ses fins de mois parce que sa bourse ne suffit pas à payer sa part des dépenses. Donald et elle vivent pourtant sobrement, mais alors là, très sobrement. Malgré cela, ils passent leur temps à compter leurs sous pour ne pas s'endetter. Elle aurait dû réfléchir avant de proposer ses services à Richard pour lui faire épargner de l'argent. En même temps, qui d'autre aurait pu le faire ? Et puis, Sophie connaît très peu de gens au Québec, à part leur famille. Encore moins les endroits pour faire de bonnes affaires à Montréal. Chantale va se chercher une autre bière, la dernière, et la décapsule. L'effet de l'alcool embrume de plus en plus son cerveau. Elle a l'impression de flotter sur un nuage. Elle s'étend de tout son long sur le divan, avale une bonne gorgée de bière et ferme les yeux. Donald la réveille trois heures plus tard lorsqu'il rentre de travailler.

— Dure soirée, à ce que je vois ! lance-t-il d'un ton moqueur pendant que Chantale se frotte les yeux dans l'espoir de se remettre les idées en place.

— Parle moins fort, je t'en prie, j'ai mal à la tête.

Il compte le nombre de bouteilles de bière vides alignées sur la table du salon et rit. La troisième est à peine entamée et Chantale serait incapable de marcher sur une ligne droite.

— Est-ce tout ce que tu as bu ? lui demande-t-il, bien qu'il connaisse déjà la réponse.

Elle le regarde droit dans les yeux et lui tire la langue.

— Oui, votre honneur, répond-elle d'une voix blanche. N'oublie pas de barrer la porte, je vais me coucher.

***

Tante Irène se garde bien de révéler son secret à ses visiteurs. Elle joue la carte de la femme pétante de santé alors qu'il n'en est rien. Le fait que Sophie n'ait pas encore le droit de conduire au Québec l'arrange. Elle peut se déplacer en taxi en toute liberté. Lorsque la charmante future épouse de Richard lui demande où elle est allée, rien ne l'oblige à lui dire toute la vérité. Passer une radiographie et faire prendre une prise de sang à la demande de son docteur à la suite de son examen annuel n'a rien d'anormal, à première vue. Pourtant, la réalité est tout autre et Irène n'a pas le moral. Elle a reçu les résultats ce matin et ils sont loin d'être bons. Elle se doutait bien qu'on lui découvrirait quelques petits problèmes de santé parce qu'en fait elle n'a pas consulté par plaisir, mais plutôt pour comprendre pourquoi elle a du mal à mettre un pied devant l'autre depuis quelques mois. Sans compter qu'elle souffre parfois de maux de tête et d'étourdissements. Ça ne lui ressemble pas du tout. De nature vive, elle a toujours roulé à pleine vitesse et voilà qu'elle peine à faire ne serait-ce que sa petite besogne pour tenir sa maison propre. Elle mange bien. Elle dort bien. Alors pourquoi ? Anémie sévère. Les deux mots prononcés par son docteur résonnent en boucle dans sa tête.

— Vous manquez de fer, lui a-t-il dit. Je vous attends à mon bureau demain matin à huit heures.

C'est tout, et ça suffit pour l'inquiéter. Elle va chercher les livres de médecine qu'elle garde précieusement dans sa bibliothèque. Elle voulait être docteur. Vu qu'elle était une fille et, de surcroît, l'aînée de la famille, elle a dû se contenter d'être une femme au foyer. Ne pouvant pas avoir d'enfant, elle s'est rapprochée de son rêve en faisant du bénévolat à la boutique de l'Hôtel-Dieu. Elle y a passé autant de temps que si elle y avait exercé la médecine. Irène était appréciée de tous, même des docteurs les plus bourrus. Si elle a appris une chose, c'est bien de poser des questions quand la maladie frappe. C'est pourquoi elle tient à en apprendre le plus possible sur son problème de santé avant son rendez-vous. D'ailleurs, elle compte passer quelques coups de fil quand elle se sera suffisamment documentée sur la question. Ses trente-cinq ans de bénévolat à l'hôpital lui ont vite appris qu'il vaut mieux s'informer avant de se présenter devant celui pour qui c'est le quotidien de parler de maladies, alors que les connaissances de la majorité de ses patients sont pour ainsi dire nulles. Combien de gens désemparés se sont arrêtés devant son comptoir après avoir reçu un diagnostic sévère ? Trop ! Beaucoup trop !

Elle ouvre le dictionnaire médical reçu en cadeau pour ses quarante ans et cherche le mot anémie. Elle lit la définition une première fois, puis une deuxième, et relève la tête. À première vue, le mal dont elle souffre se soigne. En fait, c'est l'adjectif que son docteur lui a accolé qui lui donne la frousse. Elle poursuit sa lecture jusqu'à n'en plus voir clair. Pourquoi tous les dictionnaires sont-ils écrits en aussi petits caractères ? Depuis le temps qu'ils existent, quelqu'un aurait dû penser que la vue des gens baisse avec l'âge. Quitte à vendre la version améliorée plus chère ! Irène serait la première à s'en procurer une. Elle va ranger sa bible en soupirant. C'est alors qu'elle se souvient d'avoir un livre médical qui traite des principales maladies seulement. Peut-être que l'anémie sévère y figure. Elle le prend et va s'installer à la table de la cuisine. À peine a-t-elle le temps de le déposer qu'on frappe à la porte. Irène sait tout de suite que c'est Sophie. Trop contente d'avoir de la visite, elle se dépêche d'aller lui ouvrir.

— Bonjour, ma belle fille. Entre.

— Est-ce que je vous dérange ?

— Pas du tout. Suis-moi à la cuisine, j'allais faire du thé.

— Ça tombe bien, je suis allée acheter deux mille-feuilles à la pâtisserie française.

— À pied ?

— Comme vous le savez, mes jambes sont mon seul moyen de transport pour le moment et j'adore marcher. Et j'avoue trouver le temps long depuis une semaine, je n'ai plus rien à lire.

— Tu n'as qu'à venir piger dans ma bibliothèque. J'ai tous les classiques, et je possède plusieurs séries romanesques. Viens quand tu veux.

— C'est très gentil de votre part. Richard m'en avait parlé, mais ça me gênait de débarquer chez vous pour un livre. Remarquez que je pourrais aussi m'abonner à la bibliothèque municipale.

— Je dois justement y aller avant la fin de la semaine. Tu n'auras qu'à m'accompagner. On prendra un taxi.

— J'avais cru comprendre que c'était à quelques rues d'ici. Je vous l'ai dit, ça ne me dérange pas d'y aller à pied.

— Moi oui, échappe Irène.

— Je porterai vos livres avec plaisir.

Cette fois, Irène grimace. Elle en a trop dit pour s'arrêter là.

— Disons que je ne suis pas au meilleur de ma forme ces temps-ci. Par contre, je préférerais que ça reste entre nous. Je revois mon docteur à huit heures demain matin, il a reçu les résultats de mes tests et de ma prise de sang.

— Vous comptez trop pour moi pour que je vous laisse y aller seule.

— J'ai l'habitude, tu sais.

— Personne ne mérite de recevoir une mauvaise nouvelle seul. Désolée ! En France, quand un médecin veut vous voir, ce n'est pas parce que tout va bien.

— C'est pareil ici.

— Vous n'avez qu'à me dire à quelle heure vous voulez partir.

Sophie aurait plusieurs questions à lui poser, mais elle s'en abstient pour le moment. Elle voit bien que tante Irène est mal à l'aise et elle la comprend. Elle connaît parfaitement le sentiment découlant de la solitude. On finit tôt ou tard par croire qu'on n'a besoin de personne. Et pourtant, depuis que Richard fait partie de sa vie, Sophie apprécie chacun des petits gestes qu'il pose pour elle. Tantôt pour la réconforter. Tantôt pour l'aider. Tantôt simplement parce qu'il l'aime.

— Merci, Sophie. Es-tu prête à faire passer le test aux mille-feuilles maintenant ? Je promets de ne pas être trop sévère.

Irène pouffe de rire. Le jour où elle est allée à Paris, c'est comme si elle avait signé son arrêt de mort pour tout ce qui s'appelle pâtisserie. En réalité, elle trouve toujours à redire sur la qualité des produits et la finesse du goût. À ce chapitre, elle rejoint Myriam à cent pour cent : on a du chemin à faire au Québec pour rattraper les Français. Heureusement, certains restaurateurs font des efforts pour améliorer leurs menus. Reste à convaincre les clients d'accepter de payer plus cher pour découvrir de nouveaux mets. Quand Irène veut s'offrir une petite gâterie, elle débarque au Château Frontenac ou dans un des rares autres restaurants dont le chef est français. Nouvellement chez Robert, le voisin de Myriam. Il a fait son cours de cuisine en France et plusieurs stages dans des restaurants réputés, parfois même étoilés. Manger chez lui ne serait-ce que sa tarte Tatin est un pur ravissement.

Irène sort deux assiettes à dessert et deux fourchettes avant de mettre de l'eau à bouillir. Pendant ce temps, Sophie s'occupe de sortir les mille-feuilles de leur boîte. Aussi gourmandes l'une que l'autre, elles commencent par l'étudier en silence sous toutes ses facettes.

— Est-ce qu'on est obligées d'attendre le thé ? lui demande Sophie.

— À trois, on attaque. Un, deux, trois.

Elles dégustent leur première bouchée en silence. Étant donné qu'elles n'en sont pas à leur première expérience, elles déposent leur fourchette sur la table et y vont de leurs commentaires dans le désordre le plus total.

« Trop bon ! J'en mangerais tous les jours. Raffiné et délicieux. Le meilleur que j'ai mangé. Aussi bon que les mille-feuilles parisiens. »

Elles reprennent leur fourchette en chœur et piquent dans leur pâtisserie. Quel bonheur de déguster un dessert qui goûte le ciel !

11

Marguerite avait très hâte de voir Frédéric et encore plus après qu'Adrien lui a raconté tout ce qu'ils ont fait ensemble pendant son absence. Il s'est moqué d'elle quand il s'est rendu compte qu'elle était jalouse. De toute manière, ce n'était pas une réelle surprise pour lui, elle lui fait le coup chaque fois qu'il le voit seul. C'est ainsi qu'elle l'a appelé avant de défaire sa valise et lui a demandé si elle pouvait aller prendre le thé chez lui le lendemain après-midi. Elle sera à destination dans quelques minutes et ça lui donne des ailes. Elle annonce sa sortie et se lève de son banc juste avant que l'autobus s'immobilise pour la laisser descendre. Adrien lui a offert de l'emmener et elle a décliné son offre. Elle n'aurait pas supporté qu'il descende saluer Frédéric parce que, le connaissant, il ne se serait pas gêné pour le faire et se serait attardé. Elle marche jusqu'à sa maison et emprunte le petit trottoir qui mène à son atelier. Elle sonne et attend impatiemment qu'il vienne lui ouvrir.

— Tu en as mis du temps ! se plaint-elle dès qu'il lui ouvre la porte.

— Bonjour, Marguerite ! Moi aussi je suis content de vous voir. Entrez, j'ai préparé votre thé préféré.

— Pas avant de t'avoir serré dans mes bras.

Il s'approche volontiers. Elle l'embrasse sur les joues et lui dit :

— Tu es encore plus beau que dans mon souvenir.

Son fils adoptif se contente de sourire. Marguerite a le compliment facile quand elle aime et c'est tant mieux pour lui. En revanche, elle ne se prive pas pour casser du sel sur le dos de Richard. Tout ça pour une bagatelle. Frédéric a tenté de lui faire entendre raison, mais elle lui a fait comprendre qu'il valait mieux pour lui ne pas s'en mêler. Que c'est entre son petit-fils et elle. Ou il s'excuse ou elle continuera à l'ignorer. Le pire, dans tout ça, c'est qu'elle dort très bien quand même.

— Je suis impatiente de voir ce que tu as peint.

— Vous risquez d'être déçue. Je n'ai pas encore terminé le tableau sur lequel je travaillais la veille de votre départ pour l'Irlande.

— Il me semblait que tu avais retrouvé l'inspiration.

— Oui, sauf que ma rencontre avec mon modèle remonte à près de deux ans. Conséquence : je ne le sens pas comme si je l'avais vu récemment. J'ai du mal à retrouver le sentiment qui m'habitait au moment de le choisir pour modèle.

Marguerite fait la moue. Elle se sent encore un peu responsable de ses déboires. Cependant, elle ne perd pas son temps à s'excuser, ce serait inutile pour la simple raison que tout a été dit la dernière fois que Frédéric et elle se sont vus. De toute façon, elle n'est pas la seule fautive dans l'histoire. Il n'en serait pas là s'il avait refusé de la laisser partir avec son esquisse.

— Est-ce que je pourrais voir ?

— Si vous voulez.

Frédéric la devance jusqu'à son chevalet et se tasse pour que Marguerite puisse regarder son esquisse avec un peu de distance. Il en profite pour aller servir le thé. Il s'assoit et trempe les lèvres dans le sien. Il est tellement chaud qu'il repose sa tasse sur la table et observe celle qui n'a de cesse de le porter aux nues.

Il sourit. Heureusement qu'il n'est pas du genre à s'enfler la tête parce qu'il y a longtemps qu'il ne passerait plus dans les portes. Être aimé par une femme de sa trempe est une chance inégalée.

— Ce que je vois me plaît beaucoup, finit-elle par dire. Je ne sais pas comment l'expliquer, mais j'ai l'impression qu'il est différent de tes autres portraits.

Frédéric va la rejoindre et essaie d'observer son tableau inachevé sous un autre angle.

— Tout ce que je vois, finit-il par dire en plissant les yeux, c'est qu'il est loin d'être fini. Et plus je le regarde, moins je suis certain de vouloir me rendre au bout. Je trouve qu'il manque d'étincelles, de panache.

Il va chercher un grand bout de tissu et l'installe sur sa toile. Il l'a assez vue pour aujourd'hui. Il tend son bras à Marguerite et l'accompagne jusqu'au divan placé devant la petite table sur laquelle trône la théière. Il s'assoit en face d'elle et lui tend sa tasse de thé.

— Est-ce que tout va bien ? lui demande Marguerite à brûle-pourpoint.

— J'ai beau chercher, répond-il promptement, je n'ai aucune raison d'aller mal. Cependant, il semblerait que j'aie un nouveau problème avec mes pinceaux.

— Et si c'était l'occasion de te lancer dans une nouvelle expérience ?

— Je ne me vois pas abandonner ce que j'ai mis des années à bâtir. Mes portraits saisis sur le vif ont construit ma réputation. C'est là que les acheteurs de partout m'attendent.

— Tu pourrais au moins y réfléchir.

Frédéric se lève et fait les cent pas dans son atelier sous l'œil attendri de Marguerite.

— Le problème, dit-il au bout d'un moment, c'est que je n'ai aucune idée de ce que je pourrais faire d'autre. Aucune chance que je me mette à peindre des natures mortes ou des animaux. Non seulement je n'ai aucun intérêt ni pour l'un ni pour l'autre, mais je suis plus que médiocre dans les deux domaines. Je suis portraitiste depuis toujours et, sans vouloir me vanter, j'excelle dans mon domaine d'expertise. Et je suis toujours aussi passionné.

Il vient se rasseoir sur le divan. C'est la première fois que Marguerite le voit aussi désemparé.

— Oublie ce que je viens de te dire. Je ne suis aucunement qualifiée pour te conseiller.

— Non ! Non ! Non ! Vous avez mis le doigt sur quelque chose qui va et qui vient et que je repousse aussitôt qu'il se manifeste. Je suis tellement confortable dans ma manière de peindre que je suis mort de peur à la seule pensée de changer ne serait-ce qu'un petit détail. En réalité, je devrais vous remercier d'avoir modifié l'ordre dans lequel j'ai l'habitude de faire les choses. Ou plutôt dans lequel j'*avais* l'habitude de les faire.

— Ce serait une erreur de ne pas tenter de reprendre ta méthode de travail habituelle. Si tu veux, demain, on pourrait partir ensemble à la recherche de la perle rare pour ton prochain tableau.

Le visage de Frédéric change aussitôt de couleur.

— À bien y penser, ajoute vite Marguerite, je crois que tu ferais mieux d'y aller seul.

— Ne le prenez pas mal, c'est juste que je l'ai fait à trois reprises et j'ai fait chou blanc chaque fois.

— Tu n'as pas besoin de t'expliquer, je comprends très bien. Si je peux me permettre une suggestion : j'en profiterais pour commencer à réfléchir à un nouveau projet.

— Je panique presque à l'idée de devoir changer ma pratique. Et si personne n'aimait ce que je peins. Je ne supporterais pas de devoir recommencer au pied de l'échelle.

Marguerite lui tapote doucement la main.

— Je ne te demande pas de le faire. Par contre, tu ne le sauras jamais si tu ne te mets pas en danger. C'est pour cette raison que je t'ai suggéré de continuer à faire les choses comme avant jusqu'à ce que tu découvres un nouveau créneau qui te donne suffisamment envie de te dépasser.

— Et si je n'en trouve pas ?

— Tu auras au moins fait l'effort de te remettre en question. J'ai confiance en toi et en ton talent.

***

Contrairement à Marguerite, Geneviève est restée à la maison malgré l'insistance de Rémi pour l'emmener au parc ; de peine et de misère, faut-il préciser. Colette a sans relâche joué à la gentille organisatrice avec lui pendant son absence et c'est elle qui en paie le prix. Difficile d'en vouloir à son amie et impossible de comprendre pourquoi elle a fait ses quatre volontés étant donné sa connaissance du passé de l'enfant. Pour sa défense, Colette lui a dit qu'elle avait besoin autant que Rémi de bouger et de sortir. Évidemment, le petit garçon comptait sur sa mère pour prendre la relève et ainsi satisfaire ses envies. Il ne lâchait pas le morceau. Ce n'est qu'à force d'insister qu'il a fini, à son grand soulagement, par accepter d'aller simplement jouer avec ses amis. Elle a besoin de se la couler douce aujourd'hui et c'est ce qu'elle compte faire envers et contre tous. Elle reprend le travail demain matin alors qu'elle aurait pris volontiers quelques jours supplémentaires de vacances. Des vraies, cette fois. Elle est contente d'avoir volé au secours de Catherine, et si c'était à refaire, elle serait là pour sa fille. Cependant, une partie d'elle regrette de s'être fait voler tous les petits plaisirs qu'elle s'était promis de s'offrir pour profiter de ses derniers jours de vacances. Elle en a parlé à Henri hier soir et, au lieu de la traiter d'égoïste, il lui a suggéré d'aviser son patron qu'elle prendra deux semaines de vacances à ses frais en novembre. Avec lui ! Il a ajouté qu'il est prêt à la suivre partout dans le monde. Bien que ce ne soit pas le meilleur moment de l'année pour voyager, il est hors de question de manquer sa chance. Pour une fois qu'il lui déroulait le tapis rouge pour partir en vacances, deux semaines de surcroît, elle s'est contentée de lui sauter au cou. Reste maintenant à décider de leur destination. L'idée d'aller passer quelques jours avec Catherine lui a effleuré l'esprit, mais elle l'a très vite chassée. Ce n'est pas le moment d'aller la déranger pendant qu'elle est à l'université et enceinte de surcroît. D'ailleurs, elle ne compte pas lui parler de leur projet de vacances avant la veille de leur départ. Pas plus qu'à ses autres enfants. Geneviève se voit déjà passer deux semaines entières en tête à tête avec Henri à découvrir le monde d'ici ou d'ailleurs. Sa connaissance du Québec est très limitée. Quant à celle du reste du Canada, elle est totalement inexistante. Elle demandera à Richard de lui parler des plus beaux endroits où son navire a accosté. Elle n'aura qu'à lui dire que c'est pour préparer son futur voyage. À moins qu'elle le mette dans le secret ! Ce serait une erreur ! Par expérience, une fois qu'on en parle à quelqu'un, on perd aussitôt le contrôle. Disons qu'elle est bien placée pour le savoir.

Elle met sa tasse dans l'évier et sort de la maison. Elle s'étend ensuite sur sa chaise longue et ferme les yeux. Avec un peu de chance, elle pourra somnoler en toute quiétude pendant une petite heure. C'est tout ce qu'elle demande. Elle vient à peine de s'assoupir quand Rémi la secoue comme un prunier pour la réveiller.

— Maman ! Maman ! Est-ce que je peux aller me baigner avec mes amis ? La mère de Charles va nous surveiller. Lève-toi, elle attend que tu l'appelles. Je vais aller mettre mon maillot pendant ce temps-là.

Geneviève secoue la tête plusieurs fois dans l'espoir de se remettre les yeux vis-à-vis des trous et d'être en mesure de jouer son rôle de mère pour que Rémi puisse profiter de son invitation et elle d'un peu de répit. Chers enfants ! Ils ont le don de vous ravir les rares moments de tranquillité obtenus à coups d'efforts au bénéfice de leur petite personne. Elle sourit malgré elle. Que ferait-elle sans eux ? Inutile de chercher la réponse, elle trouverait sa vie vide et ennuyeuse, maintenant qu'elle les connaît. Elle s'acquitte de sa tâche en deux temps, trois mouvements et retourne s'étendre sur sa chaise longue. Espérons que cette fois elle aura le temps de se reposer un peu. Il n'est pas question qu'elle recommence à travailler dans cet état. Elle a l'impression de porter le monde entier sur ses épaules alors que son séjour en Irlande ne lui a pas demandé de si grands efforts. Certainement pas physiques. Elle est restée aux alentours la grande majorité du temps au cas où Catherine aurait besoin d'elle. En réalité, c'est sa tête et son cœur qui ont encaissé le coup, ou plutôt qui l'ont subi. Difficile d'aller contre la nature. Quant à le faire pendant dix jours, ça tient de l'exploit pur dans son cas. Elle sourit. Ce n'est pas demain la veille qu'elle sera canonisée et ce n'est pas ce qu'elle cherche non plus. Elle reconnaît sans se faire prier être une meilleure personne depuis qu'elle respecte les secrets que les gens lui confient sans qu'elle demande quoi que ce soit. Si elle osait, elle dirait que c'est rendu comme une deuxième nature. C'est ainsi qu'il lui arrive de moins en moins souvent de s'échapper et ça n'a rien à voir avec la manière dont elle traitait les confidences des gens auparavant. À bien y penser, peut-être devrait-elle faire brûler des lampions pour elle ! Pour l'aider à renforcer son envie parfois irrésistible d'en parler à quelqu'un quand ce qu'on lui a dévoilé est trop gros. Heureusement, ça lui arrive peu. Elle éclate de rire. Il faut qu'elle soit désespérée pour croire qu'une petite lumière allumée dans une église déserte a le pouvoir de changer les choses.

La sonnerie du téléphone la sort brusquement de ses pensées. Elle s'assoit sur sa chaise longue et lutte entre l'envie de se recoucher et le devoir de répondre au cas où quelqu'un aurait besoin de son aide. La troisième sonnerie résonne quand elle se décide enfin à se lever en bougonnant. Elle entre dans la maison en courant, décroche le combiné et répond sans reprendre son souffle.

— Maman ! C'est Richard. Papa vient de partir en ambulance pour l'hôpital. Il s'est ouvert la cuisse droite avec sa hache. Il est à Saint-Sacrement.

— Est-ce que c'est grave ? s'entend-elle lui demander d'une voix blanche.

— Tout ce que je peux te dire, c'est qu'il pissait le sang. Il aura sûrement besoin de plusieurs points de suture. On se rejoint à l'urgence.

Geneviève se laisse tomber sur une chaise le temps d'absorber la nouvelle. Elle se répète en boucle ce qu'elle vient d'entendre et ça n'a pas de sens pour elle. Depuis quand Henri utilise-t-il une hache pour aménager le jardin de ses clients ? D'habitude, il engage un émondeur. Pourquoi Richard ne l'a-t-il pas conduit lui-même à l'hôpital ? À moins que ce ne soit plus grave qu'il ait voulu le laisser paraître. Elle se lève et appelle chez ses parents.

— Papa, c'est Geneviève. Pourriez-vous venir chez nous et attendre que Rémi revienne ? Je dois monter à l'hôpital Saint-Sacrement le plus vite possible, Henri s'est blessé.

— Je serai chez toi dans cinq minutes.

Le cœur de Geneviève bat à tout rompre. Depuis le temps qu'ils sont mariés, c'est la première fois qu'Henri doit aller à l'hôpital. Il a une santé de fer ; même la grippe ne colle pas sur lui. Même si tout le monde est malade autour de lui, il n'attrape rien. Le connaissant, il doit être désespéré. Comment finira-t-il sa saison sur une jambe ? Si talentueux soit-il, Richard ne pourra pas tout faire seul. Elle se lève et regarde comment elle est habillée. Ça ira. Elle va chercher son sac à main et un chandail dans sa chambre. Son père doit être sur le point d'arriver. Elle se rassoit et pense à Henri. Le pauvre ! Déjà qu'il croulait sous le travail. Voilà des semaines qu'il cherche à engager quelqu'un pour les aider. Au cours du dernier mois, un seul candidat s'est présenté et quelques coups de pelle ont suffi pour démontrer qu'il n'avait pas le profil de l'emploi. N'est pas paysagiste qui veut. C'est un travail très exigeant physiquement et mentalement. Il ne suffit pas d'aimer jouer dans la terre, il faut aussi avoir le sens de la beauté dans l'œil, comme dit Richard.

— Ne te dérange pas, s'écrie Adrien en entrant dans la maison, c'est moi.

— Je suis dans la cuisine.

— Dépêche-toi de me dire ce qui est arrivé. Tu connais ta mère, elle va m'inonder de questions.

Geneviève lui répète le peu qu'elle sait avant de se lever de sa chaise.

— Je vous appellerai dès que j'en saurai plus. Merci, papa. Rémi est allé se baigner chez son ami Charles, il devrait revenir d'ici une heure ou deux. Il habite dans la maison jaune un peu plus loin sur la gauche. Merci de ne pas l'emmener manger une crème glacée, Colette a fait ses quatre volontés pendant dix jours et j'ai peur que l'ancien Rémi ait repris du service.

— Oups ! Pars en paix, je ne ferai rien pour l'encourager. Promis !

Une fois installée derrière son volant, Geneviève ferme les yeux pendant quelques secondes. Elle sait déjà qu'elle va trouver le temps deux fois plus long que d'habitude. Elle s'inquiète pour Henri. Peut-être que Richard ne lui a pas tout dit. Peut-être que son mari est beaucoup plus mal en point que ce qu'il a bien voulu lui avouer et que ce ne sont pas quelques points de suture qui régleront son problème. Si elle osait, elle arrêterait à la première église qu'elle verra et irait faire brûler un ou deux lampions pour lui. Elle balaie l'air de sa main droite. Il y a longtemps qu'elle est au courant qu'un lampion n'a pas le pouvoir de guérir. Si Marguerite l'entendait penser, elle lui dirait d'arrêter de perdre son temps et son argent à faire brûler des maudits lampions qui n'ont pour objectif que celui d'enrichir la fabrique. Elle appuie sur l'accélérateur un peu plus fort qu'il le faudrait et dépasse la limite de vitesse en quelques secondes. Les gyrophares d'une auto de police s'allument en même temps et la sirène lui vrille les tympans. Comme si elle avait besoin de ça. Elle se range sur le côté et attend sa contravention d'un œil mauvais. Ce sera sa première à vie. Quelle n'est pas sa surprise quand l'auto-patrouille poursuit sa route à grande vitesse en passant près d'elle. Geneviève extirpe tout l'air de ses poumons et se remet en route. Les policiers ont dû recevoir un appel pour quelque chose de plus important qu'un dépassement de la limite de vitesse d'un ou deux milles à l'heure. Tant mieux pour elle. Elle monte le son de la radio, elle adore cette chanson de Ginette Reno, *Des croissants de soleil.* Elle chante à tue-tête en gardant un œil sur son indicateur de vitesse. Quelques succès plus tard, elle entre dans le stationnement de l'hôpital. Lâcher son fou lui a fait du bien. Elle repère l'urgence et choisit la place la plus près de la porte. Elle marche d'un bon pas; il lui tarde de connaître la vérité sur ce qui est réellement arrivé à Henri pour qu'il s'offre un tour en ambulance. Elle n'a pas fait deux enjambées dans la salle qu'elle entend son nom. Elle se retourne, repère Richard qui lui fait signe de venir le trouver. Il y a une place à côté de lui.

— Où est ton père? lui demande-t-elle aussitôt qu'elle l'a rejoint.

— L'infirmière vient de venir le chercher pour que le docteur lui fasse ses points.

— Combien?

Richard hausse les épaules et fronce les sourcils. Sa mère a le don de lui poser des questions, des fois! Il lui suffit de regarder son air pour comprendre qu'elle est morte d'inquiétude.

— Celle qu'il a vue en arrivant lui a dit qu'il avait eu beaucoup de chance de ne pas avoir touché l'artère profonde, répond-il doucement. Une dizaine, a-t-elle dit. Celle qui est venue le chercher a parlé d'une vingtaine. Je n'en sais pas plus. L'important, c'est qu'il y a eu plus de peur que de mal. Pour le reste, j'imagine qu'on en saura plus quand le docteur l'aura recousu.

— Je vais aller m'informer.

— À ta place, j'attendrais ici. L'infirmière a été très claire, personne ne peut l'accompagner de l'autre côté. Il paraît que le bureau où le docteur fait les points est trop petit.

— Ils peuvent bien nous appeler les patients. On n'a jamais autant attendu depuis que le gouvernement a implanté la RAMQ. Je suis loin d'être certaine qu'on a gagné tant que ça au change.

— Toi non, mais tous ceux qui n'avaient pas les moyens de se payer un rendez-vous chez le docteur y trouvent leur compte. Et la bonne nouvelle, ajoute-t-il en chuchotant, c'est qu'ils savent déjà pour qui ils voteront aux prochaines élections.

Geneviève lui donne un coup de coude dans les côtes, ce qui le fait rire. Richard a toujours eu de l'esprit.

— Crois-tu qu'il va pouvoir reprendre le travail ? lui demande-t-elle, bien qu'elle connaisse déjà la réponse.

— À sa table à dessin, oui, mais pas sur le terrain. Il ne pourra pas forcer tant et aussi longtemps que sa coupure n'aura pas cicatrisé.

— Et toi ?

— Je ne pourrai pas y arriver seul, c'est certain. On a rencontré quelqu'un ce matin et ça ne fonctionnera pas. La plupart des candidats qu'on a vus tombent en bas de leur chaise quand on leur dit en quoi consiste le travail de paysagiste. Mais attends ! Je connais peut-être un gars que ça pourrait intéresser. On travaillait ensemble sur les navires. Il est fort comme un bœuf et d'une gentillesse rare. Il s'appelle Mike. Il est venu au secours de Carole la semaine passée dans le Vieux, quand Antoine a encore fait des siennes.

— Ne me dis pas qu'il est revenu !

— Trois fois plus gras et dix fois plus épais. Si ça peut te rassurer, Carole s'en est tirée avec un bleu sur un bras.

— Qu'est-ce que tu attends pour appeler Mike ? lui demande Geneviève sans s'attarder plus longtemps à ce que Richard vient de lui dire. Il n'y a pas de temps à perdre si vous voulez honorer vos contrats. À moins que Daniel puisse t'aider.

— Aucune chance ! Il est aussi débordé que nous et son employé refuse de travailler plus de quarante heures par semaine. Comme si l'été était éternel, au Québec ! S'il voulait faire du huit à cinq, il aurait dû choisir un autre métier. J'appellerai Mike ce soir. Changement de sujet, fais-tu quelque chose pour souligner le départ de Carole et de Maryse ?

Geneviève se retient de ne pas soupirer. Une partie d'elle sait qu'elle devrait organiser un événement alors que l'autre cherche désespérément le moyen de s'en soustraire. Aussi bien l'avouer, elle n'a aucune envie de passer des heures aux fourneaux pour, au final, essuyer les boutades des uns et des autres sur ses talents de cuisinière plus que médiocres. Le plus simple serait de commander. C'était facile quand ils habitaient à Limoilou, mais pas sur l'Île. À moins qu'elle emmène tout son monde au casse-croûte.

Richard a suivi le débat intérieur de sa mère avec intérêt. Visiblement, elle n'a pas envie de fournir les efforts pour faire plaisir à Carole et il la comprend. Maintenant, il doit trouver un moyen de la libérer de ce fardeau.

— J'ai une proposition à te faire, lui dit-il. Tu invites Carole et Maryse à souper dimanche prochain chez vous et je m'occupe de l'épicerie et de la cuisine.

— À une condition : tu me laisses te rembourser jusqu'au moindre sou, ajoute joyeusement Geneviève avant de l'embrasser sur la joue. Merci, tu m'enlèves un gros poids des épaules.

Il faut encore deux bonnes heures avant qu'Henri fasse son entrée dans la salle d'attente en fauteuil roulant. Son visage s'illumine lorsqu'il les repère. Il avise l'infirmier qui le pousse et les fait sursauter lorsqu'il s'immobilise devant eux. Les yeux de Geneviève se remplissent aussitôt de larmes et Richard évite d'en faire autant. L'accident de son père l'a drôlement secoué.

— Dépêchez-vous de me sortir d'ici, annonce Henri après avoir remercié son chauffeur. Je suis mort de faim et je dois aller louer une paire de béquilles avant que la pharmacie ferme.

Trop contents de le retrouver, ni Geneviève ni Richard ne portent attention à ce qu'il vient de dire. Alors que la première lui colle un baiser sur les lèvres, le deuxième lui serre l'épaule à lui faire mal.

— Allons-nous-en, s'indigne-t-il d'un ton brusque.

Ces quelques mots suffisent pour les ramener sur terre. Henri est bien vivant et il lui tarde de respirer l'air frais au plus sacrant. Richard saisit les deux poignées à l'arrière du fauteuil roulant et le conduit jusqu'à la sortie.

— Va chercher ton auto, dit-il à sa mère, et à la maison, demande à grand-papa de te donner un coup de main pour aider papa à se rendre jusqu'à son fauteuil. Je m'occupe d'aller lui louer une paire de béquilles et je vous rejoins.

— Merci, mon gars, dit Henri d'un ton ému, je te revaudrai ça.

— Oublie ça, le rassure aussitôt Richard, je t'en dois bien plus que ça.

Henri raconte sa mésaventure à sa femme en chemin. Bien qu'elle meure d'envie de le réprimander, elle s'en abstient. Ce n'est ni le bon endroit ni le bon moment. Son mari vient de subir un choc, inutile d'en rajouter.

— J'ai travaillé en innocent, finit-il par avouer du bout des lèvres, et je suis dans la merde. Par ma faute. Par ma très grande faute.

Geneviève se retient de rire quand Henri cite les paroles de la Bible.

— Richard a quelqu'un en vue. Un certain Mike, ils naviguaient ensemble. Le connais-tu ?

Henri cherche dans sa mémoire jusqu'à ce qu'il se souvienne de lui. Leur rencontre remonte à l'été dernier.

— Disons plutôt que j'ai eu l'occasion de discuter avec lui pendant quelques minutes quand il est passé voir Richard sur un de nos chantiers l'été passé. Par contre, je n'ai aucun souvenir qu'il ait dit aimer ou détester les jardins. Remarque que ça ne coûte pas cher de lui demander s'il est disponible et s'il accepterait de nous aider jusqu'à la première neige. On doit absolument trouver quelqu'un pour me remplacer sur le terrain. Ce que je peux être bête, des fois !

— Veux-tu bien arrêter de te prendre la tête ! C'est un accident. Combien de points de suture as-tu ? lui demande-t-elle dans l'espoir de détendre l'atmosphère.

— Vingt-trois. Il m'a dit que j'avais eu beaucoup de chance dans mon malheur. Un pouce de plus et j'étais dans le trouble. Je le revois dans un mois et, d'ici là, je dois me tenir à carreau. Comme si j'avais les moyens de perdre ne serait-ce qu'une seule journée de travail !

12

Catherine n'ira pas jusqu'à dire qu'elle est contente d'être enceinte, ce n'était pas prévu à son agenda avant plusieurs années. Elle dira plutôt qu'elle s'habitue un peu plus à son état à mesure que les jours passent. Le fait de ne plus avoir mal au cœur en permanence et de pouvoir manger sans vomir lui a enlevé beaucoup de pression. Par contre, elle ignore comment elle fera quand le bébé sera là. Combien de temps devra-t-elle attendre avant de pouvoir aller travailler? Comment s'organisera-t-elle avec son nouveau-né? Le seul qu'elle a connu de près, c'est Rémi, et elle ne peut pas dire qu'elle s'en est occupée tant que ça. Quand l'inquiétude la tenaille, elle se souvient des paroles de sa grand-mère Marguerite. « Tu traverseras le pont quand tu seras à la rivière. Tant de choses peuvent arriver d'ici à ce que tu accouches. » Elle va chercher la feuille sur laquelle elle note ses souhaits pour sa nouvelle vie de maman en devenir:

Ne pas accoucher avant la fin des examens de fin de session.
Être en forme pendant le reste de ma grossesse.
Ne pas prendre trop de poids.
Avoir un bébé en santé qui dort la nuit.
Trouver une gardienne à domicile.
Avoir épousé le meilleur papa du monde…

Elle la remet à sa place. Elle n'a pas le temps de se lancer dans une réflexion interminable aujourd'hui. Elle a des lectures à faire pour demain et un cas à présenter dans cinq jours devant la classe avec son équipe. Ce genre d'exercice exige énormément de temps, particulièrement à ce stade-ci de leur formation. Leur professeur a été très clair : chaque étudiant doit se comporter comme s'il était au beau milieu d'un vrai procès. Catherine s'entend encore déployer tous les efforts pour convaincre ses coéquipiers de choisir la cause la plus complexe. Un père de famille de quarante-deux ans a tué sa femme et ses jumeaux de trois ans. L'homme avait été arrêté par la police deux semaines plus tôt à la suite d'une plainte de harcèlement de sa conjointe. Malheureusement, les policiers n'ont pas cru bon de le garder en dedans. Pourquoi ? C'est là toute la question. Il n'existe pas moins de mille réponses possibles. Ce n'est qu'après coup qu'elle a réalisé son erreur. Se sentant un tantinet coupable d'avoir autant insisté auprès des membres de son équipe, elle a choisi de défendre l'homme alors qu'il a avoué ses crimes de lui-même. Catherine lit le plan de travail qu'ils ont développé ensemble cet après-midi. Ou ils mettent les bouchées doubles ou ils n'y arriveront pas. Elle sélectionne les articles qui lui apparaissent incontournables pour le développement de son plaidoyer. Reste à décider par quoi commencer. Elle tourne et retourne la question dans sa tête jusqu'à ce que de petits coups frappés sur la porte d'entrée annoncent la visite de Jeanne, sa belle-mère. Elle s'empresse d'aller lui ouvrir la porte.

— J'ai décidé de venir prendre de tes nouvelles avant de rentrer chez moi. Ne me dis pas que tu as déjà des travaux !

— Oh oui, et j'avoue que ça me manquait. Entrez ! Je vais en profiter pour faire une pause.

— Seulement cinq minutes. Alors, comment vas-tu aujourd'hui ?

— Très bien. Et vous ? Vous n'avez pas l'habitude de rentrer aussi tôt…

— Ça faisait deux jours que je rêvais d'aller magasiner et j'ai décidé de me payer un petit congé.

Jeanne sort de son grand sac à main un paquet emballé dans du papier glacé turquoise et le tend à Catherine.

— Je voulais acheter un cadeau pour la petite crevette qui pousse dans ton ventre. C'est trois fois rien, mais j'ai eu un coup de cœur quand je l'ai vu. Ouvre-le tout de suite !

Catherine hésite pendant quelques secondes, elle aurait voulu attendre Nolan.

— Il ne t'en tiendra pas rigueur, dit Jeanne, qui a compris son dilemme. Allez ! J'ai trop hâte de voir ta réaction.

Encouragée, elle déchire l'emballage et sort un trop mignon petit mouton blanc. Elle le colle aussitôt dans son cou, elle a toujours eu un faible pour les peluches. Émue, elle se lève et embrasse Jeanne sur les joues.

— Merci beaucoup ! Nolan va l'adorer.

— Est-ce que je me trompe ou c'est son premier cadeau ?

— C'est le cas. J'attends toujours celui de ma mère et de ma grand-mère. Je n'ai jamais vu des femmes aussi occupées.

— Comment vont-elles ?

— J'ai parlé à maman dimanche et elle était en feu, elle venait de mettre sous contrat un nouvel auteur semble-t-il très prometteur. Quant à ma grand-mère, elle est égale à elle-même. Elle attend encore les excuses de Richard pour ne pas l'avoir invitée à entrer chez lui alors qu'elle venait de lui crêper le chignon. Ah oui ! Elle s'est mise dans la tête de publier ses nouvelles un jour et je sais qu'elle y arrivera.

— Et ton père ?

— Si tout va bien, il pourra retourner sur le terrain dans deux semaines. Maman m'a dit qu'il était plus que temps qu'il sorte de la maison et je n'ai pas de mal à la croire. Papa est un bourreau de travail. C'était pareil quand il avait son salon de barbier. J'allais oublier ! Toute la famille s'est réunie chez mes parents pour souligner le départ de ma sœur aînée Carole et de Maryse, sa meilleure amie, pour Victoria. C'est mon frère qui préparait le souper.

— J'ignorais qu'il cuisinait.

— Comme un chef, selon maman, mais ça vaut ce que ça vaut vu qu'elle est nulle en cuisine et, croyez-moi, je n'exagère pas une miette. Personne n'est gras chez moi et ce n'est pas pour rien. Aucun membre de la famille n'a jamais été malade de trop manger. Ma mère a le don de rater tous les plats qu'elle essaie de cuisiner. Y compris le pâté chinois, quoiqu'à bien y penser, c'est ce qu'elle réussit le mieux.

Catherine rit. Des images de mets ratés défilent dans sa tête. Elle en rit aujourd'hui, mais dans le temps elle ne trouvait pas toujours drôle de devoir manger ce qu'il y avait dans son assiette.

— Étant moi-même une bien piètre cuisinière, dit Jeanne, je compatis avec elle. Je ne te dis pas le nombre de rôtis de bœuf durs comme de la semelle de botte que j'ai servis le dimanche midi à Nolan et à son père. Je les vois encore piquer leur fourchette dans leur première bouchée, remplis d'espoir que ça fondrait enfin dans la bouche. Trop polis pour la recracher, ils mâchaient jusqu'à ce qu'ils soient capables de l'avaler sans s'étouffer. Je voulais tellement réussir que je me suis entêtée jusqu'au jour où mon mari a brûlé mon tablier dans le foyer sous mes yeux. C'est lui qui cuisinerait. Il a suivi quelques cours de cuisine et a appris à cuire le rôti de bœuf à la perfection. Au point qu'il l'achetait de plus en plus gros et c'est tout juste s'il en restait pour faire un sandwich.

Il est rare que Jeanne parle de son défunt mari. Quand Catherine a demandé à Nolan pourquoi, il lui a répondu que la mort de son père avait plongé sa mère dans un gouffre d'une immense profondeur. Ces deux-là s'aimaient comme au premier jour et elle ne voyait pas comment elle pourrait vivre sans lui. Il a ajouté que si elle lui confiait un souvenir de sa vie passée, elle devait se sentir honorée.

— Je comprends mieux maintenant pourquoi vous aimez tant les raclettes, dit Catherine d'un ton moqueur.

— Tu as tout compris. Bon, assez parlé pour aujourd'hui. Je te laisse travailler.

Sa belle-fille la retient par le bras et lui dit de sa voix la plus douce :

— Merci pour tout, Jeanne… et pour le toutou.

Elle l'embrasse ensuite sur la joue et lui sourit.

— Je serai toujours là pour toi.

Jeanne l'embrasse sur la joue à son tour et elle s'en va. Elle sera éternellement reconnaissante à Catherine d'avoir traversé l'océan pour venir au chevet de Nolan. Sans elle, qui sait s'il serait encore de ce monde.

Une fois seule, Catherine regarde sa pile de livres et pousse un grand soupir. Nolan rentrera dans moins d'une heure. Devrait-elle commencer à préparer le souper ou étudier ? La première option ne la fait pas sauter de joie. Pour sa défense, elle dira qu'elle n'a hérité d'aucun don en cuisine. Disons qu'elle se défend assez bien, mais pas au point de se voir coiffer un jour du titre de la meilleure cuisinière. Pas même dans ses rêves ! Quant à la deuxième, elle ne dispose pas de suffisamment de temps pour se plonger dans son sujet. Étant donné qu'elle est affamée, elle se lève et file à la cuisine. Elle ouvre ensuite le réfrigérateur et fait l'inventaire de ce qu'il contient et qu'elle pourrait utiliser pour le souper. Deux cuisses de poulet, un reste de pommes de terre en robe des champs et des légumes du jardin. C'est le genre de plat qu'elle réussit les yeux fermés. Elle commence par allumer le four et sort ensuite tout ce qu'il faut. Dix minutes plus tard, elle enfourne le tout et sort de la maison avec un grand panier. Avec un peu de chance, il restera suffisamment de haricots verts au jardin pour deux personnes.

***

Myriam et Marie ont invité Lyne à aller boire un verre. En plein mercredi ! De cette manière, elles ne risquent pas de tomber sur Jacques puisqu'il ne sort que le jeudi. Installées à une table dans un bar qui donne sur la rue Saint-Jean, elles l'attendent patiemment. Elle n'a pas l'habitude d'être en retard.

— Désolée, les filles, s'écrie-t-elle quand elle arrive enfin. J'ai encore eu droit à une contestation de la part des vieilles mains de l'usine. Ils étaient une dizaine à m'attendre dans le stationnement. Vous auriez dû entendre toutes leurs récriminations. De vrais enfants ! Ils ont décidé d'avoir ma peau et, entre vous et moi, ils sont bien à la veille de l'avoir. Je n'en peux plus. C'est rendu que je démissionne dans mes rêves et ça me fait un bien immense.

Le serveur remplit son verre de bière et le lui tend. Si elle ne se retenait pas, elle le calerait. Au lieu de ça, elle se contente d'y tremper les lèvres devant le regard surpris de ses sœurs. Des cinq filles Gervais, Lyne est celle qui descend une bière en quelques gorgées sans se faire prier.

— Faites-moi signe si jamais vous entendez parler d'un emploi intéressant pour moi parce que mon règne achève à l'usine, ajoute-t-elle d'un air dépité. J'ai résisté autant que j'ai pu, mais là, je n'ai plus la force de me battre contre de vieux malcommodes qui s'en prennent à moi depuis le jour où je suis devenue leur supérieur immédiat. Je les connais assez pour savoir qu'ils ne me laisseront jamais en paix. Il me manque quelque chose entre les jambes et j'ai trop de poitrine. Qu'ils aillent au diable !

Myriam et Marie se jettent un regard en coin. Aucune des deux ne veut vendre la peau de l'ours avant de l'avoir tué. Elles sont cependant tentées de croire que les astres sont drôlement bien alignés, pour une fois. Comme on dit, le malheur des uns peut parfois faire le bonheur des autres.

— Nous aussi, on est contentes de te voir, lance Myriam le plus sérieusement du monde.

Sa boutade a pour effet de changer instantanément l'humeur de Lyne. Elle éclate de rire.

— Merci pour l'invitation, dit-elle enfin, j'avais un urgent besoin de me changer les idées. Comment allez-vous ?

Myriam et Marie lui racontent à qui mieux mieux leurs bons coups. Elles lui parlent aussi de leur besoin urgent d'embaucher une nouvelle personne parce qu'elles n'y arrivent plus à deux. Comme elles s'y attendaient, Lyne leur souhaite la meilleure des chances pour trouver la perle rare sans manifester d'aucune manière un quelconque intérêt pour le poste.

— Étais-tu sérieuse quand tu disais de t'avertir si jamais on entend parler d'un emploi intéressant pour toi ? lui demande Marie.

— Encore plus que tu penses. Je suis même prête à accepter une diminution de salaire pour sortir de là parce qu'entre vous et moi, je suis prise au piège comme un vulgaire lièvre. Je ne peux pas continuer à diriger ni retourner à mon poste d'avant. Je dois tirer ma révérence et le plus tôt sera le mieux.

— Eh bien, poursuit Myriam, on a peut-être quelque chose pour toi.

Un grand sourire s'affiche instantanément sur les lèvres de Lyne.

— Laisse-nous d'abord t'expliquer de quoi il s'agit avant de te réjouir, l'avise Marie.

Myriam lui dresse un tableau succinct de l'offre d'emploi et des responsabilités qui s'y rattachent en prenant soin d'ajouter que le principal intéressé, en l'occurrence le maître d'hôtel du Château Frontenac, n'est pas au courant de leur démarche. Marie est allée à la pêche auprès d'Annie de manière si subtile que sa sœur a répondu volontiers à toutes ses questions sans lui demander pourquoi elle s'intéressait soudainement à ce qui se passe au Château. Elle l'aurait fait que Marie lui aurait servi une réponse crédible et à des années-lumière de la vérité.

— Je t'ai tout dit, conclut Myriam. C'est maintenant le moment de nous dire si un tel poste pourrait t'intéresser ou non.

— Bien sûr que oui! C'est le genre d'emploi qu'on ne peut pratiquement pas décrocher sans être poussé par quelqu'un. Merci d'avoir pensé à moi, les filles. Et maintenant, qu'est-ce que je dois faire?

— Commence par m'apporter ton curriculum vitæ, l'avise Marie, et Myriam se chargera de le remettre à M. Loriau.

— Avertis-nous si jamais tu changes d'idée, la met en garde Myriam. Je n'ai pas l'habitude de jouer le rôle d'entremetteuse avec mes clients. Je risque gros en lui présentant ta candidature.

— Tu ne le regretteras pas! l'avise Lyne. Mais j'y pense, le fait qu'Annie travaille là-bas peut-il me nuire?

— Robert n'est pas le genre d'homme à s'enfarger dans les fleurs du tapis, l'informe Myriam. Quant à Annie, c'est tout juste si tu la croiseras. Rappelle-toi qu'elle travaille de nuit.

— Un bon dirigeant s'organise pour voir tout son monde à fréquence régulière, même ceux qui ne sont pas sur l'horaire de jour.

Myriam lui sourit. La réaction de Lyne la conforte dans sa décision de proposer sa candidature à Robert.

— Je te tiens au courant, l'assure Myriam.

— Et pour votre poste, leur demande Lyne, avez-vous quelqu'un en vue ?

— Peut-être, répond Marie. On rencontre Sophie, la fiancée de Richard, demain à dix heures. Nous croyons qu'elle serait parfaite.

— Elle est française, ajoute Myriam, donc encore plus gueule fine que moi, ce qui ma foi est une qualité étant donné le genre de produits que nous offrons à nos clients. En plus, elle travaillait pour une boîte de communication dans son pays avant de venir vivre avec Richard. Elle se présente bien, parle un français impeccable et…

— … elle est curieuse, ajoute Marie, très curieuse, je dirais. En tout cas, plus que la moyenne des gens.

— Et elle a de l'ambition, renchérit Myriam, ce qui me plaît beaucoup. Mon entreprise est en plein développement et j'ai besoin de gens comme Marie et Sophie. Reste à voir si elle partagera notre enthousiasme ou si notre offre la laissera de glace.

Lyne commande un deuxième pichet de bière et elles trinquent à leur futur qui s'annonce plutôt prometteur.

— Avez-vous eu des nouvelles d'Henri ? leur demande Lyne.

— J'ai parlé à Geneviève hier soir, répond Marie. Elle était découragée. Il paraît qu'il ne tient pas en place. Remarquez que ça ne m'étonne pas. Henri est un hyperactif. Elle venait juste de raccrocher d'avec Richard. Elle lui a demandé si elle pouvait lui laisser son père demain matin au jardin sur lequel il travaille d'arrache-pied depuis l'accident dans l'espoir de le finir à temps. Elle le reprendra avant de retourner sur l'Île.

— Pauvre Richard ! lance Lyne.

— Geneviève m'a dit qu'il a trouvé une perle rare pour l'aider, l'informe Marie. N'empêche qu'il ne peut pas être aussi performant qu'Henri après quelques jours de travail.

— Moi, c'est notre sœur que je plains, déclare Myriam. Une affaire n'attend pas l'autre. Carole part pour un an. Catherine est enceinte alors que ce n'était pas son choix. Chantale brille par son absence la majorité du temps. Une chance qu'elle s'est rapprochée de Richard.

— N'oubliez pas son petit dernier, ajoute Marie. Rémi éprouve sa patience depuis qu'elle est revenue d'Irlande. Autant cet enfant peut être adorable, autant il peut être chiant.

— Et ce n'est que maintenant que tu le reconnais ? s'exclame Lyne d'un ton espiègle.

— Je n'étais quand même pas pour le frapper, se défend Marie. D'accord, j'admets avoir contribué à créer le monstre.

13

Avoir su que son père se blesserait, Richard n'aurait pas proposé ses services de traiteur pour souligner le départ de Carole et de Maryse. Heureusement, Sophie a pris la balle au bond. Non seulement elle aime cuisiner, elle se défend très bien. La seule chose qu'elle a demandée à son amoureux, c'est de la laisser décider du menu.

Chaque convive y est allé de son compliment à son intention. Il est resté tout juste une portion pour un enfant de tout ce qu'elle a servi au souper et Rémi s'est empressé de la réserver, ce qui a fait rire tout le monde. Il a même poussé l'audace jusqu'à dire que son frère avait bien fait de changer de blonde et qu'il serait ravi de l'avoir pour belle-sœur. Et pourtant, il appréciait beaucoup Isabelle. C'est ainsi qu'au lieu de faire la vaisselle, sa nouvelle idole a accepté d'aller jouer aux petites autos avec lui dans sa chambre. Et pour une fois, Rémi a gagné toutes les courses. Évidemment, il ne s'est pas gêné pour lui dire qu'elle a des croûtes à manger avant d'être aussi bonne que lui.

Carole a remercié ses parents de les avoir reçues, Maryse et elle, pour souligner leur départ. Elle l'espérait de tout cœur, mais rien ne pouvait l'assurer que son désir se concrétiserait. Si sa relation avec sa mère s'est améliorée, elle est loin d'être parfaite. Geneviève lui en veut toujours de l'avoir gardée à distance de ce qu'elle vivait. Arrivera-t-elle à passer par-dessus un jour ? Seul l'avenir le dira. De toute manière, Carole ne peut pas faire grand-chose de plus. Elle s'est excusée, mais elle ne peut pas effacer ce qui a été. Sa grand-mère lui a fait promettre de lui écrire de Victoria et de l'appeler à frais virés. Marguerite n'a jamais visité l'Ouest canadien et, comme elle le lui a dit, ce serait l'occasion d'y aller, maintenant qu'elle connaît quelqu'un.

Lorsque Sophie réapparaît, la vaisselle est terminée depuis belle lurette. Elle va s'asseoir près de tante Irène. Elle la trouve pâle, ce soir.

— Aimeriez-vous rentrer ? lui demande-t-elle discrètement.

— Pas tout de suite. Ça me fait du bien de voir du monde.

Sophie l'embrasse sur la joue. Sa relation avec Irène a changé depuis qu'elle l'a accompagnée chez son docteur. Finalement, les nouvelles n'étaient pas aussi mauvaises qu'Irène le craignait. Son problème de santé est bien réel. Par contre, il lui suffira de suivre les conseils du docteur à la lettre pour reprendre des forces et ainsi recouvrer son énergie. À commencer par changer quelques éléments dans son alimentation. Soulagée, Irène s'est mise à pleurer aussitôt la porte du bureau refermée. Elle s'était imaginé le pire. Elle avait pour ainsi dire passé une nuit blanche à retourner dans sa tête le peu qu'elle savait sur le mal qui avait élu domicile dans son corps. Rassurée, Sophie lui a dit qu'elle s'était engagée à cuisiner pour la famille de Richard, Irène lui a tout de suite dit qu'elle l'aiderait à préparer le souper. Sa protégée a tenté de l'en dissuader, mais elle a résisté. Elle avait besoin de s'occuper les mains et l'occasion était parfaite.

— Encore bravo pour ton excellent souper, s'écrie Marguerite en venant s'asseoir près de Sophie, c'était délicieux. D'ailleurs, il faudrait que tu me donnes la recette de ton gâteau.

— Je la donnerai à Richard cette semaine.

Visiblement, son offre ne fait pas plaisir à Marguerite.

— C'est l'homme le plus gentil que je connais, lui dit gentiment Sophie.

Ses paroles heurtent Marguerite, mais elle s'efforce de n'en rien laisser paraître. C'est la troisième personne qui vante les mérites de son petit-fils depuis qu'elle est arrivée et elle trouve que ça commence à bien faire. Elle se lève et va trouver les hommes au salon. Au lieu d'aller s'asseoir, elle observe la scène qui se joue sous ses yeux.

— Interdiction de bouger avant que je revienne, papa, lui dit Richard, je vais aller chercher tes béquilles.

Son petit-fils lui sourit franchement au moment de sortir du salon. Lorsqu'il revient, Marguerite l'attrape par le bras et lui dit d'un ton décidé :

— Faisons la paix, veux-tu ?

Richard ne fait ni une ni deux et l'embrasse sur la joue avant de poursuivre son chemin.

Témoin de la scène, Geneviève a les larmes aux yeux. Elle commençait à penser que sa mère ne lui pardonnerait jamais. L'envie d'aller faire brûler un lampion lui vient aussitôt en tête. Au lieu de planifier sa sortie, elle retourne trouver les femmes à la cuisine. Sa mère la tuerait si elle savait qu'elle a enrichi la fabrique à ses dépens.

— Merci, maman, lui dit Carole lorsque sa mère s'assoit à côté d'elle.

— De rien, ma grande, ajoute Geneviève en lui pressant le bras. Je te souhaite une année exceptionnelle sur l'île de Victoria. Je t'envie un peu, tu sais.

— Tu n'as qu'à venir me voir.

— Je note précieusement ton invitation, merci. J'ai entendu dire qu'Antoine t'a encore fait des misères.

Le visage de Carole s'assombrit aussitôt. Elle est fatiguée qu'il prenne autant de place dans sa vie même s'il n'en fait plus partie depuis belle lurette.

— Oui ! Des fois, j'ai peur qu'il me poursuive jusqu'à Victoria. Il est de plus en plus fou et sa seule vue me rend malade. Une chance que l'ami de Richard est venu à mon secours.

— Mike ?

Cette fois, Carole fronce les sourcils. Elle ignorait que sa mère le connaissait.

— Il travaille avec ton frère depuis que ton père s'est blessé, ajoute Geneviève. Aux dires de ton père, il est vaillant et compétent.

La nouvelle frappe son aînée de plein fouet, mais elle n'en laisse rien paraître. Ce n'est ni le moment ni l'endroit de demander pourquoi Mike travaille avec Richard. En vouloir à son frère ne l'avancerait absolument à rien.

— Tant mieux ! parvient-elle à dire. As-tu parlé à Catherine dernièrement ?

— Ce matin. Son moral est bon. Elle m'a dit qu'elle s'habituait tranquillement à être enceinte. Nolan aussi. Tu vas rire, mais ils ont déjà trouvé un nom pour un garçon et un pour une fille. Entre toi et moi, j'étais loin de penser qu'ils le garderaient quand j'ai quitté l'Irlande.

— Ma sœur a toujours eu le sens du devoir très développé.

Geneviève ne juge pas nécessaire de relever le commentaire de Carole. L'heure n'est plus aux regrets. Elle se lève et va chercher la bouteille de crème de menthe verte et des petits verres. Elle en sert uniquement aux femmes et porte un toast en l'honneur de Carole et de Maryse. Et elle s'empresse de remplir les verres aussitôt qu'ils sont vides.

Il n'est pas encore neuf heures lorsque Richard ramène ses femmes à la maison. Tante Irène a les traits tirés, elle sommeille pendant tout le trajet. Quant à Sophie, elle flotte sur un petit nuage rose. Elle a reçu tellement de compliments ce soir qu'elle devait se pincer pour être certaine que tout était bien réel.

— J'aime beaucoup ta famille, dit-elle d'une voix émue.

— Et c'est réciproque. Remarque que je suis bien placé pour les comprendre.

Il prend sa main et la serre dans la sienne.

— Personne ne peut résister à ton charme, mon amour.

— À part ta grand-mère, peut-être… J'ai osé vanter tes mérites devant elle et elle n'a pas apprécié du tout. Elle m'a abandonnée sans rien dire.

— Alors c'est toi que je dois remercier… On a fait la paix. Je pensais que ce jour n'arriverait jamais. Merci, mon amour.

— J'ai seulement dit la vérité. Tant mieux si ça a mis fin à sa résistance. Tout compte fait, j'aime bien cette femme. Je ne la comprends pas encore complètement, mais j'ai envie d'en connaître plus sur le personnage.

— Bonne chance ! Ne la connaît pas qui veut. À part mon grand-père ! Il est en adoration devant elle.

— Et moi devant lui. Difficile de résister à ses beaux yeux. Il est charmant et tellement gentil avec tout le monde. Tu ne t'es jamais demandé pourquoi il a choisi Marguerite ? Beau et charmant comme il est, les filles devaient lui courir après.

Richard hausse les épaules.

— Ces deux-là s'adorent. Je n'arrive pas à les imaginer vivre séparés. Pour tout te dire, je crains le jour où l'un des deux quittera ce monde. Et je ne suis pas le seul.

Il s'assure que tante Irène dort avant de demander à Sophie si elle a réussi à garder son secret.

— Sans aucune difficulté. Je suis une tombe quand on me demande de ne rien dire.

À peine a-t-elle prononcé son dernier mot que tante Irène se redresse et s'enquiert de ce que Sophie a omis de lui dire.

— Ne le prenez pas mal, lui dit-elle gentiment, j'ai promis de ne rien dire avant qu'on m'en donne la permission et j'ai l'intention de respecter mon engagement.

Au lieu d'insister, Irène referme les yeux. Elle le saura en temps et lieu.

Les futurs mariés font le reste du trajet en silence. Ils accompagnent tante Irène jusque dans la maison, l'embrassent sur les joues et rentrent chez eux.

— On peut dire que je l'ai échappé belle ! s'écrie Sophie aussitôt qu'ils ont refermé la porte du loft.

— C'est ma faute ! Je suis tellement content pour toi que j'étais trop impatient de savoir si tu avais obtenu le poste. Quand est-ce que tante Myriam a dit que tu pourrais répandre la bonne nouvelle ?

— Quand elle en aura parlé à tes tantes et à ta grand-mère. Elles vont souper ensemble jeudi. Entre toi et moi, il n'y a pas de presse, je commence à travailler seulement dans deux semaines. Ne t'en fais pas pour moi, je survivrai. Je vais quand même te faire une confidence : j'ignorais que la vie pouvait être aussi belle… et douce. Tout ça, c'est à toi que je le dois. Crois-tu que tu pourrais m'accorder quelques minutes avant d'aller dormir ?

— Trente, si tu veux.

Sophie s'approche de son homme et s'occupe de lui retirer ses vêtements un à un. Pour son plus grand plaisir, Richard ne lui offre aucune résistance.

14

Il n'est pas encore neuf heures quand la sonnerie du téléphone tire Sophie d'un sommeil profond.

— Allô ! parvient-elle à articuler d'une voix rauque.

— Désolée de t'avoir réveillée, s'excuse Geneviève, c'est ta belle-mère.

La jeune femme se redresse aussitôt. C'est la première fois que Geneviève l'appelle et il a fallu que ça tombe sur une journée où elle s'offrait une grasse matinée.

— C'est ce qui arrive quand je ne suis pas assez occupée, plaide-t-elle pour sa défense. Si on pouvait mettre des heures de sommeil en banque, je n'aurais pas besoin de dormir pendant plusieurs semaines.

— Je serais la première à t'en acheter. J'ai recommencé à faire de l'insomnie depuis mon retour d'Irlande.

— S'est-il passé quelque chose de spécial ?

— L'ancienne version de Rémi est revenue en même temps que moi et j'en perds le sommeil tellement je suis affectée par son attitude. Connaissant Richard, il t'en a sûrement parlé.

— Disons que j'en sais assez pour pouvoir vous plaindre. Loin de moi l'intention de vous contredire, mais il a été adorable avec moi hier soir.

— Pas seulement avec toi. Il a enfilé son costume d'enfant gâté en ouvrant les yeux ce matin et, va savoir pourquoi, c'est à moi qu'il sert ses ordres. Un après l'autre. Excuse-moi ! Je ne t'appelais pas pour me plaindre, mais pour te remercier du fond du cœur pour hier soir. Tout était absolument délicieux. Je t'envie un peu, tu sais, de cuisiner aussi bien alors que je suis nulle. Qui t'a appris ?

— Les livres de recettes de ma grand-mère maternelle ; elle me les a légués à sa mort.

Geneviève en sait très peu sur l'ancienne vie de Sophie. Elle n'a pas eu l'occasion de passer beaucoup de temps seule avec sa future belle-fille et elle trouve ça dommage.

— Un jour, lui dit-elle, j'aimerais que tu me racontes d'où tu viens exactement. Si tu en as envie, bien entendu.

— Il n'y a pas grand-chose à dire, en réalité, si ce n'est que je me suis élevée toute seule parce que personne ne se préoccupait de moi. Dès mon très jeune âge, j'étais complètement libre de mes faits et gestes. Avec tous les avantages et tous les inconvénients qui viennent avec la liberté. J'ai quitté la maison familiale à quinze ans et personne n'a cherché à me retenir.

— C'est terrible, ce que tu as vécu, s'exclame Geneviève dans un cri du cœur.

— Pas tant que ça de mon point de vue puisque je n'ai pas connu autre chose.

— Je te trouve bien sage pour ton âge. Je dois te laisser, j'ai un rendez-vous dans cinq minutes. Bonne journée et encore merci pour tout.

Sophie raccroche le combiné et se recouche. Elle serait bien bête de se lever tout de suite alors qu'elle n'a rien de prévu ce matin. Tante Irène l'a invitée à dîner, mais elle a encore beaucoup de temps devant elle. Elle l'accompagnera ensuite à l'hôpital à son rendez-vous hebdomadaire avec son docteur. Comme il l'a expliqué à sa patiente, il préfère la voir régulièrement et ainsi pouvoir corriger le tir à mesure. La bonne nouvelle, c'est qu'elle recouvre la forme un peu plus chaque jour. Non seulement ça se voit, ça s'entend aussi. Sa voix est meilleure et elle saisit toutes les occasions de l'exercer. Elle s'est même mise aux vocalises. Tante Irène déteste être malade et elle ne recule devant aucun effort pour s'en sortir. Par contre, elle doit faire attention de ne pas trop se dépenser. Avant-hier, elle a dit à Sophie qu'elle est trop jeune pour mourir, encore plus pour souffrir. Elle a vu dépérir sa sœur Aline et en garde un très mauvais souvenir. Sophie remonte le couvre-lit jusque sous son menton et ferme les yeux. Avec un peu de chance, elle dormira du sommeil du juste jusqu'à la fin de l'avant-midi. Aussi bien profiter de ses derniers jours de congé au maximum.

***

À la surprise générale de ses cinq filles, Marguerite a choisi un tout petit restaurant à proximité de la rue Saint-Paul.

— Ça fait des semaines que Frédéric m'en parle, les informe-t-elle alors que chacune y va de son commentaire sur les lieux, l'emplacement et le menu depuis qu'elles sont attablées. D'après ce qu'il m'a dit, tout est bon. Non ! Exceptionnel. C'est le mot qu'il a employé. Quand il aime, il aime. Quoi de neuf dans vos vies, mes chères enfants ?

La question de leur mère provoque un éclat de rire bien senti. Il n'y a qu'elle pour leur lancer une telle question alors qu'elles viennent à peine d'arriver.

— Qui veut commencer ? leur demande-t-elle alors qu'elles se contentent de se jeter des coups d'œil à la dérobée pour savoir qui se jettera à l'eau la première.

— Ouvrez bien grand vos oreilles, lance Lyne pour attirer l'attention de toutes.

Elle les regarde tour à tour dans l'espoir d'obtenir le silence le plus complet.

— J'ai une grande nouvelle à vous apprendre. Vous avez devant vous la nouvelle adjointe du maître d'hôtel du Château Frontenac, et j'ai nommé M. Robert Loriau. Je commence dans trois semaines. Deux pour mon employeur, quoiqu'il ait déjà trouvé mon remplaçant – j'ai bien dit mon et non ma –, et une de vacances pour moi.

— Et ce n'est que maintenant que tu me le dis ! s'étonne Annie. Au cas où tu l'aurais oublié, c'est justement là que je travaille.

— Tu devrais la féliciter au lieu de lui prendre la tête, lance Myriam d'un ton autoritaire. C'était loin d'être gagné d'avance.

— Parce que tu étais au courant ? s'indigne Annie.

— Moi aussi, avoue Marie, préférant s'accuser plutôt que d'être démasquée à un moment ou à un autre de toute façon. Tu ne vas quand même pas en faire tout un plat parce que tu n'étais pas dans le secret. Myriam et moi avons tiré quelques ficelles pour l'aider à se trouver un nouvel emploi. Si tu veux tout savoir, M. Loriau a débarqué à notre bureau et il a insisté pour attendre le retour de Myriam avec qui il n'avait même pas rendez-vous. On a sympathisé tout de suite. Au point qu'il m'a demandé si je connaissais une perle rare pour son poste à combler. Sur le coup, je n'avais personne à lui recommander. Et Myriam non plus.

— Je ne savais même pas que tu avais perdu ton emploi, lance Annie en jetant un regard noir à sa sœur.

Cette fois, Lyne en a assez entendu. Elle saisit sa cuillère à café et donne quelques coups sur sa coupe à vin pour attirer l'attention de toutes, bien qu'elle l'ait déjà.

— Rectification : je n'ai pas perdu mon emploi, mais c'était une question de jours avant que je donne ma démission. Je n'en pouvais plus de supporter les sarcasmes des hommes sous ma direction. Ils étaient en train de m'avoir à l'usure. Myriam et Marie m'ont invitée à aller boire un verre un soir et je leur ai raconté ce que mes bourreaux venaient de faire. C'est là qu'elles ont eu l'idée de présenter mon CV au maître d'hôtel du Château Frontenac. M. Loriau a demandé à me voir lundi dernier et je l'ai convaincu de m'engager, ce qu'il a fait sans se faire prier dans l'heure qui a suivi. Au cas où ça t'inquiéterait, je lui ai dit que tu étais ma sœur. J'aurais aimé t'avertir avant, sauf que je lui avais promis d'attendre son approbation, qu'il a donnée alors que j'allais sortir de la maison pour venir vous rejoindre. Désolée, ma sœur !

Annie lève les yeux au ciel et soupire un bon coup avant de reprendre la parole :

— Il était grand temps qu'il engage quelqu'un de ta trempe pour diriger les employés. Toutes mes félicitations, je suis très fière de toi.

Chacune y va ensuite de son compliment à l'égard de Lyne qui est tout sourire.

— À qui le tour ? demande Marguerite.

— À moi ! dit Geneviève. J'aimerais remettre une médaille à l'une d'entre nous pour avoir enfin enterré la hache de guerre.

Toutes se demandent de qui il peut bien s'agir, même la personne visée. Geneviève sort une grosse médaille en plastique de son sac à main et la brandit dans les airs au bout de sa corde pour que toutes la voient bien.

— Vous n'en reviendrez pas, dit-elle d'un ton très sérieux. Dimanche soir dernier, alors qu'on soupait en famille pour souligner le départ de Carole et Maryse, un miracle s'est produit sous nos yeux. Un vrai miracle ! Imaginez-vous que notre mère a fait la paix avec mon fils Richard après quasiment deux ans d'hostilités parce qu'il ne l'a pas invitée à entrer boire un thé la seule fois qu'elle a frappé à sa porte. Est-il utile de préciser que c'était pour lui faire des reproches ? Marguerite Gervais remporte donc la médaille du courage et de l'humilité. Bravo, maman !

Une volée d'applaudissements souligne aussitôt la bonne action de Marguerite qui rit à s'en décrocher la mâchoire. Des larmes coulent maintenant sur ses joues sous l'œil amusé de ses filles. Leur mère n'a nulle part son pareil. Elle met du temps à reprendre son souffle. Les quelques personnes attablées à proximité – toutes le sont à vrai dire étant donné la petitesse de l'endroit – participent de près à leur plaisir pour le moins contagieux.

— Avoir su que mon geste susciterait autant d'intérêt, confesse Marguerite d'une toute petite voix, je l'aurais posé bien avant.

Elle met sa magnifique médaille autour de son cou et ajoute en gardant la main dessus :

— Je vous remercie du fond du cœur de me reconnaître enfin à ma juste valeur.

Et elle se remet à rire de plus belle. Le serveur vient voir si elles sont prêtes à commander. Étant donné qu'aucune ne lui prête la moindre attention, il décide de revenir dans quelques minutes. Elles n'ont pas fini leur tour de table.

— À moi personnellement, maintenant ! annonce Geneviève. Ma mauvaise nouvelle : l'ancien Rémi a repris du service depuis que je suis revenue d'Irlande et j'ai du mal à le supporter. Correction : je ne le supporte pas.

Des *Oh!* et des *Ah!* se font entendre autour de la table. Bien que tentée de donner son avis sur celui qu'elle appelle toujours le petit crétin, Marguerite passe son tour. La dernière chose dont elle a envie, c'est de participer à sa remise sur les rails. Elle a déjà donné.

— J'avais cru comprendre que c'était Colette qui le gardait, avance Marie.

— Oui, confirme Geneviève, sauf qu'elle lui a donné la lune. Ne me demandez pas de vous expliquer sa motivation, je ne comprends toujours pas pourquoi elle a fait ça alors que c'est elle qui l'avait aiguillé pour qu'il arrête son règne de dictateur. Si jamais vous avez des idées ou une âme de missionnaire, je suis prête à tout essayer, voire à vous le prêter. Inutile de vous bousculer pour vous porter volontaires.

Geneviève laisse s'écouler quelques secondes avant d'ajouter :

— Ma bonne nouvelle, maintenant : Catherine et Nolan ont décidé de garder le bébé.

En entendant ces mots, Marguerite se lève et va porter sa médaille à Geneviève.

— Prends-la ! Tu la mérites plus que moi. Je tiens à souligner que votre sœur vous a fait honneur, en Irlande. Elle a réussi à écouter les mille doléances de Catherine et de Nolan pendant notre séjour sans tenter de les influencer dans leur décision. Pas une seule fois ! Toutes mes félicitations, ma fille !

Elle l'embrasse sur la joue et retourne à sa place.

— Quelqu'un d'autre ? leur demande Marguerite.

— Moi ! lance Myriam. La bonne nouvelle : Marie et moi avons décroché le Château Frontenac comme client de même que quelques restaurants haut de gamme de Québec. Robert vient de faire la plus grosse commande reçue depuis nos débuts. La moins bonne nouvelle : près du tiers des produits commandés ne figurent pas encore sur notre liste.

— Par contre, ajoute Marie avec ironie, on va être *obligées* d'aller passer quelques semaines en France et en Belgique. Quel dommage, n'est-ce pas ? Et ce n'est pas tout… À toi, Myriam.

— La mauvaise nouvelle : on n'arrive plus à tout faire à nous deux. La bonne nouvelle : on a engagé Sophie, la fiancée de Richard, pour travailler à plein temps avec nous.

Marguerite saisit sa médaille et va la porter à Myriam.

— Défendu de la couper en deux, les avise-t-elle avant de retourner s'asseoir. Bravo, les filles ! En passant, j'aime beaucoup Sophie. Elle est droite, franche et de très agréable compagnie. Elle sera une excellente ambassadrice.

Une fois de plus, les félicitations fusent de partout.

— Et toi, Annie ? lui demande sa mère.

Elle hausse les épaules et fronce les sourcils. Elle se demande bien ce qu'elle fait ici. Sa vie est beaucoup moins palpitante que celle de ses sœurs par les temps qui courent. Elle se verrait mal se plaindre que son amant l'a laissée pour une autre et que son souvenir la hante au point de l'empêcher de dormir la nuit. Elle veut bien partager ses humeurs avec Myriam et Geneviève à l'occasion, mais certainement pas avec sa mère ni avec Marie ou Lyne. Elle les regarde tour à tour et hausse de nouveau les épaules. Elle ferait mieux de dire quelque chose si elle veut éviter que Marguerite la prenne à partie.

— La mauvaise nouvelle : je file un mauvais coton depuis quelques semaines et je n'arrive pas à m'en sortir. La bonne nouvelle : j'ai reçu une augmentation de salaire suffisamment importante pour m'acheter une crème molle par semaine chez Dairy Queen.

Sa boutade fait rire tout le monde, même leurs voisins de table. Marguerite fait un nouvel aller-retour pour lui remettre sa médaille après l'avoir enlevée des mains de Myriam.

— Tu t'en fais trop avec la vie, ma petite fille, lui dit-elle. Amuse-toi pendant que tu es jeune.

— J'ai été mariée trop longtemps pour savoir comment faire, ironise Annie.

— Ne prie surtout pas ! ajoute Marguerite d'un ton autoritaire. Les indulgences n'ont plus aucune valeur, de nos jours. Mais si jamais tu en veux absolument, je te vendrai les miennes.

Le serveur profite d'une minute de silence pour leur demander si elles sont prêtes à commander. Toutes le regardent avec de grands yeux. Elles n'ont pas encore regardé le menu.

— Revenez dans cinq minutes, lui dit gentiment Marguerite.

— Est-ce que votre beau Frédéric vous a dit ce qu'il aimait manger quand il vient ici ? lui demande Myriam.

Elle ouvre le menu et décide de commenter chaque plat.

— Vous n'allez quand même pas nous dire qu'il les a tous essayés ? s'informe Geneviève.

— J'en serais la première étonnée puisqu'il n'est venu manger ici que deux fois.

— Mais alors comment pouvez-vous nous en dire autant sur chacun ? lui demande Marie.

— Je sais lire, répond-elle d'un ton sérieux. Voilà ce que je vous propose. Chacune de vous choisit un plat différent et on partage. Comme ça, la prochaine fois que je verrai Frédéric, ce sera à mon tour de lui faire des recommandations.

— Si je peux me permettre, dit une femme à la table d'à côté, il faut absolument goûter à la blanquette de veau.

Six paires d'yeux se tournent aussitôt vers elle.

— Et à la quiche lorraine, renchérit l'homme qui l'accompagne.

Une fois l'effet de surprise passé, Marguerite les remercie. Elle en aura long à raconter à Frédéric quand elle le verra.

15

Richard et Mike ont développé une réelle amitié depuis qu'ils passent leurs journées ensemble. Alors qu'Henri veille au grain de sa chaise longue dans le solarium – sa jambe blessée ne doit pas forcer tant et aussi longtemps que la plaie ne sera pas complètement refermée –, les deux jeunes hommes travaillent d'arrache-pied sans jamais se plaindre. Grâce à leur travail assidu, les travaux avancent rondement. D'après Henri, ils devraient livrer le jardin dans les temps. Et c'est du très beau travail.

— On ne va quand même pas faire venir un émondeur juste pour tailler un arbuste ! s'exclame Mike.

— Il sera ici en début d'après-midi, lui confirme Richard, papa l'a déjà appelé. On ne peut pas se permettre d'avoir un autre blessé sur les bras.

Mike se remet au travail sans argumenter. S'il a appris une chose, c'est bien qu'il faut choisir ses batailles s'il ne veut pas se faire remettre à sa place.

— Ne le prends pas mal, ajoute Richard, je suis pris entre l'arbre et l'écorce. Je suis d'accord avec toi quand tu dis qu'on pourrait le faire. Malheureusement, je n'ai aucune envie d'en débattre avec mon paternel. Pas dans sa situation.

— Pas de stress, mon ami, j'ai compris. Ce jardin sera magnifique quand on l'aura fini. Je ne te savais pas aussi doué en création.

— À vrai dire, moi non plus, jusqu'à ce que je m'installe à la table à dessin pour tuer le temps un dimanche après-midi. J'ai été le premier surpris de ce que j'avais imaginé. Quand j'ai montré le plan à mon père le lendemain, il a chiffonné celui qu'il avait conçu pour le jardin de mes grands-parents et m'a dit qu'on prendrait le mien. Il faudrait que j'aille te le montrer un de ces jours; ils habitent sur l'Île d'Orléans à cinq minutes de chez mes parents.

— Fais-moi signe quand tu auras un peu de temps. En passant, encore merci d'avoir pensé à moi. Sans vouloir te copier, je ne savais pas que j'aimais autant jouer dans la terre. C'est exigeant physiquement, mais tellement valorisant. J'adore ça. Et je n'ai pas besoin de rien prendre pour dormir. Je ne te mens pas, des fois, je m'endors avant que ma tête touche mon oreiller.

— Je sais de quoi tu parles.

Ils travaillent ensuite en silence pendant un moment. Richard pense à tout ce qu'il reste à faire pour son mariage. Il devra une fière chandelle à Chantale, elle a réussi à convaincre Sophie d'acheter une robe de mariée usagée. Elle s'y est forcément bien prise parce que sa dulcinée lui en a parlé comme de la chose la plus normale du monde. Il lui a demandé plusieurs fois si elle était confortable avec sa décision et elle l'a regardé avec de grands yeux à chacune de ses récidives. Elle n'est pas du genre à jeter l'argent par les fenêtres, encore moins celui des autres. Sophie ira trouver Chantale le dernier samedi de septembre et elles passeront la journée à chercher LA robe. En novembre, ce sera au tour de Richard de faire un aller-retour à Montréal pour son smoking. Des fois, il se trouve fou de se donner autant de mal pour quelques heures. Avec Isabelle, jamais il n'a eu envie de se marier pour se fabriquer des souvenirs. Avec Sophie, c'est différent. Il dépose un plant de marguerites en fleurs dans le trou qu'il vient de creuser et se recule un peu pour constater le résultat. Satisfait, il l'enterre et l'arrose abondamment. À moins que le mauvais temps se mette de la partie, ils auront terminé le jardin dans une semaine.

De son côté, Mike essaie désespérément de chasser le visage de Carole de sa tête. Elle le hante, mais dans le bon sens du mot. Une partie de lui regrette d'avoir troqué leur rendez-vous contre un bouquet de fleurs alors que l'autre lui rappelle que c'était la meilleure chose à faire dans les circonstances. Il refusait de la laisser partir à l'autre bout du pays en laissant son cœur à Québec. En même temps, peut-être qu'il s'illusionne et qu'elle n'a pas ressenti la même chose que lui. Si jamais c'est le cas, eh bien, elle l'a traité d'imbécile avant de piétiner son bouquet à pieds joints. Dans le cas contraire, elle est tellement furieuse après lui qu'elle devrait profiter de son séjour au maximum… ce qu'il souhaite. Pour une fois qu'il rencontrait une femme à son goût, il a fallu qu'elle s'en aille.

— As-tu eu des nouvelles de ta sœur ? s'entend-il demander.

— Tu tombes bien, elle a appelé ma mère hier. Elles sont bien rendues et il paraît que leur appartement valait le déplacement à lui seul. Les pauvres, elles voient la mer de leur balcon. Aurais-tu flashé sur ma sœur, par hasard ?

Mike se sent pris au piège. Ça lui apprendra à ne pas réfléchir avant de parler.

— On peut dire ça, mais il vaudrait mieux que tu gardes ça pour toi.

— Mon petit doigt me dit qu'elle aussi.

Étant donné qu'il est trop tard pour faire marche arrière, Mike lui explique ce qu'il a fait.

— Je comprends mieux maintenant. Tu aurais dû voir sa tête quand j'ai dit que tu travaillais avec moi. Elle aurait eu des fusils à la place des yeux que je serais mort sur-le-champ. Si tu veux mon avis, tu as fait ce qu'il fallait.

— C'est ce que je me répète en boucle pour m'en convaincre.

— À ta place, je ne m'en ferais pas trop ; c'est vite passé, une année.

— Tout dépend pour qui.

Henri les observe à distance. Se déplacer jusqu'à eux le fatigue rien que d'y penser. Il est aussi malhabile sur ses béquilles que s'il devait marcher sur un fil de fer. Le plus dur, c'est de résister à l'envie de les lancer au bout de ses bras et de marcher sur sa jambe. Il faut dire qu'il n'a jamais été doué pour rester à ne rien faire. Le problème, c'est que sa coupure le fait encore souffrir. Il n'en a rien dit à son docteur lors de sa dernière visite, il a peur qu'il repousse la date de son retour au travail. Heureusement que Geneviève n'est pas au courant parce qu'elle ne se gênerait pas pour lui faire la morale. Voir s'il est obligé de souffrir alors qu'il lui suffirait de dire la vérité pour se faire prescrire un médicament pour enrayer la douleur. Peut-être que ça prolongerait sa période inactive de quelques jours, mais ce n'est rien comparé à ce qu'il s'oblige à endurer par pur entêtement. Il se promet d'en parler à sa femme ce soir, elle sait sûrement comment joindre son docteur.

Il passe en revue tout ce qu'il voit. Un coup d'œil au plan initial et un autre sur le terrain. Décidément, les gars font de l'excellent travail et leur vitesse de croisière est largement au-dessus de la moyenne. S'il priait encore, il remercierait Dieu de lui avoir envoyé Mike. Vu que ce n'est pas le cas, il se contentera de donner une prime à Richard pour avoir pensé à lui et une à son nouvel employé. Il se croise les doigts pour qu'il accepte de rester. Aussitôt son examen terminé, il ferme les yeux. Une petite sieste lui fera le plus grand bien.

* * *

Tante Irène lui saute au cou quand Sophie lui apprend qu'elle va travailler pour Myriam.

— C'était donc ça, ta bonne nouvelle ! Je suis très contente pour toi, lui dit-elle lorsqu'elle desserre enfin son étreinte.

— J'avoue être un peu inquiète. Je connais uniquement les grandes lignes de ce que j'aurai à faire.

— Dis-toi que tu ne peux pas tout savoir avant de commencer. Et puis, ce n'est pas comme si tu allais travailler pour une pure étrangère.

— La vie m'a appris que c'est parfois préférable, mais je suis confiante.

— Avec raison. Pour avoir travaillé un peu pour Myriam, je peux te dire que chaque minute a été un réel plaisir. Quant à Marie, c'est un vrai rayon de soleil. Arrête de t'en faire, je parie que tu vas adorer travailler avec les deux. N'oublie pas que si Myriam t'a engagée, c'est parce qu'elle croit que tu es la bonne personne. Je suis si contente pour toi !

— Et moi donc ! J'aurais un service à vous demander, tante Irène. Accepteriez-vous de m'accorder une heure par jour et de me parler seulement en anglais ?

— Il me semblait que Myriam allait chercher ses produits en France et en Belgique.

— C'est toujours le cas. Aucun problème avec les Français, très peu d'entre eux parlent anglais. Et ceux qui s'y risquent le font avec un accent à couper au couteau. Ce sont les Flamands qui m'inquiètent. D'après ce que j'en sais, ils font des affaires en allemand ou en anglais. Vu que je suis rouillée dans la langue de Shakespeare, j'aimerais retrouver un peu de fluidité. Est-ce que je peux compter sur vous pour me faire pratiquer et me corriger au besoin ? Richard m'a dit que vous étiez bilingue.

— Je n'irais pas jusque-là, mais je devrais être encore capable de tenir une conversation sans trop bafouiller.

— Merci beaucoup ! Est-ce qu'on peut commencer demain ?

— Bien sûr que oui !

— Je vous promets d'être une bonne élève. Maintenant, dites-moi franchement comment vous allez.

Le visage d'Irène s'illumine. Elle reprend des forces chaque jour et ça l'encourage drôlement.

— On ne peut mieux, ma belle fille. Je ne suis pas encore prête à escalader l'Everest, mais je serais capable d'aller magasiner une heure ou deux, par exemple.

— Pas si vite ! Il ne faut pas trop vous énerver. Par contre, j'ai une proposition à vous faire. Que diriez-vous de m'accompagner à Montréal à la fin du mois ? On pourrait prendre le train le matin et passer la journée à courir les magasins avec Chantale pour me trouver une robe de mariée. Remarquez qu'il est peut-être un peu tôt, je pourrais engraisser ou maigrir.

Irène sourit en entendant ça. Sa jeune protégée est tellement touchante dans sa manière de s'inquiéter pour tout et pour rien.

— Ce sera un honneur pour moi, d'autant qu'il y a longtemps que je ne suis pas allée à Montréal. À une condition : qu'on parte le vendredi et qu'on revienne le dimanche. Ce sera moins fatigant. Je paierai l'hôtel pour les deux nuits et tous les frais de subsistance.

Sophie s'habitue difficilement à la générosité de tante Irène même si Richard lui répète souvent qu'elle le fait parce que ça lui fait plaisir et que ça l'insulterait si elle lui offrait de payer sa part.

— Laissez-moi d'abord vérifier l'horaire des trains. Vous comprenez, je me sentirais mal de demander un après-midi de congé à Myriam alors que je viendrais à peine de commencer à travailler.

— Veux-tu bien arrêter de t'en faire ! Elle te l'accordera sans poser de questions.

— C'est la moindre des choses que je lui dise pourquoi j'ai besoin d'un congé. Je suis contente que vous veniez avec moi.

Irène s'approche et la serre dans ses bras. Si elle avait eu une fille, elle aurait aimé qu'elle ressemble à Sophie. Elle l'embrasse ensuite sur les joues avant de retourner s'asseoir.

— As-tu une idée de l'heure à laquelle Richard va rentrer ce soir ?

— Très tard et il est parti seulement avec son dîner. J'essaie de me convaincre qu'il est assez grand pour manger quand il a faim. Mais, malheureusement, il revient souvent affamé parce qu'il n'a pas pris le temps. J'y pense, on pourrait lui préparer à souper et j'irais le lui porter. C'est tout près et il fait beau.

— Bonne idée, mais ce sera sans moi. Une grande sage m'a dit que je devais économiser mes forces et c'est ce que j'ai l'intention de faire si je veux être en forme pour aller à Montréal. Chaud ou froid ?

— À vrai dire, je n'ai pas grand-chose dans mon frigo à part quelques tranches de jambon. J'ai aussi des boîtes de thon en conserve et des pâtes.

— On a suffisamment de temps devant nous pour lui préparer un repas chaud. J'imagine que ce serait gentil de prévoir à souper pour Mike.

— C'est certain, mais je refuse que vous les nourrissiez. Je vais faire un saut à l'épicerie et…

— Pas question ! J'ai tout ce qu'il faut. Va chercher un gros pot de poulet, des patates et des carottes dans la chambre froide. Tu n'as qu'à prendre un panier au pied de l'escalier pour tout apporter. Je vais faire une béchamel pendant que tu éplucheras les légumes. On va leur cuisiner un pâté au poulet dont ils se souviendront longtemps.

— Je pourrais faire la pâte.

— J'en ai déjà au frigo.

Les deux femmes s'activent comme de vraies petites abeilles jusqu'à ce que le pâté trône au centre du four. Elles épluchent ensuite les légumes et les mettent à bouillir. Elles retirent leur tablier et les rangent à leur place. Irène met une minuterie et invite Sophie à passer au salon en attendant que le souper de ces messieurs soit cuit. Elle s'étend ensuite de tout son long sur le divan et ferme les yeux, ce qui fait dire à Sophie qu'elle a dépassé ses limites. Elle va chercher la couverture de flanelle dans la crédence et l'étend sur sa tante d'adoption. Puis, elle va s'asseoir dans le fauteuil de cuir et se laisse porter par le plaisir de vivre. Elle a trouvé bien plus qu'un amoureux en osant se présenter à la porte de Richard ; elle a hérité d'une famille qui l'aime et qui prend soin d'elle. Deux petites larmes s'enhardissent au coin de ses yeux. Pour une rare fois, elle les autorise à couler sur ses joues. Toute jeune, elle a appris à les refouler. Elle se serait autorisée à pleurer une seule fois qu'elle aurait risqué de ne plus jamais pouvoir s'arrêter et ça aurait été le début de la fin. Sa bonne humeur trop souvent forcée demeurait son alliée la plus précieuse pour se faire des amis et pouvoir ainsi fuir son quotidien qui n'avait absolument rien d'exaltant. Moins souvent elle se trouvait dans la maison familiale, mieux elle se portait. Quand ses amis sonnaient à sa porte, elle s'empressait de sortir avant que ses parents apparaissent. Non seulement ils n'avaient aucun intérêt pour sa personne, ils n'hésitaient pas à lui répéter qu'ils lui faisaient une faveur en lui fournissant un toit et qu'elle devait faire attention à ne pas gaspiller sa chance. Lorsqu'ils voulaient être plus convaincants, ils lui disaient qu'il n'avait qu'un appel à faire pour qu'elle se retrouve dans un orphelinat. Ces jours-là, Sophie s'arrangeait pour se faire oublier. Elle se réfugiait dans la maison abandonnée au cœur de la forêt qui jouxtait le terrain de la propriété familiale. Des parents normaux lui auraient interdit d'y entrer, elle tombait en ruine. Il y avait de grands trous dans le plancher et dans les murs. L'escalier qui montait au deuxième étage tenait de peur. Les araignées y avaient élu domicile, de même que les souris. Mais c'était encore mieux que d'être à la maison. Il faisait nuit quand elle se décidait enfin à rentrer. Elle passait par la cuisine et attrapait la première chose mangeable qui lui tombait sur la main. La plupart du temps, elle devait se contenter d'un bout de baguette et d'un morceau de fromage. Les jours d'abondance, elle mangeait ce qui restait dans les casseroles. Les parents de ses amis ne manquaient pas une seule occasion de lui dire qu'elle était trop maigre. Alors qu'elle crevait d'envie de leur dire qu'elle mourait de faim, elle leur rappelait qu'elle était née pour être mince.

Elle se frotte les yeux d'un geste brusque. Sa vie a commencé à s'améliorer quand elle a eu l'âge de travailler. Elle avait enfin les moyens de s'acheter à manger et elle n'avait plus besoin de traîner dans la vieille bicoque. Elle prenait toutes les heures dont personne ne voulait. Et elle passait le reste du temps à l'école. Sophie a rencontré ses deux meilleures amies à son travail. Depuis, Maryvonne et Corinne ont toujours été là pour elle. D'ailleurs, elles lui manquent. Elles s'appellent de temps en temps et s'écrivent. De moins en moins souvent pour le courrier, faut-il le préciser. Sophie laisse parfois passer plus d'un mois avant de leur répondre. C'est elle tout craché ; évidemment, ça ne les encourage pas à prendre la plume. Elles lui sont très précieuses. Quand elle leur a appris qu'elle allait se marier avec Richard, elles lui ont tout de suite demandé si elles pouvaient être ses demoiselles d'honneur. La bonne nouvelle, c'est qu'elles sont prêtes à payer leur robe. S'il y a une chose que Sophie trouve difficile, c'est bien de dépendre de Richard pour quasiment toutes les questions d'argent. Le petit pécule qu'elle avait ramassé avant de venir a fondu comme neige au soleil. Elle aurait voulu travailler bien avant, mais elle ne pouvait pas. Maudite bureaucratie ! Les politiciens empêchent les immigrants de travailler pour mille et une raisons et, en plus, ils paient sans rechigner pour les assistés sociaux qui seraient aptes à le faire, mais qui préfèrent rester chez eux.

La sonnerie de la cuisinière annonce la fin de la cuisson du pâté au poulet. Sophie se lève aussitôt et court l'arrêter. Elle n'est pas rendue dans la cuisine que tante Irène est à ses côtés.

— Je pense que j'ai dormi, dit-elle.

— Vous avez même ronflé.

— Tu aurais dû me réveiller.

— Pour quoi faire ? Vous en aviez besoin. Je vous prie de m'excuser, je vous en ai trop demandé.

— Tss-tss ! Tu ne m'as pas tordu le bras. Il faut que j'aille au bout de mes forces de temps en temps. Est-ce qu'on y goûte avant que tu ailles faire ta livraison ?

— Si ça ne vous dérange pas, j'irais manger avec Richard et Mike.

— Au contraire ! Je trouve que c'est une excellente idée. Voici ce qu'on va faire. Je vais m'en garder pour mon souper et tu partiras avec le reste. J'y pense, il faut que tu apportes des assiettes et des ustensiles.

— Richard en a des jetables. Je vais les chercher et je reviens.

* * *

Maryse et Carole aiment tout de leur nouvelle vie : leur appartement, l'ameublement, la mer, l'école où elles enseignent, leurs élèves, sans oublier les beaux hommes bronzés qu'elles croisent dès qu'elles mettent le nez dehors. Ici, ils sont légion ; pourtant, la ville de Québec est réputée pour avoir les plus beaux spécimens. Petit détail non négligeable : leur pâleur ne fait pas le poids contre les teints hâlés.

Est-ce le fait de tous les anglophones d'être aussi polis et charmants tout en demeurant réservés ? Elles l'ignorent. Ce qu'elles savent par contre, c'est combien ça leur plaît d'être traitées avec respect. Probable qu'il y a des goujats ici aussi, sauf qu'elles ne comptent pas faire exprès pour en rencontrer.

— Enfin débarrassée d'Antoine, s'écrie Carole en levant son verre de bière.

Si Maryse lui livrait le fond de sa pensée, elle lui dirait que la partie n'est pas gagnée. Les hommes comme lui ne lâchent pas leur proie aussi facilement. Le seul point qui joue en sa faveur est la distance qui les sépare l'un de l'autre. Il ne reste plus qu'à espérer qu'elle le gardera à l'autre bout du pays.

— Qu'est-ce que tu attends pour lever ton verre ?

— Désolée. J'ai du mal à être aussi optimiste que toi.

— Et moi encore plus seulement à penser qu'il pourrait sonner à notre porte un beau jour.

— Pour cela, il faudrait que quelqu'un de nos familles lui donne notre adresse. J'ai bien averti mes parents de le sortir à coup de pied si jamais il ose aller les voir.

— Merci ! Et Isabelle ne la lui donnera pas non plus. Dépêchons-nous de l'oublier au plus sacrant. Je ne vais quand même pas aller vivre dans un igloo et regarder passer les icebergs pour éviter de tomber dessus. Tu sais quoi ? Qu'il aille au diable. Ça te dirait d'aller marcher sur la promenade après le souper ? J'ai besoin de me dégourdir les jambes un peu.

— Et de te rincer l'œil…

— L'un n'empêche pas l'autre, à ce que je sache. Imagine un peu qu'on tombe par hasard sur Anthony, le très charmant professeur d'éducation physique. Ne me dis pas que tu es insensible à son charme, parce que je ne te croirai pas.

Son amie lui sourit. Autant elle avait peur que Carole boude son plaisir parce que Mike lui a fait faux bond, autant son amie est de bonne humeur depuis qu'elles sont montées dans l'avion. Et pourtant, elle était vraiment furieuse après lui quand elle a appris qu'il travaillait avec Richard. Tellement que Maryse a bien cru qu'elles partiraient avec un fantôme dans leurs valises.

— Trop beau et trop jeune pour moi. Depuis le temps qu'on se connaît, tu devrais savoir que je les aime plus matures et plus virils. Dans le genre du directeur de l'école.

— Il pourrait être ton père.

— Arrête ! Il n'a pas quarante ans.

— Trente-neuf ? Sérieusement, c'est une bonne chose qu'on ne soit pas attirées par le même genre d'hommes.

— Une très bonne chose, confirme Maryse. As-tu réussi à passer à travers tes corrections ?

— Il m'en reste au moins pour une heure et demie. Sans vouloir te blesser, c'est pas mal plus long de corriger des rédactions qu'un devoir de mathématiques.

— Ce n'est pas moi qui vais te contredire. À ta place, je leur ferais plutôt corriger des textes truffés d'erreurs sans leur dire combien il y en a. Premièrement, ça les amuserait de trouver les fautes de quelqu'un d'autre et, deuxièmement, ça te prendrait dix fois moins de temps pour les noter. Troisièmement, ils apprendraient au moins autant.

— J'adore ton idée. Moins de rédaction et plus de variétés dans les travaux dans l'espoir de réussir à susciter l'intérêt de tout le monde pour le français d'ici Noël.

— Il me semblait que personne ne les avait obligés à s'inscrire dans ta classe…

— Tu serais surprise de savoir combien d'entre eux ont choisi de poursuivre l'apprentissage du français de leur propre chef. Au cas où tu l'aurais oublié, ils ont des parents, ces jeunes-là, et certains, comme ma mère, les tiennent serrés. Tu n'as qu'à penser à ce qu'elle a fait endurer à Richard.

Maryse n'a aucune envie de se lancer dans une discussion interminable sur ce que son frère aîné a dû endurer pour avoir en main son diplôme d'études secondaires. Son avis sur la question va complètement à l'encontre de celui de Carole.

— Je commence à avoir faim, annonce Maryse après avoir avalé sa dernière gorgée de bière. Que dirais-tu de commander une pizza aux fruits de mer ?

— Que je nous donne un mois avant que nous soyons complètement ruinées. Profite du paysage pendant que je m'occupe du souper. Il y a tout ce qu'il faut au frigo pour en faire une maison.

— Sans crevettes et sans homard… J'ai déjà moins faim.

— Tu me remercieras un jour de t'avoir empêchée de te nourrir uniquement de fruits de mer.

16

Ce n'est qu'une fois chez elle que Geneviève réalise qu'elle a hérité de la médaille en plastique offerte à sa mère. Elle a beau chercher pourquoi elle a échoué dans son sac à main, elle ne trouve pas la réponse. Elle rit encore quand elle repense au nombre de tours de table que l'horrible décoration a faits pendant leur souper. Elles se sont amusées comme chaque fois qu'elles se voient. Il y a bien eu quelques ratés au passage, par exemple quand Annie a joué à la vierge offensée parce que Lyne ne lui avait rien dit pour son nouvel emploi. Ce genre de choses arrive régulièrement quand elles sont ensemble et ça s'explique. Toutes sans exception vivent des hauts et des bas et elles peuvent difficilement en faire fi parce qu'elles ont un souper entre filles. Ce serait trop facile. Geneviève se doute bien qu'il y a un homme derrière sa mauvaise humeur. Il s'est peut-être évaporé dans la nature et elle s'est rendu compte qu'elle y était attachée plus qu'elle ne l'aurait souhaité. Certaines absences ne s'effacent pas du revers de la main. En même temps, elle aurait dû s'attendre à tout perdre en fréquentant un homme marié. Geneviève lève les yeux au ciel. Au fond, la seule chose qu'elle lui souhaite, c'est d'être heureuse. Mais même ça, ce n'est pas gratuit.

Elle n'en souhaite pas moins à Carole, qui lui a promis de lui envoyer des photos pour lui montrer à quel point la ville de Victoria est belle. Geneviève n'en doute pas une seconde. Richard lui a prêté un livre de ses plus beaux attraits et de ses environs, publié par un photographe canadien reconnu. Elle ne se lasse pas de le regarder. Il y a tant d'endroits qu'elle aimerait visiter ici et ailleurs. Si son anglais était meilleur, le choix serait facile. Elle s'envolerait pour Edmonton avec Henri et ils loueraient une auto à l'aéroport. Ils visiteraient entre autres Jasper, Banff, le lac Louise, Vancouver, la vallée de l'Okanagan, le parc Stanley, les jardins Butchart, le port de Victoria… Étant donné que c'est loin d'être le cas et que son compagnon connaît seulement deux mots, *yes* et *no*, elle se voit forcée de choisir une autre destination. En revanche, elle connaît très peu le Québec, mais novembre n'a rien pour la convaincre d'aller faire le tour de la Gaspésie. Pas plus que d'aller visiter la Côte-Nord ou le Saguenay-Lac-Saint-Jean. Richard lui a suggéré d'aller passer quelques jours à Ottawa. Il y a beaucoup à voir, à commencer par le parlement et les musées. Pas en novembre ! Plus elle y pense, plus la France l'attire, et particulièrement Paris, qu'elle rêve de visiter. Elle sait déjà qu'il fera froid et humide, Sophie le lui a confirmé. Une femme avertie en vaut deux. Elle n'aura qu'à prévoir des vêtements chauds et des chaussures confortables. Et s'ils trouvent les Parisiens trop arrogants, ils n'auront qu'à aller se perdre en périphérie. Elle tient absolument à aller au Mont-Saint-Michel, de même qu'à traîner dans le port et les rues de Saint-Malo, de visiter quelques châteaux…

Elle feuillette pour la énième fois le grand livre illustré sur Paris que Richard lui a prêté. Elle ignorait que son fils s'intéressait autant aux grandes villes. À vrai dire, elle croyait le connaître alors que plus il lui fait de la place dans sa vie, plus elle découvre l'homme merveilleux qu'il est. Elle connaît peu de jeunes de son âge aussi cultivés, et pas seulement en géographie. Son fils a développé ses connaissances dans différents domaines, dont celui des plantes, des jardins et des plans à l'échelle, pour ne nommer que ceux-là. Il l'impressionne un peu plus à mesure qu'il la laisse l'approcher. Elle sait que sa future femme y est pour quelque chose. En fait, elle le rend meilleur. Plus beau et plus accessible aussi. Sans vouloir faire de l'ombre à Isabelle, elle n'arrivait pas à la cheville de sa fiancée.

Carole lui a dit que Maryse avait sous-loué leur appartement situé au-dessus de l'ancien salon de barbier d'Henri. La vie est bizarre, parfois. Geneviève a été la première étonnée quand elle a appris que Maryse habitait là. Carole a suivi et c'est maintenant Isabelle et une de ses cousines qui gardent les lieux pendant l'absence des filles. Elle tourne la page et se sent transportée à Paris quand la tour Eiffel lui apparaît dans toute sa splendeur en plein cœur de la nuit. Elle va attendre qu'Henri ait repris ses activités sur le terrain avant de lui présenter les options qui s'offrent à eux.

Geneviève sursaute lorsqu'elle lève le nez de son livre. Marguerite est devant elle, tout sourire.

— J'en connais une qui n'a pas l'esprit tranquille. J'ai frappé et j'ai fini par entrer. Dépêche-toi de me dire ce que tu regardais pour être aussi concentrée.

— Un livre que Richard m'a prêté. *Paris dans toute sa splendeur.* Je rêve d'y aller.

— On y est restées seulement deux jours avant de reprendre l'avion et j'y pense encore. J'ai aimé tout ce que j'ai vu, à part les Parisiens, bien entendu. Ils se prennent pour le nombril du monde et je ne pouvais pas supporter leur accent. Et après, ils nous reprochent d'en avoir un. Je ne les aime pas du tout. Pense à moi si jamais tu cherches une compagne de voyage. Les filles m'ont dit que tu avais ma médaille. J'aimerais la montrer à ton père et à Frédéric. Si tu pouvais écrire sur un bout de papier pourquoi je l'ai reçu, ça me ferait gagner des points. Ils n'arrêtaient pas de me répéter de me raccorder avec Richard.

— Êtes-vous pressée ?

— J'ai tout mon temps, mais ça dépend de ce que tu as à m'offrir. Au cas où ça t'intéresserait, je n'ai pas encore mangé mon dessert.

Geneviève referme son livre et marche jusqu'à la huche à pain. Colette est venue lui porter une assiette de brioches maison ce matin et elle s'est dépêchée de les cacher. Elle la dépose au centre de la table.

— Elle devait avoir quelque chose de grave à se faire pardonner pour te faire un tel cadeau.

— Mettons que ça m'aurait pris toute sa recette pour passer l'éponge, et encore. Comme vous le savez, ça fait presque un mois qu'on est revenues d'Irlande et je dois encore tenir Rémi très serré pour le remettre sur les rails.

— Ce serait bien meilleur avec une tasse de thé, dit Marguerite sans renchérir sur la dernière phrase de sa fille.

Geneviève fronce les sourcils. Pas pour la demande de sa mère, mais plutôt parce qu'elle n'a rien ajouté et que, visiblement, elle n'a pas l'intention de le faire. Dieu qu'elle a la rancune longue.

— Préférez-vous que votre prochaine médaille soit bleue ou jaune ?

— Épargne-moi de jouer à la devinette et dis-moi pourquoi tu voudrais m'en offrir une autre.

— Pour que vous vous réconciliiez avec votre petit-fils.

— Prends ton temps pour l'acheter parce que je n'ai pas l'intention de passer l'éponge aussi facilement avec lui. Est-ce que tu pourrais me donner celle du milieu ?

— À la condition que vous la partagiez avec moi.

Marguerite va chercher deux assiettes et un couteau. Elle découpe ensuite la fameuse brioche et la dépose dans son assiette. Elle la regarde en salivant, hésite pendant quelques secondes et finit par la couper en deux pour le plus grand plaisir de Geneviève. Elles mordent dans leur moitié sans hésiter et roulent des yeux en dégustant leur pâtisserie.

— Est-ce que je peux en prendre une complète ? demande Marguerite avant même d'avoir mangé sa dernière bouchée.

— Deux, si vous voulez. Rémi a dormi chez un de ses amis et je ne l'attends pas avant quatre heures. Pour ce qui est d'Henri, je l'ai conduit à Sillery et Richard doit le ramener pour le souper.

— En résumé, tu es libre jusqu'au retour de l'enfant prodigue. Ça tombe bien, moi aussi !

Geneviève regarde sa mère avec insistance. Elle aimerait bien savoir ce qu'elle a derrière la tête.

— Et alors ? finit-elle par lui demander.

— Es-tu partante pour faire une chasse aux aubaines à Place Laurier et Place Sainte-Foy ? Je t'offre les premiers cinquante dollars. Ma seule condition : interdiction d'acheter quelque chose qui n'est pas réduit d'au moins cinquante pour cent.

Les yeux de sa fille s'agrandissent à leur maximum.

— Oh oui, mais pas avant d'avoir mangé une brioche complète, dit Geneviève en riant.

— C'était déjà prévu.

***

Hier soir, Chantale a fait un faux mouvement et elle s'est retrouvée étendue de tout son long sur le terrain de tennis. Elle a pris sa chute à la légère jusqu'au moment où elle a voulu se relever. Sa cheville droite lui faisait tellement mal qu'elle ne pouvait pas s'appuyer dessus. Rien de cassé, mais une bonne entorse, c'est-à-dire tout ce qu'il faut pour prendre un congé de son sport pendant quelques jours au moins. Comme un malheur ne vient jamais seul, ça lui complique la vie pour aller à ses cours. Donald lui laisserait volontiers l'auto, sauf qu'elle ne peut pas conduire avec sa jambe gauche. Il lui a offert de la déposer, mais elle a refusé, ça lui ferait faire un trop grand détour. Elle revoit son horaire pour la troisième fois et à moins de prendre un taxi elle ne pourra pas se rendre à temps sur le campus. Découragée, elle se laisse tomber sur le divan et fixe le clou dont la tête dépasse du mur du salon, à deux pouces de la seule peinture qu'ils possèdent. Elle l'a récupérée dans le garage de ses grands-parents la veille de leur déménagement sur l'Île d'Orléans. Sans blague, elle fait face à un sérieux problème. Se déplacer en taxi ne serait-ce que quelques jours grèvera son budget pour le mois entier. Son pied gauche tape sans relâche sur le plancher et elle ne fait rien pour l'arrêter. Elle se sent totalement démunie. Elle pousse un grand soupir. Tant pis ! Elle n'a pas d'autre choix que de sécher ses cours, une première dans son cas. Elle va chercher de la glace en sautant sur sa jambe valide et la dépose sur son entorse. Sérieusement, elle s'en serait bien passée. Elle s'étend de nouveau sur le divan et ferme les yeux, elle n'a pas beaucoup dormi la nuit passée. Elle avait trop mal.

Étant donné qu'elle n'arrive pas à s'assoupir, elle décide de téléphoner à sa tante Myriam. Tant qu'à être hors d'usage comme elle se plaît à dire à Donald, elle pourrait descendre à Québec en fin de semaine pour la rencontrer à sa demande.

— Salut, Chantale ! Les grands esprits se rencontrent, je comptais t'appeler. Je serai à Montréal demain. Si jamais tu as un peu de temps à m'accorder en fin d'après-midi, on pourrait se voir. Ça t'éviterait de te déplacer à Québec, ta mère m'a dit que tu ne venais pas souvent.

— Ce serait parfait pour moi si ça ne te dérange pas de venir chez moi. Je me suis blessée hier en jouant au tennis et j'ai du mal à me déplacer.

— Aucun problème ! Aimerais-tu qu'on mange ensemble ? Je m'occuperais de tout.

— C'est une offre que je ne peux pas refuser.

Chantale lui donne son adresse et fixe l'heure de leur rendez-vous. Ce simple coup de fil a suffi à la mettre de bonne humeur. Elle ignore toujours ce que sa tante attend d'elle, mais vu son état, sa visite la comble de bonheur. Elle regarde l'heure sur sa montre et se met à rire. Avec un peu de chance, sa tante n'aura pas eu le temps d'appeler sa mère pour lui raconter ce qui lui arrive. Les nouvelles courent vite, dans sa famille. Aussi bien le faire elle-même, pour une fois. Elle compose le numéro de ses parents et tombe sur la boîte vocale. Elle laisse un bref message en prenant soin de préciser le moment de la journée et raccroche. De cette manière, elle ne perdra pas de points même si sa mère l'écoute après que Myriam lui a parlé… si elle le fait, bien entendu. Elle remet de la glace sur sa cheville et ferme les yeux dans l'intention de piquer un petit somme, cette fois.

Geneviève la réveille quelques minutes plus tard, pressée d'avoir de ses nouvelles.

— Dépêche-toi de me dire comment c'est arrivé, lance-t-elle aussitôt que Chantale décroche.

Sa fille lui raconte dans le menu détail ce qui, en réalité, s'est passé en une fraction de seconde. Elle était debout, elle était étendue par terre.

— Es-tu capable de te déplacer ?

— Pas assez pour aller à mes cours. Remarque que ce n'est pas si grave, on est en début de session. Pour le tennis, je réfléchis au fait de ranger ma raquette jusqu'après les Fêtes. Ça laissera le temps à ma cheville de guérir comme il faut et ça me ferait du bien d'arrêter de courir comme une queue de veau.

Ce n'est qu'en finissant sa phrase que Chantale réalise ce qu'elle vient de dire.

— Dommage que je sois aussi loin, lui dit sa mère, je te conduirais au moins à tes cours.

— Ne t'inquiète pas pour moi, je vais survivre. Et pour mes cours, et pour le reste. Je me suis juste fait une entorse à la cheville droite, il y a pire. Le seul problème, c'est que je souffre mal.

— Je ne connais personne qui aime souffrir, réplique Geneviève en riant. As-tu eu des nouvelles de Catherine dernièrement ?

— J'allais justement te poser la même question. La dernière fois que je lui ai parlé… Attends que je me souvienne… Ça fera deux semaines demain. Elle n'avait rien de spécial à part le fait qu'elle avait pris quelques livres et qu'elle avait recommencé à manger sans crainte de vomir. Et toi ?

— Idem ! N'empêche que je suis un peu inquiète. On se parle tous les dimanches matin et je n'ai pas réussi à la joindre cette semaine. Je lui ai laissé un message et j'attends toujours son retour d'appel. J'ai essayé de joindre Jeanne par deux fois, mais je suis tombée sur sa boîte vocale.

— À ta place, déclare Chantale, je ne m'inquiéterais pas. Ils sont peut-être allés passer la fin de semaine au chalet.

— Tu sais bien que c'est plus fort que moi. Changement de sujet. Tu ne devineras jamais ce que j'ai fait avec ta grand-mère samedi…

— Qu'est-ce qu'elle a inventé, encore ?

Geneviève lui résume sa sortie mère-fille de manière succincte et très colorée.

— Je suis revenue avec trois sacs, de quoi garnir ma garde-robe pour l'été prochain. Tu connais ma mère. Elle a exigé que je lui donne un vieux vêtement pour chaque nouveau que je venais d'acheter.

— Elle a très bien fait. Te connaissant, tu te contenterais de les essayer et tu continuerais de porter tes guenilles. Ah oui ! Et ils auraient encore leurs étiquettes à la fin de l'été prochain. Veux-tu bien me dire pourquoi tu es aussi attachée à tes oripeaux ?

Si Chantale pouvait la voir, elle rirait. Geneviève soulève les épaules comme le ferait une petite fille. Son attachement pour ses vieux vêtements remonte à sa plus tendre enfance et ce n'est pas parce qu'elle en manquait.

— Si je le savais ! J'aime penser que c'est parce que je suis radine, comme dit ton père.

— Seulement pour toi. Tu es la personne la plus généreuse que je connaisse pour les autres. En tout cas, je suis contente que grand-maman te force à te séparer de tes vieilleries. Je l'appellerai pour la remercier.

— N'oublie pas de lui parler de la médaille que je lui ai offerte.

Geneviève lui raconte vitement ce qu'elle a fait. Chantale se bidonne à l'autre bout du fil.

— J'aurais voulu être là. Et sa réconciliation avec Rémi est prévue pour quand ?

C'est au tour de sa mère de rire.

— Dans la semaine des quatre jeudis. En parlant du loup, ton petit frère vient d'arriver et il crie famine. Aimerais-tu lui parler ? Ça me donnerait le temps de penser à ce que je vais lui faire pour souper. À bientôt, ma grande !

— Salut, toi ! lance Chantale aussitôt qu'elle entend la voix de Rémi au bout du fil. D'où viens-tu comme ça ?

— J'étais allé jouer chez ma blonde aux yeux bleus.

— Tu en as de la chance, toi ! Moi, j'ai seulement un *chum* et ça me suffit.

— C'est parce que tu es vieille et Donald encore plus. Quand est-ce que tu viens nous voir ?

— Dès que je serai sur mes deux pieds.

— Il faut que je te laisse, maman me fait un sandwich et je suis mort de faim. Bye !

17

Catherine est inconsolable depuis qu'elle a perdu son bébé. Elle est roulée en boule sur le divan et elle pleure, bien que ses yeux demeurent secs à force d'avoir trop versé de larmes. Nolan a tout essayé pour lui changer les idées, sans y parvenir. Il a appelé sa mère à la rescousse et Jeanne a échoué elle aussi. Autant Catherine refusait d'être enceinte, autant elle a du mal à accepter qu'elle ne sera pas mère. À tout le moins, pas cette fois. Désespéré, son mari a fini par appeler Geneviève. D'abord pour lui apprendre la mauvaise nouvelle et, ensuite, pour savoir ce qu'il doit faire pour aider sa femme. Complètement bouleversée par ce qui leur arrive, elle a dit à son gendre qu'elle va devoir le rappeler d'ici une heure. Elle raccroche et compose aussitôt le numéro de sa mère.

— Il n'y a rien que tu puisses faire, lui dit Marguerite, à part lui dire que tu es désolée. Elle doit s'en sortir seule, cette fois.

— Et si j'allais la trouver?

— Tu ne peux pas débarquer chez elle chaque fois qu'il se passe quelque chose de spécial dans sa vie. On vient d'y aller. Je m'excuse à l'avance pour ce que je vais dire... elle n'en voulait même pas, de cet enfant, et c'est la culpabilité qui la met dans cet état. Voyons donc! Ils n'auront qu'à en faire un autre s'ils tiennent tant à être parents. Ce n'est pas comme s'il avait commencé à lui donner des coups de pied.

Les paroles de sa mère la secouent, même si en y pensant à deux fois elles sont assez près de la vérité. Elle comprend le désarroi de sa fille, mais il y a quand même une marge entre perdre un enfant à huit mois de grossesse et faire une fausse couche à dix semaines quand ça a tout pris pour qu'elle décide de le garder.

— Es-tu toujours là ?

— Je réfléchissais à ce que vous venez de dire et je dois admettre que je suis assez d'accord avec vous. Je l'appelle et je vais me contenter de l'écouter de mon côté de l'océan.

— À ta place, je commencerais par téléphoner à Jeanne pour en savoir plus.

— Bonne idée ! Je vous tiens au courant.

Cette fois, Jeanne décroche après la première sonnerie. Au début de leur discussion, Jeanne donnait l'impression de marcher sur des œufs. Quand elle a vu ça, Geneviève lui a dit qu'elle était prête à tout entendre. En gros, ses propos ressemblaient étrangement à ceux de sa mère. Elle comprend la peine de sa belle-fille et elle est prête à l'aider à passer à travers cette épreuve, puisque ça semble en être une de taille pour elle. Par contre, elle demeure certaine de pouvoir s'en tirer seule. De toute façon, pour le moment, même Nolan ne peut rien faire pour sa bien-aimée.

Au lieu de rappeler Marguerite tout de suite, Geneviève téléphone de nouveau en Irlande et demande à Nolan de lui passer sa fille. Elle l'écoute raconter sa peine sans l'interrompre et, avant de raccrocher, elle lui dit qu'elle a besoin d'une bonne nuit de sommeil. Que sa peine ne disparaîtra pas d'un coup, mais qu'elle a confiance en elle pour qu'elle accuse le coup. Elle tient encore le combiné dans sa main et regarde droit devant elle. Aurait-elle dû lui dire autre chose ? Comment le savoir ?

Elle n'a jamais été la meilleure pour consoler qui que ce soit, et encore moins ses proches. C'est pire dans le cas de Catherine, vu la distance qui les sépare. Elle se lève et se prend un grand verre d'eau qu'elle boit d'un trait. Elle compose ensuite le numéro de ses parents et résume en quelques phrases son échange avec la jeune maman éplorée. Marguerite lui dit qu'elle ira lui porter sa médaille demain matin à la première heure, ce qui la fait rire aux éclats. Trop occupée à profiter de cette petite accalmie dans la tempête qui frappe sa fille, elle fait le saut lorsqu'Henri entre dans la cuisine.

— Ah ! mon Dieu ! Je ne t'ai pas entendu arriver.

— J'ai bien vu ça. Avec qui parles-tu ?

— Avec maman.

Il lui arrache pratiquement le combiné des mains et se met à jaser avec sa belle-mère préférée pendant que Geneviève essaie de reprendre son sérieux.

— Comment va ta cuisse ? lui demande-t-elle.

— De mieux en mieux. J'espère pouvoir reprendre le travail sur le terrain d'ici quelques jours.

— Promets-moi de te tenir loin des haches.

— Vous n'avez pas besoin d'avoir peur. Je vous repasse ma femme.

— Pas la peine, on s'est dit tout ce qu'on avait à se dire.

Et elle raccroche sans aucune formule de salutation.

— Qu'est-ce qu'on ferait si on ne l'avait pas ? demande Henri à Geneviève après avoir remis le combiné sur son socle.

— On en choisirait une moins complexe.

— Dis-moi donc ce qui te faisait rire autant.

Elle lui raconte ce qui arrive à Catherine. La réaction d'Henri est encore plus radicale que celle de Marguerite.

— Vous êtes vraiment faits pour vous entendre, maman et toi, lance-t-elle avant de se remettre à rire. C'est elle que tu aurais dû marier.

— Avoue qu'on ne peut pas faire grand-chose de plus que l'écouter. Remarque que je ne t'empêcherai pas d'aller la trouver si c'est ce que tu décides. De mon point de vue, il est temps qu'elle apprenne à passer à travers les tuiles que la vie nous lance au moment où on s'y attend le moins, parce que ce ne sera pas la dernière.

— Pour ma part, je viens de passer dix jours à l'écouter sans jamais prendre position, je n'irai certainement pas défaire ce que j'ai accompli au prix d'un grand effort. Ça prendra le temps que ça prendra, mais elle devra trouver la force de s'en sortir. En passant, Jeanne est du même avis que nous. Elle m'a dit qu'elle s'en occuperait. Je lui ai demandé de m'appeler si jamais Catherine n'arrive pas à remonter la pente.

— Elle est bien entourée, Nolan est là aussi. À eux deux, ils y arriveront. J'avoue avoir du mal à comprendre pourquoi elle tient tellement au bébé maintenant qu'il n'est plus là.

— Mystère et boule de gomme ! Les hommes sont parfois compliqués, mais les femmes sont la plupart du temps complexes. As-tu mangé ?

Henri la regarde avec de grands yeux puisqu'elle connaît déjà la réponse. Il est affamé quand il rentre de travailler et ce n'est rien comparé à lorsqu'il travaille sur le terrain au lieu de passer ses journées assis.

***

Colette s'en veut encore d'avoir traité Rémi comme un roi, alors que Geneviève le lui avait confié parce qu'elle croyait le retrouver tel quel à son retour. La deuxième journée, Fernand lui a fait remarquer qu'elle s'aventurait sur un terrain glissant en faisant ses quatre volontés. Malheureusement, elle ne l'a pas écouté. Pourquoi ? Pour un tas de raisons sans aucun rapport avec Rémi. Ses filles ne lui donnent plus de nouvelles depuis plusieurs mois et ça la gruge par en dedans. Elle s'inquiète pour elles et son petit doigt lui souffle à l'oreille qu'elle a raison de s'en faire. Elle voudrait débarquer chez elles, mais il faudrait d'abord qu'elle sache à quelle porte aller frapper puisque les deux sont parties sans laisser d'adresse et sans payer leurs arrérages de loyer de plusieurs mois. Ce n'est pourtant pas ainsi que Fernand et elle les ont éduquées.

Aujourd'hui, elle regrette amèrement ce qu'elle a fait, d'autant que son petit protégé ne s'attendra pas à un autre traitement la prochaine fois qu'il viendra. Colette fait la moue. Pour cela, il faudrait d'abord que Geneviève accepte de le lui confier de nouveau. Elle a beau se creuser les méninges pour trouver une solution à son problème, rien ne lui vient à part le fait qu'elle a merdé sur ce coup et qu'elle risque même de perdre son amie. Elle se lève et va porter sa tasse dans l'évier. Elle pourrait au moins essayer de remettre les pendules à l'heure avec Rémi. Elle réfléchit un instant. Fernand ne rentrera pas souper, Henri non plus. Rien ne l'empêche d'inviter Geneviève et le beau Rémi à venir souper avec elle. Elle se dépêche de composer le numéro de son amie avant de changer d'idée.

— Salut, c'est moi. As-tu préparé ton souper ?

Si elle voyait l'air de Geneviève, elle serait probablement moins enjouée.

— J'ai encore le temps, répond-elle laconiquement.

— Je sais bien que je suis à la dernière minute, mais j'aimerais t'inviter à souper chez moi avec Rémi. Qu'en dis-tu ?

— Que ça me plairait beaucoup si je n'étais pas obligée de faire vingt minutes d'auto. Sans compter que l'école est recommencée et que mon petit homme doit se coucher tôt. J'aimerais mieux qu'on se reprenne.

— Et si j'apporte le souper chez vous ?

Cette fois, Geneviève met quelques secondes avant de répondre. La tentation est forte. Ne s'occuper de rien, pour une fois.

— Ne fais rien de compliqué. Je t'attends avec un verre de Cinzano bien frais.

Colette aurait gagné à la loterie qu'elle ne serait pas plus heureuse. Cette fois, elle doit réussir à convaincre Geneviève que son geste n'avait rien de prémédité. Disons plutôt qu'il était désespéré. Elle se dépêche de sortir du réfrigérateur les deux poitrines de poulet qu'elle a achctées cet après-midi. Elle sort ensuite un sac de plastique et le remplit de patates. Enfin, elle attrape quelques tomates dans le plateau qui trône au centre de sa table de cuisine. Au menu : poulet pané au four, patates frites et salade de tomates du jardin. Connaissant Geneviève, elle la rappelle afin de s'assurer qu'elle a de la panure, des œufs, de la farine, de l'huile dans sa friteuse et du vinaigre. À sa grande surprise, son amie répond oui à chacune de ses demandes. Elle dépose le tout dans un grand sac et sort de la maison après avoir attrapé ses clés et son sac à main. Elle a l'impression d'avoir des ailes, tout à coup. Perdre contact avec ses filles la désole au plus haut point. Perdre l'amitié de Geneviève pour avoir manqué de discernement la mettrait complètement K.-O.

Lorsque sa mère lui apprend que Colette vient souper avec eux, le regard de Rémi s'illumine.

— Ne t'avise même pas d'essayer de profiter de sa présence pour faire la loi parce que je te jure que tu vas me trouver sur ton chemin. Va jouer dans ta chambre jusqu'à ce qu'elle arrive.

Rémi ferme la porte de sa chambre avec tellement d'ardeur que Geneviève se retient de ne pas aller lui dire sa façon de penser. Elle sort tout ce dont Colette aura besoin pour préparer le souper et va ensuite s'asseoir au salon pour l'attendre. Elle hésite entre lire quelques pages du roman qu'elle a commencé hier et mettre le disque d'Harmonium. La deuxième option l'emporte. Elle s'installe sur le fauteuil d'Henri et se laisse porter par la musique et les paroles des chansons jusqu'à l'arrivée de Colette.

— Merci beaucoup d'avoir accepté mon invitation, clame son amie aussitôt entrée.

— Tu peux même revenir demain, si tu veux.

Geneviève marche jusqu'à son amie et lui fait la bise sur les joues.

— Je suis contente de te voir.

— Et moi donc !

Colette soulève son sac de provisions avant d'ajouter :

— Je ferais mieux de m'y mettre si on ne veut pas manger à huit heures.

— Tu n'as qu'à me dire ce que je peux faire pour t'aider.

— Occupe-toi d'éplucher les patates, je me charge du poulet.

Elles bavardent de tout et de rien pendant qu'elles s'affairent à préparer le souper.

— Imagine-toi donc que le beau Frédéric m'a demandé de passer à son atelier avant-hier. Il voulait me montrer sa nouvelle toile. Je ne te mens pas, je suis restée devant la bouche ouverte pendant au moins dix minutes et c'est parce qu'il m'a secoué le bras pour que je revienne à moi.

— Veux-tu bien me dire ce qu'il a peint pour que ça te fasse autant d'effet ?

— Ta mère !

Geneviève se redresse. Elle a sûrement mal entendu. Pourquoi aurait-il fait son portrait ?

— Tu as bien compris. Il a peint votre Marguerite de manière si juste qu'on croirait qu'elle va se mettre à parler. Il a su saisir toute son essence, son caractère, son air espiègle, ses petits yeux coquins. De tous ses tableaux, c'est mon préféré, et de loin.

— Première nouvelle que j'en ai. Mais pourquoi avoir fait son portrait alors qu'il peut la voir quand il veut ?

— J'étais la première à qui il le montrait.

— Est-ce qu'il va lui offrir en cadeau de fête ?

— Mais non ! Ta mère lui a dit qu'il devrait élargir ses horizons en tant que portraitiste.

Geneviève plisse le nez, elle n'est pas certaine de comprendre ce que Colette essaie de lui dire.

— Te souviens-tu que ta mère a écrit sa dernière nouvelle à partir de l'esquisse qu'il avait dessinée pour son nouveau modèle ? Il l'avait tellement lue qu'il aurait pu la réciter. Résultat : il n'a jamais été capable de finir son portrait. Il peignait l'homme que ta mère avait décrit et non celui qui l'avait inspiré. Quand elle a vu ça, elle lui a dit qu'il serait peut-être temps de passer à autre chose. Et c'est ce qu'il a fait.

— Je veux bien, mais pourquoi avoir choisi maman ?

— C'est ce que je lui ai demandé quand il m'a tirée par le bras pour attirer mon attention. Écoute bien ce qu'il m'a répondu : « Parce que Marguerite est le genre de personnes qu'on rencontre une seule fois dans sa vie. Parce qu'elle ne laisse personne insensible. Parce qu'il a envie de la présenter au plus grand nombre de gens. »

— Wow ! Est-elle au courant ?

— Pas à ma connaissance. Après, il ira le porter à la galeriste qui expose ses tableaux. Il paraît qu'elle était tellement émue quand elle l'a vu qu'elle avait du mal à aligner deux mots. J'adorerais être là pour observer la réaction de ta mère quand elle se verra. Misère ! Il m'avait fait promettre de garder le secret. Jure-moi de ne rien lui dire.

— Juré craché ! C'est tout un honneur, qu'il lui fait.

— Sais-tu quoi ? J'ai envie de tailler les poitrines de poulet en filets et de les faire cuire dans la poêle, ce sera moins long que si je les mets au four.

— C'est toi, le chef. Est-ce que je peux faire chauffer la friteuse ?

— Bonne idée ! Pourrais-tu couper les tomates en dés et des échalotes, si tu en as ?

— Jamais de la vie ! lance Geneviève d'un ton faussement offusqué. À ta place, je me considérerais très chanceuse que j'aie de la panure, de la farine, des œufs et de l'huile.

— Tant qu'à ça ! renchérit Colette en riant. Où est le beau Rémi ?

— Je l'ai envoyé jouer dans sa chambre en attendant que tu arrives et j'ai l'impression qu'il s'est endormi. Je vais aller voir.

Geneviève a le sourire fendu jusqu'aux oreilles lorsqu'elle revient.

— Il dort comme une bûche.

— C'est dur pour les enfants de recommencer l'école.

— Mettons que je n'ai pas été tendre avec lui quand je lui ai annoncé ta visite.

— Je m'en veux de m'être comportée aussi mal avec lui. Le pire, c'est que je n'ai pas vraiment d'excuses.

— Passons à autre chose, veux-tu ?

— Pas avant que j'aie réparé ce que j'ai fait. Laisse-le-moi pour la fin de semaine et je vais le remettre comme il était.

Geneviève fait mine de réfléchir alors qu'au fond elle n'en attendait pas moins de la part de son amie.

— Reste à espérer que tu réussiras.

* * *

Catherine soupire tellement fort que Nolan l'entend de la cuisine. Au lieu d'accourir, il lève les yeux au ciel et continue à peler les carottes qu'il est allé chercher dans le jardin. Il a invité sa mère à souper en se disant que ça fera peut-être du bien à sa femme. Dans le cas contraire, eh bien, ça lui en fera au moins à lui. Il ne juge pas la réaction de Catherine, c'est juste que des deux elle était la plus réticente à devenir parent maintenant. Et voilà qu'après avoir fait une fausse couche, elle donne l'impression que la terre s'est ouverte sous ses pieds. Il ne comprend pas. D'ailleurs, pour être honnête, il trouve qu'elle exagère. Il n'a pas envie de faire la fête parce qu'elle a perdu le bébé. Il n'a pas envie non plus de se rouler en petite boule et de se mettre à pleurer. Ni l'un ni l'autre n'étaient prêts à être parents ni ne le voulaient. Il est plus du genre à croire que la nature a bien fait les choses une fois de plus. Il croque une carotte et sourit : il faudra qu'il sème la même sorte l'an prochain. Elles sont fines et tellement sucrées.

— Salut, mon grand ! s'écrie Jeanne en faisant son entrée dans la cuisine. Viens que je t'embrasse.

Nolan s'approche sans se faire prier. Une fois devant elle, il lui sourit avant de la serrer dans ses bras.

— Merci d'être venue en sachant que ça risque d'être le souper le plus ennuyant de ta vie.

— Ne sois pas trop sévère avec elle. Ce n'est pas dans notre corps que c'est arrivé, mais dans le sien.

— Je sais tout ça. C'est juste que je suis complètement démuni. Voudrais-tu une bière ?

Avant que Jeanne n'ait le temps de répondre, une voix de déterrée leur parvient du salon :

— Moi, oui.

— Ce ne sera pas long, lui dit Nolan d'un ton faussement détaché.

L'instant d'après, il regarde sa mère avec des points d'interrogation dans les yeux.

— Crois-tu qu'elle a entendu notre discussion ? s'inquiète-t-il.

— Et après ? Allons la trouver.

Catherine prend la bière que Nolan lui tend. Elle s'efforce même de lui sourire. Va savoir pourquoi, il a du mal à croire que sa femme est de retour.

— Comment vas-tu aujourd'hui ? lui demande Jeanne qui n'a pas voulu la réveiller quand elle est arrivée.

— Tout ce que je sais, c'est que j'ai les yeux complètement secs. Pour le reste, j'imagine que ça va finir par passer. J'ai du mal à me suivre moi-même. Je ne voulais pas de ce bébé au point que je vous ai mobilisés tous les deux de même que ma mère et ma grand-mère pendant dix jours pour m'aider à décider de son sort et du nôtre par la même occasion. Sans vous, je serais encore en train de tergiverser entre «Je le garde» ou «Je m'en débarrasse».

Elle regarde Nolan dans les yeux avant de poursuivre sur sa lancée :

— Pardonne-moi, mon amour, de m'être enfermée à double tour dans ma peine. Je ne savais pas comment faire pour en sortir. Je ne vous dis pas le nombre de fois que j'ai tourné et retourné dans ma tête par quoi je suis passée depuis le jour où on a découvert ensemble le résultat de mon test de grossesse. J'étais complètement désespérée et le mot est faible. J'étais perdue.

Nolan va s'asseoir près d'elle et passe son bras autour de ses épaules avant de l'embrasser sur la joue.

— L'essentiel, dit-il d'une voix émue, c'est que tu sois de retour. Tu m'as tellement manqué !

— J'ai une question pour toi, Catherine, lance Jeanne, qui est restée à distance. Que s'est-il passé pour que tu changes d'attitude d'un coup ?

— Ma grand-mère m'a appelée avant que Nolan rentre du travail et elle m'a remis les yeux vis-à-vis des trous comme elle seule sait le faire. En gros, elle m'a dit que je devais choisir entre rester au fond du baril alors que je ne peux absolument rien changer à ce qui vient d'arriver et reprendre ma vie en main au plus vite parce que je n'ai pas le droit d'en gaspiller une seconde vu que personne ne peut rattraper le temps. Ah oui, elle m'a aussi dit que j'étais la seule responsable de mon bonheur.

— J'aime beaucoup Marguerite, avoue Jeanne.

— Ses paroles ont tourné en boucle dans ma tête jusqu'à ce que Nolan vous offre une bière. Je n'avais pas le droit de manquer une occasion de célébrer la vie avec vous. Pour le bébé, ajoute-t-elle d'une voix brisée par l'émotion, on en concevra un autre quand on sera rendus là.

Cette fois, Nolan l'attire à lui et s'empare de ses lèvres pendant ce qui semble une éternité à Jeanne.

— Je reprends mes cours demain, annonce fièrement Catherine, et je suis affamée.

18

Rémi était le plus heureux des petits garçons quand sa mère lui a appris que Colette l'avait invité à aller passer la fin de semaine chez elle. Il s'est mis sur son trente-six.

— Wow ! s'écrie Geneviève en le voyant. T'en vas-tu aux noces ?

— Non ! C'est juste au cas où Colette m'emmènerait manger au restaurant.

Bien que tentée de lui dire que ça n'arrivera pas, Geneviève se tait. Elle a pleine confiance en son amie et, par-dessus tout, elle n'a aucune envie de gérer la déception de son fils.

— As-tu pris tes jeans et des t-shirts ?

— Pour quoi faire, puisque je n'aurai pas le temps d'aller jouer dehors ?

Cette fois, sa mère se mordille la joue pour ne pas rire. Son petit doigt lui dit que son fils a dressé le programme de la fin de semaine et tout porte à croire par son choix de vêtements qu'il ne risque pas de se salir les mains. Elle serait curieuse de connaître ses plans. Trop risqué ! Si elle le fait, il va forcément se braquer et elle, s'impatienter.

— Comme tu voudras ! Es-tu prêt ? Colette devrait être ici d'une minute à l'autre.

Rémi va s'installer devant la fenêtre de la cuisine pour surveiller son arrivée. Geneviève l'observe à distance. À voir son air, il s'en va en vacances, parce que c'est forcément ainsi qu'il considère son séjour chez Colette, étant donné son habillement.

— Elle est arrivée. À dimanche soir, maman !

— Amuse-toi bien, mon grand !

En temps normal, elle aurait couru après lui pour l'embrasser. Pas aujourd'hui. Depuis son retour de chez sa fée marraine, il y a des minutes où elle le vendrait pour une vieille mâchée de gomme. Elle file à la cuisine et pousse un grand soupir. Enfin seule ! Avoir un enfant de dix ans après la naissance de Chantale a peut-être été un cadeau du ciel, comme disaient plusieurs quand ils apprenaient qu'elle était enceinte, mais pour sa part, sa venue a complètement bouleversé sa vie. Alors qu'elle commençait à être plus libre, elle a été freinée de partout. Les maux de cœur. Les nuits d'insomnie. Les couches à changer. Les poussées de fièvre. Les maux de dents. Il vaut mieux qu'elle arrête avant de commencer à déprimer. Son frère et ses sœurs l'adoraient jusqu'au moment où il se mettait à pleurer. Sans mentir, il y a des jours où elle avait peur de ne pas y arriver. Elle ne regrette rien, mais elle doit reconnaître que ça lui a demandé beaucoup d'efforts pour se remettre à catiner. Elle retourne au salon et attrape le roman qu'elle a commencé hier soir. Elle va le lire jusqu'à la fin parce que c'est ce qu'on attend d'elle. Si elle s'écoutait, elle l'aurait déposé sur la pile des manuscrits refusés avant la fin du premier chapitre. Professionnelle jusqu'au bout des ongles, elle a lu quelques pages au hasard de même que le dernier chapitre sans trouver aucun argument pour la faire revenir sur sa décision. L'histoire est à cheval sur la romance et le fantastique. Les personnages sont mal définis. Les erreurs de noms pullulent et l'intrigue n'a rien d'intrigant de son point de vue. Elle le remet sur la table de coin et décide d'aller prendre l'air avant de poursuivre sa lecture. C'est dire à quel point elle a hâte de s'y remettre. Elle va chercher son coton ouaté, elle risque d'en avoir besoin quand elle ira marcher sur la grève. Elle barre la porte de la maison et, quand elle se retourne, elle tombe face à face avec Martine Gagnon. Elle en échappe sa bouteille d'eau et ouvre la bouche alors qu'aucun son n'en sort. Sa dernière visite-surprise remonte à près de deux ans et Geneviève en garde encore un arrière-goût amer. Martine a le don d'apparaître dans sa vie au moment où elle s'y attend le moins. Depuis qu'elle connaît son histoire, elle s'efforce d'être plus gentille. Quant à dire qu'elle y arrive, ça dépend des secondes. C'est ainsi qu'au lieu de la chasser, elle la salue poliment et l'invite à entrer en faisant un effort pour cacher sa déception. Elle l'installe au salon et lui dit qu'elle va aller faire du café. Elle met l'eau à bouillir et compose le numéro de téléphone des parents de sa visiteuse. Ils sont tout aussi surpris que la dernière fois que leur fille ait échoué à l'Île d'Orléans, d'autant qu'elle n'a pas d'auto. Ils seront là dans moins d'une heure. Ça peut paraître court quand on est en bonne compagnie. Comme ce n'est pas le cas, il faut bien l'admettre, Geneviève n'arrête pas de regarder l'heure sur sa montre pendant que Martine boit son café.

— On devrait se voir plus souvent, avance sa visiteuse en souriant.

— Ça risque d'être difficile pour moi.

— As-tu revu le beau Ricky ?

Geneviève met quelques secondes avant de mettre un visage sur ce nom. Elle sourit malgré elle. Comment a-t-elle pu l'oublier ? C'était le plus beau garçon de l'école et il lui avait demandé de l'accompagner au bal.

— Jamais ! Et toi ?

— Oh ! Moi, je ne l'ai jamais intéressée autant que toi. Je me suis toujours demandé pourquoi tu lui avais brisé le cœur. Il t'aimait tellement et vous formiez un si beau couple.

Plus elle en entend, plus Geneviève remercie le ciel d'avoir toute sa tête. Pauvre Martine ! Elle n'a pas eu assez de se faire battre par son mari, il a fallu que sa dernière raclée la détruise.

— C'est lui qui m'a laissée pour la pire emmerdeuse de l'école.

Celle qui tient mordicus à être sa meilleure amie fronce les sourcils et incline légèrement la tête de côté. Elle était pourtant certaine que les choses s'étaient passées comme elle vient de le dire. Elle hausse les épaules et prend une gorgée de café.

— As-tu eu des nouvelles des filles ?

— Pas dernièrement. Et toi ?

— Tu sais bien que non. Je passe le plus clair de mon temps enfermée dans mon petit loyer et je m'ennuie à mourir. Voudrais-tu aller magasiner avec moi un de ces jours ? Je voudrais m'acheter une belle robe pour le bal.

Cette fois, c'en est trop. Geneviève se lève et file à la cuisine après avoir prétexté aller chercher des biscuits. Aussitôt seule, elle pose les mains de chaque côté de l'évier et regarde dehors. Les parents de Martine ne seront pas là avant une bonne demi-heure. Elle se demande bien ce qu'elle pourrait faire pour que le temps passe plus vite. À moins qu'elle l'emmène faire une marche ou manger une crème glacée. Elle retourne d'où elle vient et lui fait part de son idée.

— Est-ce qu'ils en ont au chocolat ? lui demande Martine sans hésiter. C'est ma saveur préférée.

— Bien sûr que oui. Allons-y !

Martine bavarde pendant la courte distance qui les sépare de la crémerie. Ce qui sort de sa bouche fait de moins en moins de sens, mais Geneviève n'en fait pas de cas.

— Une ou deux boules ? demande-t-elle à son invitée.

— Est-ce que je peux en avoir trois ?

— Commence par deux et je t'offrirai un autre cornet si tu as encore faim.

— Merci d'être aussi gentille avec moi.

Martine lui colle un bec sur la joue avant que Geneviève ne se rende compte de ce qu'elle est en train de faire. Elle recule d'un pas malgré elle. S'il y a une chose qu'elle déteste, c'est bien de se faire coller par des étrangers.

— Est-ce que c'est votre sœur ? lui demande la jeune fille derrière le comptoir.

— On est amies depuis le secondaire, s'empresse de répondre Martine en mettant son bras autour des épaules de Geneviève. Est-ce qu'on pourrait aller s'asseoir face au fleuve ? Il est tellement beau. Elle est très bonne, votre crème glacée.

— Merci !

Geneviève l'entraîne jusqu'au banc de bois. Au lieu de s'installer à côté de Martine, elle décide de rester debout. Elle verra arriver ses parents.

— Il y a assez de place pour nous deux, tu ne vois même pas l'eau.

— Profites-en ! J'ai le même paysage de ma galerie.

Elle regarde discrètement sa montre, mais son geste n'échappe pas à Martine.

— Ne t'en fais pas, ils vont finir par venir me chercher. Ils le font chaque fois.

— Qui, ça ?

— Mes parents. Je ne peux pas croire que tu aies oublié à quel point ils étaient sur mon dos. De vrais casse-pieds. Je ne pouvais pas aller nulle part en paix.

— Dans mon souvenir, ils étaient très gentils et beaucoup plus permissifs que ma mère.

— Ta mémoire fait défaut, mon amie, mais rassure-toi parce que je suis là pour veiller sur toi.

Geneviève se mettrait à hurler si elle ne se retenait pas. La discussion qu'elle entretient de peine et de misère avec sa visiteuse-surprise n'a ni queue ni tête et elle désespère qu'elle prenne fin. Jouer la comédie n'a jamais été son fort. Elle regarde en direction de chez elle : elle ne veut surtout pas rater l'arrivée de ses libérateurs. Les pauvres, ils sont âgés et ils sont encore obligés de s'occuper de leur fille. Que fera-t-elle lorsqu'ils ne seront plus de ce monde ? Y aura-t-il quelqu'un d'autre pour prendre soin d'elle ? Tout ça par la faute d'un imbécile qui prétendait l'aimer ! Pauvre Martine ! Geneviève va s'asseoir près d'elle et admire le fleuve pendant qu'elle finit de manger son cornet.

— On ferait mieux de retourner chez toi avant qu'ils arrivent.

— Aimerais-tu avoir un autre cornet ?

— Je n'aurai pas le temps de le manger et mon père ne veut pas qu'on mange dans son auto. Viens ! lui dit-elle en lui tendant la main.

Cette fois, Geneviève n'offre aucune résistance. Elle pose la sienne dans celle de Martine et la serre doucement.

— Voudrais-tu être mon amie ? lui demande Martine. Pour vrai ?

Une vague d'émotion immense et incontrôlable monte à l'intérieur de Geneviève jusqu'à frôler la limite de l'insupportable. Quelque chose vient de se produire et elle ignore comment réagir. Tout ce qu'elle sait, c'est qu'à compter de maintenant elle la traitera mieux.

— J'en serais honorée, répond-elle enfin en faisant un gros effort pour contenir son émotion.

— Et m'appeler de temps en temps ?

Alors que Geneviève allait ouvrir la bouche, Martine lâche sa main et court rejoindre ses parents comme le ferait une petite fille de cinq ans. La scène que Geneviève a sous les yeux frôle l'insoutenable. La femme enfant se jette dans les bras de sa mère pour ensuite aller s'asseoir à l'arrière de l'auto sans opposer aucune résistance.

Libérée de celle qui apparaît dans sa vie comme un cheveu sur la soupe, Geneviève a le cœur gros. Pour la première fois, elle s'en veut de l'avoir traitée aussi mal. Elle l'appellera. Pas toutes les semaines, mais elle le fera. Peut-être même qu'elle l'emmènera magasiner et qu'elle lui achètera une robe de bal. Les yeux dans l'eau, Geneviève réalise la chance qu'elle a d'avoir une aussi belle vie. De pouvoir se payer des vêtements. De pouvoir faire réparer son auto. De pouvoir gâter ses enfants quand l'envie lui prend. Et surtout de pouvoir mener sa vie comme elle l'entend au lieu d'être obligée, comme Martine, de toujours devoir compter sur les autres. Désormais, elle lui fera une place dans sa vie. Elle s'en fait la promesse. Elle débarre sa porte et file au salon. Elle a un besoin urgent de se changer les idées. Elle regarde son roman du coin de l'œil, soupire et hausse les épaules. Son esprit sera suffisamment occupé à comprendre ce qu'elle lit pour lui faire oublier Martine le temps de lire au moins vingt pages si elle veut lire le mot Fin un jour. Elle le prend et l'ouvre à l'endroit marqué par son signet… plus que cent quarante pages à lire. Heureusement que ce n'est pas une brique de quatre cents.

Elle persévère pendant près d'une heure dans sa lecture, mais son esprit la ramène toujours à Martine. Désespérée, elle abandonne son livre et file à la cuisine dans l'intention de se faire un thé. Alors qu'elle allait remplir la bouilloire d'eau, elle attrape le combiné du téléphone et appelle sa mère.

— Allô !

— Voulez-vous bien me dire pourquoi vous êtes aussi essoufflée ?

Au lieu de lui répondre, Marguerite se met à rire.

— Qu'est-ce que vous avez encore inventé ?

— Je ne crois pas que tu veuilles le savoir. J'étais au lit avec ton père et…

— *Stop !* J'en sais déjà trop. Rappelez-moi quand vous aurez fi… quand vous aurez une minute.

— Pas question de raccrocher avant de savoir pourquoi tu m'appelais. Tu as une voix de déterrée. Je t'écoute.

Geneviève doit s'arrêter plusieurs fois avant d'arriver au bout de son récit. Plusieurs secondes s'écoulent avant que Marguerite prenne la parole :

— Tu mérites beaucoup plus qu'une médaille en plastique, cette fois, lance-t-elle dans l'espoir de détendre un peu l'atmosphère. Je suis très fière de toi, ma fille, et je t'aiderai à payer sa robe.

— Je ne vous appelais pas pour ça, il me reste encore de l'argent du cadeau de Myriam. Je viens juste de réaliser ce que Martine doit endurer à cause de son imbécile de mari. Et le pire, c'est qu'il doit continuer à faire subir la même chose à d'autres femmes. Mais le plus douloureux, dans tout ça, a été de réaliser à quel point je suis égoïste. Elle me demandait seulement quelques minutes de mon précieux temps et je n'étais même pas capable de les lui donner alors que j'ai consacré des centaines d'heures à de parfaits inconnus à la bibliothèque. Réalisez-vous que c'était la première fois que je lui portais attention ? Pourquoi ?

— Veux-tu bien arrêter de te flageller ! Tu ne peux pas sauver le monde à toi toute seule. L'important, c'est que tu t'en sois rendu compte.

— Ça n'excuse pas pour autant mon comportement lors de toutes les autres fois où elle s'est présentée à ma porte. J'étais prête à tout pour m'en débarrasser.

— La vie va vite et chacun doit d'abord porter sa croix avant de porter celle des autres.

— Je n'ai aucune excuse. Je suis là à me plaindre du comportement de Rémi au point de le confier à Colette pour qu'elle essaie de réparer son erreur. Peut-être que je l'aime mal et que…

— Arrête ! Ton fils est un petit crétin et ce ne sera pas la dernière fois qu'il essaiera de remonter sur son trône. Un enfant normal aurait profité de sa générosité sans remuer ciel et terre une fois de retour chez lui pour qu'elle soit éternelle. Ton Rémi ne pense qu'à lui.

— Vous êtes trop sévère avec lui, ce n'est qu'un enfant.

— Je ne suis pas d'accord, mais on ne réussira pas à régler son cas aujourd'hui. Pour Martine, c'est très généreux de ta part de vouloir lui donner un peu de temps. Bon! Tu as assez déprimé pour aujourd'hui, je serai chez vous dans quinze minutes et on va sortir.

— Pour aller où? Je n'ai pas le temps. J'ai un roman à lire avant la fin de la journée et il est ennuyant à mourir. C'est d'ailleurs pour cette raison que je ne l'ai pas encore fini.

— On n'aura qu'à le lire à voix haute à tour de rôle. Je vais demander à ton père de nous préparer à dîner et à souper pendant ce temps-là. J'arrive.

Geneviève a les larmes aux yeux lorsqu'elle raccroche. Dire qu'elle s'est inquiétée d'avoir sa mère pour voisine…

* * *

Richard regarde l'heure sur sa montre. Il commence à avoir hâte de finir sa journée. C'est toujours comme ça le samedi. Les aiguilles mettent un temps fou à afficher cinq heures. Mike et lui ont fini de travailler à huit heures tous les soirs cette semaine et c'est parce qu'Henri les forçait à arrêter. Quatorze heures par jour, cinq jours par semaine, une demi-heure pour dîner. Plus le samedi. Seule une pluie torrentielle peut les arrêter, et encore. Ils rentrent au bureau et se penchent sur le prochain jardin à revamper ou à créer de toutes pièces. L'arrêt forcé d'Henri leur a donné un peu d'avance de ce côté, mais son retour sur le terrain prévu pour lundi les aidera encore plus. Plusieurs projets d'envergure les attendent et le temps file beaucoup trop vite. Mike et Richard ont réussi à convaincre un des gars qui travaillaient avec eux sur les bateaux de venir essayer. Sa femme vient d'avoir un bébé et il a décidé de rester à terre cette année. André est fort comme un bœuf, vaillant et de très agréable compagnie. Il fera ses débuts en même temps qu'Henri. Aujourd'hui, Mike et Richard ont commencé à travailler avant que le soleil se lève.

Tante Irène les a invités à souper et elle les attend à six heures précises. Elle a adopté Mike à la seconde où elle l'a rencontré et lui aussi. Le seul bémol qu'elle nourrit à son égard concerne l'intérêt qu'il démontre pour Carole.

Richard se lève et siffle pour attirer l'attention de Mike.

— On ferme pour aujourd'hui. On a juste le temps d'aller se laver.

— Sais-tu ce qu'on va manger ?

— J'ai posé la question à Sophie hier soir quand on est allés se coucher, mais j'ai perdu la carte avant qu'elle me réponde. J'étais mort.

— Es-tu certain que ça ne dérangera pas ta blonde si je me douche chez vous ?

— C'est ça ou tu vas arriver seulement pour le dessert. Tu t'inquiètes pour rien. À l'heure qu'il est, elle est sûrement en train d'aider tante Irène.

— Tu as de la chance de l'avoir rencontrée.

— Encore plus que tu penses, c'est mon âme sœur.

Mike est au courant de toute l'histoire qui entoure Sophie et, malgré tous les inconvénients que leur rencontre a causés à Richard, il lui arrive de l'envier. Disons que l'amour lui a apporté son lot de désillusions. Sa brève rencontre avec Carole a fait le reste. Il est tombé amoureux d'elle en la voyant. Son ex-petit ami aurait insisté qu'il en aurait fait son affaire. Il ne tolère pas qu'un homme s'en prenne à une femme, encore moins à celle qui a mis le feu en lui. Il ne se passe pas une seule journée sans qu'il se retienne de demander de ses nouvelles à Richard. Que fait-elle à Victoria à part apprendre le français à ses élèves ? Pense-t-elle à lui de temps en temps ou passe-t-elle ses nuits dans les bras des adonis du coin ? Il ramasse le dernier outil et pousse un grand soupir.

— Elle a appelé Sophie hier soir et elle a pris de tes nouvelles.

C'est fou ce qu'une simple phrase peut avoir comme effet. Mike ramasse le dernier outil et se relève, tout sourire.

— D'après ce que j'ai compris, elle est sage comme une image, contrairement à Maryse. Connaissant ma sœur, c'est qu'elle a une bonne raison de le faire. Tu pourrais peut-être lui écrire.

— Ce n'est pas l'envie qui manque, et tu le sais. C'est juste que je ne veux pas l'empêcher de profiter de son séjour à Victoria.

— Si tu connaissais ma sœur autant que moi, tu saurais qu'elle n'en fait toujours qu'à sa tête. On y va avant que les femmes mettent la police après nous ?

***

Assises sur la galerie arrière, Sophie et Irène sirotent tranquillement un verre de pineau des Charentes sur glace. Tout est prêt pour le souper.

— Je ne sais pas comment Richard fait pour travailler autant, lance Irène entre deux gorgées. C'est tout juste s'il prend le temps de dormir.

— Et de manger ! Il a raison de vous aimer autant. Vous veillez sur lui comme s'il était votre fils.

— Il a déjà une mère et jamais je ne prétendrai pouvoir la remplacer. Je respecte trop Geneviève pour tout ce qu'elle a fait pour lui. Il a encore sur le cœur le fait qu'elle l'ait forcé à finir son secondaire. Chaque fois qu'il m'en parle, je lui dis qu'il devrait plutôt la remercier d'avoir cru suffisamment en lui pour tenir le coup. En tout cas, moi, j'aurais lâché bien avant.

— Tout ce que je peux vous dire, c'est que vos discussions portent fruit. Il se rapproche de plus en plus d'elle et je l'y encourage parce que je lui répète la même chose que vous.

— Quant à savoir combien je l'aime, tu as raison. Je l'aime comme le fils que je n'ai jamais eu. Pareil pour Henri et pour toi. Votre présence dans ma vie me comble de bonheur.

— Et pour Mike ?

— Il occupe de plus en plus de place dans mon cœur et j'ai bien l'intention de le mettre en garde contre Carole chaque fois qu'il m'en donnera l'occasion.

Être aimé de tante Irène vaut de l'or. En être détesté représente une catastrophe de taille. Au lieu de prendre la défense de sa belle-sœur, Sophie choisit plutôt d'amener la discussion sur un tout autre sujet. Elle aura le temps de lui reparler de Carole quand elles iront à Montréal pour acheter sa robe de mariée.

— J'ai parlé à Chantale hier soir et elle m'a dit qu'elle est de nouveau sur ses deux jambes.

— Tant mieux ! A-t-elle recommencé à jouer au tennis ?

— Elle a décidé de faire relâche jusqu'après le jour de l'An malgré l'insistance de Donald. Elle m'a dit qu'elle avait grand besoin d'une pause de raquette. Aussi, elle vient d'accepter un contrat pour l'entreprise de Myriam ce qui l'obligera à faire quelques allers-retours à Québec dans les mois à venir.

— J'en connais une qui va être contente de voir sa fille ! Sais-tu en quoi consiste son contrat ?

— Pour être honnête, je n'ai pas pris le temps de lui poser la question. On a parlé de la robe que je souhaite porter à mon mariage jusqu'à ce qu'on raccroche. J'aime beaucoup Chantale.

Le bruit de deux portières qui claquent à une fraction de seconde de distance les fait rire. Celui des pas des deux hommes dans l'escalier qui mène au loft leur fait rentrer la tête dans les épaules.

— On jurerait qu'ils pèsent une tonne chacun, blague Irène.

— Peut-être un peu plus si on se fie au bruit qu'ils font. Je ne vous mens pas. Même quand Richard fait son possible pour ne pas me réveiller, je l'entends dès qu'il pose un pied sur la première marche. Et ce n'est pas parce que l'escalier craque. Il a beaucoup de mal à être silencieux.

— Mais il a tellement d'autres belles qualités !

Les deux femmes éclatent de rire alors que la minuterie du four fait tout pour se faire entendre.

— Je vais sortir le gâteau, annonce Sophie en alliant le geste à la parole.

— N'oublie pas de le retourner sur la grille qui est déjà sur le comptoir, comme je te l'ai montré.

— Aimeriez-vous avoir deux doigts de pineau ?

— Pourquoi pas ? Peux-tu vérifier l'assaisonnement de la blanquette de veau en même temps ?

— Ça, c'est risqué.

— Pas plus qu'une bouchée.

— Oui, chef !

Irène regarde ses fleurs et une vague de tristesse l'envahit d'un coup. Dans quelques semaines, elles auront quitté son jardin comme toutes celles qui les ont précédées. Avant de fêter son soixante-dixième anniversaire, jamais elle ne s'attardait à ce genre de détail. La nature suivait son cours et c'était parfait alors que maintenant elle ne peut pas oublier qu'un jour elle s'en ira elle aussi. Tout comme Aline.

— Madame est servie, déclare une Sophie tout sourire en lui tendant son verre. Le gâteau est parfait et la blanquette de veau, exquise ; pour ce qu'il en reste. J'ai fermé le rond des pommes de terre qui attendent sagement d'être réduites en purée. Aimeriez-vous que je m'en charge ?

— Attends que les garçons arrivent pour qu'elles soient bien chaudes. J'ai l'impression qu'ils seront pressés de manger.

— Bonne idée ! J'y pense. Chantale m'a aussi dit qu'elle avait déniché trois magasins spécialisés dans la vente de robes de mariée usagées. D'après son amie, ils en ont des centaines chacun de même que des couturières expérimentées pour faire les retouches. Je suis impatiente d'aller à Montréal.

— Et moi donc ! Mon mari m'offrait au moins deux fins de semaine par année dans la métropole. On en profitait pour aller voir des spectacles, essayer de nouveaux restaurants et se balader dans le Vieux-Montréal et sur la rue Sainte-Catherine.

— Je connais très peu la ville, mais je dois dire que j'ai aimé le peu que j'ai vu. C'est tellement différent de Québec.

— On n'a rien à envier à Montréal malgré ce que les Montréalais en pensent. Pour ma part, le Vieux-Québec est beaucoup plus pittoresque que le Vieux-Montréal, et ce n'est là qu'un exemple parmi tant d'autres.

Surprises par le bruit des deux éléphants qui descendent l'escalier avant de mettre les pieds sur la terre ferme, les deux femmes rient.

— Désolé pour le temps que ça nous a pris, s'écrie Richard.

Il s'approche de Sophie et l'embrasse avec passion avant de faire la bise sur la joue de tante Irène.

— À cause de lui, se plaint Mike, j'ai fini de me laver à l'eau froide.

Il salue ensuite dignement les deux femmes en leur faisant la bise sur la main, ce qui provoque un rire collectif.

— Sacré charmeur ! s'écrie Richard. Je comprends mieux maintenant pourquoi les femmes t'aiment tant.

— Elles ont bien raison, réagit Irène. Au cas où ça vous intéresserait, j'ai mis de la bière au froid pour vous.

— Merci ! annonce Richard sans hésiter. Je vais en chercher deux.

— Défendu de goûter à quoi que ce soit, le met en garde Irène.

— Je ferais mieux d'aller piler les pommes de terre, dit Sophie en tapant un clin d'œil à son amoureux.

— Je suis d'accord, déclare Richard. Et toi, Mike ?

— J'ai très hâte de goûter à la blanquette de veau, répond-il.

Irène se redresse sur sa chaise et fronce les sourcils.

— Comment sais-tu ce qu'on mange ? lui demande-t-elle.

— L'odeur. C'est mon mets préféré depuis que je suis gamin. Si elle est aussi bonne que ce que je sens depuis que je suis sorti de mon auto, ce dont je ne doute pas une seconde, on va se régaler. Merci, tante Irène, de m'avoir invité.

— Tu viens quand tu veux.

***

Rémi n'a pas le même air quand sa fée marraine le ramène chez lui qu'au moment où elle est venue le chercher. Geneviève l'a remarqué tout de suite. Il est passé devant elle comme si elle était invisible et il s'est bien gardé de remercier Colette.

— As-tu le temps de rester un peu ? lui demande son amie.

— Je peux m'asseoir quelques minutes, Fernand travaille jusqu'à six heures.

— En plein dimanche ?

— Oui, madame. Et c'est encore pire depuis que les filles sont parties de la maison. Des fois, j'ai l'impression d'être veuve. Remarque que ça pourrait arriver plus vite que je pense s'il ne se fait pas soigner pour ses brûlements d'estomac. Sans exagérer, il prend autant de comprimés pour se soulager qu'il avale de nourriture.

— Pauvre lui !

— Il y a longtemps que je ne perds plus mon temps à le plaindre. Il ne veut pas aller voir le docteur, tant pis pour lui. On devrait aller s'asseoir dehors, j'aimerais te parler.

— Allons d'abord nous chercher un grand verre de limonade.

19

Henri est comme un enfant à l'idée d'enfin recommencer à travailler sur le terrain. Il s'est réveillé avant le soleil et il fredonne une vieille chanson en se préparant à déjeuner. Il est impatient de voir comment sa jambe blessée se comportera. Il a vu son docteur vendredi et ce dernier lui a répété plusieurs fois de ne pas dépasser ses limites pour sa première journée. Facile à dire quand on travaille derrière un bureau, s'est retenu de lui dire Henri. Il se prépare un deuxième café, il le boira pendant qu'il se fera un sandwich pour son dîner. Il se croise les doigts pour qu'il reste une ou deux tranches de jambon. Geneviève a toujours la mauvaise habitude d'attendre à l'extrême limite pour aller faire l'épicerie. Il ouvre la porte du réfrigérateur et un grand sourire s'affiche sur ses lèvres. Un sac brun avec son prénom au feutre noir dessus lui fait de l'œil. Il le prend et l'ouvre pour regarder son contenu. Un sandwich au jambon, un morceau de fromage, une pomme et un Jos Louis. Quelle belle attention ! Il le dépose sur la table avant de remplir son thermos d'eau et de glace.

Il ne lui reste plus qu'à espérer qu'André sera à la hauteur de ses attentes. Il l'a mis à l'épreuve pendant une heure le jour où il l'a rencontré, mais ce n'est rien par rapport à ce qui l'attend après douze heures de travail en une seule journée. Ce qui le rassure, c'est qu'il a été élevé sur une ferme et qu'il participait activement aux travaux. Ajoutons à cela que le travail sur les navires n'est pas de tout repos, lui non plus. Henri le saura assez vite. Son arrivée augmentera le nombre de contrats qu'ils pourront terminer avant que le sol gèle. Accueillir un nouvel employé et le mettre à sa main, comme il se plaît à dire, n'est pas sa tasse de thé. Il est vrai qu'il n'a pas beaucoup d'expérience en la matière, il l'a fait une seule fois quand il était barbier. Depuis qu'il a troqué ses ciseaux pour une pelle, il a vu beaucoup de candidats défiler devant lui, mais il n'en a pas formé des masses. Il fait partie de ceux qui croient que certains gestes sont naturels. Tout comme la résistance à la chaleur et aux moustiques. Brasser la terre à longueur de journée est très exigeant physiquement et tous ne sont pas conçus pour ça. La semaine dernière, une jeune femme est venue le voir, elle voulait travailler pour lui. Il a commencé par discuter avec elle afin de comprendre sa motivation. Elle rêvait de créer de beaux jardins depuis qu'elle était petite. Une minute lui a suffi pour vérifier ses capacités physiques. Elle n'avait pas ce qu'il fallait ; par contre, elle sera excellente pour travailler dans leur entreprise d'arrosage des plantes intérieures. Richard l'a engagée sur-le-champ.

Il surveille l'heure du coin de l'œil. Plus question d'arriver après tout le monde, maintenant. Il a le temps de manger une autre tranche de pain recouverte d'une épaisse couche de confiture de fraises. Mme De Koninck lui a donné six pots la dernière fois qu'il est allé la voir. Pauvre vieille ! Elle en perd entre chacune de ses visites, et son fils n'est pas plus présent qu'avant. Il lui fait l'honneur de venir la voir environ une fois par mois et il reste moins de cinq minutes. Elle a de plus en plus de mal à marcher et sa vue a beaucoup baissé. À son grand regret, parce qu'elle lisait beaucoup. Elle lui a confié que tous les soirs, elle demande à Dieu de venir la chercher parce que sa vie n'a plus de sens. Son moral est à son plus bas et elle ne mange presque plus. Henri lui a promis de venir la voir plus souvent, ce qu'il fait en sachant qu'elle a besoin de beaucoup plus. Il en a parlé avec Geneviève et elle s'est tout de suite offerte pour aller la visiter de temps en temps. Richard en fera tout autant dès que la saison froide s'installera pour de bon. D'autant qu'elle lui a appris beaucoup en cuisine et qu'il se sent redevable envers elle, bien qu'elle lui ait répété sur tous les tons qu'il ne lui devait rien. Henri trouve très injuste qu'une femme de sa trempe finisse ses jours ainsi. Au moins, quand elle vivait sur l'Île, elle avait le fleuve pour compagnon et de bons voisins. Henri se gratte la tête, il vient d'avoir une idée. Il va demander à Geneviève si elle connaît quelqu'un parmi les bénévoles qu'elle a côtoyés à la bibliothèque qui pourrait aller passer un peu de temps avec Mme De Koninck à jours fixes. Il est même prêt à payer la facture. Cette femme tient une place importante dans sa vie et il n'aime pas ce qu'il voit quand il va la visiter. À moins qu'il en glisse un mot à tante Irène ! Il avale sa dernière bouchée, va porter son assiette et sa tasse dans l'évier et sort de la maison. Il remplit ses poumons d'air frais et remercie Dieu d'être en vie et de faire ce qu'il aime le plus au monde.

* * *

Marguerite commençait à désespérer que Frédéric trouve du temps pour la voir. Leur dernière rencontre remonte à plus de deux semaines et il lui manque. Elle a mis un temps fou à choisir ce qu'elle allait porter.

— À quelle heure ton chevalier servant doit venir te chercher, déjà ? lui demande Adrien.

— Dans exactement vingt-cinq minutes.

— Est-ce que je devrais commencer à être jaloux ?

— Veux-tu bien arrêter de dire des niaiseries ! Il est bien trop jeune pour moi.

— Belle façon de me rassurer ! Sérieusement, est-ce que je dois m'inquiéter quand vous partez juste tous les deux ?

Cette fois, Marguerite le fusille du regard. Adrien a toujours eu le don de la faire sortir de ses gonds à force de la taquiner.

— Ne t'avise surtout pas de lui demander si tu peux venir avec nous. C'est moi qu'il a invitée, pas toi.

— Oh ! Je ferais mieux de me tenir tranquille si je ne veux pas recevoir un coup de torchon à vaisselle.

— Je pensais plutôt à un bon coup de poêlon, réagit-elle avant de lui faire une grimace.

Adrien rit. Autant Marguerite déteste se faire taquiner, autant elle est sa victime préférée parce qu'elle monte très vite aux barricades.

— Tu es très belle dans ta robe neuve, lui dit-il. Seras-tu revenue à temps pour le souper ?

— Sûrement ! Il m'emmène *bruncher* à l'Astral et prendre le thé à son atelier après. Il veut me montrer son dernier tableau. Apparemment, tout est rentré dans l'ordre et c'est tant mieux. Il y a quelque chose qui m'échappe… Il m'a dit de me préparer à être surprise. Je sais bien que je lui avais suggéré de changer de registre. Espérons qu'il n'est pas allé trop loin. Est-ce qu'il t'a parlé de quelque chose la dernière fois que tu l'as vu ?

— Fais-lui confiance un peu.

— Entre toi et moi, je n'ai pas vraiment d'autre choix. N'empêche que je suis un peu inquiète.

— Tu ne devrais pas, ajoute-t-il avant d'aller ouvrir la porte à Frédéric, qui vient d'arriver.

Adrien le salue chaleureusement et se tasse pour le laisser entrer.

— Elle est dans la cuisine, lui dit-il.

— Bonjour, Marguerite ! Si j'avais vingt ans de plus, je vous ferais la cour. Cette couleur vous va à merveille.

Elle rougit comme une collégienne, ce qui n'échappe pas aux deux hommes. Elle s'approche de Frédéric et l'embrasse sur les joues.

— J'en ferais tout autant si j'avais vingt ans de moins. Tu es très élégant.

— À bien y penser, lance Adrien, je crois que je ferais mieux de vous accompagner.

— Malheureusement, s'oppose poliment Frédéric, ce sera pour une autre fois. J'ai réservé les deux dernières places à l'Astral. Mais on peut se reprendre. Je vous la ramène vers quatre heures.

Il tend son bras à Marguerite et l'entraîne dehors. Il lui ouvre sa portière et l'aide à s'asseoir ; son auto est un peu basse. Il passe par-derrière et fait un clin d'œil à Adrien avant de prendre place derrière son volant. Frédéric n'a pas pu résister à l'envie de lui montrer le tableau de Marguerite. La réaction de son mari a été au-delà de ses espérances.

— Tu sais quoi, lui dit son invitée, je suis tellement impatiente de voir ton tableau que je suis prête à me passer de manger.

— Chaque chose en son temps ! On va commencer par s'offrir un bon repas et après on ira prendre le thé à mon atelier. Et ce n'est pas négociable, je n'ai rien avalé depuis hier soir.

Marguerite le connaît suffisamment pour savoir que rien ni personne ne pourra le faire changer d'idée.

— Moi, j'ai mangé en me levant comme d'habitude. Rassure-toi, il n'était pas encore sept heures. Maintenant, parle-moi de ta nouvelle copine.

— Il n'y a pas grand-chose à dire, j'ai rompu avec elle hier. Imaginez-vous qu'elle voulait emménager chez moi et c'était hors de question. On sortait ensemble depuis moins d'un mois et, en fait, on s'était vus seulement cinq fois.

— Ce n'était pas l'amour fou, à ce que je vois !

— Elle voyage beaucoup pour son travail, ce n'était pas facile d'ajuster nos agendas. Sérieusement, je l'aimais bien, mais pas assez pour vivre avec elle. Je ne suis pas désespéré au point de m'accoter avec une étrangère pour lui faire plaisir. À tout prendre, je préfère être seul que mal accompagné.

— Qui sait ? La prochaine sera peut-être la bonne !

— Pour tout vous dire, j'ai l'intention de prendre une pause des femmes.

— À ton âge ? Tu es beau garçon. Tu es intelligent, intéressant, drôle. Tu pourrais sortir avec une fille au bras juste en lui payant un verre au bar.

— Je ne suis pas ce genre de gars. Je respecte trop les femmes pour m'en servir de cette manière.

— Dis-toi qu'elles font la même chose avec toi. Dans la vie, tout est du donnant donnant. Tu devrais y réfléchir encore un peu avant de te refermer sur toi-même. Tant qu'elles sont majeures, tu n'as pas à te sentir coupable de leur faire le plaisir de passer la nuit dans les bras d'un beau gars. Rien ne t'empêche de louer une chambre d'hôtel plutôt que de les emmener chez toi.

Marguerite fait une brève pause avant de poursuivre sur un tout autre sujet :

— Est-ce que je t'ai déjà dit que je ne suis jamais allée au restaurant qui tourne ?

— Chère Marguerite ! dit-il en riant. C'est une femme comme vous que je devrais rencontrer.

— Je t'aime trop pour te souhaiter d'en trouver une. Si tu ne me crois pas, tu n'as qu'à en parler à Adrien.

— C'est déjà fait et je ne connais aucun autre homme qui encense sa femme comme lui. Il vous considère comme la huitième merveille du monde et, croyez-moi, ce n'est pas rien quand on connaît tous les endroits qui se battent pour obtenir le titre.

Marguerite est émue. Savoir que son mari l'apprécie est une chose. Apprendre en quels termes il parle d'elle aux autres en est une autre.

Frédéric tourne à gauche sur la petite rue qui mène au Manège militaire, puis à droite et de nouveau à droite. Ils sont arrivés. Il immobilise son véhicule devant l'entrée latérale de l'Hôtel Loews Le Concorde, sort et remet ses clés et un généreux pourboire au préposé pour qu'il aille le stationner. Il ouvre ensuite la portière à Marguerite et lui tend la main.

— Si les jeunes femmes que tu laisses monter dans ton auto ressentent la même chose que moi en ce moment, tu serais bête de te priver.

— Dépêchons-nous de monter au trentième étage, dit-il sans relever son commentaire, je suis mort de faim.

Marguerite sourit tellement depuis qu'ils sont au restaurant qui tourne qu'elle en a mal aux joues. On dirait une petite fille à voir combien elle s'amuse à voir défiler le paysage entre deux bouchées. Elle a noté ce qu'ils avaient sous les yeux dès qu'on leur a assigné leur table ; elle veut savoir s'ils auront fait un tour complet en une heure et demie, comme c'est annoncé. Le service est un peu lent, mais la nourriture est bonne, presque autant que celle du Château Frontenac.

— Adrien aurait adoré, dit-elle.

— Il aurait dû venir avec nous, s'empresse d'ajouter Frédéric. Vous savez combien j'aime sa compagnie.

— C'est justement pour cette raison que je préférais sortir seule avec toi. Au cas où tu ne l'aurais pas encore remarqué, je suis égoïste à mes heures.

— Je m'en étais aperçu, confirme-t-il en essayant de garder son sérieux, et je trouve ça plutôt flatteur. Il est tellement rare qu'on se batte pour moi.

— Tu aurais besoin de lunettes. Depuis qu'on est arrivés, les femmes n'ont d'yeux que pour toi. Sans blague, certaines d'entre elles te regardent avec tant d'insistance que c'en est pathétique. Et toi, tu ne vois rien de tout ça. Le fais-tu exprès ?

— Malheureusement, non. Le seul moment où je m'exprime librement, c'est quand je peins. Enfin, la plupart du temps. Pour ce qui est des femmes, il m'arrive de remarquer comment elles me regardent. Au lieu de jouer le jeu, je prends mes jambes à mon cou. Une fois chez moi, je m'en veux d'avoir été aussi lâche.

— Tu ne devrais pas. Tous les hommes ne sont pas des chasseurs-nés. Regarde juste dans notre famille. L'ex-mari d'Annie est le seul à le faire naturellement.

— Adrien n'est-il pas un charmeur-né ?

— Plutôt charmant. Tu aurais dû le voir quand il me faisait la cour. Il bafouillait tous les deux mots et il rougissait comme une pivoine dès que je répliquais. J'admets m'être amusée un peu à ses dépens.

— À moins que je me trompe, vous n'avez pas l'air d'être rongée par les remords.

— Pourquoi le serais-je ? Regarde ! On voit l'Île d'Orléans comme si on y était. J'adore cet endroit et je compte bien revenir. Pour les remords, ils n'ont jamais fait partie de ma vie. D'ailleurs, j'ai toujours trouvé que c'était une pure perte de temps. Prends mon exemple, j'ai tellement fait d'erreurs que j'aurais passé mon temps à m'excuser. Un jour, je me suis dit qu'il valait mieux regarder droit devant moi et avancer. Je n'ai jamais fait exprès de blesser les gens. Est-ce qu'on s'en va ?

— Dès que j'aurai réglé l'addition.

* * *

Dans la voiture, Marguerite est tellement impatiente d'arriver à l'atelier de Frédéric qu'elle n'arrête pas de bouger sur son siège.

— Je commence à me demander si je n'aurais pas mieux fait d'acheter la berline au lieu de ce modèle.

— Qu'est-ce que tu dis là ? Elle est bien plus belle que ton ancienne.

— Vous n'arrêtez pas de bouger depuis qu'on est partis de l'hôtel. Si le siège passager est mal rembourré, je vais aller me plaindre au garage dès demain.

— Ce n'est pas sérieux, j'espère ! lance Marguerite en riant. Laisse-moi te donner la vraie raison : je meurs d'impatience de voir ton nouveau tableau.

— Si ce n'est que ça, dit-il, je n'ai qu'à rouler plus vite.

Colette et Adrien l'ont adorée, mais Marguerite aimera-t-elle se voir immortalisée sur une de ses toiles? Et se retrouver sur un mur d'une maison cossue quelque part dans le monde ou peut-être même dans un entrepôt contenant une multitude d'œuvres de grande valeur? Frédéric s'inquiète. Peut-être aurait-il dû lui demander la permission avant de se mettre au travail. Au fond de lui, il sait très bien qu'il ne pouvait pas le faire sans risquer de perdre son inspiration. Et s'il avait manqué de jugement?

La pression exercée sur son avant-bras par sa passagère le sort brusquement de ses pensées.

— J'aimerais mieux que tu ralentisses un peu, lui demande-t-elle d'une voix douce. Tu as l'esprit ailleurs.

Frédéric se tourne vers elle et lui sourit. L'inquiétude le dévore de l'intérieur.

— Si tu me disais ce qui ne va pas, ajoute Marguerite.

— Vous le saurez bien assez vite, on sera chez moi dans une minute.

— Comme tu voudras.

Une fois qu'ils sont arrivés, il se tasse pour la laisser entrer dans son atelier et la laisse avancer jusqu'au centre de la pièce. Il va ensuite se placer devant elle et lui dit:

— Préparez-vous à subir un choc.

Il prend son courage à deux mains et retire le bout de tissu qui recouvre la toile en entier. Marguerite porte sa main droite à sa bouche à l'instant où elle réalise que c'est son portrait. Elle n'en revient pas.

— Oh mon Dieu ! Pourquoi as-tu fait ça ?

— Je vous demande pardon, j'ai manqué de jugement. J'aurais dû…

— Il est magnifique et c'est un honneur pour moi. Un honneur inestimable. Je n'en reviens pas de t'avoir inspiré quelque chose d'aussi éblouissant. C'est le plus beau cadeau qu'on m'ait jamais offert. Merci, Frédéric ! Du fond du cœur. Je savais que tu y arriverais.

— Vous n'êtes pas fâchée ?

— Au contraire ! Je suis flattée. J'espère que tu vas l'exposer.

— J'ai l'intention de le vendre… à moins que vous y voyiez un inconvénient.

— Pas du tout.

— C'est le premier de douze de ma nouvelle série. J'ai déjà trouvé la moitié de mes modèles.

Marguerite le regarde avec tendresse. Elle ne peut pas être plus fière de lui que maintenant. Il la fait se sentir belle malgré sa légion de rides qu'il a reproduites à la perfection sur sa toile. Frédéric sait comment présenter le meilleur de chacun de ses sujets.

— Je t'écoute.

Il met quelques secondes avant de saisir le sens de sa brève intervention.

— Désolé, c'est *top secret*. Par contre, je pourrai vous les montrer à mesure que je les terminerai.

— Parfait ! Et si jamais je pense à quelqu'un ?

— Il faudrait que ce soit dans un cadre informel.

— J'en prends note. Encore merci de m'avoir immortalisée sur ta toile. J'ai vraiment hâte de connaître le nom de celui ou celle qui m'aimera assez pour vouloir me posséder.

Frédéric lui sourit. Cette femme ne cessera donc jamais de le surprendre.

***

Marguerite parle au téléphone avec ses enfants depuis qu'elle est rentrée. Adrien craignait qu'elle soit fâchée qu'il ait vu son portrait avant elle, mais, à sa grande surprise, elle n'a eu aucune réaction lorsqu'il lui en a parlé.

— En as-tu encore pour longtemps ? lui demande-t-il. Ça fait plus de deux heures que je t'attends pour souper.

— Mange parce que je suis bien trop énervée pour avaler une seule bouchée. Et j'ai encore plusieurs appels à faire.

Adrien secoue la tête. Sa Marguerite ne fait jamais rien à moitié. Heureuse ou triste, elle n'a pas de demi-mesure. S'il illustrait sa façon de réagir, il dessinerait les montagnes russes de La Ronde. Complètement en haut ou complètement en bas, mais jamais au milieu. Sa femme déteste la monotonie de la ligne droite. Il se sert à manger et va s'asseoir sur la galerie d'en avant. Il l'a écoutée répéter son histoire à chacun de leurs enfants et voilà qu'elle reprend du service avec ses belles-sœurs. C'est trop pour lui. Il mange avec appétit et vide son assiette en un temps record. Il était mort de faim. S'il ne se retenait pas, il irait se servir de nouveau. Sa raison l'en empêche. Il est tard et, s'il exagère, il aura du mal à digérer et, par le fait même, à dormir. Il pousse son assiette et admire le fleuve. Avoir su, il y a longtemps qu'il serait venu vivre sur l'Île. Il aime tellement l'endroit qu'il a toujours hâte de revenir chez lui. Ses amis se plaignent sans arrêt de ne pas le voir assez souvent et, quand il les invite ici, ils ne veulent plus repartir.

Contrairement à Marguerite, il détesterait voir sa face sur une toile. Frédéric l'a tout de suite rassuré lorsqu'il lui en a parlé. Aucune crainte à avoir ! Sa nouvelle série présentera uniquement des portraits de femmes. Adrien lui a demandé s'il connaissait les autres modèles, mais il n'a rien su.

— Un appel de plus, s'écrie sa tendre moitié en se laissant tomber sur une chaise, et je perds la voix.

— Personne ne t'obligeait à appeler tout le monde.

— Pour une fois qu'il m'arrive quelque chose de spécial, je n'étais quand même pas pour garder la nouvelle pour moi. Nos enfants n'en revenaient pas que Frédéric m'ait choisie comme modèle. Tu vas rire, Myriam m'a demandé combien il la vendait. Es-tu au courant ?

— Non ! Ne me dis pas qu'elle veut l'acheter !

— Je le lui ai interdit ! Pourrais-tu me servir à souper ? Je suis vannée.

— Avec plaisir, lui dit-il en se levant.

20

Jeudi soir, cinq heures moins cinq, Jacques fait son entrée au bureau. Marie n'en revient pas qu'il ose se pointer ici après tout ce que Myriam lui a déballé sur son obsession des 5 à 7. Elle le salue poliment et prend de ses nouvelles avant de l'aviser que sa femme n'est pas là.

— Sais-tu où elle est ?

— Elle avait rendez-vous avec un nouveau client à quatre heures.

— Je vais l'attendre.

— Tu tombes mal, je dois partir. Et, de toute façon, rien ne garantit qu'elle repassera au bureau. Si tu veux un conseil, va prendre un verre tranquille.

— Je peux rester, offre gentiment Sophie.

— Merci quand même, mais on ferme.

Marie se tourne ensuite vers Jacques. Il a l'air tellement découragé qu'elle sent une vague de colère monter en elle. Son petit jeu a assez duré. Elle enfile son veston, attrape son sac à main et se lève. Elle fait ensuite quelques pas en direction de son beau-frère et lui dit sa façon de penser sur sa lubie des 5 à 7.

Il est tellement surpris qu'il fige sur place. Ne reculant devant rien, elle lui montre la porte de son index. Il se lève et sort sans demander son reste.

— Wow ! s'écrie Sophie lorsque la porte se referme sur le mari de sa patronne. J'ignorais que tu pouvais être aussi directive. Tu es tellement douce, d'habitude.

— Il vaut mieux ne pas me pousser à bout et c'est ce qu'il a fait encore aujourd'hui. J'espère pour lui que c'était la dernière fois qu'il revenait à la charge.

— Comptes-tu en parler à Myriam ?

— À sa place, je voudrais savoir que mon mari est encore en mal de 5 à 7. Je ne te dis pas le nombre de fois qu'il l'a invitée depuis qu'elle a démissionné de son poste de fonctionnaire. Ça ne lui rentre pas dans la tête qu'elle n'ait pas d'heure pour finir de travailler. Le plus surprenant, c'est qu'avant il détestait aller prendre un verre en ville. Oublie ce que je viens de dire, je n'avais pas d'affaire à te raconter tout ça.

— Au contraire, tu as bien fait. En le sachant, je saurai quoi faire s'il se présente au bureau et que tu es déjà partie.

Sophie ramasse ses affaires et se lève.

— Au fait, il me semblait que Myriam devait revenir ici avant de rentrer.

— Ma mère te dirait que toute vérité n'est pas bonne à dire. Allez, on ferme boutique pour aujourd'hui. Je devrais au moins laisser un mot à Myriam.

Aussitôt de retour chez elle, Marie compose le numéro de Myriam. Peut-être a-t-elle décidé de rentrer chez elle.

— Allô !

— C'est Marie ! Comment s'est passé ton rendez-vous ?

— Au-delà de mes attentes. Une demi-heure plus tard, je ressortais avec la plus grosse commande qu'on ait eue depuis nos débuts. Prépare-toi à ce qu'on prolonge notre séjour en France de quelques jours.

— Tout ce que je demande, c'est d'être revenue pour Noël.

— Aucun problème ! Je te rappelle qu'on part à la fin octobre. On s'en reparle demain, je viens de me faire couler un bain chaud. J'y pense. M'appelais-tu pour autre chose ?

Marie lui raconte la visite-surprise et éclair de Jacques. À l'autre bout du fil, Myriam pousse un grand soupir.

— Tu as bien fait… je me charge de lui. Merci de m'avoir avertie. À demain, Marie.

Elle entre dans sa baignoire sans se soucier de la température de l'eau. Elle fulmine et c'est peu dire. Elle commence sérieusement à désespérer de lui faire comprendre le bon sens. Autant elle aime cet homme, autant elle le déteste quand il revient à la charge avec ses sempiternels 5 à 7 malgré tous ses avertissements. Elle serait libre qu'elle refuserait de l'accompagner. Elle ferme les yeux et se laisse glisser dans l'eau jusqu'à ce que sa tête soit complètement immergée. Au diable sa mise en plis, elle en avait bien trop envie pour s'en priver. Elle remonte à la surface au bout de quelques secondes et ce n'est qu'à ce moment qu'elle réalise combien l'eau est chaude. Beaucoup plus que d'habitude. Elle fait couler un filet d'eau froide et la brasse de sa main droite. Si seulement elle savait quoi faire pour mettre fin au petit manège de Jacques. Elle ferme le robinet et lève les yeux au ciel. À bien y penser, elle ne lui en parlera pas. Pour ce que ça donnerait, de toute façon ! En même temps, elle ne peut pas faire semblant de ne pas savoir puisqu'elle sait. Elle replonge la tête sous l'eau. Pas moyen d'être juste heureuse !

Elle vient de sortir de la baignoire quand Jacques rentre. Après s'être habillée, elle va le rejoindre au salon.

— Est-ce que ça va ? lui demande Myriam en voyant son air.

— Je ne sais pas trop, répond-il en haussant les épaules. Je suis passé à ton bureau et je me suis fait recevoir comme un chien dans un jeu de quilles par Marie. Pour tout te dire, je n'ai pas apprécié du tout.

Myriam le regarde avec amour. Elle aime cet homme plus que tout et il le lui rend bien la majorité du temps. Son seul bémol : son entêtement à aller boire un verre avec elle le jeudi soir. En même temps, ce n'est pas comme s'il lui demandait la lune. Elle fait quelques pas dans sa direction et lui sourit. Ça ne la tuerait pas de lui donner ce qu'il veut.

— C'est d'accord pour moi. Je t'accompagnerai au 5 à 7 de ton choix le jeudi soir lorsque je serai en ville. Si tu veux, on pourrait même en profiter pour aller manger au restaurant après.

Ému par ce qu'il vient d'entendre, Jacques a les yeux dans l'eau.

— Tu fais de moi l'homme le plus heureux.

Il l'attire à lui et l'embrasse avec passion. Il commençait sérieusement à croire que ce jour n'arriverait jamais.

— On pourrait commencer ce soir si tu veux.

— Pourquoi pas !

Il est plus de onze heures lorsqu'ils reviennent à la maison. Fatigués et heureux. Myriam s'endort dans les bras de Jacques dès qu'elle pose la tête sur l'oreiller.

***

Catherine est allée voir chacun de ses professeurs et a plaidé sa cause avec brio puisque tous sans exception lui ont permis de rendre ses travaux après la date butoir. C'est ainsi qu'elle a redoublé d'efforts pour se rattraper. Si elle pense de moins en moins souvent au bébé qu'elle a perdu, l'idée d'en faire un autre ne fait pas partie de ses plans. Pas plus, d'ailleurs, que de ceux de Nolan. Ils en ont discuté en long et en large pour en venir à la conclusion qu'ils doivent d'abord se construire un avenir avant de penser à devenir parents. Ils se sentent beaucoup plus légers depuis qu'ils ont repris leur vie d'avant et récupéré l'insouciance de leur jeunesse. Pour eux, le sujet est clos. Lorsque quelqu'un de leur entourage les questionne sur leur état d'esprit face à ce qu'ils ont vécu, ils s'empressent de lui répondre que rien n'arrive pour rien. C'est le genre de réponse qu'ils aiment qualifier de polie et vide, mais c'est ce qu'ils comptent dire tant et aussi longtemps que ça leur évitera de développer le sujet puisque ni l'un ni l'autre n'en a envie. Heureusement pour eux, leurs mères respectives se sont contentées de la réponse brève. Ils ne sont pas sans savoir que les deux auraient été ravies d'être grands-mères. Elles devront attendre.

Elle relit la lettre de Carole. Sa grande sœur est amoureuse et elle fait tout pour se convaincre du contraire. Catherine la comprend. On ne peut pas dire qu'elle a eu beaucoup de chance avec les hommes, à commencer par cet imbécile d'Antoine. Il pourra dire qu'il lui a pourri la vie, celui-là. Mais en réalité, il a fait bien plus que ça. Il a cassé la confiance que Carole avait en la gent masculine. Comme si ce n'était pas suffisant, il s'en est pris à elle encore une fois alors qu'elle le croyait à l'extérieur de la ville. Par chance, un certain Mike lui est venu en aide. D'après ce que Catherine a compris, Carole l'a vu uniquement cette fois-là. Ils devaient se revoir quelques jours plus tard et il lui a fait livrer des fleurs au lieu de passer la prendre comme prévu. Depuis, c'est le silence radio. Aux dernières nouvelles, il travaille avec Richard et leur père. Il y a de quoi se poser des questions. Conséquence : au lieu de profiter totalement de son séjour dans une des plus belles villes du pays, Carole joue profil bas. Elle lui a écrit que c'est à peine si elle regarde les hommes qu'elle croise. Elle enseigne et rentre directement chez elle après sa journée, au grand dam de Maryse. Il a fallu que sa meilleure amie jette son dévolu sur un homme juste avant de partir à l'autre bout du monde. Ça ne pouvait pas tomber plus mal. Carole s'en veut de se morfondre pour quelqu'un qui n'a même pas levé le petit doigt pour prendre de ses nouvelles. Avec raison, selon Catherine, elle ne connaît personne qui mérite de se creuser les méninges à ce point. Elle sort son papier à lettres et se met à écrire.

Chère Carole,

Ça fait deux fois que je lis ta lettre et, à mon avis, tu devrais demander au plus vite le numéro de téléphone de Mike à Richard. Te connaissant, tu ne seras pas tranquille tant et aussi longtemps que tu ne connaîtras pas le fin fond de l'histoire. C'est risqué, j'en conviens, mais c'est mieux que de rester dans le doute. Sans compter que tu vas trouver le temps long si tu continues à te pourrir la vie sans savoir ce qu'il en est. Je t'envie tellement de vivre sur le bord de la mer ! J'adore l'Irlande, mais j'ai toujours rêvé d'aller visiter l'île de Victoria.

Catherine lui raconte ensuite ce qu'elle a vécu entre le moment où elle a su qu'elle était enceinte et sa fausse couche. Considérant ce que Carole a traversé, elle devrait comprendre. Elle lui parle aussi de son intérêt toujours croissant pour ses cours de droit et de son impatience grandissante à commencer à plaider pour défendre les droits de ses clients, ou plutôt de ses clientes, parce qu'elle compte défendre uniquement les femmes.

Elle termine sa lettre à la hâte, il lui reste une centaine de pages à lire avant d'aller dormir et c'est loin d'être un cas palpitant. En fait, il lui donne des frissons. Elle attrape son surligneur, pousse un grand soupir et reprend sa lecture.

— Salut, ma beauté ! lance Nolan d'un ton joyeux en entrant dans la maison quelques minutes plus tard.

Catherine lève la tête, lui sourit et tente de se remettre au travail.

— En as-tu encore pour longtemps ?

— Trop à mon goût, répond-elle en lui montrant l'épaisseur de son document, et c'est pour demain matin. Avez-vous gagné ?

— Tu sais bien que non ! Les gars de l'autre équipe étaient trop forts pour nous. Je pense sérieusement à me faire changer d'équipe.

— À ta place, j'attendrais encore un peu. À moins que tu ne tiennes pas tant que ça à tes amis.

— Les gars ne sont pas sérieux et ça m'énerve de plus en plus. Ils s'amusent comme des gosses au lieu de se concentrer sur le jeu. Quand on s'inscrit dans une ligue, c'est parce qu'on veut gagner. Et ce n'est pas plus drôle pour l'équipe adverse. Ils ont fait deux heures de route pour venir jouer un match de basket-ball contre des perdants, parce que c'est ce que nous sommes. J'étais gêné. Si je ne trouve pas le courage de changer d'équipe, je vais arrêter de jouer.

Catherine va le rejoindre et l'enlace. Nolan pose la tête sur son épaule et fait mine de pleurer, ce qui la fait rire.

— As-tu essayé de leur en parler ?

— Plusieurs fois, mais ils ne veulent rien entendre. Ils sont là pour s'amuser, et c'est ce qu'ils font. Tu sais quoi ? J'ai bien envie de me remettre au tennis. Comme ça, je serai le seul responsable de mes défaites et de mes victoires. Ça te dirait de venir prendre une douche avec moi ?

— Beaucoup, sauf que je vais passer mon tour si je ne veux pas finir à deux heures du matin.

— Tu ne sais pas ce que tu perds…

— Oh oui, je le sais, ajoute-t-elle en l'abandonnant au beau milieu du salon.

Le bruit de l'eau qui coule la déconcentre au point qu'elle est incapable de lire. Elle lève la tête, pousse sa chaise et court dans la salle de bain. Elle a étudié sans relâche toute la journée, ce qui lui fait dire qu'elle mérite une petite pause.

Catherine reprend sa lecture deux heures plus tard. Le petit congé qu'elle vient de s'offrir va lui coûter autant en perte de sommeil. Tant pis puisque cette oasis dans les bras de Nolan valait largement la peine.

***

Sophie ne tient pas en place depuis que tante Irène et elle sont montées à bord du train qui les emmène à Montréal.

— Je n'en reviens pas, s'écrie-t-elle. Je vais acheter ma robe de mariée. C'est presque trop beau pour être vrai. J'ai rencontré l'homme de ma vie et il m'a demandée en mariage. J'ai l'impression de vivre un vrai conte de fées grâce à Richard. Et à vous ! Je ne vous remercierai jamais assez de tout ce que vous faites pour moi.

— Il ne te manque plus que le château, blague Irène. J'aime autant t'aviser qu'il te faudra attendre quelques années avant de l'avoir.

— J'en ai visité plusieurs et, sincèrement, je préfère de loin le loft au-dessus de votre garage plutôt que de devoir supporter l'humidité à longueur d'année. Les châteaux, c'est fait pour être visités, pas pour être habités, à moins de les rénover de fond en comble.

— Aimes-tu ma maison ?

Sophie la regarde avec de grands yeux. Qu'est-elle censée comprendre ?

— Je ne saisis pas le sens de votre question.

— Il n'y en a aucun pour le moment. Alors ?

— Beaucoup, et je ne dis pas ça pour vous faire plaisir.

— C'est tout ce que je voulais savoir. As-tu parlé à Chantale cette semaine ?

— Elle m'a appelée hier soir et je dois dire qu'elle était de très bonne humeur. Je n'ai pas osé lui demander ce qu'elle avait bu. Mettons que je ne la connais pas assez pour me permettre d'être aussi familière. Elle passera nous prendre à notre hôtel à dix heures demain matin. Elle a insisté pour qu'on porte nos chaussures les plus confortables. Ah oui ! Elle m'a aussi dit qu'elle avait déniché deux magasins de robes de mariée neuves à prix réduit.

— Quelle bonne nouvelle !

— Je vous rappelle que je n'ai pas les moyens de me payer une robe hors de prix pour quelques heures seulement.

— Et si je te l'offrais en cadeau de mariage ?

Sophie reste bouche bée. L'offre de sa tante d'adoption lui va droit au cœur.

— C'est très gentil, bafouille-t-elle, mais vous en faites déjà beaucoup pour moi. Ne le prenez surtout pas mal, mais je tiens à payer ma robe moi-même maintenant que je travaille.

— Alors il faudra me donner quelques suggestions de cadeaux que tu aimerais recevoir, faute de quoi je serai obligée de te donner de l'argent et je déteste le faire.

— Avec plaisir. Avant que j'oublie, il faut que je vous raconte ce qui m'est arrivé ce matin. Je me suis fait réveiller par le téléphone à six heures, Richard venait juste de partir travailler. C'était le beau Rémi. Imaginez-vous qu'il voulait que je l'invite à venir passer la fin de semaine chez nous. Il m'a énuméré toutes les activités qu'il voulait faire avec moi. Il avait tout planifié, sans m'en parler, bien entendu. Vous auriez dû entendre sa déception quand je lui ai dit que je m'absentais jusqu'à dimanche soir. On aurait dit que son monde venait de s'écrouler.

— Pauvre enfant ! Il n'a pas fini d'être déçu. Remarque que ça ne m'étonne pas. Avant, tout le monde faisait ses quatre volontés. Il y a une couple d'années, ses parents en ont eu assez et ils l'ont entrepris pour le faire rentrer dans le moule. Plus facile à dire qu'à faire, crois-moi. Ils ont dû se faire aider. Entre toi et moi, je t'avoue que ce n'est pas mon préféré. J'y pense ! La dernière fois que j'ai parlé à Marguerite, elle m'a dit qu'il avait recommencé à jouer au petit crétin. C'est comme ça qu'elle l'appelle quand il essaie de régner sur ses sujets. Elle l'a en aversion et je la comprends d'une certaine façon ; elle a essayé de le faire descendre de son piédestal et elle a échoué.

— Le propos de Rémi m'a tellement frappée que je n'en ai pas parlé à Richard quand il m'a appelée pour me souhaiter bon voyage. Il s'est mis à rire comme un fou et a fini par me dire que son petit frère irait loin dans la vie. S'il y a une chose que je déteste, c'est qu'on décide pour moi.

— Moi, ajoute Irène, je trouve ça triste pour l'enfant.

— Je serai plus vigilante la prochaine fois que je le verrai. À bien y penser, je vais revenir sur ce qu'il avait planifié dans mon dos.

Perdues dans leurs pensées, elles sursautent quand le gentil monsieur qui les a aidées à monter leur demande à voir leurs billets.

— Peux-tu me rappeler la date d'arrivée de tes deux amies ? lui demande Irène. J'ai égaré le bout de papier sur lequel je l'avais notée.

— Elles arriveront le 18 novembre et reprendront l'avion le 25. Avez-vous changé d'idée ?

— Absolument pas ! Je les hébergerai comme prévu. Je voulais vérifier si ça me laissait assez de temps pour remplir mon congélateur de petits plats.

— Il n'est pas question que vous les nourrissiez en plus. Je m'en charge. Pour mon congé, c'est réglé avec Myriam.

— Tant mieux ! Ne le prends pas mal, je fais toujours un petit somme quand je suis dans le train. Réveille-moi avant qu'on traverse le pont. J'adore regarder Montréal de ce point de vue.

— Pas de problème !

Sophie allonge les jambes et ferme les yeux. Elle est impatiente de faire la tournée des magasins. Elle a écrit à ses parents deux jours après que Richard a demandé sa main et elle n'a toujours rien reçu de leur part. Elle se doutait bien qu'ils ne se donneraient pas la peine de lui répondre. Pourquoi le feraient-ils alors qu'elle a toujours été un poids pour eux ? Il faudra pourtant qu'un jour elle arrête d'espérer qu'ils ont peut-être changé d'opinion à son sujet. Ils l'ont classée dans la colonne des rejets le jour de sa naissance et ça ne risque pas d'être différent parce qu'elle leur a écrit pour les inviter à son mariage. Elle a une nouvelle famille depuis qu'elle fait partie de la vie de Richard et ça devrait lui suffire ; elle a beaucoup de chance d'être tombée sur eux. Elle ouvre les yeux et admire le paysage qui défile. Elle a toujours adoré prendre le train. Par contre, elle a très vite réalisé que le système ferroviaire pour les passagers au Québec est à des années-lumière de celui de la France. Dommage ! C'est tellement plus simple de se laisser porter d'une ville à l'autre plutôt que de rouler des heures durant et de devoir affronter tous les aléas de la route. D'autant plus si l'on considère la distance qui sépare les villes ici.

***

Trois jours ont passé depuis que sa mère lui a appris sa grande nouvelle et Geneviève n'en revient toujours pas. Elle est à la fois contente et inquiète pour la suite des choses. À vrai dire, ça ne lui plaît pas que le portrait de Marguerite soit vu par des étrangers et encore moins qu'il soit exposé dans le salon d'un richissime homme d'affaires qui ne la connaît ni d'Ève ni d'Adam. Étant donné l'euphorie de sa mère quand elle lui a parlé, Geneviève s'est contentée de la féliciter. D'ailleurs, à l'heure qu'il est, elle ignore si elle lui parlera de ses craintes. D'abord, elle n'a pas envie de se faire rabrouer, ou pire, de se faire accuser d'être jalouse au point de bouder son plaisir. Et puis, ça ne changera rien à ce qui est sur le point de se produire. Elle aurait les moyens qu'elle se dépêcherait de l'acheter sous un faux nom. Vu que ce n'est pas le cas, son bon sens lui dit qu'elle ferait mieux de se taire. Henri aussi est de cet avis. Il lui a dit qu'il n'y avait pas de quoi se prendre la tête. Marguerite est majeure, après tout. Il a ajouté que Frédéric ne pouvait pas mieux choisir pour le premier portrait de sa nouvelle série. Sa belle-mère adore être sous les projecteurs. Il a même proposé à Geneviève de l'accompagner à la galerie où le tableau est exposé, il a envie de le voir de ses yeux. Ils ont prévu y aller demain soir, à la condition qu'il finisse de travailler à une heure décente.

Geneviève a téléphoné à Annie pour connaître son avis sur la question et elle s'est très vite rendu compte qu'une fois de plus elle possède l'esprit le plus étroit de la famille. Il paraît que Marie aussi est emballée par l'idée d'immortaliser le visage de leur mère, de même que Lyne. Quant à Myriam, elle a ri comme une folle quand leur mère l'a appelée. Le lendemain matin, elle a contacté leur frère d'adoption et l'a félicité pour son choix de modèle. D'après ce qu'Annie lui a dit, leur aînée a été la première à pouvoir admirer l'œuvre de Frédéric à l'ouverture de la galerie. Encore heureux qu'elle n'ait pas cru bon de l'acheter, se dit Geneviève quoique vu la notoriété de Frédéric comme portraitiste il soit sûrement hors de prix, même pour elle.

Le visage de Catherine lui apparaît tout à coup. Savoir qu'elle avait perdu son bébé l'a attristée, c'est certain, mais elle n'a eu aucun effort à faire pour se convaincre que c'était mieux ainsi. Rien ne presse de fonder une famille dans son cas. Et ça n'a rien à voir avec un avortement. Enfin ! Elle a souri quand sa fille lui a appris que c'est grâce à sa grand-mère si elle est sortie du gouffre où elle s'était enfermée après avoir perdu l'enfant qui poussait en elle. C'est à contrecœur que Geneviève le reconnaît, sa mère a plus d'influence qu'elle sur Catherine. Il y a des jours où elle aimerait être proche physiquement de chacun de ses enfants et d'autres où elle s'estime chanceuse d'avoir une bonne distance avec certains d'entre eux. Elle s'épargne ainsi bien des appels au secours à propos de tout et de rien. La vie est quand même bizarre. Elle était proche de ses filles et les trois ont quitté Québec. Elle était loin de Richard et il a décidé de se poser, et même de se marier. Le plus beau, dans tout ça, c'est qu'il lui fait lentement une place dans sa vie. Elle ne pouvait espérer plus beau cadeau.

— Ne te dérange pas, ce n'est que moi.

Geneviève reconnaît tout de suite la voix de sa mère.

— Je suis venue te porter un pâté au poulet pour ton souper, c'est ton paternel qui l'a fait. Ne lui dis surtout pas, il s'enflerait la tête, mais il est meilleur que le mien.

— C'est Henri qui va être content. Merci, maman. Asseyez-vous !

— Ton père m'attend dans l'auto, il a réservé au restaurant qui tourne pour me faire plaisir. Il faudrait qu'on y aille ensemble. Avant que j'oublie, j'ai pensé à quelqu'un pour la nouvelle série de Frédéric.

Elle fait une pause de quelques secondes avant d'ajouter :

— Martine Gagnon, ta Martine, serait parfaite. Elle est belle et son regard est tellement spécial. On en reparle. Il faut que j'y aille maintenant.

La suggestion de Marguerite laisse Geneviève sans voix. Elle sort le panier de patates et se met à les peler à une vitesse folle. Elle n'en revient tout simplement pas. Voir si Frédéric va accepter de peindre quelqu'un comme Martine, fût-elle la plus belle femme au monde. Elle redouble d'ardeur à peler les patates sans se préoccuper qu'ils ne sont que trois et qu'il y en a déjà beaucoup trop. Elle rit toute seule. Un jour, il faudra qu'elle apprenne à ne plus s'en faire avec des choses sur lesquelles elle n'a aucun pouvoir puisque de toute façon la décision finale reviendra à l'artiste. Geneviève ne le connaît pas aussi bien que sa mère, c'est certain. Il lui a semblé avoir du caractère. Il faut qu'il en ait pour frayer avec Marguerite. Autrement, elle l'aurait avalé tout rond. Elle secoue la tête dans l'espoir de clore le dossier puisque de toute façon elle n'a aucun pouvoir. À bien y penser, elle sera la première à se réjouir s'il choisit Martine comme modèle.

Sa mère a raison : c'est une très belle femme. Son état lui donne un air à la fois enfantin et coquin. Quand on prend le temps de la regarder, on n'a pas envie de détourner les yeux. Elle rince ses patates à l'eau froide et les met à cuire. Ses hommes adorent la purée, ils seront servis.

Elle entend du bruit à l'étage. Elle s'immobilise et tend l'oreille. Elle jurerait que Rémi lance des objets sur les murs de sa chambre. Curieuse de savoir ce qu'il trame cette fois, elle s'essuie les mains et va aux nouvelles. La voilà devant la porte de sa chambre. Elle frappe pour la forme puisqu'elle n'attend pas que Rémi lui donne la permission d'entrer. Ses yeux s'agrandissent lorsqu'elle voit l'état de sa chambre. Elle doit prendre sur elle pour ne pas se mettre à hurler. Tous les jouets sont hors du coffre et tous les livres d'histoire jonchent le plancher. Elle referme la porte derrière elle et va s'asseoir sur le pied du lit. Au lieu d'arrêter son petit manège, son fils redouble d'ardeur à la tâche. Elle le regarde faire pendant quelques secondes avant de l'attraper par un bras.

— Ça suffit, maintenant ! lui dit-elle en l'empêchant de bouger. Veux-tu bien me dire quelle mouche t'a piqué, encore ?

Rémi tourne la tête et la défie du regard.

— J'avais prévu aller passer la fin de semaine avec Sophie, sauf qu'elle ne peut pas. Je fais quoi maintenant que je suis collé ici ?

Cette fois, c'en est trop. Geneviève éclate de rire. Elle rit à s'en décrocher la mâchoire. Décidément, cet enfant n'a pas fini de l'étonner et de la mettre de mauvaise humeur.

— Tu vas commencer par ranger tout ce que tu as sorti, lui ordonne-t-elle. Quand tu auras fini, on évaluera combien ça va coûter pour faire réparer les murs de ta chambre parce que tu as lancé tes jouets pour passer ta rage. Et je récupérerai tes cadeaux de fête jusqu'à ce que tu aies remboursé ta dette.

Rémi lève les yeux au ciel et croise les bras. Visiblement, il n'a pas l'intention de ramasser son fouillis. Reste maintenant à trouver la meilleure façon de s'en dispenser.

— Est-ce que je pourrais le faire après le souper ? demande-t-il du bout des lèvres.

— Absolument pas ! Plus vite tu vas commencer, plus vite tu vas finir. Au travail ! Je vais te tenir compagnie.

Il se passe la main dans les cheveux et soupire. Ce n'était pas l'idée du siècle de mettre sa chambre sens dessus dessous pour si peu. Il le savait, mais c'était plus fort que lui. Il déteste être contrarié. Il a joué au bon garçon suffisamment longtemps et là il a envie de reprendre sa vie d'avant en main. Pour sa défense, il dira que c'est la faute de Colette. Elle a fait ses quatre volontés l'avant-dernière fois qu'il est allé chez elle. Il jette un regard de feu à sa mère. Ce n'est pas demain la veille qu'il se transformera en ange.

— Grouille ! lui lance-t-elle d'un ton aussi mauvais que l'air de son fils.

Il râle du plus fort qu'il peut et surveille la réaction de sa mère du coin de l'œil. À voir ses sourcils froncés, la partie n'est pas gagnée d'avance.

— Pourrais-tu m'aider à ranger ? lui demande-t-il d'une voix mielleuse. S'il te plaît, maman !

Son changement d'attitude sonne tellement faux que Geneviève doit se retenir à deux mains pour ne pas succomber à la tentation de lui crier après.

— Tu aurais dû y penser avant. Allez, dépêche-toi.

Rémi pousse un grand soupir et se met au travail. Il a perdu cette bataille, mais pas la guerre. Il lui suffit de quelques minutes pour faire disparaître le désordre qui régnait dans sa chambre, mais pas les traces sur les murs.

— J'aime autant te dire que ton père ne sera pas content quand il verra comment tu traites sa maison.

— On n'est pas obligés de lui dire, s'écrie-t-il.

— Tu ferais mieux de te préparer parce que j'ai l'intention de lui montrer ce que tu as fait avant qu'on s'assoie à la table.

— Mais maman…

— C'était à toi d'y penser avant. Ouvre bien grand tes oreilles, maintenant. Interdiction de sortir de la maison pendant une semaine excepté pour aller à l'école, et ne t'avise pas de me faire faux bond si tu ne veux pas que je double ta punition. Est-ce que je me suis bien fait comprendre ?

Le petit roi se jette sur son lit, croise les bras et fixe le plafond sans répondre à sa question.

Geneviève sort de la chambre de son fils en se disant qu'elle a du pain sur la planche avec lui. Elle retourne à la cuisine, ferme le rond, vide l'eau des patates et s'occupe de les écraser. Elle ajoute ensuite un gros morceau de beurre et du lait jusqu'à ce qu'elles deviennent soyeuses. Elle vérifie le pâté au poulet et ferme le four. Il restera chaud jusqu'à ce qu'Henri arrive. Elle se sert deux doigts de Cinzano et les boit d'un trait. Aux grands maux les grands remèdes ! Elle s'en sert un deuxième et, au lieu de le caler, le vide dans l'évier. L'alcool ne réglera rien, au contraire.

21

Henri en a bavé et pas rien qu'un peu quand il est retourné travailler sur le terrain, au point où Richard veillait sur lui comme une poule sur son poussin et lui intimait d'aller se reposer à fréquence régulière. Têtu comme une mule, son père lui répétait inlassablement que tout allait bien alors qu'il suffisait de le regarder pour savoir qu'il souffrait le martyre. Son fils a même pris soin d'appeler sa mère pour la mettre au courant. Alors qu'il pensait qu'elle se dépêcherait de venir lui faire entendre raison, Geneviève s'est contentée de le remercier d'en prendre soin. Non seulement elle n'avait pas le temps de monter à Sainte-Foy, elle n'avait aucun pouvoir sur son mari s'il s'entêtait à dire que tout allait bien.

— Bravo, les gars ! s'écrie Henri après avoir réuni ses trois hommes sur la galerie qui surplombe le jardin qu'ils viennent de finir. Allez boire une bière à ma santé, je m'occupe du propriétaire.

— On devrait plutôt aller voir sur place où on va passer le prochain mois, suggère Richard. Qu'en dites-vous ?

— Ce sera sans moi, les avise Henri. J'ai rendez-vous avec ma femme à cinq heures et je n'ai pas l'intention d'être en retard.

Mike et André confirment leur intérêt à faire un saut chez leur nouveau client.

Une fois seul, Henri s'assoit sur la première marche de la galerie et admire leur œuvre. Ce jardin n'avait l'air de rien quand ils ont accepté de le revamper. Il s'en servira comme carte de visite quand les futurs clients voudront voir de quoi ils sont capables. Il a eu la main heureuse de tomber sur de bons jeunes comme Richard, Mike et André. À eux trois, ils abattent bien plus de besogne que trois hommes de son âge.

Le propriétaire des lieux ne devrait pas tarder. Comme il a suivi le déroulement des travaux de près, leur rencontre ne s'éternisera pas. Henri fera le tour du jardin avec lui en lui expliquant pourquoi ils ont fait ce choix de fleurs et d'arbustes ici et là et comment en prendre soin.

La visite se passe comme Henri l'avait prévu. Le client et sa femme sont enchantés par tout ce qu'ils voient. Ni l'un ni l'autre ne ménagent les compliments à son égard. Ils lui remettent même une enveloppe pour ses gars. Étant donné qu'elle ne lui est pas adressée, Henri la plie et la met dans sa poche de chemise; il la leur remettra demain matin. Il file ensuite à la maison. Son beau-père a accepté de venir s'occuper de Rémi le temps que Geneviève et lui aillent voir le tableau de Marguerite et qu'ils aillent manger au restaurant.

— Partez en paix, leur dit Adrien, je m'occupe de Rémi.

— Merci de ne pas l'emmener manger une crème glacée, l'avise Geneviève, il n'a pas le droit de sortir de la maison sauf pour aller à l'école.

— Qu'est-ce qu'il a encore inventé?

— Je vous en parlerai en revenant. Merci beaucoup, papa.

Rémi fait son apparition dès que la porte de la maison se referme sur ses parents.

— Salut, mon homme ! lance Adrien en lui ébouriffant les cheveux. Comment ça va ?

L'enfant hausse les épaules et fait la moue. Il n'a aucune envie de se confesser à son grand-père. Être puni lui suffit amplement.

— Est-ce qu'on pourrait aller manger une crème glacée après le souper, grand-papa ? lui demande Rémi pour faire diversion.

— Tu tombes mal, j'y suis allé avec ta grand-mère cet après-midi. Une autre fois, peut-être.

— Qu'est-ce qu'on mange pour souper ?

— Je vais très bien, merci.

— Hein ?

— Excuse-moi, lui dit Adrien d'un air sérieux, je croyais que tu m'avais demandé comment j'allais. Et toi ?

Rémi met quelques secondes avant de lui répondre :

— Je vais mal à cause de maman, elle m'a mis en punition parce que j'ai lancé tous mes jouets sur les murs de ma chambre.

— Veux-tu bien me dire ce qu'ils t'ont fait pour que tu leur en veuilles autant !

La boutade de son grand-père lui tire un pâle sourire.

— Je n'ai pas envie d'en parler. Quand est-ce qu'on mange ?

— Quand tu m'auras raconté ce qui t'arrive.

Rémi le prend par la main après avoir poussé un grand soupir et l'entraîne au salon. Il l'invite à s'asseoir près de lui sur le divan et lui raconte ses malheurs. Son grand-père l'écoute attentivement.

— Je n'irai pas par quatre chemins, lui dit Adrien, on est entre hommes, après tout. Pourquoi joues-tu au petit roi ?

— Parce que je suis heureux quand les gens font mes quatre volontés.

— Et quand tes parents te punissent ?

— Je me transforme en monstre, mais je suis trop petit pour leur tenir tête. Surtout quand papa s'en mêle. Il est bien plus sévère que maman.

— Il y a quelque chose que je ne saisis pas, ajoute Adrien. Pourquoi avoir ressorti le petit crétin ? En tout cas, moi, je préférais le gentil petit garçon qui l'avait remplacé. Si jamais tu le revois, fais-lui le message de ma part.

Les dernières phrases de son grand-père le font réfléchir.

— Que dirais-tu si je lui demandais de venir passer la soirée avec nous ?

— Que c'est une excellente idée !

Adrien attrape la main de son petit-fils et l'entraîne jusqu'à la cuisine. Il prend les grosses mitaines dans le tiroir du four et sort le pâté chinois qu'il a apporté. Il va ensuite chercher deux assiettes et les remplit à rebord.

— Avec ou sans ketchup ?

— J'en veux partout, répond le gentil Rémi.

***

La première chose qu'Henri et Geneviève remarquent une fois devant le nouveau tableau de Frédéric, c'est le petit carton sur lequel il est inscrit VENDU.

— Je serais curieux de savoir combien l'acheteur a payé pour avoir ma belle-mère préférée en permanence sur son mur, dit Henri.

— Il est écrit juste là, l'informe Geneviève en pointant l'endroit de son index. Je n'en reviens pas qu'il ait trouvé preneur aussi rapidement, et à ce prix-là. Je savais que Frédéric vendait bien ses tableaux, mais jamais je n'aurais cru que c'était à ce point. Il fait plus d'argent avec une toile que moi en... plusieurs années de salaire.

— Je comprends mieux maintenant pourquoi il se promène en coupé sport de l'année et qu'il porte uniquement des vêtements de marque.

— Parce qu'il en a les moyens. Remarque qu'il reste simple et accessible. Sérieusement, je suis contente pour lui et pour maman. Et je comprends mieux sa réaction.

Geneviève recule de quelques pas pour admirer l'œuvre de son frère d'adoption. Il suffit de quelques secondes pour qu'elle ait l'impression que sa mère va se mettre à parler, ou à rire, ou à pleurer. Ou qu'elle replace une mèche rebelle derrière son oreille droite. Elle est confondue par la ressemblance et par l'essence qui se dégage du portrait de Marguerite, encore plus grande que nature.

— Je n'en reviens pas qu'il ait réussi à nous donner l'impression qu'elle est vraie, dit Henri, qu'elle va prendre vie sous nos yeux. Je comprends pourquoi Colette encense autant Frédéric. Tu sais quoi? Ma belle-mère préférée a toutes les raisons du monde de se sentir privilégiée qu'il l'ait choisie pour modèle.

Ils restent là pendant plusieurs minutes avant de sortir de la galerie sans jeter un seul regard aux autres tableaux exposés.

Celui de Marguerite a suffi à remplir leurs yeux et leurs cœurs. Ils font quelques pas en silence. Ils viennent de vivre une expérience singulière qu'ils ne sont pas près d'oublier.

— Le portrait de maman restera longtemps imprimé dans ma mémoire, confesse Geneviève.

— Et dans la mienne, ajoute Henri. Je ne sais pas pour toi, mais je commence à avoir faim. Préfères-tu qu'on prenne l'auto ?

— Marchons ! Colette m'a parlé d'un petit restaurant à deux coins de rue d'ici. À moins que tu préfères aller manger du poulet rôti ou de la pizza…

— Pas ce soir.

L'endroit et le menu affiché en vitrine leur plaisent suffisamment pour qu'ils entrent. Ils demandent une table sur le bord de la fenêtre, il y a encore beaucoup des touristes à cette période de l'année. C'est bon de les voir traîner dans les rues.

— Merci de t'être libéré plus tôt, lui dit Geneviève.

— Ça ne pouvait pas mieux tomber. On a fini le jardin de Sillery à trois heures et les propriétaires nous ont encensés en long et en large. Ils ont même donné un pourboire aux gars. Sans vouloir nous vanter, on a dépassé largement leurs attentes et, surtout, on a fait le travail en un temps record et à moindre coût. Richard, Mike et André sont de vraies machines. J'espère sincèrement que nos deux nouvelles recrues reviendront l'an prochain sur le terrain.

— Je te le souhaite de tout cœur. Vont-ils travailler avec Richard pour votre compagnie d'arrosage des plantes intérieures ?

— C'est ce qui est prévu… En espérant qu'ils aimeront travailler à l'intérieur. Assez parlé de moi. Et toi, comment ça va à ton travail ?

Ils ont beau vivre dans la même maison, entre avril et novembre, ils se croisent la plupart du temps. Conséquence : ils n'ont jamais le temps pour les détails.

— Très bien. Je pense avoir mis la main sur un auteur de talent. Sinon, j'ai toujours l'impression d'être payée trop cher pour lire, mais je n'irai certainement pas me plaindre à mon patron.

— Et le beau Rémi ?

Geneviève pousse un soupir qui en dit long sur ce qu'elle pense de leur plus jeune.

— Je ne sais plus quoi penser ni quoi faire avec lui. Comme tu le sais, il est revenu de chez Colette en furie et j'ai encore sur le cœur la séance de défoulement sur les murs de sa chambre. Pour être honnête, je le vendrais et je n'irais pas le chercher de sitôt. Je l'aime, sauf que je n'ai pas la force de me battre avec lui jusqu'à la fin de son secondaire. J'ai déjà donné. J'espère que papa n'aura pas de misère avec lui ce soir.

— On ne peut pas dire que je te soutienne beaucoup. J'aurai plus de temps à partir de novembre. En attendant, je m'engage à sortir ma grosse voix chaque fois que ce sera nécessaire. Je me demande bien où on l'a pris, celui-là.

— Si seulement je le savais, je le retournerais d'où il vient. Désolée ! Je suis fatiguée de le tenir à bout de bras et de ne jamais savoir sur quel pied danser.

— Il n'a pas son pareil quand il décide d'être chiant. Bon ! On ferait mieux de changer de sujet avant de déprimer. Étais-tu au courant que Carole a connu Mike quelques jours avant de prendre l'avion pour Victoria et qu'il lui a fait livrer un énorme bouquet de fleurs ?

— Qui t'en a parlé ?

— L'autre jour, Richard et Mike discutaient en travaillant et j'ai attrapé des bouts de conversation en passant près d'eux. Assez pour en déduire ce que je viens de te dire. Si ça peut te rassurer, j'ai vérifié auprès de Richard si j'avais bien compris. Sais-tu ce que notre grand a ajouté ? Que Mike en pince pour Carole, mais qu'il n'a pas eu le temps de le lui dire ou plutôt qu'il a préféré se taire étant donné qu'elle partait à l'autre bout du pays pour un an. Ça lui ferait un bon *chum*. En tout cas, pas mal mieux qu'Antoine.

— Je t'en prie, ne gâche pas la soirée en me parlant de cet imbécile. Et pour Mike, je le trouve très sage d'avoir agi dans l'intérêt de Carole.

— N'empêche qu'elle serait bien avec Mike. Pour le reste, on verra bien.

Le serveur leur apporte le menu et leur demande s'ils veulent un apéritif. Henri commande une bière pression et Geneviève, une vodka jus d'orange. Elle regarde ensuite son homme dans les yeux. Elle l'aime comme au premier jour, particulièrement lorsqu'il est en verve comme ce soir. Il prend sa main et lui sourit.

— Je te néglige pas mal ces temps-ci, lui dit-il.

— Tu ne peux pas être à deux endroits en même temps. On se reprendra quand on partira en vacances en novembre. Dis-moi que tu n'as pas changé d'idée.

— Bien sûr que non ! As-tu réfléchi à notre destination ?

— J'ai beau tourner la question dans tous les sens, je pense qu'on devrait s'envoler pour Paris. Ce n'est pas le meilleur temps de l'année pour y aller, mais c'est encore mieux que de faire le tour de la Gaspésie ou d'aller visiter la Côte-Nord ou l'Abitibi. En tout cas, selon moi.

— Je suis d'accord. Sophie m'a dit que c'était facile de se déplacer en train et peu coûteux si on achète notre passe avant de partir. Si tu préfères, on peut louer une auto.

— Tu te reposeras plus si tu n'es pas obligé de conduire. On n'aura qu'à voyager léger.

Henri la regarde avec de grands yeux. Depuis quand sa tendre moitié est-elle capable de partir avec seulement quelques vêtements ?

— Je t'interdis de te moquer de moi ! s'écrie-t-elle. Fais-moi confiance, pour une fois. Je n'apporterai que le strict minimum.

— Tu m'en diras tant.

Le serveur dépose leurs consommations sur la table et leur demande s'ils sont prêts à commander.

— Pouvez-vous revenir dans cinq minutes ? lui demande Geneviève.

Ils regardent le menu et décident d'y aller avec la table d'hôte. Il y a longtemps qu'ils n'ont pas mangé un bon steak. Henri fait signe au serveur et passe leurs commandes.

— On devrait sortir plus souvent juste tous les deux, annonce Henri.

— Le problème, c'est de trouver une gardienne. Pour nos vacances, Colette m'a confirmé qu'elle viendrait le garder chez nous.

— Oh ! Sa Majesté ne sera pas contente d'avoir sa fée marraine dans les pattes aussi longtemps, réagit Henri en riant.

— La bonne nouvelle, c'est qu'on sera assez loin pour ne pas l'entendre râler. Changeons de sujet, veux-tu ?

Il faudrait être aveugle pour ne pas se rendre compte que Geneviève est à bout de nerfs pour tout ce qui est en lien avec Rémi. Henri se promet d'être plus vigilant quand il sera à la maison, voire de prendre les choses en main plutôt que de la laisser porter seule le poids des poussées d'urticaire de Sa Majesté.

22

L'annonce de la vente de son tableau remet instantanément Marguerite sur son petit nuage rose et tout porte à croire qu'elle n'est pas près d'en descendre. Elle n'en revient pas qu'il ait trouvé preneur en aussi peu de temps. Comme si ce n'était pas suffisant, il paraît que la galeriste a refusé deux nouvelles offres après que la vente a été conclue. Frédéric lui a dit que son portrait s'envolerait très bientôt en première classe pour Tokyo. Le collectionneur qui l'a acheté était en voyage d'affaires à Québec. Il a fait un saut à la galerie comme il a l'habitude de le faire à chacun de ses séjours. Il lui a suffi de quelques secondes pour être happé par le regard de Marguerite et ne plus pouvoir s'en détacher. Quand il a vu la signature, il s'est empressé de le réserver. Il possède déjà trois tableaux de Frédéric.

— J'ai une faveur à vous demander, lui dit Frédéric, mais vous avez le droit de refuser. Quand l'acheteur a su que je vous connaissais personnellement… il m'a dit qu'il aimerait vous rencontrer. Oubliez tout ça, ce n'est pas une bonne idée.

— Au contraire ! Je la trouve excellente. Tu n'as qu'à me dire où et quand.

— Il nous attend ce soir à six heures à sa suite au Château Frontenac. Il veut prendre le thé avec vous.

— Parles-tu le japonais ?

— Je connais seulement deux ou trois mots. Ne vous inquiétez pas, il parle anglais.

— Mais je n'ai rien d'assez chic à me mettre, se plaint Marguerite. Pourquoi veut-il me rencontrer, au juste ?

— Parce que vous l'avez séduit et, croyez-moi, je n'exagère pas. J'irai vous chercher à cinq heures si vous n'avez pas changé d'idée.

— Je serais bête de me priver de rencontrer le brave homme qui a payé une fortune pour m'accrocher sur un de ses murs. Il changerait sûrement d'idée s'il me connaissait.

— Aucune chance parce que vous êtes adorable. À plus tard !

Marguerite raccroche et se dépêche de s'asseoir. Elle a les jambes molles comme de la guenille.

— Est-ce que ça va ? lui demande Adrien. Tu es pâle à faire peur. As-tu reçu une mauvaise nouvelle, coudonc ? Parle !

— Tu ne croiras pas ce qui m'arrive. Imagine-toi donc que je suis invitée à prendre le thé avec celui qui a acheté mon portrait. Dans sa suite, au Château Frontenac, à six heures.

— Il est hors de question que tu y ailles seule.

— Frédéric vient me chercher à cinq heures. Tu sais bien qu'il va veiller sur moi. Pince-moi pour être certaine que je ne rêve pas, ajoute-t-elle en lui présentant son bras droit. Ayoye ! Tu n'étais pas obligé d'essayer de partir avec la peau ! Je dispose tout au plus de quelques heures pour choisir ce que je vais porter.

— C'est bien plus qu'il n'en faut. Arrête de t'en faire pour rien. C'est un homme comme les autres.

— Pas pour moi ! Et j'ai bien l'intention de faire tout ce que je peux pour qu'il ne regrette pas d'avoir dépensé autant d'argent pour mon portrait.

— Tu t'inquiètes pour rien, Marguerite. Aimerais-tu que je te fasse du thé avant que tu commences à essayer tous tes vêtements ?

— Ce serait gentil.

Adrien remplit la bouilloire d'eau et la dépose sur le rond. Il l'allume, sort le thé préféré de Marguerite et la théière.

— N'oublie pas le miel.

— Depuis quand en mets-tu dans ton thé ?

— J'ai envie d'essayer, répond-elle en haussant les épaules. J'ai pensé à quelque chose hier soir avant de m'endormir. J'aimerais publier mes histoires. Penses-tu que Geneviève accepterait d'en parler à son patron ?

— Tu ne perds rien à lui demander. Avant, tu devrais peut-être en discuter avec Frédéric. Tu as quand même reçu de l'argent pour chacune qui accompagnait un de ses tableaux.

— Bonne idée ! Même s'il refuse que j'utilise celles-là, j'en ai au moins quarante autres en réserve. Je me dis que c'est le temps ou jamais de les sortir de mon tiroir. À moins que je les envoie à une autre maison d'édition que celle pour laquelle Geneviève travaille ! De cette manière, personne ne pourrait m'accuser de favoritisme. Comprends-moi bien, je veux être publiée pour la qualité de mes écrits, pas parce que je suis parente avec celle qui découvre de nouveaux auteurs. Ni parce que je connais un peintre très coté.

— C'est tout en ton honneur ! Ton thé est prêt.

***

Geneviève s'arrête à l'épicerie avant de rentrer chez elle et quelle n'est pas sa surprise quand elle tombe face à face avec une des abonnées de la bibliothèque où elle a fait du bénévolat pendant plusieurs années.

— Êtes-vous perdue ? lui demande Mme Belley après l'avoir saluée avec beaucoup d'entrain. Je suis si contente de vous voir !

— J'avais un rendez-vous dans le coin. Comment allez-vous ?

Il suffit de quelques secondes pour que Geneviève réalise qu'elle aurait mieux fait de trouver une bonne excuse et de continuer son chemin. Mme Belley, Charlotte de son prénom, lui raconte avec moult détails ce qu'elle a fait au cours de la dernière année. Et voilà qu'une fois arrivée au bout de son laïus, elle repart de plus belle sur un ton de confidence. Elle a perdu son mari il y a un mois et elle est tombée des nues quand elle a appris qu'il menait une double vie. Il avait pris soin de lui écrire une lettre et lui avait demandé de la lire quand il quitterait ce monde, ce qu'elle a fait le jour de sa mort sans se douter de ce qui l'attendait. Elle a été renversée quand elle a appris l'existence d'une autre femme dans la vie de l'homme qui disait l'aimer alors qu'il la trompait depuis près de dix ans. Comble de malheur, le notaire avait convié la troisième roue du carrosse à la lecture du testament. Celui dont elle vantait les mérites à tout vent laissait la moitié de tout ce qu'il possédait à chacune de ses femmes. La pauvre avait les larmes aux yeux. Dans un élan du cœur, Geneviève l'a entraînée dehors. Parler de choses aussi sérieuses n'a pas sa place au beau milieu d'une allée dont les étalages sont remplis de fruits et de légumes. Elle a ensuite repéré un banc à proximité et l'y a conduite en la prenant par le bras. Elle l'a écoutée en lui tenant la main jusqu'à ce que la dame se lève au beau milieu d'une phrase et l'abandonne sur le banc.

Il lui faut quelques secondes pour réaliser ce qui vient d'arriver. Elle a écouté les doléances d'une femme avec qui elle échangeait quelques phrases à l'occasion du temps où elle venait chercher des livres à la bibliothèque et elle s'est fait planter là sans aucun avertissement. Ça n'a aucun sens. Elle secoue la tête pour se remettre les idées en place, soulève les épaules pour les laisser retomber la seconde d'après et pousse un grand soupir avant de se lever et de marcher jusqu'à son auto. L'épicerie attendra même si le réfrigérateur et le garde-manger crient famine. Ce n'est pas la première fois et ce ne sera pas la dernière non plus. Au diable les dépenses, elle va aller chercher du poulet pané. Henri et Rémi seront contents et elle le sera encore plus de ne pas être obligée de préparer à souper. Geneviève se trouve pathétique quand elle pense ainsi, mais c'est plus fort qu'elle. S'il y a une chose dont elle est certaine, c'est bien qu'elle déteste profondément cuisiner. Elle sourit. Des cinq filles de la famille, seule Marie a hérité des talents de leur mère aux fourneaux. Les autres malmènent l'art de la table pratiquement autant qu'elle.

Geneviève ralentit quand elle passe devant l'église de son ancienne paroisse. Si elle s'écoutait, elle irait faire brûler un lampion pour Charlotte. Quelle histoire ! Il vaut mieux qu'elle poursuive sa route si elle veut arriver chez elle avant Rémi. À moins qu'elle sacrifie le poulet pané. Non ! Ce serait une très mauvaise idée. Elle accélère et ouvre la radio sans se préoccuper de ce qui joue. Sa tête est remplie de ce qu'elle vient d'entendre. Comment un homme sensé peut-il faire subir une telle humiliation à sa femme ? Et la dépouiller de la moitié de ses biens pour la donner à sa maîtresse ? Était-il capable de se regarder dans le miroir ? Pourquoi rester avec Charlotte s'il en aimait une autre ? Est-elle plus jeune ? Et plus belle ? Les questions se succèdent dans sa tête sans qu'elle puisse répondre à une seule. Ça prend un sacré culot pour agir ainsi. Geneviève la plaint de tout son cœur.

Elle va acheter un baril de poulet pané et des frites et se dépêche de poursuivre son chemin. Avec un peu de chance, elle arrivera en même temps que son fils. Dans le cas contraire, il l'attendra chez la voisine comme il a l'habitude de le faire au besoin depuis qu'ils habitent sur l'Île. Heureusement que Geneviève peut compter sur elle. Rémi ne l'aime pas beaucoup. D'ailleurs, il ne manquera pas de se plaindre, mais il s'en remettra comme chaque fois. Il est trop jeune pour rester à la maison sans surveillance ou pour décider de son sort.

Non mais quelle journée ! Avoir su ce qui l'attendait, elle serait allée dans une autre épicerie. Elle se connaît. L'histoire de Charlotte va l'habiter pendant des jours avant qu'elle se décide à aller se confesser pour s'en débarrasser, bien que rien ne lui garantisse que ça fonctionnera, cette fois. Elle se trouve pathétique d'être obligée de faire autant de cas de quelque chose qui ne lui appartient pas et dont elle a hérité sans rien demander. Il va pourtant falloir qu'elle finisse par accueillir les secrets comme le font les personnes normales. Elle se stationne dans l'entrée ; elle plisse les yeux pour s'assurer qu'elle n'a pas la berlue quand elle aperçoit Rémi assis sur la première marche de la galerie. À cette distance, il a presque l'air d'un ange. Si seulement c'était le cas. Elle attrape le baril de poulet pané et son sac à main et sort de l'auto.

— Pourquoi tu n'es pas chez la voisine ?

— Ah ! râle-t-il. Je suis assez grand pour rester quelques minutes tout seul.

— Ne change pas de sujet.

— Parce qu'elle n'est pas là. Il serait temps que tu me donnes une clé de la maison. Je pourrais au moins écouter la télé au lieu de poiroter dehors comme un concombre en attendant que tu arrives.

— Hé ! Veux-tu bien arrêter de chialer ! Ça ne fait même pas deux minutes que tu attends. Pour la clé, oublie le projet. Je vais trouver quelqu'un d'autre pour t'accueillir quand je tarde.

Cette fois, Rémi soupire du plus fort qu'il peut. Geneviève en fait tout autant. S'il lui restait un seul vœu à prononcer, elle ferait disparaître le poulet. À quoi a-t-elle pensé en apportant du poulet pané alors qu'il adore ça ? Ce n'est pas comme si elle ignorait qu'il se plaindrait. Le pire, dans tout ça, c'est qu'elle vient de le disputer et, d'une certaine façon, elle est sur le point de le récompenser. Pas fort pour une mère !

Elle dépose le baril sur une chaise, sort sa clé et débarre la porte sans que Rémi y porte attention. Il serait aveugle qu'il sentirait la bonne odeur qui s'en échappe. Il passe devant elle en coup de vent aussitôt que la voie est libre et file à sa chambre sans rien ajouter. Elle reprend le souper et entre à son tour. Décidément, monsieur est à prendre avec des pincettes. Elle dépose le tout sur la table de la cuisine, sort une assiette et des couverts et ouvre enfin l'objet de son désir. Elle choisit un morceau bien dodu et salive avant même de l'avoir porté à sa bouche. Il est cuit à la perfection. Elle s'est risquée une seule fois à en faire et toute la famille l'a suppliée de ne plus jamais recommencer. Il était pratiquement brûlé et la maison avait senti la friture pendant plusieurs jours. Elle prend d'abord une bouchée de peau croustillante à souhait et se régale. Rémi manquc quclquc chosc. S'il est assez bête pour se priver de manger son repas préféré à cause d'une clé, qu'il jeûne. L'idée d'être une mauvaise mère lui revient en boucle et elle la chasse aussitôt. Elle n'a aucune envie de frayer avec la culpabilité pendant qu'elle savoure son repas.

***

— Je commence à avoir peur que vous ayez mal aux joues à force de sourire, blague Frédéric, une fois installé derrière son volant.

— Aucune chance ! Je ne te remercierai jamais assez pour tout ce que tu as fait pour moi. Tu m'as redonné ma jeunesse.

Il prend la main de Marguerite et la presse doucement dans la sienne.

— J'ai pris un gros risque en faisant votre portrait sans d'abord vous en parler. Je l'aurais fait que ça aurait tout changé.

Il fait une pause de quelques secondes avant d'ajouter :

— C'est moi qui vous suis redevable sur toute la ligne. Vous auriez très bien pu refuser que je l'expose ou que je le vende. Je devrais vous verser une partie de ce qu'il m'a rapporté.

— Ne dis pas de bêtises ! Tout ce que j'ai fait, c'est de t'inspirer assez pour que tu aies envie de m'immortaliser sur une toile. Je m'estime grassement payée. Dépêche-toi d'oublier le projet. Je suis un modèle parmi tant d'autres et tu ne leur as jamais versé un sou pour avoir fait leur portrait.

— Je n'avais aucun moyen de les retrouver.

— Ça suffit ! Revenons au thé qu'on vient de boire dans la suite de ton acheteur, si tu veux. Je ne sais pas pour toi, mais moi, j'ai apprécié chaque seconde passée en sa compagnie. Au début, j'étais gênée qu'il me fixe avec autant d'insistance. Je ne te mens pas, je n'ai jamais eu aussi chaud de ma vie.

— Il voulait vérifier si j'avais bien traduit votre essence sur ma toile. Vous souvenez-vous de ce qu'il vous a dit quand il vous a serré la main au moment de partir ?

Marguerite a beau réfléchir, elle ne trouve pas.

— Arrête de me faire languir, j'étais bien trop énervée. Et je te rappelle qu'il l'a fait en anglais.

— « Votre double portera désormais la citoyenneté japonaise. Ce fut un plaisir de vous rencontrer, madame. »

— Heureusement que tu étais là !

— Ses paroles me sont allées droit au cœur, ajoute Frédéric.

Marguerite garde le silence jusqu'à ce qu'il vienne lui ouvrir sa portière.

— Entre ! lui offre-t-elle. Adrien va vouloir savoir comment ça s'est passé et je ne pourrai pas le lui raconter aussi bien que toi.

— Avec plaisir !

La porte de la maison s'ouvre avant qu'ils l'atteignent.

— Dépêchez-vous d'entrer, annonce tout de go Adrien, le souper est prêt, et je suis impatient de savoir comment ça s'est passé.

Frédéric sourit. Faire partie de cette famille le comble de joie.

— À la condition que vous me laissiez faire la vaisselle, lance le jeune homme.

— Tu peux venir la faire aussi souvent que tu en as envie, lui offre Adrien en lui donnant une petite tape sur l'épaule. Je lave, tu essuies, et ce n'est pas négociable.

— Je vais me changer, les informe Marguerite aussitôt dans la maison.

23

Mike et Richard ont développé une amitié solide depuis qu'ils travaillent ensemble. Malgré leur emploi du temps fort chargé, il n'est pas rare qu'ils se voient en dehors des jardins auxquels ils redonnent vie. C'est d'ailleurs le cas en ce samedi soir. Étant donné qu'ils finissent rarement de travailler avant six heures, Sophie leur a offert de préparer à souper. Marc a appelé pour parler à son meilleur ami et elle a pris la liberté de l'inviter à se joindre à eux.

— Quelle bonne idée ! s'écrie Richard quand elle le met au courant. Est-ce qu'il vient seul ou accompagné ?

— Désolée, je ne lui ai pas posé la question et il ne m'a rien dit.

— J'étais pourtant certain que ça allait marcher avec Mireille. Est-ce qu'il avait l'air déprimé ?

— Comment veux-tu que je le sache ? lui demande Sophie en riant. Je le connais à peine. Tu le sauras dans une demi-heure, je lui ai dit d'arriver à sept heures.

— Je vais prendre ma douche, dit-il.

Mike offre son aide à Sophie. Elle lui confie la tâche de préparer la salade.

— Dès que la saison du paysagement sera terminée, lance-t-il, c'est moi qui vous recevrai. J'ai l'impression de profiter de vous et ça me met mal à l'aise.

— Tu ne devrais pas. J'adore cuisiner et recevoir. Et mon travail est pas mal moins prenant que le vôtre.

— Ne minimise pas tout ce que tu fais. Tu passes ton samedi à cuisiner pour nous, ce n'est pas rien. Et c'est très apprécié.

— Tante Irène m'aide beaucoup, elle a passé une partie de l'après-midi avec moi. Au cas où tu ne l'aurais pas remarqué, elle t'aime autant que si tu étais son propre fils. Idem pour Richard. D'ailleurs, je suis passée à un cheveu de l'inviter à se joindre à nous.

— Tu aurais dû le faire. Veux-tu que j'aille la chercher ?

Sophie regarde l'heure et secoue la tête.

— À moins d'un miracle, elle aura déjà mangé. Dans le pire des cas, elle pourra au moins manger le dessert avec nous.

— J'y vais.

Mike vient à peine de fermer la porte que la sonnerie du téléphone retentit. Sophie se dépêche d'aller répondre.

— Salut, ma future belle-sœur, c'est Carole. As-tu acheté ta robe de mariée ?

— Oui, et je l'adore. Sans vouloir me vanter, j'ai vraiment l'air d'une princesse dedans.

— Je n'en doute pas une seconde. Est-ce que ma sœur a été d'agréable compagnie ?

— Du début à la fin. Sérieusement, j'aime beaucoup Chantale. Je pourrais t'envoyer une photo de ma robe, si tu veux, mais il faudra d'abord me promettre de ne pas la montrer à personne.

— Pas même à Maryse ?

— À personne d'autre ! Tu devrais voir mes chaussures. Elles sont en cuir verni blanc avec un talon aiguille, et je n'exagère pas, et des fines lanières sur le dessus. Je ne te mens pas, je les sors de leur boîte chaque jour pour les admirer.

— J'en ferais autant.

— Quoi de neuf à Victoria ?

— En gros, j'enseigne et je corrige les travaux de mes élèves. Le reste du temps, je lis et j'admire l'océan de notre balcon.

L'arrivée de Mike et de tante Irène donne une idée à Sophie. Elle prie Carole d'attendre une minute, met la main sur le combiné et avise le jeune homme que l'appel est pour lui en prenant soin de lui suggérer de sortir dehors pour le prendre. Il lui obéit sans lui poser de question, bien qu'il se demande qui peut bien le courir jusqu'ici.

— Mike à l'appareil, dit-il poliment. Puis-je savoir à qui j'ai l'honneur ?

À l'autre bout du fil, Carole est prise d'un grand frisson. Elle n'en croit pas ses oreilles. L'homme qui hante ses pensées est à sa portée et elle est incapable de prononcer un seul mot. Elle s'efforce de se ressaisir, il n'attendra pas éternellement une réponse à sa question.

— C'est moi, finit-elle par dire timidement.

— Carole ? souffle-t-il d'une voix remplie d'émotion. Tu ne peux pas savoir le nombre de fois que je me suis retenu de demander ton numéro à Richard. Je suis si content d'entendre ta voix ! Comment vas-tu ?

S'il voyait son air en ce moment, Mike l'attirerait à lui et la couvrirait de baisers.

— Beaucoup mieux depuis que je te parle, parvient-elle à dire. Et toi ?

— Je n'arrête pas de penser à toi. M'en veux-tu toujours de t'avoir fait faux bond le jour où je devais passer te prendre ?

— J'aimerais juste comprendre pourquoi tu m'as fait livrer des fleurs à la place.

— Ça va sûrement te paraître prétentieux. Je ne voulais pas que tu partes avec une chaîne au pied. Laisse-moi t'expliquer. Je m'en serais voulu que tu passes ton temps à penser à moi. Note que de mon côté, c'est exactement ce que je fais depuis que je t'ai rencontrée. Je suis tombé sous ton charme à l'instant où j'ai posé les yeux sur toi.

— Tu ne peux pas savoir à quel point ça me fait du bien d'entendre que je t'ai fait le même effet. Je suis incapable de te chasser de mes pensées. Et maintenant, qu'est-ce qu'on fait ?

— On s'appelle et on s'écrit comme le font la plupart des couples qui vivent un amour à distance. Crois-tu pouvoir y arriver ?

— Ce sera beaucoup plus facile que d'être dans le doute. Je vais devoir te laisser, Maryse m'attend sur le bord de la porte pour aller au cinéma. Est-ce qu'on pourrait échanger nos numéros de téléphone ?

Une feuille et un papier apparaissent devant Carole comme par magie, ce qui la fait rire. Elle note les chiffres que Mike lui dicte.

— Je demanderai ton numéro à Richard, je suis dehors et je n'ai rien pour noter. Je t'appelle demain midi sans faute. Bon cinéma !

Mike n'en revient pas. Il a enfin parlé avec Carole et ça s'est très bien passé. Il est encore trop tôt pour crier victoire, mais il a bon espoir que leur bref échange marque le début de leur histoire d'amour. Il renifle un bon coup, se relève et rentre, tout sourire. Dès qu'elle entend la porte s'ouvrir, Sophie se tourne vers lui. Un seul coup d'œil lui suffit pour se convaincre qu'elle a bien fait de lui passer Carole. Ils ne seront pas plus proches, mais ils pourront au moins apprendre à se connaître.

— La douche est libre, s'écrie Richard sans porter attention à son ami. Ne traîne pas, Marc devrait arriver dans cinq minutes.

— Depuis le temps que tu m'en parles, riposte Mike, je suis impatient de le rencontrer. Dis-moi que tu m'as laissé de l'eau chaude !

Au lieu de lui répondre – il le saura bien assez tôt –, Richard va embrasser tante Irène et lui offre à boire.

— Plus tard ! lui dit-elle. Je sors de table. Ma foi du Bon Dieu, tu as encore embelli.

— C'est la faute de Sophie, rétorque-t-il en riant. Elle n'arrête pas de m'aimer.

— Hé ! Pourquoi tu dis ça ?

— Parce que je n'ai jamais été aussi heureux de toute ma vie et que c'est grâce à toi.

Elle s'approche de son homme et s'empare de ses lèvres. De petits coups secs frappés sur la porte d'entrée mettent brusquement fin à leur baiser passionné. Richard va ouvrir. Il s'attendait au pire alors que Marc respire la joie de vivre. Ils se font l'accolade et se tapent dans le dos comme chaque fois qu'ils se voient.

— Bonsoir, tante Irène, dit Marc lorsqu'il remarque sa présence. Je suis très content de vous voir. Comment allez-vous ?

— Très bien la plupart du temps et toi ?

— Merveilleusement bien depuis que je sors avec la belle Mireille.

— Tu me rassures, lance Richard, mais alors pourquoi n'est-elle pas avec toi ?

— Elle est en congrès à Montréal pour la fin de semaine. Je suis en train de battre tous mes records, ça fait quatre mois qu'on sort ensemble et je n'ai jamais été aussi amoureux.

— Assieds-toi, lance Richard, je vais nous chercher deux bières.

— Ce ne sera pas de refus. Je ne bois pas quand je sors avec Mireille.

— Pourquoi ? lui demande aussitôt Sophie.

— Son père est alcoolique et elle ne supporte pas de me voir avec une bière à la main.

Richard n'en revient pas de ce qu'il vient d'entendre. Il connaît assez Marc pour savoir qu'il ne tiendra pas le pari éternellement. Il aime bien trop prendre une bière entre amis.

— Et tu acceptes sa règle sans rechigner ? s'inquiète tante Irène.

— La vie m'a appris qu'il faut parfois faire des sacrifices, en amour.

— Selon moi, ajoute Irène, il s'agit de contrôle et non d'amour. Elle est morte de peur à l'idée que tu puisses finir comme son père alors que tu n'as rien à voir avec lui. Je n'ai pas de conseil à te donner, mais tu ne devrais pas accepter de jouer son jeu.

Richard jubile, il n'aurait pas mieux dit. Il y a quand même des limites à faire des concessions. Marc n'a jamais eu la main heureuse avec les femmes et ça ne risque pas de changer de sitôt s'il se plie à toutes leurs volontés. En tout cas, pour sa part, ni Isabelle ni Sophie ne lui ont demandé de changer. Il est ce qu'il est et c'est à prendre ou à laisser. Il veut bien arrondir les angles de temps en temps, mais pas devenir une autre personne uniquement pour faire plaisir à sa tendre moitié.

— Je suis d'accord avec tante Irène, dit Sophie après avoir quitté la cuisine temporairement. Tu me sembles être quelqu'un de bien, Marc. Tout ce que je peux te dire, c'est de te méfier. Si tu réponds oui à chacune de ses demandes, il viendra un temps où tu ne te reconnaîtras plus quand tu te regarderas dans le miroir. Crois-moi, je sais de quoi je parle.

Marc est sonné par ce que tante Irène et la blonde de son meilleur ami viennent de lui dire. Une partie de lui sait qu'elles ont raison alors que l'autre essaie de trouver une bonne explication à leur donner pour mieux expliquer l'exigence de Mireille. Parce qu'au fond, c'est bien de cela qu'il s'agit. Ne trouvant rien à ajouter, il se lève et sort du loft.

— Dépêche-toi de le rattraper, s'écrie Sophie.

— Pas question que je coure après lui! répond Richard. Tu as bien fait de lui parler et tante Irène aussi. Pour le reste, il vaut mieux le laisser mariner. Dans le pire des cas, il va faire le mort jusqu'à ce qu'il comprenne qu'il s'en va dans le mur. J'espère sincèrement qu'il finira par rencontrer une fille qui l'aimera pour ce qu'il est et non pour ce qu'elle voudrait qu'il soit.

Un grand cri en provenance de la salle de bain les fait sursauter. Mike vient de passer à l'eau froide. Richard rit à se tenir les côtes sous l'œil amusé des femmes qui lui emboîtent le pas.

— C'est devenu une vraie manie de lui glacer le sang, dit tante Irène. À sa place, je m'arrangerais pour te rendre la pareille.

— Ne vous inquiétez pas pour Mike, il va me le faire payer au centuple dès que l'occasion se présentera.

— Vous êtes de vrais gamins, ajoute Sophie.

— Ils ont en masse le temps de vieillir et de devenir ennuyeux et ennuyants, dit Irène. Crois-moi, je sais de quoi je parle. La plupart des hommes de ma génération le sont. Merci de pimenter ma vie avec vos folies et votre joie de vivre. Sans vous, je serais en train de dépérir seule dans ma grande maison.

— C'est nous qui devrions vous remercier, lui dit Richard.

— Au risque de me répéter, ajoute Sophie en regardant Irène dans les yeux, vous êtes ma fée marraine et jamais je ne vous laisserai tomber. Vous êtes bien trop importante pour moi.

Irène a les yeux dans l'eau. Elle a beaucoup de chance d'être aimée par eux.

— Venez me voir quand vous aurez un peu de temps, j'aimerais vous parler de quelque chose.

Tous les regards se tournent vers Mike lorsqu'il sort de la salle de bain, tout sourire.

— N'essaie pas de me faire croire que c'est tout l'effet que ça te fait de passer du chaud au froid? lui demande Richard en se retenant de rire.

— La vengeance sera douce au cœur de l'Indien. Crois-moi, tu ne perds rien pour attendre, mon gars. Où est passé Marc? J'avais cru comprendre qu'il était arrivé.

Mike les écoute attentivement commenter sa sortie.

— Ce n'est que partie remise, conclut-il d'un ton joyeux. Je descends chercher quelque chose à mon auto et je reviens.

Il s'apprête à poser le pied sur la troisième marche lorsqu'il se rend compte que quelqu'un est assis sur l'avant-dernière. Il descend jusqu'en bas et s'immobilise devant lui.

— Serais-tu Marc, par hasard?

— Appelle-moi plutôt l'imbécile de service. Enchanté de faire ta connaissance, Mike.

— Moi aussi, confirme-t-il sans hésiter en lui tendant la main. Tu devrais remonter avec moi.

— Ils t'ont sûrement raconté ce qui s'est passé.

— Dis-toi que c'est parce qu'ils tiennent à toi s'ils se sont permis de te brasser la cage. Tu devrais parler à ta blonde avant que les choses aillent trop loin. S'il y a une chose que la vie m'a apprise, c'est qu'on finit toujours par craquer à force de vouloir être quelqu'un d'autre pour faire plaisir. Je reviens tout de suite.

Mike va chercher la bouteille de rhum brun qu'il a apportée.

— Remonte avec moi.

— Je vais avoir l'air de quoi?

— D'un gars qui s'est comporté comme un imbécile au lieu de profiter d'une bonne soirée entre amis. Allez !

Marc réfléchit pendant quelques secondes avant de mettre un pied sur la troisième marche.

— Bière ou rhum ? lui demande Mike.

— Les deux.

***

Carole a souri bêtement pendant tout le film alors qu'il s'agissait d'un drame empreint de tristesse. Pour une rare fois, elle n'a pas versé une seule larme.

— C'était bien trop triste pour un samedi soir, râle Maryse aussitôt que la salle s'éclaire. J'ai pleuré la moitié du temps. Il faut qu'on passe à l'appartement avant d'aller boire un verre.

— Bonne idée ! lui confirme aussitôt Carole en riant. Tu as plus de *eye-liner* sur tes joues qu'autour de tes yeux.

— Regarde-moi ! Depuis quand tu ne pleures pas quand c'est triste ?

— Je ne sais même pas de quoi le film parlait.

— J'aurais dû y penser. Tu as le même sourire qu'au moment de raccrocher avec Mike. Je suis contente pour toi. Dépêchons-nous de sortir d'ici que j'aille me refaire une beauté. Ça m'apprendra à aller voir un film triste avant de sortir. Et je t'interdis de me faire faux bond.

— Jamais je ne ferais ça, la rassure Carole. Prépare-toi, on va fêter le retour ou plutôt l'arrivée de Mike dans ma vie. Tu peux me croire, je ne suis pas près de le laisser repartir.

Malgré la chaleur, elles marchent d'un bon pas jusqu'à leur appartement. Chaque fois qu'elles arrivent devant la maison, elles pensent à la chance qu'elles ont d'habiter un si bel endroit. Elles montent l'escalier et, au moment de mettre la clé dans la serrure, Maryse aperçoit une lettre coincée entre le cadre et la porte à la hauteur de ses yeux. Elle blêmit lorsqu'elle lit le nom de l'expéditeur. Au lieu de la remettre à Carole, elle s'empresse de la glisser dans son sac à main en prétextant que sa mère lui a écrit.

— Encore ? s'inquiète Carole.

— Je ne vais quand même pas m'en plaindre. Dépêchons-nous d'aller nous préparer pour sortir.

Les filles passent un excellent moment au bar recommandé par leurs collègues de travail.

— Il était temps qu'on arrive, se plaint Maryse, j'ai les pieds en compote à cause de ces talons hauts.

— Pas moi ! Je suis née pour marcher sur des échasses. Il faudra remettre ça.

— Tu sais bien que je ne demande pas mieux. Espérons que la prochaine fois je marquerai plus de points avec les hommes. Ils n'en avaient que pour toi ce soir.

— C'est toujours comme ça. On dirait qu'ils ont un sixième sens pour repérer les filles engagées.

— Si je ne te connaissais pas aussi bien, réplique Maryse, je te dirais que tu vas un peu trop vite en affaires.

— Cette fois, c'est différent. À demain ! J'ai des rêves à rattraper.

Maryse retire ses escarpins et pousse un grand soupir de soulagement. Elle les apporte dans sa chambre, allume sa lampe de chevet et sort la lettre écrite de la main d'Antoine. Elle la fixe pendant quelques secondes. Elle n'a jamais ouvert un courrier adressé à quelqu'un d'autre. Dans moins d'une minute, elle poussera l'audace jusqu'à le lire parce qu'elle ne laissera personne s'en prendre à Carole. Encore moins Antoine. Elle déchire le bout de l'enveloppe et sort une feuille de papier à lettres. Une odeur d'eau de Cologne bon marché s'en dégage aussitôt. Brr ! Elle la déplie et commence à lire.

Ma Carole adorée,

Tu ne peux pas imaginer tous les efforts que j'ai dû faire pour avoir ta nouvelle adresse. J'ai même engagé un gars pour qu'il aille voir les filles à qui vous avez sous-loué votre appartement. J'avoue qu'elles n'ont pas été faciles à convaincre de lui donner ton adresse. Promets-moi, mon amour, de ne plus jamais t'enfuir aussi loin de moi. Tu me manques tellement que si j'avais les moyens je sauterais dans le premier avion pour aller te trouver.

Je ne peux pas vivre sans toi plus longtemps. J'en ai perdu le sommeil au point que mes parents s'inquiètent de mon état. Sans toi, je suis complètement perdu. Avec un peu de chance, je devrais finir par persuader mon père de m'avancer l'argent pour aller te voir. À moins que tu paies mon billet d'avion pour qu'on soit enfin ensemble. Je me ferai tout petit, c'est promis, mais j'ai tellement besoin de te sentir près de moi que je suis prêt à tout.

Je t'en supplie, appelle-moi chez mes parents. Je te redonne leur numéro au cas où tu l'aurais oublié, ce qui m'étonnerait beaucoup étant donné ta mémoire phénoménale. Je resterai prostré à côté du téléphone jusqu'à ce qu'il sonne et que j'entende enfin ta voix mielleuse.

Ton Antoine

P. S. J'embrasse chaque partie de ton corps de déesse.

Maryse se retient à deux mains de hurler. L'imbécile a encore frappé et elle dispose de peu de temps pour l'empêcher de sauter dans un avion et de débarquer ici sans s'annoncer. Elle aurait trop peur d'avoir une envie irrésistible de le pousser en bas de l'escalier pour s'en débarrasser. Demain matin, à la première heure, elle appellera Henri et Richard. Ils sauront quoi faire. S'il le faut, elle se rendra ensuite au poste de police et déposera une plainte contre Antoine. À bien y penser, elle risque de se faire dire que c'est la plaignante qui doit faire la démarche. Encore faudrait-il qu'elle décide de mettre Carole au courant de ce que trame Antoine. Elle le fera seulement en cas de force majeure. Aussi, elle passera un coup de fil à Isabelle demain. Maryse ne peut pas croire qu'elle s'est laissé avoir au point de donner leur adresse à Victoria. Elle doit tirer la question au clair et le plus vite sera le mieux.

Elle remet la lettre dans l'enveloppe et secoue la tête de gauche à droite plusieurs fois. À moins d'y être obligée, elle ne remettra pas cette lettre à Carole. Du moins, pas avant d'avoir tenté de régler la situation elle-même. Elle retire ses vêtements et enfile son short et son t-shirt fétiche avant de se glisser sous les draps. Il ne perd rien pour attendre, le salaud.

* * *

La sonnerie du téléphone tire brusquement Richard de son sommeil. Il regarde l'heure sur le réveille-matin. Il est sûrement en train de rêver. Il ne connaît personne qui l'appellerait aussi tôt un dimanche matin alors que c'est le seul jour de la semaine où il peut faire la grasse matinée. Il se tourne de l'autre côté et se rendort malgré le bruit strident qui lui vrille les oreilles. Étant donné l'insistance de la personne qui est au bout du fil, Sophie se lève et va répondre.

— Bonjour ! C'est Maryse, l'amie de Carole. Est-ce que je pourrais parler à Richard ? Sa sœur risque d'avoir des ennuis si on ne fait rien pour l'aider. Antoine est de retour.

Sophie met quelques secondes avant de donner un sens à ce qu'elle vient d'entendre.

— Un instant !

— Il faut faire vite. Carole est allée chercher des croissants au coin de la rue et je devrai raccrocher quand elle reviendra.

Richard se frotte les yeux plusieurs fois avant de mettre le combiné sur son oreille.

— Salut, Maryse !

— Salut, Richard ! Désolée de t'avoir réveillé, mais j'ai besoin de ton aide.

Elle commence par lui dire que Carole n'est pas au courant de sa démarche. Elle lui résume ensuite la lettre d'Antoine et lui demande de l'aider afin qu'il ne débarque pas à Victoria. Elle l'informe aussi qu'elle vient de parler à Henri.

— Je t'appelle dès que j'ai un plan.

— Promets-moi de ne rien faire qui pourrait te mettre dans l'embarras.

— Tu peux dormir sur tes deux oreilles. Il ne mérite pas que je le touche même avec une perche. Je ne sais pas encore ce que je ferai, mais je te tiendrai informée.

— Il faut que je raccroche, Carole monte l'escalier.

Richard bâille à s'en décrocher la mâchoire. Bien que tenté de retourner se coucher, il entre dans la salle de bain et saute dans la douche. Il a besoin de se réveiller avant d'appeler son père et de chercher l'idée du siècle pour convaincre Antoine de sacrer patience à Carole une fois pour toutes. Quelques minutes sous l'eau tiède lui suffisent pour qu'il soit d'attaque. Il enfile un jeans et un t-shirt et compose le numéro de ses parents.

— Papa ? Est-ce que tu pourrais venir me rejoindre chez tante Irène ? Il faut faire quelque chose avec Antoine.

— Je serai là dans une demi-heure.

Richard griffonne un mot pour Sophie, qui est retournée au lit, et sort du loft. Il descend l'escalier deux marches à la fois et décide de passer par la porte de côté. Il frappe pour la forme et entre.

— Veux-tu bien me dire ce que tu fais debout à cette heure ? s'inquiète tante Irène quand elle le voit.

— Papa s'en vient. C'est une question de jours avant qu'Antoine débarque chez Carole et Maryse, et il est hors de question qu'on le laisse faire. Pouvez-vous me dire dans quelle chambre Mike dort ?

— Dans celle qui donne sur la cour arrière.

Richard tombe face à face avec son ami. Il a un air de déterré, tout comme lui avant de sortir de la douche.

— Est-ce que j'ai bien entendu ? Le cher Antoine a repris du service ? Laisse-moi le plaisir de lui régler son compte.

— J'ai promis à Maryse de ne rien faire pour me mettre dans le trouble et ça vaut aussi pour toi. Papa s'en vient.

— Vous pouvez compter sur moi, annonce Marc en se frottant les yeux à deux mains.

Irène a insisté pour que les gars dorment chez elle. Ils n'avaient pas bu tant que ça, mais la fatigue aidant, ils avaient du mal à mettre un pied devant l'autre. Et à descendre l'escalier du loft.

— Je vais aller préparer du café pour tout le monde et une omelette au jambon, déclare Irène.

— Le temps de m'habiller et je m'en occupe, dit Mike d'un ton ferme. Je réfléchis mieux dans l'action.

— Ça tombe bien, annonce Marc, moi aussi. Je reviens tout de suite.

Irène parle avec Richard jusqu'à ce qu'une bonne odeur de café les attire à la cuisine. Ils s'assoient et attendent que Marc dépose la cafetière au centre de la table, de même que le lait, le sucre, les ustensiles et les tasses. Ils se servent et poursuivent leur discussion pendant que Mike dépose l'omelette dans le four. Il met la minuterie et vient s'asseoir. Marc en fait autant.

— Il devra me passer sur le corps avant de s'en prendre à Carole, annonce Mike.

— Ne me dis pas que tu le connais ! s'étonne Marc. Moi, j'en ai juste entendu parler et ça me suffit amplement.

— Je ne le connais pas vraiment, rectifie Mike. Disons plutôt que j'ai…

— N'ayons pas peur des mots, dit Richard, Mike a sauvé Carole de ses griffes le soir où il a refait surface sans crier gare. On venait de manger ensemble dans le Vieux-Québec, ma sœur et moi. Le salaud s'en est pris à elle quand elle est sortie du restaurant. Il a le don de toujours apparaître sans crier gare pour lui pourrir la vie.

— J'aime penser que c'était son chant du cygne, dit Mike. Au fait, sais-tu comment Carole le prend ?

— Maryse ne lui a encore rien dit. Elle a intercepté la lettre d'Antoine.

Henri fait son entrée en même temps que la minuterie du four annonce que l'omelette est prête. Mike la sort et sert tout le monde.

— N'hésitez pas à vous faire des toasts, leur offre Irène. Le pain est dans la huche et le beurre, sur le comptoir. Je vais sortir les pots de confiture.

— Restez assise, s'empresse de dire Richard, je m'en charge.

Ils passent une bonne heure à chercher comment se débarrasser d'Antoine sans se mettre dans la misère. Henri leur parle de ses nombreuses tentatives auprès de ses parents pour qu'il arrête d'embêter Carole.

— En résumé, ajoute-t-il, je ne crois pas être la bonne personne pour avoir une quelconque influence sur cette ordure. Entre vous et moi, je le déteste profondément. Autant que ses parents parce qu'ils le vénèrent. Ça m'enrage au plus haut point. Par contre, je suis prêt à faire tout ce qui est en mon pouvoir pour qu'il sacre patience à Carole. Ça fait des années que ça dure. Désolé ! Il fallait que ça sorte. Je vous écoute, maintenant.

Ils débattent de nouveau du problème pendant deux bonnes heures sans trouver la solution idéale.

— Je m'occupe de lui, les informe Irène après être restée silencieuse pendant plusieurs minutes. Il ne se sentira pas menacé par une femme de mon âge.

Si certains s'étonnent qu'Irène se porte volontaire pour aider Carole malgré ce qui s'est passé entre elles, ils n'en disent rien.

— Comment allez-vous vous y prendre ? s'inquiète Henri.

— Aucune idée ! Accordez-moi jusqu'à la fin de la journée. J'ai quelques appels à passer avant de choisir la meilleure façon d'entrer en contact avec lui.

Tous sont suspendus à ses lèvres. À voir leur air, Irène en conclut qu'ils ont besoin d'en savoir un peu plus sur ses intentions.

— Le meilleur ami de mon défunt mari était détective privé. Je compte lui exposer le problème et lui demander son avis. Quitte à le payer pour qu'il fasse le travail à notre place. Il est plus que temps qu'Antoine disparaisse définitivement de la vie de Carole. J'appellerai aussi un ancien enquêteur de la Sûreté du Québec, une de mes connaissances, pour qu'il me dise ce qu'on devrait faire. Avec un peu de chance, je devrais leur avoir parlé avant la fin de la journée. Évidemment, je ne prendrai aucune décision avant de vous en avoir parlé. Rendez-vous ici à sept heures ce soir. Dans le cas où je n'aurais pas pu leur parler, je demanderai à Richard de vous avertir.

— Merci beaucoup, tante Irène ! déclare Henri avant de se lever de table. Je vous promets de résister à l'envie d'aller mettre mon poing sur la gueule de ce grand flanc-mou. À plus tard !

Richard, Mike et Marc le suivent de près.

24

Il n'y a rien qu'Isabelle n'a pas dit à sa cousine après l'appel de Maryse. Elle n'en revenait pas qu'elle ait donné l'adresse des filles à un illustre inconnu. Cette dernière a eu beau faire valoir l'insistance démesurée de l'homme étant donné l'urgence de communiquer avec Carole, rien n'est parvenu à lui redonner le sourire. Isabelle lui avait pourtant expliqué en long et en large qu'Antoine ne devait absolument pas savoir où la trouver.

Depuis, elle cherche comment rattraper le coup et, franchement, elle ignore quoi faire. Savoir qu'elle aurait une chance de le raisonner, elle irait voir Antoine et ferait tout ce qu'elle peut pour le convaincre d'oublier Carole au plus vite. Il est fou, ce gars, et tellement imprévisible. Dommage qu'il soit de retour. Isabelle se demande bien ce qu'il ne comprend pas. Son histoire avec Carole est finie depuis longtemps. Elle fixe son téléphone. À moins qu'elle contacte Richard, il saura quoi faire. Et s'il a besoin d'aide, il pourra compter sur elle. Seul problème : ils ne se sont pas parlé depuis tellement longtemps qu'elle se sent mal à l'aise de l'appeler. Encore plus à l'idée de tomber sur Sophie, sa fiancée. Elle aimerait bien savoir ce qu'elle a fait de si spécial pour mériter une demande en mariage de la part de celui qui ne voulait rien savoir de se mettre la corde au cou. Elle renifle discrètement, bien qu'elle soit seule ; Richard était l'homme de sa vie et il le restera jusqu'à son dernier souffle. Elle est sortie avec quelques gars depuis les événements qui ont eu raison de leur relation, mais pas une seule fois elle n'a eu envie de s'engager. La majorité du temps, sa vie se résume à aller à l'université, étudier et travailler pour assurer sa survie. L'amour n'a pas encore trouvé une place pour exister dans son emploi du temps plutôt chargé.

L'arrivée de sa cousine met fin à sa réflexion existentielle qui, somme toute, ne la mène nulle part. Un jour, il faudra qu'elle efface Richard de sa tête et de son cœur.

— Ne me dis pas que tu m'en veux encore ?

— Tu ne comprends vraiment pas les conséquences de ton geste…

— Sûrement pas aussi bien que toi puisque je n'ai jamais vu Antoine, ni Carole, ni Maryse. J'ai fait une erreur et je m'en excuse pour la centième fois. Est-ce qu'on soupe ensemble ?

Isabelle lève les yeux au ciel. Une partie d'elle lui souffle à l'oreille qu'il serait temps de passer à autre chose alors qu'une autre se conforte dans la distance qu'elle garde entre elle et sa cousine vu la bourde qu'elle a faite malgré qu'elle lui avait expliqué l'importance de protéger Carole de son ex-petit ami.

— OK, finit-elle par répondre. Je veux bien enterrer la hache de guerre.

— Je cuisine et tu fais la vaisselle. Au fait, j'ai retrouvé la carte professionnelle que le type m'a donnée. Tiens !

Isabelle retrouve instantanément le sourire. Elle lit le nom qui est inscrit dessus et se redresse sur sa chaise. Il lui dit quelque chose, mais quoi. Elle fouille dans sa mémoire jusqu'à ce qu'un déclic se fasse. C'est un ami de son père. Elle va chercher le téléphone et compose le numéro de ses parents. Coup de chance, son paternel décroche à la deuxième sonnerie. Elle lui explique la raison de son appel. Il côtoie à l'occasion l'homme en question. À son grand étonnement, il lui propose même de l'accompagner si elle a l'intention d'aller le voir. Il est si rare qu'il lui offre de faire quelque chose pour elle qu'Isabelle accepte sans se faire prier.

— Je serai chez vous dans cinq minutes. Je sais où le trouver, à cette heure.

Isabelle demeure en ligne pendant plusieurs secondes après que son père a raccroché.

— À qui parles-tu ? s'inquiète sa cousine.

— À personne. J'étais en ligne avec mon père. Il vient me chercher dans cinq minutes. Il fait sûrement de la fièvre. Il m'a offert de m'emmener voir l'homme qui t'a demandé l'adresse de Carole.

— Bonne nouvelle ! N'oublie pas de le saluer pour moi. Ton père, évidemment !

Au lieu de lui confirmer qu'elle lui fera son message, Isabelle va chercher son sac à main et sort l'attendre dehors. Elle n'en revient toujours pas que son paternel lui ait offert son aide. Il était temps !

***

Myriam se félicite d'avoir accepté d'aller boire un verre avec Jacques le jeudi soir. En plus de redonner un coup de jeunesse à leur couple, ce simple geste a fait disparaître la tension qui s'emparait immanquablement d'elle plus le jour fatidique approchait. Sans compter que ça lui fait un bien immense d'avoir un vrai rendez-vous avec son mari.

— Vive les 5 à 7 ! s'écrie Marie lorsqu'elle fait son entrée au bureau en ce vendredi matin. On dirait que tu rajeunis un peu plus à chaque sortie.

— Aussi bien l'avouer, je suis gagnante sur toute la ligne de nous accorder une petite sortie en pleine semaine. Tu le sais, il faut se lever de bonne heure pour m'arrêter de travailler. J'ai moi-même du mal à me raisonner. Quant au verre de vin, il ne fait que mettre la table pour le reste, si tu vois ce que je veux dire. Désolée, Sophie, de t'obliger à écouter mes vieilles blagues de ma tante.

— Ne te prive surtout pas pour moi. Je vous trouve tellement drôles, Marie et toi, on jurerait deux gamines. Et je confirme ce que ta sœur vient de dire, tu rajeunis un peu plus chaque semaine.

— Vous êtes trop gentilles, leur dit Myriam. Dis-moi, Sophie, avez-vous réussi à freiner les ardeurs d'Antoine ?

— Tout ce qu'on sait pour le moment, c'est qu'il semble avoir cru ce que lui a raconté l'ami de tante Irène. L'ancien policier. Il le surveille de près depuis. Il paraît que son père a fait des pieds et des mains pour convaincre son fils de se tenir à carreau s'il ne veut pas être accusé de harcèlement.

— Ayoye ! lance Marie, ça devient drôlement sérieux, cette histoire. Pauvre Carole. C'est une vraie plaie, cet homme !

— Il a beaucoup de chance d'avoir affaire à elle plutôt qu'à moi, lance Myriam, parce qu'il y a longtemps que j'aurais déposé une plainte.

— J'ai cru comprendre qu'elle l'a déjà fait, intervient Sophie, et que ça n'a rien donné. Richard dit que c'est un enfoiré et qu'il n'écoute rien ni personne.

— Tiens-nous au courant, lui demande Myriam. Réunion dans cinq minutes dans mon bureau.

***

Ça fait plusieurs jours qu'Henri veut aller voir Mme De Koninck et il n'a pas encore trouvé le temps. Il est passé devant chez elle ce matin; le nouveau jardin auquel ils doivent refaire une beauté est tout près et il s'est promis de ne pas rentrer chez lui ce soir avant d'être allé au moins la saluer. Il y a des limites à ne pas tenir ses promesses. Il regarde travailler ses hommes et il opine du bonnet. Rien ne l'empêche de se sauver une petite heure. C'est ça ou il n'arrêtera pas de penser à elle. Il lui doit tellement. Il avise Richard et part à pied. Il avance d'un bon pas et fige sur place lorsqu'il tourne le coin pour accéder à sa rue. Une ambulance est stationnée devant chez elle. Il reprend sa marche d'un pas accéléré et, au moment où il met un pied sur la première marche, les ambulanciers sortent avec Mme De Koninck sur une civière. Il se tasse et les suit jusqu'à leur véhicule. Elle a les yeux fermés et se plaint.

— Que lui est-il arrivé? leur demande-t-il.

— Êtes-vous de la famille? lui demande le plus âgé des deux.

— On peut dire ça, répond-il d'un ton assuré.

— Henri, c'est bien vous? lui demande Mme De Koninck. Je suis tombée et j'étais incapable de me relever.

— C'est la voisine d'en bas qui nous a appelés, ajoute un des ambulanciers.

— Voulez-vous que je prévienne votre fils?

— Il est en voyages d'affaires jusqu'à la fin de la semaine.

— Le temps d'aller chercher mon auto et je vous rejoins à l'hôpital.

— Je vous en supplie, se plaint la malade entre deux gémissements, ne me laissez pas seule. J'ai une peur bleue des hôpitaux.

Henri ne les aime pas plus qu'elle, mais il réalise très vite que ce n'est pas le moment de s'apitoyer sur son propre sort. Mme De Koninck a besoin de lui maintenant. Il monte à reculons dans l'ambulance – c'est une première pour lui – et prend la main de la vieille dame dans la sienne.

— Merci, Henri.

— Racontez-moi ce qui vous est arrivé, la prie-t-il d'une voix douce.

Elle remplit ses poumons d'air en grimaçant – elle a vraiment mal – et ferme les yeux, le temps d'en trouver le courage.

— Je suis montée sur une chaise pour aller chercher une boîte de chocolats dans le haut de l'armoire et je me suis retrouvée par terre en voulant me mettre sur la pointe des pieds.

De grosses larmes perlent au coin de ses yeux. Elle a mal et ça se voit.

— Ne vous en faites pas ! lui dit Henri en pressant un peu sa main. Ils vont bien s'occuper de vous.

Mme De Koninck lève les yeux au ciel, ce qui fait sourire Henri malgré lui. Même souffrante, elle demeure sur ses positions. Elle déteste les hôpitaux et tout ce qui vient avec, les médecins compris. Pourquoi ? Parce qu'elle ne fait pas confiance au système public de santé. De son point de vue, ils étaient beaucoup mieux servis avant. Contrairement à aujourd'hui, ils n'attendaient pas pour se faire soigner. Il suffisait de prendre un rendez-vous avec son docteur et de payer quelques dollars pour le service. Aujourd'hui, la plupart des gens croient que tout ce qui touche la santé est gratuit alors qu'elle n'a jamais coûté aussi cher. Et on attend encore et encore avant d'avoir un rendez-vous. Ce n'est pas pour rien qu'on les appelle les patients.

— Promettez-moi de ne pas me laisser toute seule, l'implore-t-elle entre deux plaintes bien senties.

L'instant d'après, elle ferme les yeux alors que des larmes inondent ses joues. Henri lui flatte doucement les cheveux avant de se pencher et de lui dire à l'oreille :

— Je serai avec vous partout où vous pourrez être accompagnée.

— Merci, souffle-t-elle avant de se remettre à se plaindre.

— Tenez bon, madame, annonce le plus jeune des deux ambulanciers, on sera à l'hôpital dans une minute.

— Ne faites pas le saut, ajoute le chauffeur, je vais mettre la sirène pour annoncer notre arrivée.

Henri se boucherait les oreilles s'il pouvait disposer de ses mains. Faute de quoi il se contente de rentrer la tête dans les épaules même si son geste n'a aucun effet sur le son strident qui lui vrille les tympans. Une fois sur place, il appellera tante Irène et lui enjoindra d'aller avertir Richard. Heureusement, sa maison et celle de son client sont pratiquement dos à dos. Il lui demandera ensuite de rejoindre Geneviève. La connaissant, elle va venir le trouver à l'hôpital. Probable qu'elle lui offrira de le remplacer cette nuit. Il refusera parce qu'il a promis à Mme De Koninck de rester avec elle. Si seulement il pouvait téléphoner à son fils ! Il pose les yeux sur la malade et remarque aussitôt qu'il y a quelque chose qui ne va pas. Elle a cessé de se lamenter. Il avise aussitôt les ambulanciers. Le conducteur lui dit qu'ils seront à l'urgence dans une minute. Henri est de plus en plus inquiet. Il essaie de trouver son pouls, mais la porte s'ouvre avant qu'il ait réussi. Les ambulanciers sortent la civière et l'abandonnent sans rien dire. Il sort du véhicule et entre à l'urgence. Il se rend ensuite à la réception et demande où on a emmené Mme De Koninck. La jeune femme le prie de patienter le temps qu'elle aille s'informer.

— En réanimation, lui dit-elle. C'est au deuxième étage. Vous n'aurez qu'à vous asseoir dans la salle d'attente, on viendra vous chercher en temps et lieu.

Henri la remercie et part à la recherche d'un téléphone public. Il met une pièce de monnaie dans la fente et compose le numéro de la maison. Geneviève décroche à la première sonnerie. Il lui raconte ce qui est arrivé à Mme De Koninck. Elle va venir le rejoindre à l'hôpital dès qu'elle aura trouvé quelqu'un pour s'occuper de Rémi. Elle aime beaucoup la vieille dame. Avant de raccrocher, Henri lui dit qu'il s'inquiète pour celle dont il a entretenu le jardin pendant plus d'un quart de siècle. Il lui avoue craindre le pire. Sa femme lui promet de faire vite, elle sait à quel point il déteste la maladie sous toutes ses formes, et encore plus les hôpitaux.

Il monte au deuxième étage, s'assoit dans la salle d'attente et patiente en faisant son gros possible pour rester calme. Quelques minutes plus tard, une infirmière vient le chercher et lui demande de la suivre. Le docteur le salue sans cérémonie et lui suggère de s'asseoir.

— Je suis désolé, dit-il, mais on n'a pas pu la ranimer.

Henri est sous le choc. Tout est allé si vite. Mme De Koninck a quitté ce monde, il n'en revient pas. Il se lève, remercie le docteur et sort de son bureau. Il retourne à la réception afin de répondre à quelques questions. Il était attaché à cette femme et elle à lui. Il est triste à l'idée de penser qu'elle ne cuisinera plus jamais pour lui. Il secoue la tête. Comment peut-il penser à son estomac dans un moment pareil ? Il attend son tour et tape du pied malgré lui. Il se demande bien comment il va faire pour joindre le fils de sa bienfaitrice, s'il est à l'extérieur. Au fond, il le connaît sans vraiment le connaître. La dernière fois qu'il est venu rendre visite à la vieille dame, elle s'est plainte qu'il ne lui avait pas donné de ses nouvelles depuis plusieurs semaines. Ni en personne ni au téléphone. Il ne reste plus à Henri qu'à souhaiter que sa femme soit restée en ville. C'est alors qu'il se rappelle avoir déjà noté son numéro de téléphone. Espérons qu'il a toujours le même. Il sort son porte-monnaie et vérifie chaque bout de papier. Quand il met enfin la main dessus, il soupire de soulagement. Il s'arrête devant le premier téléphone public qu'il voit, compose le numéro et désespère que quelqu'un décroche. Une voix féminine lui répond enfin. Il demande à parler à la femme de celui qu'il qualifie d'ingrat lorsqu'il en parle.

— Que puis-je faire pour vous ? lui demande-t-elle poliment.

Henri la met au courant pour sa belle-mère. Elle lui confirme sans hésiter qu'elle sera là dans quelques minutes. Au lieu de retourner faire la file, il va s'asseoir à l'urgence. C'est de bonne grâce qu'il lui cédera le flambeau. Dommage qu'il soit trop tard pour aviser Geneviève de ne pas se déplacer. Il regarde l'heure sur sa montre, elle ne devrait pas tarder.

Pendant ce temps, sa tendre moitié tempête dans son auto. À peine avait-elle traversé le pont qu'elle a eu droit à un barrage policier. Un face-à-face avec des blessés graves s'est produit il y a une quinzaine de minutes à un mille de là et la circulation est pour ainsi dire arrêtée. Pour combien de temps ? Elle l'ignore. Et elle n'a aucun moyen d'avertir Henri. Elle frappe son volant avec la paume de ses mains. Vivre à l'Île d'Orléans revêt quelques inconvénients, dont celui d'avoir une seule route pour y entrer ou pour en sortir. Elle se raisonne. Autant prendre son mal en patience puisque de toute façon elle n'a aucun pouvoir pour dégager la route ou pour se transporter à l'hôpital. Elle regarde à côté d'elle dans l'espoir d'y trouver un roman ou un livre emprunté à Richard. Rien. Elle inspecte ensuite le siège arrière. Rien non plus. Ou elle se rabat sur la radio ou elle risque de trouver le temps long. Elle déteste au plus haut point poiroter dans une auto. Quand elle était jeune, elle accompagnait souvent son père en ville. Au lieu de l'emmener avec lui, Adrien lui disait de l'attendre dans la voiture. Elle trouvait le temps doublement long lorsqu'elle oubliait son livre. Aujourd'hui, elle se demande bien pourquoi elle tenait tant à être du voyage. Pour être seule avec son père ne serait-ce que quelques minutes. Quand on est la dernière d'une famille de huit enfants, on réalise très vite qu'il vaut mieux saisir chaque occasion qui se présente. À la fin de sa tournée, Adrien lui payait une crème glacée.

Ah ! Si elle avait quelque chose à lire, le temps passerait plus vite. Elle se promet de faire provision de lecture dès demain et elle rangera le tout dans le coffre à gants. Elle descend les fesses sur son siège et ferme les yeux. Les paroles de Charlotte lui reviennent de plein fouet alors qu'elle fait des pieds et des mains pour les oublier. Son histoire l'a marquée, d'autant plus qu'elle ne peut s'empêcher de penser que ce genre de situation peut arriver à une multitude de femmes. Et pourquoi pas à elle ? Elle secoue la tête. Comment un être humain digne de ce nom peut-il vivre dans deux réalités différentes en même temps et être encore capable de se regarder dans le miroir ? Comment fait-il pour ne pas se tromper de nom ? Pour ne pas emmêler ses souvenirs ? Pour ne jamais être totalement à un endroit, ce qui équivaut à être à la fois nulle part et partout ? Gérer sa vie doit exiger une rigueur hors du commun. Elle frissonne rien qu'à y penser. Elle a déjà du mal à en diriger une seule. Elle se redresse sur son siège. Misère ! La voilà en train d'essayer de comprendre le bourreau au lieu de plaindre ses victimes. Imaginons qu'il a des enfants dans les deux lits. Geneviève n'ose pas imaginer leur réaction quand ils sauront la vérité sur leur père. Une vague de colère l'envahit du bout des orteils au bout des doigts. Plus les jours passent, plus ça devient difficile de n'en parler à personne.

Ça lui ferait tellement de bien. D'ailleurs, pas plus tard qu'hier, elle a failli tout déballer à sa mère. N'eût été l'arrivée fracassante de Rémi, elle aurait sûrement flanché. Le rôle de confidente qu'elle a joué malgré elle la majeure partie de sa vie ne lui sied plus du tout. Il lui pèse autant qu'une tonne de briques sur les épaules et ce n'est pas une figure de style. Elle sera toujours là pour ses proches, mais plus pour des étrangers. Oui, mais que devrait-elle faire pour s'en soustraire quand quelqu'un l'apostrophe au moment où elle s'y attend le moins ? Prendre ses jambes à son cou serait la meilleure option, sauf que ça ne se fait pas. Pour elle, tout humain doit prêter assistance à une personne dans le besoin.

Un coup de klaxon bien senti la sort brusquement de ses pensées. Elle embraye et suit docilement les autos qui avancent à pas de tortue. À cette vitesse-là, il fera nuit avant qu'elle arrive à l'hôpital et Henri aura eu le temps d'ameuter toute la famille pour savoir pourquoi elle n'est pas encore là… à moins qu'il écoute la radio et que l'animateur parle de l'accident.

***

Richard n'en revient pas de ce que tante Irène lui a annoncé ce matin. Elle va lui donner sa maison. Pas dans dix ans, mais dans les jours qui viennent. Il lui a sauté au cou et l'a serrée si fort qu'elle l'a supplié de la libérer en riant. Heureusement que Sophie était là parce qu'il croirait qu'il a rêvé.

Irène les a convaincus d'emménager avant les Fêtes, ce qu'ils ont accepté sans trop se faire prier. Ils descendront le peu qu'ils possèdent et elle montera une partie seulement de ses meubles. Elle leur a offert de laisser les électroménagers là où ils sont. Les jeunes sont gagnants sur toute la ligne, elle a changé les siens l'année dernière et elle n'a pas lésiné sur la qualité.

— Il y a quelque chose qui m'inquiète, avoue Sophie à mesure qu'elle réalise ce qui leur arrive. Je crains que tante Irène ait du mal à monter l'escalier dans un avenir pas si lointain. Elle en a perdu depuis le début de l'été. J'ai été à même de le constater quand on est allées à Montréal. On devrait la garder avec nous.

Les yeux de Richard s'arrondissent.

— Chez nous ?

— Oui ! Elle en a tellement fait pour nous qu'on lui doit bien ça. Prends le temps d'y réfléchir, mais pour ma part, je serais plus rassurée si je pouvais veiller sur elle de près.

— Tu n'as pas peur de te sentir épiée ?

— Pas avec elle. Je l'aime plus que ma propre mère et...

Sophie arrête de parler quand elle réalise ce qu'elle est en train de dire. Aime-t-elle vraiment celle qui lui a donné la vie ? D'une certaine façon, oui. D'une autre, avec le temps, elle a appris à vivre sans et, aussi bien l'avouer, tout est beaucoup plus facile sans elle. Un fossé dont l'ampleur grandit à vue d'œil s'est creusé entre elles, et Sophie ne voit pas le jour où elle pourra le remplir. Elle ne sait toujours pas si ses parents se donneront la peine de venir à son mariage. Tant pis pour eux, elle survivra. De toute manière, elle ne saurait pas quoi leur dire s'ils se trouvaient devant elle.

Richard l'attire à lui et l'embrasse avec passion. Sophie a le cœur sur la main et ça lui plaît énormément.

— Je t'en prie, laisse-moi être là pour elle.

— Si c'est ce que tu souhaites, c'est correct pour moi. À toi de la convaincre. J'aime autant t'avertir que tante Irène a horreur de déranger les autres.

— Ça tombe bien parce que ce ne sera pas le cas, au contraire. Elle pourra mettre la main à la pâte autant qu'elle veut.

— Es-tu en train de me dire que tu te cherches une bonne ?

— Mais non ! s'oppose aussitôt Sophie en martelant le bras de Richard de petits coups de poing. Je veux seulement lui offrir une belle fin de vie et profiter de sa présence au maximum. J'ai envie de la gâter, de l'emmener voir des spectacles ou des films, de l'inviter au restaurant pour son anniversaire, de faire la tournée des musées avec elle, d'aller traîner dans le Vieux-Québec. Et pourquoi pas de lui demander d'être la marraine de notre premier enfant ?

Richard passe près de s'étouffer en entendant la dernière phrase de sa dulcinée. Aucun doute, ils fonderont une famille un jour. Par contre, ce n'est pas pour demain.

— Oublie ce que je viens de dire, s'empresse-t-elle d'ajouter. Ma vie est tellement belle depuis que je t'ai rencontré que je m'emporte. À bien y penser, ce n'est pas l'idée du siècle. Ce serait bête de choisir quelqu'un qui risque de ne plus être là avant son entrée à l'école… Désolée ! Plus je parle, plus je m'enfonce.

Elle met ses mains sur ses yeux pendant quelques secondes dans l'espoir de faire diversion. Lorsqu'elle les retire, elle fait un clin d'œil à Richard et lui adresse son plus beau sourire.

— Je ferais mieux d'aller prendre une marche pour me rafraîchir les idées. C'est trop de bonheur en même temps pour moi. Viens-tu ou j'arrête chercher tante Irène ?

— Allez-y entre femmes, je vais préparer à souper pendant ce temps-là.

— Il va vraiment falloir que je commence à te surveiller si je ne veux pas qu'une autre fille te mette le grappin dessus.

— Aucun danger puisque je n'aime que toi.

Au lieu de se précipiter à la cuisine, Richard va se chercher une bière et s'installe dans le vieux fauteuil de cuir. Il a parlé à Maryse hier soir. Carole a reçu une deuxième lettre enflammée signée de la main d'Antoine dont elle ignore toujours l'existence. Au Québec, les choses n'avancent pas aussi vite que prévu. Il s'avère que le tombeur de ces dames ne tient pas en place, ce qui complique les choses. Les contacts de tante Irène ont décidé de faire équipe. Une petite recherche dans les dossiers de la police leur a appris que celui qui pourrit la vie de Carole a déjà reçu plusieurs plaintes de jeunes filles, mais aucune peine. Il y a forcément quelqu'un qui protège ses arrières. Reste à découvrir qui peut se permettre de couvrir un salaud de son espèce. Ils finiront bien par le découvrir, mais en attendant, Richard a suggéré à Maryse de mettre Carole au courant. Elle n'aimerait pas qu'on la garde en dehors de sa propre vie. Seul hic, les deux lettres qui lui sont adressées ne sont plus scellées. Maryse lui a promis d'y penser. Sa coloc risque de lui arracher la tête quand elle saura ce qu'elle a fait même si son geste partait d'une bonne intention. Quant à Mike, il ronge un peu plus son frein à mesure que les jours passent. Richard lui a fait promettre de ne pas s'approcher de la bête sous aucune considération. Pour lui, le plus dur demeure sans contredit de ne rien dire à Carole. D'ailleurs, il a téléphoné ce matin pour l'aviser que ça ne pourra pas continuer ainsi bien longtemps. Il s'applique à bâtir une relation solide avec elle malgré la distance qui les sépare et il lui ment. Ça n'a aucun sens pour lui.

Richard retourne toute l'histoire dans sa tête et en conclut qu'il est le mieux placé pour expliquer la situation à sa sœur. Il va chercher le téléphone et compose son numéro. Il reconnaît tout de suite sa voix.

— Bonjour, ici Carole ! Qui est-ce ?

— L'aîné de la famille, répond Richard en riant. Quel temps fait-il à Victoria ?

— Beau et chaud comme d'habitude. Quel bon vent t'amène, mon frère ?

— Assieds-toi confortablement, je dois te parler de quelque chose d'important.

— Il n'est rien arrivé de grave aux parents, j'espère ?

Richard garde le silence pendant quelques secondes avant de lui répondre. Il prend le temps de lui expliquer de quoi il est question. Tout ce qu'il entend à l'autre bout du fil, c'est la respiration somme toute régulière de Carole. Elle ne l'interrompt pas une seule fois.

— Je t'ai tout dit.

Et voilà qu'elle se met à pleurer à chaudes larmes. Sa réaction le déstabilise totalement.

— Carole, parle-moi. Je te jure qu'on ne voulait pas te faire de peine. On voulait juste te protéger. Si tu dois en vouloir à quelqu'un, c'est à moi.

Elle renifle dans son oreille, ce qui n'augure rien de bon de son point de vue. Tant pis, il fera avec. Aucun messager n'est à l'abri des reproches.

— Carole ? Es-tu fâchée ?

Nouveau reniflement.

— J'ignorais… que… vous… teniez… autant… à… moi… et… ça me touche.

Richard s'essuie le front. Pas parce qu'il a chaud, mais bien parce qu'il a eu chaud. Son appel aurait tout aussi bien pu tourner au drame. Il en connaît quelques-uns qui seront soulagés quand ils apprendront comment elle a réagi.

— Merci ! ajoute-t-elle. Merci pour tout ce que vous faites pour moi. À compter de maintenant, je veux être au courant de tout ce que vous allez tenter pour mettre fin à son petit manège et à mon calvaire. Sérieusement, je ne vous remercierai jamais assez. Je n'en reviens pas que tante Irène ait pris ma défense après ce que j'ai fait.

— Promets-moi de ne pas être trop dure avec Mike. Il n'a pas arrêté d'insister pour que je te mette au courant. Salut, ma sœur !

La porte s'ouvre sur Sophie au moment où il raccroche. Elle lui demande avec qui il parlait. Elle le félicite d'avoir pris l'initiative de mettre Carole au courant.

— Debout, jeune homme ! lui dit-elle d'un ton faussement autoritaire. Je suis affamée. Dépêche-toi d'aller t'habiller, tante Irène nous a invités à souper.

— Qu'est-ce qu'on mange ?

— Tout ce que je peux te dire, c'est que tu ne seras pas déçu. Allez !

25

C'est la troisième fois que Chantale compose le numéro de Catherine en une heure et qu'elle raccroche avant que le répondeur s'enclenche. Elle tentera de nouveau sa chance demain matin. C'est fou ce que sa sœur lui manque depuis quelques jours. Aussi bizarre que cela puisse paraître, tout ce qu'elle fait la ramène à l'été où elles travaillaient au même restaurant avec Carole. Leurs discussions éternelles sur tout et sur rien en fin de soirée. Leurs éclats de rire étouffés pour ne pas réveiller le reste de la famille. Leurs sorties dans les bars entre sœurs après le travail. Leurs amours. Leurs peines. Leur réconciliation avec Marguerite. Et la distance qui s'est créée entre chacune d'elles et leur mère par la force des choses. Chantale et Catherine en ont justement parlé la dernière fois. Elles l'aiment toujours autant, c'est juste qu'elles n'ont plus envie de tout lui raconter. Résultat : elles se sont éloignées sans vraiment s'en rendre compte. Le fait d'avoir leur propre vie et un compagnon a fait le reste. Même si Chantale s'était promis d'aller plus souvent à Québec étant donné qu'elle a pris une pause du tennis et qu'elle y va une fois par mois pour rendre compte de son travail à Myriam, c'est tout juste si elle trouve le temps faire un saut chez les parents. Ses études, son emploi et son contrat l'occupent tellement qu'elle ne voit pas l'heure de s'asseoir pour lire autre chose que les lectures obligatoires pour ses cours. Heureusement que Donald et elle vivent ensemble parce qu'ils auraient du mal à trouver une plage libre et commune dans leur agenda. Sérieusement, elle se demande comment elle faisait quand elle jouait au tennis.

Elle va se poster devant la fenêtre du salon et regarde battre la vie dehors. L'envie de partir en solo en Europe avec son sac à dos l'interpelle de plus en plus. Elle sait déjà que Donald se portera volontaire pour l'accompagner et elle sait aussi qu'elle refusera. Elle a besoin de se retrouver seule avec elle-même et de découvrir ce qu'elle veut faire de sa vie avant de se lancer pour de vrai dans le monde des adultes. Sa grand-mère est la seule à qui elle en a glissé un mot. Fidèle à elle-même, Marguerite lui a dit de foncer tête baissée parce qu'elle n'aura plus la chance de le faire le jour où elle fondera une famille, si toutefois c'est ce qu'elle souhaite. Difficile à dire pour le moment. Surtout quand elle pense à l'expérience de ses deux sœurs. À vrai dire, Chantale ne veut pas d'enfant à tout prix. Elle n'a qu'à regarder tout le trouble que Rémi donne à leurs parents pour avoir envie de passer son tour. Oui, mais Donald adore les enfants. La sonnerie du téléphone la sort brusquement de ses pensées. Elle décroche à la première.

— Salut, toi ! s'écrie joyeusement Catherine de l'autre côté de l'océan. Est-ce toi qui as appelé trois fois en moins d'une heure ?

— Parce que tu étais là ? Pourquoi tu ne m'as pas répondu ?

— Disons que Nolan et moi étions occupés, répond-elle d'un ton faussement gêné.

— Espèce de dévergondée ! s'écrie Chantale.

— Je te rappelle que je suis mariée et que, par conséquent, j'ai le droit.

— Pour faire des enfants, pas pour t'amuser.

Elles éclatent de rire en même temps. Ni l'une ni l'autre ne peut être accusée d'user les bancs des églises.

— Quoi de neuf ? lui demande Catherine.

— Pas grand-chose, en réalité. Et de ton côté ?

— Idem ! Je vais à l'université et j'étudie le reste du temps. Mais tu sais quoi ? Si je ne me retenais pas, je m'inscrirais à la maîtrise. Nolan m'encourage à le faire, mais il va falloir que je finisse par travailler un jour… et par participer aux dépenses de la maison.

— Ce ne sera plus le temps de retourner à l'école quand tu auras une ribambelle d'enfants pendus à tes jupes.

— À moins d'un coup de malchance, ça ne risque pas d'arriver de sitôt. Je prends la pilule et Nolan met toujours un préservatif. Et toi ? Quand comptes-tu me fabriquer un filleul ?

— Tu ferais mieux de miser sur quelqu'un d'autre parce que ce n'est pas demain la veille que je vais décider de devenir mère. J'aime bien trop ma liberté pour ça.

— Pauvre maman ! Elle désespère d'être grand-mère et aucune de ses filles n'est pressée de devenir mère. À moins que Richard se laisse attendrir par Sophie. En même temps, ce serait l'idéal puisqu'il est le seul à vivre à proximité. Changement de sujet, as-tu recommencé à jouer au tennis ?

— Pas avant l'année prochaine. En fait, tout dépendra si j'en ai envie ou pas, parce que, vois-tu, j'avais besoin de lever le pied un peu. Autrement, je pense sérieusement à découvrir l'Europe l'été prochain seule avec mon sac à dos. Enfin, plutôt une partie.

Chantale lui parle de son projet de voyage et répond à ses questions.

— Si jamais je décide de faire un saut en Irlande, dit-elle à Catherine, est-ce que vous pourrez m'héberger quelques jours ?

— Avec plaisir, ma sœur ! Il suffira qu'on s'entende sur le moment parce que Nolan veut absolument aller au Québec.

Sa grand-mère a des petits ennuis de santé. Si on s'en tient à ce qu'on a décidé, on sera là-bas les deux dernières semaines de juin.

— Tant mieux ! Je pourrai vous voir au Québec et chez vous.

— Je dois te laisser, Nolan n'arrête pas de me montrer sa montre. On est invités à aller boire une bière chez un couple d'amis. Je t'embrasse très fort, ma sœur.

— Moi aussi !

Chantale est vraiment contente d'avoir pu parler à Catherine. Contrairement à ce qu'elle croyait, leur brève discussion a décuplé son manque de l'avoir près d'elle comme dans le bon vieux temps. Elle attrape le journal et tourne les pages sans voir ni le texte ni les photos. Son esprit la fait voyager à travers les moments marquants vécus aux côtés de sa sœur. Dommage qu'elles vivent aussi loin l'une de l'autre. À moins qu'elle tente de la convaincre de revenir vivre au Québec avec Nolan. Chantale éclate de rire lorsqu'elle réalise ce qui vient de lui passer par la tête. Son beau-frère est très attaché à son pays.

* * *

Marguerite sirote son thé comme elle le fait à la même heure lorsqu'elle est chez elle. Ce qui est différent aujourd'hui, c'est qu'il lui reste seulement quelques ficelles à attacher pour offrir une fin de semaine de rêve à ses filles. Elle leur a donné à l'avance les dates de leur petite escapade pour qu'elles les notent à leur agenda. Bien évidemment, elles ont tout essayé pour en savoir plus, sans résultat. Elle a réservé deux suites communicantes pour le vendredi et le samedi à l'Hôtel Le Concorde de Québec. Elles souperont à l'Astral à huit heures le jour de leur arrivée. Le lendemain matin, Frédéric les recevra à déjeuner chez lui à dix heures. Il serait plus juste de dire qu'il fournira la cuisine et que Marguerite sera aux fourneaux. Il les invitera ensuite à traverser à son atelier, aucune ne l'a encore vu. Il leur fera faire le tour du propriétaire et répondra à toutes leurs questions. Marguerite et lui les emmèneront ensuite faire un tour en autobus de ville. Pourquoi ? Pour deux raisons. La première pour tenter de leur faire réaliser comment Frédéric et elle procèdent pour choisir un personnage inspirant à qui Marguerite prête vie sur papier une fois que Frédéric l'a immortalisé sur sa toile. Ils reviendront ensuite à l'atelier et auront le choix du médium pour parler de leur coup de cœur. En espérant que chacune en trouvera un. Après leur séance artistique, elles retourneront à l'hôtel où elles disposeront de tout le temps nécessaire pour se faire belles avant de sortir manger dans un restaurant choisi avec soin par Adrien. Marguerite a fini par accepter qu'il se joigne à elles pour manger. Une première pour lui avec les femmes de sa vie ! Le dimanche, elles iront traîner dans le Vieux-Québec. Cette fois, chacune contribuera au programme de la journée. Comment ? Marguerite y réfléchit encore. Ça promet !

— Marguerite, tu es demandée au téléphone, lui dit Adrien. Un certain M. Laprise. Le connais-tu ?

Elle se lève en vitesse, passe devant son mari et fonce dans la maison. À moins que sa mémoire lui fasse défaut, c'est l'éditeur à qui elle a soumis son recueil de nouvelles il y a un mois.

— Marguerite à l'appareil, annonce-t-elle d'une voix affirmée.

— Bonjour, madame. Ici Paul Laprise, éditeur. J'aimerais vous rencontrer la semaine prochaine pour discuter de la publication de votre recueil de nouvelles.

Ils conviennent du jour et de l'heure et raccrochent. Marguerite est tout sourire lorsqu'elle rejoint Adrien sur la galerie. Elle n'a pas de mots pour exprimer comment elle se sent.

— Je suis très content pour toi.

— Et moi donc ! Tu ferais mieux de m'oublier pour un bout de temps, je vais appeler les enfants pour leur apprendre ma nouvelle.

— Prends tout le temps qu'il te faudra, ma chère.

Marguerite a gardé Frédéric pour la fin. Il la félicite chaudement et l'invite à souper avec Adrien le jour de sa rencontre avec son futur éditeur pour célébrer sa réussite. Elle sort dehors et éclate de rire lorsqu'elle entend son homme ronfler la bouche grande ouverte. Il se réveille en sursaut et regarde partout autour de lui.

— Tu devrais aller t'étendre dans notre chambre, lui suggère-t-elle gentiment. Je vais m'occuper du dîner.

— Pour quoi faire ? Je ne dormais pas, j'ai juste fermé les yeux pendant quelques minutes.

— Fais comme tu veux, mon vieux.

Elle tourne les talons et retourne à la cuisine. Au lieu de se mettre tout de suite aux fourneaux, elle met de l'eau à chauffer, dépose une poche de thé dans sa tasse préférée et attend qu'elle se mette à siffler. Elle est tellement heureuse qu'elle a mal aux joues à force de sourire. Si quelqu'un lui avait dit qu'elle serait publiée un jour, elle l'aurait traité de fou. Sérieusement, sa vie a changé du tout au tout depuis que Frédéric est apparu dans sa vie. Il lui arrive encore de se demander comment elle a fait pour vivre aussi longtemps loin des siens alors qu'ils n'attendaient qu'un geste de sa part pour faire partie de sa vie. Encore heureux qu'aucun de ses enfants ne lui prenne la tête pour tout ce qu'elle leur a fait endurer. Bien qu'elle ait banni la prière de ses habitudes, il lui arrive régulièrement de remercier Dieu pour toutes les belles choses qui lui sont arrivées ces dernières années. Avoir su, elle aurait baissé sa garde beaucoup plus tôt.

***

Carole et Mike adorent leurs rendez-vous téléphoniques quotidiens. À part celui du samedi soir où ils discutent pendant une heure, ils s'accordent cinq minutes top chrono les six autres jours. Pourquoi ? Parce qu'ils refusent de se laisser pourrir la vie sous prétexte qu'ils ne peuvent pas vivre l'un sans l'autre. Mike s'en voudrait si Carole se morfondait à longueur de journée à cause de lui. Idem pour elle.

— Dépêche-toi d'aller t'habiller, clame Maryse d'un ton autoritaire, on va aller marcher sur la promenade.

Son amie la regarde, les yeux arrondis.

— À la condition que tu me dises après qui tu cours. C'est la cinquième fois en autant de jours que tu me fais la même demande. Et sincèrement, je n'ai aucune envie de sortir maintenant.

— S'il te plaît, fais-le pour moi.

— Son nom !

Maryse pousse un grand soupir avant de reprendre la parole.

— Comment veux-tu que je le sache ? Je ne le connais même pas. Tout ce que je sais, c'est qu'il est serveur au petit restaurant près du port.

— Je ne vois pas de qui tu parles, mais je suis curieuse de voir ce qu'il a de si spécial pour que tu te mettes dans cet état. J'en ai pour une minute.

Maryse l'attend sur le bord de la porte en tapant du pied. Elle ne se rappelle pas qu'un homme lui ait fait autant d'effet. Encore moins un étranger. Il vaudrait peut-être mieux envisager la possibilité qu'elle ne soit pas son genre du tout, ou qu'il soit déjà en couple et heureux. *Qui ne risque rien n'a rien*, se répète-t-elle en boucle quand le doute l'envahit.

Elles descendent l'escalier en faisant attention de ne pas faire trop de bruit étant donné l'heure. Elles se réveillent en même temps que le soleil depuis qu'elles vivent ici et ce n'est pas parce qu'il fait clair dans leur chambre. Les rideaux sont noirs et d'une opacité à toute épreuve. Elles ouvrent immanquablement les yeux à cinq heures sans réveil. Elles traînent au lit jusqu'à six heures et se lèvent. C'est à n'y rien comprendre. Avant de s'installer à Victoria, elles dormaient jusqu'à midi sans peine, les jours de congé.

Carole est obligée de retenir Maryse par le bras à plusieurs reprises pour l'empêcher de se mettre à courir.

— Veux-tu bien ralentir !

— Tu ne comprends pas ! Je crois que je ferai une meilleure impression si je vais déjeuner au restaurant après avoir fait de l'exercice que si je sors de la douche et que je suis fraîche comme une rose.

— Fais comme tu veux ! Tu me donnerais un billet de cent dollars que je refuserais de courir.

Maryse la regarde droit dans les yeux pendant quelques secondes et elle s'élance sous l'œil amusé de son amie. Espérons qu'il en vaut la peine ! Au lieu de poursuivre sa marche sur le béton, Carole retire ses espadrilles et ses chaussettes. Une envie irrésistible de mettre les pieds dans la mer monte en elle à une vitesse fulgurante. La couleur de l'eau est magnifique et le paysage, d'une beauté rare. Elle fixe l'horizon et pense à Mike. Elle rêve du jour où elle profitera de ce spectacle à ses côtés. Elle avait cessé de croire que l'amour pouvait être aussi doux. Elle n'avait pas prévu retourner au Québec avant la fin de l'année scolaire, mais là, l'idée d'aller y passer les Fêtes commence sérieusement à faire son chemin. Elle a hâte que le cas Antoine soit derrière elle. Elle sera éternellement redevable à tous ceux qui travaillent pour l'en débarrasser. Malgré tout ce qu'ils font, elle ne peut pas s'empêcher de regarder tout autour d'elle dès qu'elle sort de son appartement. S'il fallait qu'il apparaisse dans son champ de vision ! Comment a-t-elle pu se laisser séduire par lui ? Aussi bien le reconnaître, elle était en mal d'amour, mais ça ne justifie aucunement d'être tombée dans ses filets comme une imbécile.

Perdue dans ses pensées, Carole sursaute lorsqu'elle sent une main sur son épaule. Elle se retourne d'un coup sec.

— Désolé de vous avoir fait peur, lui dit un grand blond au sourire ravageur. Je ne savais pas comment attirer votre attention.

Elle le regarde sans vraiment le voir. La bonne nouvelle, c'est que ce n'est pas Antoine. La mauvaise, c'est qu'elle ne veut pas *flirter*, même avec un adonis. Elle s'efforce de lui sourire et tourne les talons sans rien dire. La vie est parfois surprenante. Elle remonte sur la promenade et marche d'un bon pas. À l'heure qu'il est, Maryse est probablement attablée dans la section de celui qui hante ses pensées. En sueur, faut-il le préciser. Carole arrête de marcher lorsqu'elle arrive à proximité du restaurant. Sa meilleure amie est en grande discussion avec un homme qui lui semble plutôt beau à cette distance. Elle hésite entre aller la trouver comme prévu ou s'asseoir sur le banc à sa gauche et attendre qu'elle soit seule. La deuxième option s'impose d'elle-même. Sitôt installée, elle ferme les yeux et se laisse porter par le bruit des vagues.

— Ne vous sauvez pas, cette fois, je vous en prie.

La moutarde lui monte au nez lorsqu'elle reconnaît le type qui l'a abordée plus tôt. Elle se lève et lui fait face.

— Éloignez-vous de mon chemin et plus vite que ça ! s'écrie-t-elle d'une voix suffisamment forte pour que les clients du restaurant où Maryse est attablée l'entendent. Vous êtes peut-être l'homme le plus gentil que la terre ait porté, mais je n'ai aucune envie de vous connaître.

De crainte qu'il la suive, Carole résiste à l'envie de retourner à l'appartement.

— Est-ce que ça va? lui demande Maryse, venue à sa rencontre.

Ce n'est qu'à ce moment que Carole réalise que son amie est plutôt bien accompagnée.

— Viens t'asseoir, tu es pâle à faire peur.

— Tu n'as rien à craindre, lui dit le gars qui l'accompagne, il ne ferait pas de mal à une mouche.

Carole le regarde avec de grands yeux.

— Je m'appelle Robert, lui dit-il dans un français impeccable en lui tendant la main. Venez, je vais vous servir un petit déjeuner que vous n'oublierez pas de sitôt.

Maryse la prend par le bras et se met à marcher. Carole n'en revient pas de sa réaction. Elle croyait qu'en mettant autant de distance entre elle et Antoine, elle se sentirait en sécurité alors qu'il n'en est rien. À preuve, elle était complètement paniquée tout à l'heure lorsque le garçon lui a touché l'épaule, sur le bord de l'eau. Finira-t-elle un jour par oublier jusqu'à l'existence d'Antoine? Elle s'assoit sur la chaise que le nouvel ami de Maryse lui tire et se confond en excuses de son comportement.

— Ne t'en fais pas, tu n'es pas la première à réagir ainsi. Mettons qu'Anthony gagne à être connu. Remarque que rien ne t'oblige à le laisser t'approcher et, si ça peut te rassurer, il ne reviendra pas à la charge.

— J'espère bien ! ne peut s'empêcher d'ajouter Carole.

— Désolé, dit-il, je dois retourner travailler. Je reviendrai prendre votre commande dans cinq minutes.

Maryse a les yeux remplis d'étoiles malgré l'incident que vient de vivre Carole.

— Comment le trouves-tu ? lui demande-t-elle avec un trémolo dans la voix.

— Beau et charmant. Très charmant, en fait. Et toi ?

— Moi ? Je suis folle de lui.

— Tu me dirais le contraire que je ne te croirais pas. C'est écrit en lettres phosphorescentes sur ton visage. Dépêche-toi de parler avant qu'il revienne, je veux tout savoir.

— Il est originaire de Saint-Nicolas. Il a terminé son bac en gestion en mai dernier et il a décidé de s'offrir une année sabbatique pour parfaire son anglais avant de s'inscrire à la maîtrise. Il est célibataire, non marié, pas d'enfant. Aucune femme au Québec ni à Victoria. Oh ! Je n'en reviens pas de la chance que j'ai d'être tombée sur lui. Il m'a invitée à sortir demain soir.

— Je suis contente pour toi ! lui dit Carole avant de commencer à lire le menu.

— C'est tout l'effet que ça te fait ? s'indigne Maryse.

Carole soulève les épaules et fronce les sourcils comme le ferait une adolescente qui ne veut pas s'impliquer. Elle vient de rencontrer un gars, et après ?

— Pour le moment, oui. Et à bien y penser, je n'ai pas très faim. On se verra plus tard. N'oublie pas de saluer Robert pour moi, mais ne lui dis surtout pas que je le trouve très beau. À plus tard !

Elle se lève et retourne sur ses pas. En ce moment, la dernière chose dont elle a envie, c'est de discourir sur les amours en devenir de son amie. Elle marche d'un bon pas sans se retourner. Plus vite elle sera chez elle, mieux elle s'en portera. Il lui arrive de penser que le fantôme d'Antoine la poursuivra où qu'elle aille jusqu'à son dernier souffle. Elle n'ose pas imaginer ce qu'il lui aurait fait vivre si elle était tombée enceinte de lui plutôt que d'un gars d'un soir. Elle accélère sa cadence. Il lui tarde de rentrer chez elle et de barrer la porte derrière elle au cas où le taré du bord de mer l'aurait suivie.

Elle respire beaucoup mieux une fois à l'intérieur. Elle se laisse tomber sur le divan et repense à ce qui vient de se passer. Ceux qui étaient aux premières loges l'ont sûrement prise pour une folle. Sa réaction était exagérée, elle le reconnaît. En même temps, il faut avoir goûté à la médecine d'Antoine pour voir le danger partout. Ce qui la désole le plus, c'est qu'elle n'est pas la seule fille à avoir été victime de ce chanteur de pomme à l'esprit pervers. Elle a survécu à un avortement alors qu'elle a toutes les misères du monde à oublier l'existence d'Antoine. Chaque fois qu'elle met le nez dehors, une petite voix lui souffle à l'oreille de rester vigilante. Parce que la bête peut apparaître au moment où elle s'y attend le moins, comme il l'a fait à la sortie du bar quelques jours avant qu'elle prenne l'avion pour Victoria. La sonnerie du téléphone la fait sursauter. Elle le fixe d'un mauvais œil pendant quelques secondes. Rien ne l'oblige à décrocher. Il arrête de sonner juste avant que le répondeur s'enclenche. Et voilà qu'il répète le même scénario jusqu'à ce qu'elle finisse par répondre.

— Enfin ! s'écrie Richard au bout du fil. J'ai une bonne nouvelle pour toi.

— Salut, le frère ! Dépêche-toi de me la donner, j'en ai besoin.

— Antoine a été neutralisé ce matin par l'ancien policier et connaissance de tante Irène. Il lui a fait comprendre qu'il a tout intérêt à jouer profil bas avec toi, c'est-à-dire à oublier jusqu'à ton existence. Il le fait ou il risque de se retrouver en dedans. Je ne connais pas tous les détails, mais il paraît qu'il n'était pas gros dans ses shorts.

— Ce n'est certainement pas moi qui vais le plaindre même s'il croupit au fond d'une prison crasseuse.

Carole lui raconte l'incident de tout à l'heure sans négliger un seul détail concernant l'état dans lequel elle était.

— Je savais qu'Antoine t'avait laissé des cicatrices, mais jamais à ce point. Quel imbécile, celui-là ! Préviens-moi si jamais il refait surface dans ta vie. As-tu parlé à Mike aujourd'hui ?

— Pas encore !

— Je vais l'appeler. Fais attention à toi, ma sœur.

Il n'y a pas si longtemps, Carole lui aurait dit que ce n'est pas la peine alors qu'aujourd'hui elle a un urgent besoin de parler à celui à qui elle a ouvert son cœur sans hésiter. Toutefois, elle se voit mal composer son numéro elle-même. Ce n'est pas comme s'ils sortaient ensemble depuis des mois. Ça passera mieux si la demande vient de Richard.

— Peux-tu remercier tout le monde pour moi et particulièrement tante Irène ?

— Avec plaisir ! Parlant de notre vieille tante, tu ne devineras jamais ce qui m'arrive ! Elle va me donner sa maison. Au départ, elle voulait emménager dans le loft, mais Sophie l'a convaincue de rester avec nous. Tu aurais dû voir sa réaction. Elle pleurait à chaudes larmes tellement elle était contente.

— Espèce de chanceux !

26

Carole est seule la plupart du temps depuis que Maryse et Robert sortent ensemble. Coup de chance pour les amoureux, leur horaire est le même à quelques minutes près. C'est ainsi qu'ils se promènent chez l'un ou chez l'autre au gré de leurs envies. Mais en réalité, qu'ils soient présents ou pas quelque part, ils ne font que passer pour aller s'enfermer dans leurs quartiers. Disons qu'ils ont mieux à faire pour le moment que de tenir de grandes discussions avec leurs colocataires respectifs.

Curieusement, Carole ne se sent pas abandonnée pour autant. Au contraire ! Elle se croise les doigts pour que cette petite oasis permette à sa meilleure amie de digérer sa réaction le fameux jour où un certain Anthony voulait à tout prix entrer en contact avec elle. Elle reconnaît sans se faire prier ne pas avoir été à la hauteur pour exprimer sa perception de sa nouvelle flamme. Elle était trop perturbée pour sauter de joie, c'était au-dessus de ses forces. Elle a présenté ses excuses à Maryse lorsqu'elle est rentrée, mais elles n'ont pas suffi à effacer son manque d'enthousiasme. Il y aura bientôt deux semaines qu'elles vivent sous le même toit, sans plus.

Carole vérifie le nombre de pages qu'il lui reste à lire avant de terminer son roman. Dix-huit. Elle court éteindre le four, sa lasagne attendra. Il y avait longtemps qu'elle n'avait pas lu autant de livres en si peu de temps et ça lui plaît. Après le souper, elle s'amusera à corriger les dictées de ses élèves. Elle se croise les doigts pour qu'ils aient une meilleure note que pour la précédente ; c'était désastreux. Tellement qu'elle a remis en question la qualité de son enseignement. Après réflexion, elle s'est rappelé qu'ils sont anglophones et que le français demeure le cadet de leurs soucis. N'ayons pas peur des mots, la majorité de ses élèves suivent ses cours par obligation et non par amour de la langue.

La porte s'ouvre brusquement sur Maryse. Le visage déformé par la peine, elle passe en coup de vent devant elle sans la regarder et va s'enfermer dans sa chambre. Au lieu de courir aux nouvelles, Carole reprend sa lecture. Elle n'a aucune envie d'aller se planter devant sa porte et d'attendre qu'elle daigne lui ouvrir. Sa peine ne s'envolera pas d'un coup. Elle lit un premier paragraphe en essayant de prendre une distance avec les sanglots de son amie. Plus elle avance dans sa lecture, plus ceux-ci montent en volume. Ils prennent maintenant toute la place dans sa tête. Elle pousse un grand soupir, dépose son roman sur le divan et va aux nouvelles.

— Maryse ? Est-ce que je peux entrer ?

Elle compte machinalement le nombre de secondes qui passent avant que son amie lui réponde.

— C'est ouvert ! lui dit-elle entre deux soupirs.

Carole ouvre la porte et s'oblige à aller s'asseoir près d'elle sur le lit.

— Je t'écoute, dit-elle simplement de sa voix la plus douce.

— Pourquoi tu ne m'as rien dit ?

— De quoi parles-tu ?

— Tu aurais dû m'avertir que tu ne lui faisais pas confiance. J'ai eu l'air d'une vraie imbécile.

— Arrête de te faire du cinéma ! Je n'ai absolument rien à voir dans ton histoire. Je ne l'avais jamais vu avant que tu me le présentes. Ou tu me racontes ce qui t'arrive ou je retourne lire.

— Je suis en peine d'amour et c'est tout l'effet que ça te fait !

Carole tourne les talons et referme la porte en sortant, elle en a assez entendu. Si Maryse cherche un coupable pour ses déboires amoureux, elle devra chercher ailleurs. Elle attrape son roman au passage et se réfugie dans sa chambre. Avec un peu de chance, elle pourra le finir en paix. Elle fait un effort pour oublier ce que Maryse vient de lui dire et replonge dans son histoire, qui est beaucoup plus palpitante. Elle lit sans relever la tête jusqu'à la fin. Elle s'essuie le coin des yeux avec un papier-mouchoir et le referme. Ce n'est qu'à ce moment qu'elle réalise que l'appartement est redevenu silencieux. Elle sort de sa chambre, la porte de celle de Maryse est ouverte à sa pleine grandeur. Elle s'avance sans faire de bruit, son amie n'est plus là. Elle hausse les épaules et file à la cuisine. Elle sort la lasagne du four et s'en sert une grosse portion. Elle va ensuite s'installer sur la galerie. C'est alors qu'elle voit son amie revenir en courant. Elle pique sa fourchette dans les pâtes et en détache une première bouchée. Elle saura bien assez vite quelle mouche l'a piquée. Elle a juste le temps de l'avaler avant que Maryse se laisse tomber sur l'autre chaise.

— J'ai crevé ses pneus, avoue-t-elle en riant. C'est tout ce qu'il mérite.

Carole fronce les sourcils.

— Pourquoi ?

— Parce qu'il n'avait pas le droit de me mener en bateau comme il l'a fait. Sa blonde était partie en voyage pour deux semaines et il a profité de moi. Il n'avait pas le droit, il voyait bien que j'étais folle de lui.

— Ça ne te donnait pas le droit de vandaliser son auto pour autant. Est-ce que quelqu'un t'a vue faire?

— Je lui ai laissé un mot sur son pare-brise.

— Et s'il dépose une plainte contre toi à la police?

— À sa place, je tiendrais ça mort s'il ne veut pas que j'aille tout raconter à sa blonde. C'est un bel écœurant et je me suis fait avoir comme une débutante.

Carole pose un regard tendre sur son amie avant de la prendre par le cou. Même si elle a apprécié chaque seconde de sa solitude imposée, il n'en demeure pas moins que Maryse lui manquait.

— Je suis désolée pour toi, dit-elle simplement.

— Excuse-moi pour tout ce que je t'ai dit. En passant, Anthony n'est pas mieux que lui. Il a passé les deux dernières semaines avec une touriste française. J'ai fini par savoir que sa blonde était partie avec celle de Robert. Je ne suis pas près de l'oublier, celui-là.

— Tu devrais te dépêcher de le remplacer. À ta place, je tenterais ma chance du côté du directeur adjoint. Il te dévore des yeux chaque fois qu'il te voit.

— Pas avant d'avoir vérifié s'il est marié ou s'il a une blonde. Et au cas où tu l'aurais oublié, j'ai eu le coup de foudre pour Robert.

— Ça ne t'empêche pas de t'envoyer en l'air uniquement pour le plaisir. On devrait sortir ce soir.

— Pour l'instant, j'ai plutôt envie de me concentrer sur ta lasagne.

Maryse s'empare de l'assiette et de la fourchette de Carole et se met à manger.

— Je t'en prie, lui dit-elle, ne te gêne surtout pas pour moi.

— Ne la prends pas toute, je compte retourner m'en chercher. Elle est très bonne.

— Tu ne t'en tireras pas aussi facilement, s'écrie Carole avant d'éclater de rire.

Maryse est enfin de retour et ça la remplit de joie. Elle se sert une grosse portion et retourne s'asseoir dehors. Il y a eu plus de peur que de mal, cette fois, et c'est tant mieux.

***

Chaque fois qu'Irène pense à ce que les jeunes lui ont proposé, elle se met à rire. Même dans ses rêves les plus fous, elle n'aurait pas osé imaginer que sa vie pourrait être aussi belle. Elle a aimé Sophie à la seconde où Richard la lui a présentée. Tout lui plaît chez la jeune femme. Tellement qu'il lui arrive de rêver éveillée que c'est la fille qu'elle n'a pas eue. C'est d'ailleurs ainsi qu'elle la considère. Quant à son beau Richard, elle s'en voudra encore longtemps de s'être laissé prendre au jeu de Carole et d'Isabelle. Certes, il a commis une erreur en faisant payer la totalité du loyer à sa blonde et, en même temps, rien ne l'obligeait à la faire profiter de la générosité de sa grand-tante. Irène l'aime comme un fils et il le lui rend bien. Savoir qu'elle partagera leur quotidien la ravit et l'inquiète à la fois. La dernière chose qu'elle souhaite, c'est de les encombrer. Les jeunes l'ont tout de suite rassurée quand elle leur a fait part de sa crainte. C'est leur souhait le plus cher de partager la maison avec elle. Ils tiennent mordicus à veiller sur elle et ce sera beaucoup plus facile s'ils logent tous les trois à la même adresse.

Irène n'en revient toujours pas. Elle aura enfin une vraie famille sur qui elle veillera, comme une poule sur ses poussins. Elle les aime tellement ces deux jeunes ! Leur joie de vivre lui donne l'impression d'être vivante et, par moments, de rajeunir quoique son corps se fatigue plus vite depuis quelques mois. Sophie lui en a parlé quand elles sont allées magasiner sa robe de mariée à Montréal avec Chantale. Irène rougissait chaque fois que la vendeuse la prenait pour sa mère. Sophie sera la plus belle mariée du printemps. Elle a arrêté son choix sur une robe aux airs de princesse. Il fallait voir son visage quand elle s'est regardée dans le miroir. Elle pleurait de joie. Irène s'est approchée et l'a serrée dans ses bras. Quelle belle enfant ! En novembre, Irène répétera l'expérience avec Richard. Elle lui a demandé d'organiser leur fin de semaine à son goût. Il l'a avertie qu'ils feraient un saut dans une ou deux librairies. Il est si rare de rencontrer un jeune de son âge aussi cultivé. Richard n'arrête pas de la surprendre par ses connaissances. Il fera un bon mari pour Sophie et elle, une bonne femme pour lui.

C'est au tour du visage de Mike de s'imposer à elle. Irène ne le connaît pas depuis longtemps, mais elle l'aime autant que Sophie et Richard. D'ailleurs, elle leur a proposé de lui offrir le loft. L'autre jour, il lui a dit vouloir déménager. Ils en ont parlé à Mike le jour même et il lui a téléphoné pour la remercier d'avoir pensé à lui. Il adore l'idée et il compte emménager dès que le loft sera libéré. Irène se sent comblée à l'idée d'être entourée de cette belle jeunesse. Elle sourit. Il ne manque plus que Carole vienne trouver Mike pour que son bonheur soit complet.

— Ne vous dérangez pas, tante Irène ! s'écrie Sophie, ce n'est que moi.

— Salut, belle enfant ! Comment s'est passée ta journée ?

— Encore mieux qu'hier. Aujourd'hui, j'ai réussi à dénicher un nouveau fournisseur en périphérie de Paris. Myriam était tellement contente qu'elle m'a donné un bonus. Est-ce que je vous ai déjà dit que j'aimais mon travail ?

— J'ai arrêté de compter ! Je suis très fière de toi. Va chercher le Southern Comfort, on va célébrer ton bon coup.

Sophie ne se fait pas prier. Elle revient avec deux verres et la bouteille. Elle en verse deux doigts dans chacun et en tend un à tante Irène.

— À ta santé, Sophie !

— Et à la vôtre, tante Irène !

Il ne leur en faut pas plus pour être heureuses. Sophie savoure l'alcool en silence et dépose son verre sur la table seulement lorsqu'il est vide.

— C'est trop bon ! clame-t-elle. Est-ce que je peux vous aider à préparer le souper maintenant qu'on a pris l'apéro ?

— Il reste à faire cuire le riz. J'ai prévu des escalopes de veau pané et des rondelles d'oignons au miel.

— Je me régale déjà ! Restez assise, je m'occupe de tout. Aimeriez-vous que je vous remette un peu de Southern Comfort dans votre verre ?

— À la condition que tu en prennes aussi.

Elles papotent comme deux vieilles amies jusqu'au moment de se mettre à table.

— J'ai hâte d'emménager ici, dit Sophie. Est-ce qu'on va pouvoir faire quelques menus travaux ?

— Autant que vous voudrez puisque vous serez chez vous. Tu me fais penser que j'aimerais que tu m'aides à rajeunir ma chambre. Je rêve d'enlever la tapisserie et le tapis depuis des années. Je veux aussi changer ma parure de lit et les rideaux.

— Aimeriez-vous que j'aille chercher quelques revues de décoration avant de rentrer demain ? Ça pourrait nous inspirer avant d'aller magasiner.

— Bonne idée ! Fais-moi penser de te donner de l'argent avant que tu partes. J'aime autant t'avertir que je suis nulle en déco.

— Pourtant, c'est très joli chez vous.

— C'est ma sœur Aline, la mère d'Henri, qui s'en chargeait chaque fois que j'avais envie de changement.

— Je suis prête à tenter le coup avec vous. Si jamais on n'est pas satisfaites, on n'aura qu'à faire appel à une décoratrice pour nous aider. Myriam vient justement d'en engager une pour rajeunir le rez-de-chaussée de sa maison. Qu'en dites-vous ?

— C'est une excellente idée. Je suis très excitée à l'idée de donner un coup de jeunesse à ma chambre. Et après, il faudra moderniser la salle de bain. Je n'en peux plus du vert olive.

Sophie la regarde avec un air surpris. Richard et elle la détestent tellement qu'ils se sont informés du coût pour la refaire. Ils se doutaient que ce serait cher, mais pas autant. Depuis, ils font de gros efforts pour se convaincre qu'ils l'aiment assez pour l'endurer.

— Il est hors de question qu'on vous laisse dépenser autant d'argent. Ce sera à Richard de la changer quand il sera prêt. Elle n'est pas si laide que ça.

Irène la regarde avec un petit sourire en coin. Elle ne la croit pas.

— C'est gentil d'essayer de me décourager, mais je tiens à la faire refaire avant de donner la maison à Richard. Disons que ce sera mon cadeau de… fiançailles.

— Trop tard, on est déjà fiancés, plaide Sophie, soudainement à court d'arguments.

— Écoute-moi une minute. Je ne partirai pas avec mon coffre-fort. Alors fais-moi plaisir et laisse-moi vous gâter un peu. On demandera à la décoratrice qui viendra pour ma chambre de nous faire une proposition.

Sophie secoue la tête de gauche à droite. Tante Irène est plus têtue qu'un troupeau de mules quand elle tient à quelque chose.

— Comme vous voudrez, mais ça me rend mal à l'aise.

— Tu ne devrais pas. Ma mère avait l'habitude de dire qu'on n'a pas le droit de refuser un cadeau. Alors, pour tous ceux que tu n'as pas reçus, laisse-toi gâter un peu, je t'en prie.

Sophie s'approche et la serre dans ses bras. C'est une mère comme tante Irène qu'elle aurait dû avoir.

— Merci de faire partie de ma vie ! souffle-t-elle à l'oreille d'Irène.

— Et toi de la mienne, ma belle enfant.

* * *

Henri et Geneviève rendent une dernière visite à Mme De Koninck. Son fils les salue dès qu'ils s'approchent de la tombe. Il a pris la peine de les appeler lui-même pour leur donner les détails concernant l'exposition et le service.

— Merci d'être venus, leur dit-il en leur serrant la main.

— J'étais très attaché à votre mère, dit Henri sans hésiter.

— Et elle à vous. Entre vous et moi, vous étiez un bien meilleur fils que moi. Je vous remercie pour tout ce que vous avez fait pour elle. Et vous aussi, Geneviève.

— Il n'y a pas de quoi, lui dit Henri.

— Ne faites pas le saut, ajoute le fils, moins éploré qu'Henri, le notaire Champagne vous convoquera cette semaine pour la lecture du testament de maman.

Étonné, Henri se demande comment réagir.

— Vous n'avez pas à vous sentir mal. Je ne suis pas au courant de ce qu'elle vous a légué, mais je veux que vous sachiez que je ne m'y opposerai pas.

L'arrivée de membres de la famille met brusquement fin à leur discussion. Geneviève entraîne Henri à l'écart.

— Pourquoi moi ? lui demande Henri.

— Parce que tu es un homme bon et que tu ne l'as jamais laissée tomber même quand tu en avais plein les bras.

— Ça ne me donne pas le droit de gruger l'héritage de son fils.

— Ce n'est pas à toi de décider ni à lui. Mme De Koninck avait toute sa tête, à ce que je sache.

— Jusqu'à la fin. Je suis triste d'être le dernier à l'avoir vue.

— Tu devrais plutôt te féliciter d'avoir été à ses côtés.

Henri pousse un soupir. Il n'est pas du genre à se vanter de ses bons coups. Certes, il est content d'avoir pu l'accompagner pour ses derniers moments, mais ça s'arrête là. La dernière chose qu'il veut, c'est d'être récompensé pour un geste tout à fait normal et naturel. Il l'aurait fait pour un pur étranger.

— Suivez-moi, Henri, lui dit le fils de Mme De Koninck, apparu comme par magie devant lui. Je veux vous présenter à quelques membres de ma famille qui ont envie de connaître l'homme dont maman leur parlait depuis des années. Venez aussi, Geneviève.

Jamais Henri ne s'est fait autant encenser en si peu de temps. Il est tellement mal à l'aise qu'il est rouge comme une forçure lorsque Geneviève et lui peuvent se sauver.

— Je savais que j'avais marié le meilleur homme que la terre ait porté, lui dit-elle, une fois dehors.

— Il était temps que ça finisse parce que je pense que j'aurais perdu connaissance. J'ai horreur d'être traité comme un héros parce que je n'en suis pas un. Allons-nous-en avant qu'il vienne nous chercher encore.

— J'ignorais que son fils pouvait être aussi gentil.

— Et moi donc ! Penses-tu que Colette pourrait garder Rémi une heure de plus ? Je mangerais bien un hamburger.

— Je l'appellerai du restaurant.

Une fois qu'ils sont assis sur la banquette, Geneviève lui raconte qu'elle a eu droit à une confidence de la part d'une abonnée de la première bibliothèque où elle a fait du bénévolat. Lorsqu'elle le voit lever les yeux au ciel, elle s'empresse de changer de sujet. Ce n'était pas une bonne idée.

— Pour nos vacances, je…

— Je t'écoute, mais seulement pour cette fois.

L'offre d'Henri la touche et en même temps la met mal à l'aise. Elle a fait beaucoup d'efforts pour apprendre à garder un secret et voilà qu'elle est sur le point d'en divulguer un à son mari. Pas question qu'elle flanche. Par respect pour Charlotte et pour elle. Demain, elle fera ce qu'il faut pour se débarrasser de ce qui lui pèse sur le cœur et lui pourrit la vie. Reste à trouver une église où elle pourra aller se confesser en allant ou en revenant de travailler.

— Comptes-tu me faire attendre encore longtemps ? lui demande Henri d'un ton légèrement moqueur.

— Ce n'était pas une bonne idée, mais je te remercie de t'être porté volontaire. Peux-tu me commander un hamburger *all dressed*, des frites et un Coke ? Je vais passer au petit coin.

Henri la regarde s'éloigner en souriant. Il est content qu'elle ait décidé de ne pas divulguer le secret. Il aurait été déçu si elle avait flanché. Quand elle reviendra s'asseoir, il la félicitera de son courage. Il donne leur commande à la serveuse et attend patiemment sa bière. Il apprécie de plus en plus leurs sorties en duo. Être hors de la maison et loin de leur cher Rémi leur fait beaucoup de bien. Pour sa part, Henri a l'impression de revenir au temps où Geneviève et lui étaient complètement libres. Comme bien des parents, ils se sont laissé envahir par la famille et, il faut bien le reconnaître, ils n'ont pas été épargnés à ce chapitre. Pas plus que la majorité des parents qu'ils connaissent. Rien n'est facile quand il est question d'enfants. À commencer par Richard et son entêtement à boycotter l'école au point que leurs trois filles se sont pratiquement élevées toutes seules. Dommage ! À leur tour, elles se sont manifestées. Pour une, ça a été un avortement en cachette. Pour l'autre, une grossesse non désirée. Pour la dernière, rien de spécial pour le moment. Et voilà que pour finir, Rémi est arrivé comme un cheveu sur la soupe alors qu'ils commençaient à peine à sortir la tête de l'eau. Henri soupire discrètement. Ils sont loin d'être arrivés au bout de leurs peines avec lui. Chaque fois qu'il enfile son costume de petit crétin, Henri se promet de le prendre en main. Il le fait, mais sans aucune constance. Il s'en veut et en même temps il ne voit pas l'heure de s'impliquer à temps plein dans l'éducation de ses enfants.

— Hé ! lui dit Geneviève en lui tapotant la main. Je suis revenue. Mais toi, où es-tu ?

— Je réfléchissais à mon rôle de père.

Les yeux de sa femme s'embuent instantanément, ce qui ne lui échappe pas.

— Je t'ai laissée tomber tellement de fois que le mot pourvoyeur serait beaucoup plus juste dans mon cas.

Geneviève voudrait le rassurer, sauf qu'aucun son ne franchit ses lèvres. Elle a la gorge si serrée qu'elle doit faire un effort pour avaler sa salive.

— Désolé ! lui dit Henri devant son silence. Ce n'est pas l'endroit pour discuter d'un tel sujet.

— Quand est-ce qu'on le fera si on ne le fait pas maintenant ? parvient-elle à dire.

— Tant qu'à ça ! Bon ! Malheureusement, je ne peux pas remonter dans le temps. Je t'ai laissée te débattre avec les enfants, sauf à quelques exceptions, c'est-à-dire quand tu n'en pouvais plus ou que tu pétais les plombs. Je m'en excuse du plus profond de mon cœur.

Henri fait une pause de quelques secondes avant de reprendre la parole :

— Comme si ce n'était pas assez que tu consacres ta vie aux enfants, il a fallu que Richard et Carole s'en prennent à toi.

— Les choses sont en train de changer avec les deux.

— Je ne trouve pas ça normal qu'aucun de nos enfants ne m'en veuille alors que j'ai brillé par mon absence.

— C'était pareil chez moi. On idolâtrait tous notre père alors qu'il en faisait encore moins que toi. Si ça peut te consoler, il nous en reste encore un à éduquer et, si tu veux tout savoir, je te le confierais avec grand plaisir. Au risque de passer pour une grosse méchante, je n'en peux plus de jouer à la mère. Mais étant donné que ton travail t'accapare beaucoup plus que le mien, je ne vois pas comment tu pourrais le prendre en charge.

— Accorde-moi encore quelques semaines et je te promets de m'occuper de lui jusqu'en avril. Je suis même prêt à ajuster mon horaire en fonction de son retour de l'école.

Des larmes s'échappent des yeux de Geneviève. Elle ne demande pas mieux que de croire qu'Henri respectera sa parole.

— Il est à toi. De mon côté, j'en profiterai pour rentrer un peu plus tard. Et pour les vacances scolaires de l'été prochain, il nous faudra trouver une gardienne à plein temps.

— Crois-tu que ça pourrait intéresser Colette ?

— Je ne pense pas que ce soit une bonne idée. Je peux me tromper, mais j'ai l'impression qu'il finirait par obtenir tout ce qu'il veut de sa part. Il est futé, notre fils. Il faut qu'on trouve quelqu'un d'âge mûr.

— Wow ! On n'est pas sortis de l'auberge, à ce que je vois.

— On en a encore pour au moins dix ans.

Geneviève s'essuie les yeux quand elle voit la serveuse arriver avec leur commande.

— Bon appétit ! lui dit Henri. Et merci d'avoir toujours été là pour nos enfants.

De nouvelles larmes se pointent au coin des yeux de sa femme. Il prend ses mains dans les siennes et lui sourit.

— Je suis impatient de partir en vacances avec toi.

27

Chantale se mord encore les doigts d'avoir fait part à Donald de son intention d'aller fouler le sol européen sans lui l'été prochain. Comme on dit en bon français, il a pété les plombs. Depuis, c'est tout juste s'il lui adresse la parole lorsqu'ils sont dans la même pièce. Elle a tenté de s'expliquer à plusieurs reprises, mais il ne l'écoute pas. Il lui a dit qu'il se sentait trahi et que, de son point de vue, elle n'avait pas le droit de prendre une telle décision sans d'abord le consulter. Chantale ne connaissait pas cet aspect de sa personnalité et c'est mieux ainsi parce que leur relation n'aurait pas fait long feu. Elle l'aime. Seulement, il est hors de question qu'elle le laisse gérer sa vie et encore moins la contrôler. C'est ainsi qu'elle a décidé de partir deux mois plutôt qu'un. Elle peut se le permettre, Marguerite lui a fait un cadeau, et rien ni personne ne l'en empêchera. Elle met quelques vêtements dans son sac à dos, griffonne un court message à l'intention de Donald et sort de l'appartement. Elle a un autobus à prendre dans exactement vingt-cinq minutes. Elle marche d'un bon pas jusqu'à la gare et va s'asseoir à proximité du quai où les voyageurs seront invités à monter à bord. Bien qu'enterrée sous les travaux, elle a décidé d'aller prendre un bol d'air à l'Île d'Orléans. Geneviève a accueilli la nouvelle de sa visite avec plaisir. Devant sa réaction un peu trop enjouée à son goût, Chantale a cru bon d'ajouter de ne rien organiser de spécial, car elle a besoin d'un peu de tranquillité. Elle a avisé Richard et Sophie de sa visite et leur a demandé de venir la voir chez les parents. La seule sortie qu'elle compte faire pendant son court séjour sera chez ses grands-parents. Ils lui ont donné rendez-vous à neuf heures demain matin pour le déjeuner.

— Est-ce que la place est libre à côté de toi? lui demande poliment un beau jeune homme.

Elle lui répond d'un signe de tête. La dernière chose dont elle a envie en ce moment, c'est de discuter avec un illustre inconnu… si beau soit-il. Elle tourne la tête du côté de la fenêtre en espérant qu'il comprendra le message.

Quelques minutes plus tard, l'autobus recule et sort de la gare. Chantale a toujours aimé ce moyen de transport. Elle s'efforce de garder les yeux sur la ville alors qu'elle meurt d'envie de regarder partout. Tant pis!

À peine a-t-elle tourné la tête que son voisin en profite pour se présenter.

— Moi, c'est David. Et toi?

— Chantale, s'entend-elle répondre.

— J'ai l'impression de t'avoir déjà vue.

Elle lève les yeux au ciel. Comment savoir sans avoir un peu de distance pour l'observer?

— Ça me revient maintenant. On suit le même cours le mercredi matin dans l'amphithéâtre. Tu t'assois toujours au milieu de la première rangée.

Chantale s'avance sur son siège pour mieux le voir. Il ne lui dit rien.

— Ne cherche pas! Je m'assois sur le bord de la porte et je suis le premier à sortir. Je déteste ce cours et encore plus le prof.

— Tu m'étonnes ! C'est mon préféré. J'admets que le prof est un peu bizarre, mais la matière est captivante.

— Tant mieux pour toi. J'ai fini par l'abandonner l'année passée en espérant que je pourrais choisir un autre prof. Malheureusement, il est le seul à le donner et je n'ai plus les moyens de le reporter à la prochaine session.

Ils discutent allègrement jusqu'à ce que l'autobus traverse le pont Pierre-Laporte.

— Descends-tu à Sainte-Foy ?

— À la gare centrale.

— Dommage ! Je t'aurais invitée à aller boire une bière.

— Une autre fois, peut-être, s'entend dire Chantale.

Aussitôt que l'autobus s'immobilise, David dépose un chaste baiser sur sa joue, se lève et prend son sac.

Sous le choc, Chantale se met à rire. Elle n'a pas vu le temps passer et elle est de bien meilleure humeur qu'au moment de monter dans cet autobus. À bien y penser, elle demandera à Richard et à Sophie de sortir en ville demain soir.

Geneviève l'attend à la gare avec Rémi. Dès qu'il aperçoit sa sœur, il lâche la main de sa mère et court se jeter dans ses bras.

— Salut, toi ! Est-ce que par hasard tu aurais encore grandi ?

— Grand-papa dit que je pousse aussi vite que la mauvaise herbe. Moi, je ne trouve pas ça très gentil.

— Bonjour, maman ! dit Chantale en embrassant sa mère sur les joues. Je te remercie d'être venue me chercher. On peut y aller.

— Tu n'as pas de valise ? lui demande Geneviève.

— J'ai tout dans mon sac à dos. Je reste deux jours, pas deux mois.

— Il faudra que tu m'apprennes à voyager léger.

— Je pourrai même t'aider à préparer ta valise la prochaine fois que tu partiras en voyage.

— Oublie la valise, je veux un sac à dos pour tout bagage. C'est beaucoup moins compliqué.

— Là, j'avoue que tu m'étonnes, maman. Est-ce que tu l'as déjà acheté ?

— Je te le montrerai tantôt. Je suis si contente de te voir. J'espère que tu as faim parce que ta grand-mère a cuisiné pour toi toute la journée. Au menu ce soir : pain de viande, patates en riz et une salade verte avec vinaigrette maison.

— Hum ! dit Chantale en montant à l'arrière de l'auto avec son petit frère.

— Ton père a promis d'arriver à la maison à six heures.

C'est la dernière phrase que Geneviève a la chance de prononcer jusqu'à ce qu'elle stationne l'auto dans la cour de la maison familiale. Rémi a entretenu la discussion avec sa grande sœur sans lui laisser une seconde de répit. Chantale a mal aux oreilles.

— À quelle heure te couches-tu ? lui demande-t-elle avant de sortir de l'auto.

— On est vendredi… À huit heures. Pourquoi me demandes-tu ça ?

— Pour savoir si mes tympans vont tenir le coup parce que tu es pire qu'une vieille pie.

— C'est parce que je me suis trop ennuyé de toi. Voudrais-tu venir jouer aux petites autos avec moi ?

— Pas avant d'avoir mangé, je meurs de faim.

— Je déteste le pain de viande.

— Hé, jeune homme ! T'ai-je déjà raconté que des millions d'enfants crèvent de faim pendant que tu fais des caprices ? Commence par manger tout ce qu'il y aura dans ton assiette et, après, j'irai jouer aux petites autos avec toi.

— Ah ! Tu es pire que maman !

— Et tu n'as encore rien vu. Allez, avance, si tu ne veux pas quc je te pousse.

Restée à distance, Geneviève s'amuse de voir Chantale faire la leçon à son petit frère. Et le pire, c'est qu'il l'écoute. Si seulement elle avait autant d'influence sur lui.

***

Le recueil de nouvelles de Marguerite sera publié en janvier prochain. Dès son retour à la maison, elle a appelé chacun de ses enfants pour leur annoncer la bonne nouvelle. Elle a gardé Frédéric pour la fin et l'a remercié de nouveau d'avoir consenti à ce que les histoires qu'elle a écrites d'après ses toiles soient incluses. Et ce matin, elle s'est levée aux aurores pour écrire. Désormais, elle le fera chaque jour de la semaine. Aussi, elle reprendra ses tours d'autobus dans l'espoir de trouver de nouveaux sujets. Dans le cas contraire, elle s'est dit qu'elle pourra toujours en inventer. À bien y penser, cette option ne lui plaît pas. Sauf exception, elle préfère de loin trouver son inspiration chez les inconnus. C'est beaucoup plus stimulant que de partir de quelqu'un dont elle connaît la vie.

Elle ne peut pas dire qu'elle a été très productive depuis qu'elle est levée. Elle a écrit en tout et pour tout dix malheureuses lignes et elle n'est pas certaine de les conserver. Elle ne s'en fait pas, c'est toujours comme ça quand elle se remet à écrire après un long congé. À l'image de la cigale, elle a passé l'été à chanter plutôt qu'à travailler. Elle a promis à son éditeur – ça lui fait tout drôle de parler ainsi – de lui soumettre suffisamment de nouvelles pour un deuxième recueil d'ici le mois de mai. À la condition que le premier se vende bien, il va sans dire. Sinon, ses écrits iront rejoindre les autres dans un tiroir de sa commode.

— Au cas où tu l'aurais oublié, lui dit Adrien en faisant son entrée dans la minuscule pièce où elle a installé son bureau, Chantale sera ici dans une demi-heure.

— Heureusement que tu es là pour me ramener à l'ordre. Je perds la notion du temps quand j'écris. Peux-tu commencer à préparer le déjeuner pendant que je vais m'habiller en vitesse ?

— Pas de presse ! J'ai déjà émincé les oignons, les champignons et coupé le jambon. J'ai aussi râpé le fromage et sorti les œufs. Je propose d'attendre que Chantale arrive avant de me mettre aux chaudrons. J'ai aussi fait une salade de fruits frais et pressé des oranges.

— Qu'est-ce que je ferais sans toi ?

— Dépêche-toi si tu ne veux pas que ta petite-fille te voie en jaquette.

Adrien retourne à la cuisine. Il sort la nappe avec de grosses fleurs de toutes les couleurs et l'étend sur la table ; c'est sa préférée. Il va ensuite chercher les assiettes blanches et les couverts de même que des serviettes en papier. Il ajoute trois verres et regarde le résultat final. Satisfait, il se sert un deuxième café, ajoute trois cuillères de sucre blanc et beaucoup de lait.

Il brasse le tout et le déguste. Ça n'a pas été une mince affaire de convaincre Marguerite que le café filtre est bien meilleur que l'instantané.

Il en est à sa troisième gorgée quand la sonnette de la porte retentit dans ses oreilles. Il court ouvrir à sa petite-fille.

— Bonjour, grand-papa, s'écrie Chantale en le voyant. Comment allez-vous ?

— Comme un neuf ! Et toi ?

— Ça dépend des jours et des travaux que j'ai à remettre. Approchez que je vous embrasse.

Adrien s'exécute sans se faire prier. Il aime beaucoup Chantale.

— Entre ! Ta grand-mère est allée s'habiller.

— Depuis quand fait-elle la grasse matinée ?

— Elle s'est levée avant le soleil ce matin et elle a écrit.

— Décidément, elle ne cessera jamais de m'étonner. Qu'est-ce qu'on mange ?

Adrien lui donne le menu en prenant soin de préciser que c'est lui qui sera aux fourneaux.

— Miam ! Est-ce que c'est vous qui avez cuisiné le délicieux pain de viande que j'ai mangé hier soir ?

— Moi-même, ma chère.

— Il était délicieux. C'est très gentil à vous d'avoir cuisiné pour moi.

— C'est un travail d'équipe, annonce Marguerite en faisant son entrée. Je fournis les idées et ton grand-père, l'huile de bras. Qu'est-ce que tu attends pour venir m'embrasser ?

Chantale s'approche et la serre du plus fort qu'elle peut.

— Vous m'avez beaucoup manqué, grand-maman.

— Je vois bien ça, dit Marguerite en riant. Assieds-toi. Ton grand-père va nous servir un jus d'orange fraîchement pressé. Maintenant, je veux que tu me racontes tout ce qui s'est passé dans ta vie depuis la dernière fois qu'on s'est vues.

— Contrairement à vous, mes jours se suivent et se ressemblent. Je vais à mes cours, j'étudie, je fais mes travaux, je passe mes examens, je m'acquitte du contrat que tante Myriam m'a donné et je travaille trois soirs par semaine pour assurer une partie de ma survie.

— Comment fais-tu pour trouver le reste ? s'inquiète aussitôt Adrien.

— J'utilise la bourse que j'ai récoltée encore cette année et je pige dans mon compte au besoin.

— Et ton Donald ? lui demande Marguerite. Comment va-t-il ?

— Disons que ces temps-ci, c'est plutôt frisquet entre nous.

Ses grands-parents sont suspendus à ses lèvres.

— En gros, il ne digère pas que j'aie décidé d'aller visiter l'Europe sans lui. Il m'en veut au point de m'adresser la parole uniquement en cas de force majeure. Ça fait une semaine que son petit manège dure. C'est d'ailleurs pour cette raison que j'ai décidé de lever les feutres pendant quelques jours.

— Ça lui passera, la rassure Adrien.

— Honnêtement, réagit Chantale, je suis loin d'être aussi certaine que vous.

— Tu pourrais peut-être revoir ta position ! lui suggère-t-il.

— Hors de question, grand-papa. Je l'aime, mais pas au point de le laisser décider pour moi. J'ai envie de partir seule, j'en ai besoin, et c'est ce que je ferai, que ça lui plaise ou non. Et qu'il ne s'avise surtout pas d'être sur le même vol que moi.

Marguerite se retient de rire. Des trois filles de Geneviève, Chantale est celle qui a le plus de caractère. Elle sait ce qu'elle veut et elle ne ménagera pas les efforts pour arriver à ses fins.

— Et si jamais il te laisse ? ajoute Adrien du bout des lèvres.

— Je survivrai.

Adrien se lève. Il sera plus utile en cuisinant qu'en tentant d'influencer sa petite-fille. Elle a le même caractère que sa grand-mère et il n'a jamais réussi à lui dicter sa conduite. Et pourtant, ce n'est pas faute d'avoir essayé.

— Je le croyais pourtant différent des autres gars de son âge, avance Marguerite.

— Moi aussi, jusqu'à ce que je veuille faire quelque chose sans lui. J'ai pour mon dire que ce ne sera plus le temps de partir avec mon sac à dos quand j'aurai des enfants accrochés à mes jupes. À la condition que je décide de fonder une famille un jour, bien entendu. J'avoue qu'il y a des jours où je me dis que c'est peu probable que j'en décide ainsi. En ce qui concerne Donald, ma décision de partir sans lui m'a fait réaliser qu'il a déjà tracé notre chemin de vie et qu'il se battra bec et ongles pour le garder. À voir comment vont les choses, j'ai bien peur que ce soit sans moi.

— Ce n'est certainement pas moi qui vais te dire de te soumettre… Ce temps-là est révolu. Changement de sujet, je comptais t'appeler en fin de semaine. Ton grand-père et moi avons l'intention d'aller passer quelques jours à Montréal à la fin du mois et on se demandait si on pourrait te voir.

— J'aurai toujours du temps pour vous. Vous n'aurez qu'à me dire quand vous serez en ville et je vais m'arranger. Est-ce indiscret de vous demander ce qui vous attire tant à Montréal ?

— Imagine-toi donc que ta grand-mère veut se promener en autobus, lance Adrien d'un ton taquin.

Marguerite le fusille du regard. Il n'arrête pas de la faire étriver depuis qu'elle lui a offert de l'accompagner. Avoir su, elle aurait demandé à Geneviève de venir avec elle.

— J'ai besoin de modèles pour mes prochaines nouvelles et j'ai pensé que ce serait bon pour moi de changer de monde un peu.

— Ne sois pas si modeste ! la taquine Adrien. Ta grand-mère vient de signer un contrat d'édition pour son premier recueil.

— Et ce n'est que maintenant que vous me le dites ! Félicitations ! Je comprends mieux alors pourquoi vous voulez changer de circuit, si je peux m'exprimer ainsi. Vous serez servie, à Montréal, et je me porte volontaire pour me promener avec vous.

— Tu ne pouvais pas me faire plus plaisir, réagit Marguerite.

— Votre salade de fruits est servie, annonce Adrien.

***

Geneviève aimerait bien être un petit oiseau et espionner à la fenêtre de ses parents. Elle n'a pas parlé beaucoup avec Chantale et ça la chagrine. Rémi n'a pas lâché sa sœur jusqu'au moment d'aller dormir. Après, Henri a pris la relève. Et ce matin, leur invitée s'est levée, a pris une douche vite fait et est partie chez ses grands-parents. Les chanceux, ils l'auront pour eux tout seuls, ce qui ne risque pas de lui arriver. Elle a essayé de convaincre Rémi d'aller jouer avec ses amis ou de rendre une petite visite à une de ses blondes. Rien à faire ! Résultat ? Elle devra se contenter des miettes, une fois de plus. Ce n'est pas comme si Chantale venait passer toutes ses fins de semaine à l'Île ! Elle les honore de sa présence une couple d'heures lorsqu'elle vient rencontrer Myriam. Geneviève comprend que ses filles ont mieux à faire que de passer leur temps chez leurs parents. Elle en faisait tout autant à leur âge ; n'empêche que les trois lui manquent toutes autant qu'elles sont. Dire qu'elle se vantait à Colette d'avoir une bonne relation avec ses filles. En tout cas, dans son dictionnaire, ce n'est pas la définition qu'elle donnerait à ce dont elle a droit. Elle se fait régulièrement le reproche d'être trop exigeante. Mais enfin, elle ne demande pas la mer à boire, juste un peu de temps de qualité. Alors qu'elle comptait passer une soirée tranquille à la maison avec sa visite, Richard a invité Chantale à souper chez lui. Geneviève pousse un grand soupir. Avec un peu de chance, elle l'aura pour elle seule le temps de la conduire à la gare d'autobus demain après-midi. Perdue dans ses pensées, elle sursaute lorsque Rémi lui serre le bras pour attirer son attention.

— Maman ! Sophie veut te parler.

Elle prend le combiné et le met sur son oreille. Elle salue poliment sa future belle-fille et lui demande comment elle va.

— Je vais très bien, merci. Richard m'a laissé un message avant de partir travailler. Il veut que vous veniez manger avec Chantale ce soir.

— C'est très gentil de votre part. Aimerais-tu que j'apporte quelque chose ?

— Votre bonne humeur. On va en profiter pour souligner l'anniversaire de tante Irène. C'est demain. Je lui ai fait un gâteau, il me reste juste à le décorer. N'oubliez pas d'emmener votre petite tornade.

— Difficile de faire autrement en plein samedi soir, ne peut s'empêcher de dire Geneviève. À quelle heure nous attendez-vous ?

— À six heures. Bonne journée !

Richard a beaucoup de chance d'être tombé sur une fille comme Sophie. Sans vouloir mal parler, Isabelle n'était pas aussi attachante que sa remplaçante. Geneviève ne connaît que des bribes entourant le début de leurs amours. Elle a essayé d'en savoir plus quand elle a volé au secours de Catherine, mais elle n'a rien tiré de plus que ce qu'elle savait déjà. Elle a cru comprendre qu'Henri en sait plus qu'il veut en dire, mais encore là, même après un interrogatoire en règle, elle n'a rien pu tirer de lui non plus. Si sa relation avec son aîné était différente, elle lui aurait posé directement la question. Comme c'est loin d'être le cas, bien que leurs rapports mère-fils aient fait des pas de géant, elle a abandonné le projet en se disant que l'important est qu'ils soient heureux ensemble. Et ils le sont. De ça, elle ne doute pas un instant. Ils sont beaux à voir.

Geneviève met de l'eau à chauffer. Avec tout ça, elle n'a pas encore pris son thé. La fin de semaine organisée par sa mère approche à grands pas. Une fois de plus, Marguerite s'est dépassée. Elle leur en a dit juste assez pour qu'elles acceptent toutes sans se faire prier de passer deux jours avec elle. Elles lui ont toutes offert de contribuer aux dépenses encourues et se sont toutes fait revirer comme une crêpe. Leur mère leur a dit qu'elle avait les moyens de ses ambitions. Sacrée Marguerite ! Elle ne cessera donc jamais de les étonner. Geneviève en a parlé avec ses sœurs et elles se sont promis de prendre les choses en main la prochaine fois et de mettre les petits plats dans les grands pour la surprendre. Reste à trouver comment. Elles se réuniront au retour de leur fin de semaine de rêve et chercheront jusqu'à ce qu'elles trouvent l'idée du siècle.

Elle a fini par trouver le temps d'aller se confesser. À son grand dam, son geste n'a eu aucun effet. Elle est entrée dans l'église avec l'histoire de Charlotte en tête et est ressortie avec. Bien que tentée de faire une nouvelle tentative dans une autre église avec un autre curé, elle a décidé de laisser aller. Probablement qu'elle n'oubliera pas ce qui est arrivé à cette abonnée, c'est trop grave pour être balayé du revers de la main. En même temps, ce n'est pas comme si c'était elle, la victime. Et puis, elle a entendu pire. Elle boit sa dernière gorgée de thé et rit toute seule. La tentation était forte de faire brûler un ou deux lampions, mais elle a résisté. Ça ne lui vaudra pas la médaille d'or. Pour le sort qu'elle a toujours réservé à ce genre d'honneur, c'est mieux ainsi. Elle rit de plus belle. Elle se voit encore en train de ranger les médailles des filles au fond des tiroirs dès qu'elles avaient le dos tourné. Les trophées subissaient le même sort. Elle remet l'eau à chauffer. Pour une fois qu'elle a le temps de prendre son temps, elle compte en profiter au maximum. Elle fouille dans l'armoire dans l'espoir de mettre la main sur la boîte de biscuits Petit Beurre qu'elle a achetée hier. Elle se souvient de l'avoir cachée derrière le sac de farine. Elle regarde partout sans la trouver.

— Maman ! Est-ce que je peux aller jouer au parc ?

— Oui, mais avant j'aimerais savoir si tu as vu la boîte de biscuits. J'ai regardé dans toutes les armoires et je ne l'ai pas trouvée.

— Les Petit Beurre ? Tu sais bien que c'est mes préférés. Tu ne seras pas contente, j'ai monté la boîte dans ma chambre hier soir… et je les ai tous mangés.

— Tu n'es pas sérieux ?

Rémi secoue la tête de haut en bas, plisse les yeux et rentre la tête dans les épaules. À voir l'air de sa mère, il aurait dû lui en laisser quelques-uns.

— Je te rappelle que tu n'es pas tout seul dans cette maison, lui dit-elle en faisant de gros efforts pour conserver son calme. Est-ce que je vais être obligée de mettre les petites douceurs sous clé pour avoir une chance d'y goûter ?

— Pas nécessaire, maman ! Si tu me donnes de l'argent, je vais aller voir s'il y en a au dépanneur.

— Non, mais je rêve ! Je préfère m'en passer plutôt que d'être obligée de les payer deux fois. Tu ferais mieux d'aller jouer au parc avant que je me fâche.

Rémi sort de la cuisine sans demander son reste. Elle ne pourra pas dire qu'il n'a pas essayé de se racheter. Au lieu d'aller tout de suite au parc, il fait un détour par sa chambre. Il va chercher sa banque et la vide sur son lit. Il prend le billet de cinq dollars que son grand-père lui a donné la dernière fois qu'il est venu le garder et le regarde pendant quelques secondes. Tant pis, c'est pour une bonne cause. Il le glisse dans sa poche de pantalon et sort par la porte arrière. Il reconnaît avoir exagéré, cette fois.

Quant à Geneviève, elle essaie de comprendre pourquoi son rejeton fait tout ce qu'il peut pour la contrarier. Voir si ça a du bon sens de manger une pleine boîte de biscuits sous prétexte qu'il les aime. Elle les aurait partagés volontiers avec lui s'il lui en avait laissé la chance. Le comportement des enfants remporte la première place au palmarès des mystères de sa vie. Une mère normale s'en voudrait pour moins, pas elle. En tout cas, pas en ce moment. Aussi bien l'avouer, elle est furieuse contre Rémi de l'avoir privée de son petit plaisir de tremper son Petit Beurre dans son thé. Elle en boit d'ailleurs une gorgée et elle grimace. Elle prend sa tasse et va la vider dans l'évier. Demain, en allant travailler, elle s'arrêtera à l'épicerie et achètera une nouvelle boîte. Rémi ne la flouera pas deux fois. Elle s'en prendra quelques-uns et laissera son trésor dans l'auto. Pas dans le coffre à gants, il fouille dedans chaque fois qu'il monte à bord. Elle la mettra dans la valise.

Elle fait le saut quand Rémi apparaît devant elle avec un sac de papier à la main.

— Il n'y avait pas de Petit Beurre au dépanneur. Je t'ai pris des Goglu pour me faire pardonner. Je reviendrai pour le dîner.

Il tourne les talons sans lui laisser le temps de réagir. Déstabilisée par son geste, Geneviève sent les larmes lui monter aux yeux. Son fils vient de lui démontrer qu'il est aussi capable du meilleur. Elle se lève et met de l'eau à bouillir. Ce ne sera pas pareil, mais elle n'a pas le droit de ne pas honorer le coup d'éclat du bébé de la famille. Un grand sourire s'affiche sur ses lèvres pendant que deux grosses larmes glissent sur son visage. Elle regarde par la fenêtre et se dit que l'être humain est capable du pire, mais aussi du meilleur. Tout comme le fleuve Saint-Laurent, il peut combler l'homme de bonheur et détruire tout ce qui est à sa portée la seconde d'après.

***

Sophie s'est surpassée en cuisine et un compliment n'attend pas l'autre. Gênée d'être le point de mire de cette famille qu'elle aime tant, elle répète en boucle que tante Irène l'a aidée. Comme personne n'y porte attention, elle finit par aller se réfugier à la toilette, seul endroit fermé de l'appartement, pour laisser libre cours à son trop-plein d'émotion. Lorsque Geneviève se rend compte de son absence, elle se lève et va aux nouvelles.

Elle frappe doucement à la porte et entre lorsque celle-ci s'ouvre. Sophie se dépêche de s'essuyer les yeux lorsqu'elle réalise que ce n'est pas Richard.

— Approche ! lui dit sa future belle-mère en lui ouvrant les bras.

La jeune femme verse toutes les larmes de son corps sur son chemisier rouge pompier, mais Geneviève n'en fait pas de cas.

— Si tu me disais ce qui ne va pas ?

— Absolument rien ! parvient à dire Sophie, entre deux reniflements. Le cœur me fait mal à force de recevoir trop d'amour. J'ai l'impression qu'il va me sortir de la poitrine.

Geneviève resserre son étreinte et lui frotte le dos avant de lui dire d'une voix douce :

— Essuie tes yeux et allons rejoindre les autres. Tu vas finir par t'habituer au bonheur.

Sophie recule d'un pas et se remet à pleurer quand elle voit l'étendue des dégâts sur le chemisier de Geneviève.

— Quel gâchis ! Ne bougez pas, je vais aller vous chercher un chandail.

— Ne t'en fais pas, ça va sécher.

Venue aux nouvelles, Irène ouvre la porte, et quand elle voit l'épaule gauche de Geneviève, elle met sa main sur sa bouche et tourne les talons, le temps d'aller chercher la veste de laine qu'elle portait en arrivant.

— Tu me la redonneras la prochaine fois qu'on se verra, lui dit Irène.

— Merci, c'est gentil.

— Allez-vous m'expliquer ce qui se passe ?

Sophie lui répète ce qu'elle a dit à Geneviève. Tante Irène l'attire à elle et lui flatte les cheveux. Décidément, cette jeune femme est dotée d'une sensibilité hors du commun et elle ne l'en aime que plus.

Geneviève et Irène vont nettoyer la table pendant que Sophie sort le gâteau du réfrigérateur. Elle glisse le paquet de petites bougies dans sa poche, s'essuie les yeux de nouveau et marche jusqu'à la table. Elle le dépose au centre et s'assoit à sa place en évitant de regarder Richard.

— Pourquoi as-tu les yeux rouges ? lui demande aussitôt Rémi.

— Parce que je suis trop heureuse, lui répond-elle tout de go.

— Hein ? Moi, c'est quand j'ai de la peine que je pleure !

Henri met sa main sur le bras de son fils pour tenter de mettre fin à la discussion, mais c'est bien mal le connaître de croire que ça suffira.

— Tu n'as qu'à me dire qui t'a fait de la peine et je vais le chicaner.

— Personne ne m'a fait de peine. C'est parce que j'avais un trop-plein de bonheur. Contrairement à toi, mes parents ne s'occupaient pas de moi quand j'avais ton âge, ni même après. En fait, jamais. Je n'ai même pas souvenir qu'ils m'aient dit une seule fois qu'ils m'aimaient.

— Est-ce qu'ils te chicanaient ?

— On ne chicane que les gens qu'on aime.

Rémi se gratte le front. Ce que Sophie vient de dire porte à réflexion.

— Est-ce que tu les aimes ?

— Rémi, lance Geneviève d'une voix forte, ça suffit, les questions.

— Ça ne me dérange pas de lui répondre, l'avise Sophie. Oui, parce que sans eux, je ne serais pas ici. Non, parce qu'ils ne répondent à aucune de mes lettres.

Rémi se lève de sa chaise et vient lui entourer le cou.

— En tout cas, moi, je t'aime beaucoup.

Il l'embrasse sur les joues et retourne à sa place. Richard met son bras autour des épaules de sa blonde et lui murmure à l'oreille un « Je t'aime » qui la fait sourire.

— On a quelque chose à fêter ce soir, annonce Sophie d'un ton beaucoup plus léger qu'il y a une minute.

Elle vide la boîte de chandelles sur la nappe et dit d'un ton moqueur :

— Demain, ce sera l'anniversaire de tante Irène. Je vous ai fait votre gâteau préféré. Un Reine-Élisabeth, pour ceux qui ne l'ont pas reconnu. Pour les chandelles, je m'excuse à l'avance pour le nombre, il en manque quelques-unes ; j'ai acheté la dernière boîte. Qui veut m'aider à les piquer sur le gâteau ?

— Moi ! s'écrie Rémi.

— Merci beaucoup pour cette délicate attention, dit Irène d'une voix brisée par l'émotion.

— Je propose d'attendre après le digestif pour lui donner ses cadeaux, dit Richard avec un clin d'œil à sa grande tante.

— Vous allez finir par me faire pleurer, avec toutes vos gentillesses.

Chantale est heureuse d'être là. Chacune de ses visites à Québec lui rappelle à quel point elle les aime et, chaque fois, elle se promet de venir plus souvent. Sitôt de retour à Montréal, elle se laisse emporter par le tourbillon de sa vie d'étudiante et oublie sa promesse en un claquement de doigts.

Irène souffle les bougies sans l'aide de personne. Tous se régalent. Sophie est bourrée de talent en cuisine et en pâtisserie. Elle sert le café et, quand elle tend une tasse à Geneviève, elle lui demande si elle aimerait voir sa robe de mariée.

— Tu ne pourrais pas me faire plus plaisir.

— Le temps de donner ses cadeaux de fête à tante Irène et on s'éclipsera quelques minutes juste toutes les deux.

Irène va de surprise en surprise. Il s'en faudrait de peu qu'elle croie qu'ils ont trouvé où elle cache sa liste de suggestions pour Noël. Elle les remercie du fond du cœur.

Sophie et Geneviève descendent l'escalier en frissonnant. Le temps s'est refroidi depuis qu'ils se sont attablés. Elles entrent en vitesse dans la maison. Une bouffée de chaleur les prend d'assaut.

— Ouf ! lance Geneviève. Tante Irène a toujours aimé avoir chaud, mais là, j'avoue que ça dépasse l'entendement. À ta place, je courrais m'acheter une pile de camisoles parce que tu vas en avoir besoin.

— Richard dit exactement la même chose. C'est récent qu'elle monte les thermostats aussi hauts. Vous avez sûrement remarqué qu'elle a maigri.

— Oui. N'empêche que vous avez beaucoup de chance qu'elle vous donne sa maison, et elle encore plus que vous la gardiez avec vous.

— Elle la donne à Richard, pas à moi, et c'est très bien ainsi. Pour ce qui est de la prendre avec nous, on ne pouvait pas faire autrement. On ne la voyait pas monter et descendre l'escalier pour rentrer ou sortir de chez elle. Et puis, je veux veiller sur elle de près. Je lui dois bien ça, elle a toujours été là pour moi depuis que j'ai débarqué dans la vie de votre fils. Suivez-moi, elle est dans la garde-robe de tante Irène.

— Je suis impatiente de la voir. J'ai cuisiné Chantale, mais elle n'a rien voulu me dire.

Sophie sort une grande boîte de carton glacé à deux mains et la dépose sur le lit avec précaution. Elle l'ouvre, relève le papier de soie qui protège sa robe, la prend et la place devant elle en souriant.

— Wow ! Elle est magnifique… une vraie robe de princesse.

— Elle est exactement comme dans mes rêves. Je me ferai remonter les cheveux et j'aurai un bouquet de gardénias blancs.

— J'ai hâte d'y être.

— Pas autant que moi ! Je ne remercierai jamais assez Chantale de m'avoir fait connaître ces boutiques de vêtements usagés. Je n'aurais jamais eu les moyens de me payer cette robe à plein prix.

— Ce n'est pas écrit dessus qu'elle a déjà été portée. Vas-tu la garder après ton mariage ?

— J'ai bien envie de vous dire oui, mais à quoi ça me servirait à part de sacrifier de l'espace de rangement et de priver une autre fille de la porter ?

— Moi, lui confie Geneviève, j'ai encore la mienne, et ça doit faire au moins quinze ans que je ne l'ai pas sortie de sa boîte. De toute façon, il y a longtemps que je ne rentre plus dedans. Tu sais quoi ? Je vais m'en débarrasser avant la fin de l'année.

Sophie remet sa robe dans sa boîte et la referme avec précaution, comme s'il s'agissait d'un trésor, ce qui n'est pas très loin de la vérité parce que c'est le premier vêtement qui correspond en tous points à ce qu'elle voulait.

— Merci de me l'avoir montrée, je me sens choyée. Avant que j'oublie, j'aimerais que Richard et toi vous me donniez des suggestions de cadeaux de mariage. Henri a décidé de vous donner de l'argent, mais moi, je tiens à vous offrir quelque chose que vous aimerez et qui vous rappellera le jour de votre mariage.

Émue, Sophie s'approche de sa future belle-mère et lui fait la bise sur une joue.

— J'en parle avec Richard et je vous reviens très vite.

— Pourvu que ce soit avant Noël, ça m'ira. Tu comprends, je veux avoir le temps de trouver ce qu'il y a de mieux pour vous.

Elles reviennent au loft juste à temps pour le digestif.

— Merci à mon frère et à ma future belle-sœur pour le délicieux souper, dit Chantale en levant son verre. Un jour, il faudra que vous m'appreniez.

— C'est quand tu veux, riposte Richard.

— Pas tant que je vivrai dans un trois et demie. Même en nous tassant, je ne pourrais pas tous vous asseoir.

— Coudonc, intervient Rémi, est-ce que tu restes dans une boîte d'allumettes ?

Sa remarque provoque un rire collectif.

— Ne me dis pas que tu as déjà oublié ce que je t'ai dit ce matin ! Je reste dans un immeuble de vingt-quatre logements, au quatrième étage. J'ai un balcon plus petit que la table et il me suffit de me promener dans le corridor pour savoir ce que mes voisins mangent pour souper. Les murs sont en carton, au point que je peux écouter une émission de télévision sans ouvrir la mienne.

— Mais tu ne m'as jamais parlé de la grandeur de ton appartement, rétorque Rémi.

— C'est bien trop vrai ! Qui veut jouer aux cartes ?

— Moi ! s'écrie son petit frère. À la bataille !

— Prépare-toi à perdre parce que je suis en feu.

28

Carole s'immobilise lorsqu'elle aperçoit quelqu'un assis au pied de l'escalier pour monter à leur appartement.

— Dis-moi que ce n'est pas Antoine ! lance-t-elle.

— À la distance qu'on est, je ne peux même pas te confirmer si c'est un homme ou une femme, répond Maryse.

— J'espère que ce n'est pas lui !

— Si jamais c'est lui, j'appellerai la police. Viens !

— Et moi je me sauve en courant. Je t'en supplie, va voir qui c'est. Je vais t'attendre ici. Plus j'avance, plus j'ai peur que ce soit lui.

— C'est peut-être Robert, ajoute Maryse. Si c'est lui, je le frappe.

— Moi, je le tiendrai, dit Carole. Allons plutôt manger au restaurant, c'est moi qui invite.

— Pas avant de savoir qui est devant chez nous. Qui que ce soit, j'aime mieux le voir à la clarté qu'à la noirceur. Allez, avance. Je préfère savoir à qui on a affaire plutôt que de m'imaginer les pires scénarios. Maudits hommes !

Plus elles approchent, plus le cœur de Carole se serre. Si elle se retrouve devant Antoine, elle hurlera pour ameuter tout le quartier. Elle plisse les yeux dans l'espoir de reconnaître l'homme dont la présence l'inquiète de plus en plus. Difficile à dire parce qu'il a la tête baissée. Les filles s'arrêtent à quelques pas de l'escalier et cherchent à savoir l'identité de la personne qui se trouve là. C'est alors que leur visiteur se lève et leur fait son plus beau sourire.

— Bonjour, Carole ! lance-t-il d'une voix enjouée. Désolé de t'avoir fait peur. Richard avait raison, j'aurais dû annoncer ma visite.

Carole met quelques secondes à réaliser ce qui arrive.

— Mike ? C'est bien toi ?

— En chair et en os. Je voulais te faire une surprise. Je suis venu passer la fin de semaine avec toi, mais si ça t'embête, je m'en vais tout de suite.

Carole s'approche et lui tend la main. Il se lève et la saisit en ne la quittant pas des yeux. Restée à l'écart, Maryse se sent très vite de trop. Elle pourra enfin mettre un visage sur celui qui a pris le cœur de sa meilleure amie.

— Ne vous dérangez pas pour moi, je monte me changer en vitesse et je vous laisse la place. Au fait, moi, c'est Maryse.

— Enchanté ! lui dit-il sans quitter Carole des yeux. À plus tard, j'espère !

— Forcément ! J'habite ici.

Elle monte les marches à une vitesse folle et disparaît dans l'appartement.

— C'est le plus beau jour de ma vie, dit Carole. Tu ne pouvais pas me faire plus plaisir.

— Pareil pour moi. Veux-tu qu'on aille marcher ?

— On sera plus tranquilles en haut. Viens !

Mike attrape son sac de voyage sans lui lâcher la main et la suit. Elle est exactement comme dans son souvenir et ça lui enlève une épine du picd. Il lui arrivait parfois de se dire qu'il s'accrochait peut-être à des chimères. Qu'il avait embelli leur brève rencontre. Qu'elle n'avait pas ressenti la même chose que lui. Ces jours-là, il redoublait d'ardeur à l'ouvrage dans l'espoir de chasser ses mauvaises pensées.

Maryse sort de l'appartement au moment où ils arrivent devant la porte. Elle regarde Mike droit dans les yeux pendant quelques secondes et lui dit :

— J'ai confiance en toi, ne me déçois pas.

L'instant d'après, elle descend l'escalier et leur crie une fois en bas :

— Bonne soirée, les amoureux !

Carole et Mike éclatent de rire avant de disparaître dans l'appartement. Ils ont beaucoup de temps à rattraper.

* * *

— Veux-tu connaître la bonne nouvelle ? lui demande Richard.

— Ne me dis pas que Mike a téléphoné ? répond Sophie.

— Non, mais je ne suis pas inquiet pour lui. C'est Marc. Il vient de m'appeler pour m'annoncer qu'il a laissé Mireille hier soir. Il paraît qu'elle lui a fait une crise monumentale. Au point qu'il a failli changer d'idée à un certain moment. Quand elle a vu qu'il commençait à ramollir, elle est redevenue toute mielleuse. C'est à ce moment qu'il s'est rappelé pourquoi il voulait la quitter. Il a pris son courage à deux mains et lui a dit qu'il ne serait jamais sa marionnette. Crois-le ou non, elle lui a crié des bêtises par la tête et l'a suivi jusqu'au coin de la rue. Il a accéléré le pas sans se retourner.

— Wow ! Il a toute mon admiration. Pour avoir vécu une situation semblable, je peux te dire que ce n'est pas simple de sortir des griffes de quelqu'un qui te manipule. J'espère que Mireille ne sera pas aussi tache qu'Antoine.

— Est-ce que ton ex t'a fait des misères ?

— Encore plus que tu penses, mais c'est de l'histoire ancienne et je préfère ne pas remuer ce genre de souvenirs.

Son amoureuse lui fait son plus beau sourire. Richard l'attire à lui et l'embrasse. Il suffit de quelques secondes pour que la passion les gagne et autant pour que Sophie le pousse doucement.

— Dis-toi que ce sera encore meilleur après le souper, lui dit-elle d'une voix sensuelle. D'abord, je suis morte de faim et, ensuite, on a un tas de choses à discuter pour notre mariage.

— Il me semble que ça pourrait attendre un peu, tente Richard.

— Je te rappelle que tu me fais le même coup depuis une semaine. Pas ce soir, mon beau. Le travail avant le plaisir. As-tu prévu quelque chose pour le souper ?

— Pas encore, mais je veux bien m'en occuper pendant qu'on réglera tout ce qui presse pour notre mariage.

— Le temps d'aller chercher mon livre de bord et je te rejoins.

Richard est mal placé pour se plaindre. Sophie a pris l'organisation de leur mariage en main et elle le consulte pour chacune des décisions, incluant les plus anodines. C'est la moindre des choses qu'il réponde présent lorsqu'elle sollicite son attention. Après tout, il s'agit aussi de son mariage et non de celui d'un pur étranger.

Ils règlent la moitié des points au programme en quelques minutes. Alors que Sophie allait ouvrir la bouche pour passer au suivant, le téléphone sonne. Elle s'empresse d'aller répondre.

— C'était tante Irène. Le facteur a laissé une lettre pour moi. Me permets-tu d'aller la chercher ? Il n'y a aucune adresse de retour inscrite sur l'enveloppe.

— Prends le temps qu'il faut.

— Je n'ai pas l'intention de traîner.

Richard sort une poêle et y dépose un gros carré de beurre. Il reste assez de viande hachée pour faire deux hamburgers. Il les accompagnera de frites maison et d'une salade verte pour faire plaisir à Sophie. Il sort la poche de patates et choisit les plus grosses. Il préfère de loin les longues frites depuis qu'il est tout petit. Ça lui a d'ailleurs valu plusieurs boutades, même de la part de sa douce le jour où elle l'a vu choisir uniquement les plus longues. Il sort l'huile et la casserole dédiée à la friture. Alors qu'il s'apprête à la verser, la porte s'ouvre sur Sophie.

— Déjà ? s'étonne-t-il.

— Je préfère l'ouvrir ici. Elle est probablement de mes parents, ils ne mettent jamais l'adresse de retour.

Richard s'approche et l'entraîne jusqu'au divan. Les mauvaises nouvelles sont plus faciles à avaler quand on est assis confortablement. Si l'heure n'était pas aussi grave, il rirait de ce qui vient de lui passer par la tête. Il devrait savoir que rien ne peut annuler l'effet d'une mauvaise nouvelle.

Sophie ouvre l'enveloppe qui lui est adressée et sort l'unique feuillet qu'elle contient. Encore un signe propre à ses parents. Ce sont des gens de peu de mots et c'est un pâle reflet de la réalité. Elle le déplie et se met à rire comme une malade quand elle lit l'unique phrase qui y est inscrite.

Vous devrez vous marier sans nous… Nous n'avons pas de fille.

Richard aimerait bien savoir pourquoi sa blonde réagit ainsi, mais il prend son mal en patience. L'instant d'après, Sophie lui tend sa brève, mais percutante, missive. Il la lit et il a envie de hurler alors qu'elle rit maintenant aux larmes. Il la prend par le cou et elle appuie la tête sur son épaule. L'instant d'après, elle pleure comme un bébé. Elle s'attendait à tout de la part de ses pseudo-parents, mais pas à ça. Cette fois, ils ont rompu définitivement le lien fragile qui l'unissait encore à eux.

— Il fallait bien que ça arrive un jour, dit-elle entre deux sanglots, je suis officiellement orpheline de père et de mère. Que le diable les emporte !

Sophie ignorait qu'on pouvait avoir aussi mal de devoir faire son deuil de gens qui ne méritaient pas qu'elle leur accorde la moindre importance. Elle se lève et tend la main à Richard.

— Allons manger, maintenant !

Indécis quant à la meilleure façon de se comporter, Richard la suit sans rien ajouter. Une fois à la cuisine, il l'informe du menu et se met à faire cuire tout ce dont il a besoin pour le souper.

— Madame sera servie dans une vingtaine de minutes.

— Merci d'être là pour moi, mon amour.

— Tu pourras toujours compter sur moi.

***

Jusqu'à maintenant, Henri a tenu sa promesse de prendre Rémi en charge et Geneviève en est fort aise. Elle avait grand besoin de troquer le rôle du bourreau contre celui du parent conciliant. Il ne s'en vantera pas, mais disons que ça tombait plutôt bien que son fils ait besoin de lui parce qu'il commençait à avoir la langue à terre à force de travailler douze heures par jour. Au grand étonnement de Richard, il a même refusé de commencer un nouveau jardin en sachant qu'ils ne pourront pas le terminer avant la première neige. Bonne nouvelle, André et Mike ont accepté de travailler pour leur entreprise d'arrosage des plantes intérieures. Ils ont tenu une première rencontre avec Richard avant-hier et ils ont apporté plusieurs nouvelles idées. Reste à espérer qu'ils y trouveront leur compte, bien que ce soit beaucoup moins physique que le paysagement.

Henri a très hâte de partir en vacances avec Geneviève. Histoire d'amoindrir le pouvoir que Rémi s'exercera à avoir sur Colette pendant leur absence, ils ont demandé à Adrien de venir la remplacer quelques heures de temps en temps. Il le fera avec plaisir, et fermeté. Il est trop tôt pour crier victoire, mais depuis qu'ils sont allés manger chez Richard, Rémi file doux. Est-ce à cause de ce que Sophie lui a raconté sur ses parents ? Tant mieux si c'est le cas. Autrement, Henri a l'intention de profiter de cette accalmie le temps qu'elle durera.

Il s'installe à sa table à dessin. Il a encore beaucoup de boulot à abattre avant de s'envoler pour Paris. La dernière saison s'inscrit parmi les plus rentables sur le plan financier et les plus profitables en matière de publicité. Les jardins réalisés par son équipe et lui ont généré tellement de commentaires positifs que le carnet de commandes est déjà rempli pour l'an prochain. Une première pour l'entreprise. Avec un peu de chance, il aura le temps de faire le croquis des six premiers jardins qu'ils transformeront l'an prochain. Richard poursuivra le travail pendant son absence. Le connaissant, Henri risque de ne reconnaître aucune de ses idées de départ. Ce ne sera pas nouveau. Son fils excelle dans l'art d'inventer un jardin moderne, accessible à un plus grand nombre de clients par son coût raisonnable et facile à entretenir pour le commun des mortels.

La sonnette de la porte avant le sort brusquement de ses pensées.

— Bonjour ! J'ai une lettre recommandée pour M. Henri Gervais. Merci de signer ici.

Il retourne s'asseoir à sa table à dessin et sourcille lorsqu'il voit le nom d'un bureau de notaires dans le coin gauche. Il ouvre l'enveloppe et lit le texte en diagonale.

… Merci de vous présenter à la lecture du testament de Mme Anna De Koninck le…

Être couché sur son testament était la dernière chose qu'il souhaitait. Son fils a été très chic avec lui au salon funéraire, mais rien ne garantit qu'il le sera autant quand il saura ce que sa mère lui a légué. Cette situation le met très mal à l'aise.

29

Marguerite est retournée se coucher après le déjeuner; une exception dans son cas. Elle était tellement énervée hier soir à l'idée de passer la fin de semaine avec ses filles qu'elle a dormi sur le poil des yeux. Résultat: elle avait peine à rester éveillée. Et si Adrien n'était pas allé la réveiller à trois heures et demie, qui sait à quelle heure elle se serait levée.

— Accorde-moi cinq minutes, lui dit-elle en bâillant.

— Pas plus si tu ne veux pas faire attendre Geneviève. Elle sera ici dans une heure.

— Je serai prête.

Elle se frotte les yeux avec insistance et s'assoit sur son lit. Dormir le jour ne lui a jamais réussi. C'est pourquoi elle évite de le faire, sauf en cas de force majeure comme aujourd'hui. La fin de semaine est chargée et ce n'est pas le moment de traîner de la patte. Pas après tous les efforts qu'elle a faits pour organiser une fin de semaine mémorable pour ses filles. Elle se lève et va prendre une douche. Quelques minutes suffisent pour la ragaillardir. Elle sort, s'enroule dans sa serviette de bain et retourne dans sa chambre. Heureusement qu'elle a préparé sa valise la veille de même que les vêtements qu'elle portera ce soir. Elle sourit. Elle a tellement rêvé de cette fin de semaine qu'elle voudrait qu'elle passe au ralenti.

Une fois habillée et maquillée, elle rejoint Adrien au salon.

— Vous êtes en beauté, madame ! lui dit-il lorsqu'il la voit. J'ai mis ta valise près de la porte. J'espère que tu n'as pas changé d'idée pour demain soir !

— Absolument pas ! Les filles seront contentes de te voir.

Elle fait les cent pas dans le salon sous l'œil amusé d'Adrien. Il est rare qu'elle soit aussi nerveuse.

— Arrête de t'en faire, lui dit-il, tout va bien se passer.

— Frédéric m'a dit la même chose hier. C'est plus fort que moi. J'ai peur que les filles trouvent la journée de demain pas mal rock'n'roll.

— J'adorerais être à leur place. Depuis le temps qu'elles savent que tu te promènes en autobus pour trouver quelqu'un d'inspirant pour tes histoires, il me semble qu'elles seront heureuses de vivre l'expérience en ta compagnie et celle de Frédéric. Ce matin, je me suis mis à penser qu'aucune de nos filles n'a hérité de ton talent en écriture. Pas plus que nos garçons. Je suis impatient de savoir si l'une d'elles choisira d'écrire.

— Remarque que j'ai ma petite idée là-dessus.

— N'empêche que j'aimerais être un petit oiseau et vous épier.

Marguerite lui sourit. Elle a beaucoup de chance de l'avoir. Il l'encourage dans tout ce qu'elle entreprend.

— Ne vous dérangez pas, s'écrie Geneviève, ce n'est que moi.

Elle les rejoint au salon et demande à sa mère si elle est prête.

— On sera en avance de quelques minutes, mais je me suis dit que ce serait préférable que vous soyez déjà sur place quand les filles arriveront. On y va ?

Adrien les accompagne jusqu'à la porte. Il les embrasse toutes les deux et leur souhaite une très belle fin de semaine.

À leur grande surprise, Annie, Marie, Lyne et Myriam sont déjà là quand elles font leur entrée dans la réception de l'Hôtel Loews Le Concorde. Elles sont en feu et ça plaît beaucoup à Marguerite. Elle passe au comptoir pour confirmer leur arrivée et prend les deux clés que la réceptionniste lui tend. Elles prennent l'ascenseur et montent à l'étage où elles passeront les deux prochaines nuits. Elles se coupent la parole, parlent et rient fort. Elles attendaient ce moment avec impatience.

— Allez-vous finir par nous dire ce qui va se passer? lui demande Myriam.

— Faites-moi confiance, répond Marguerite, je vous promets que vous ne le regretterez pas. Dès qu'on sera dans nos chambres, je vous donnerai le programme de la soirée.

— Il n'y a que vous pour nous tenir en haleine pendant des semaines, lance Lyne. Étiez-vous au courant que je rêvais de dormir au Concorde?

— Je croyais que le Château Frontenac te comblait, lui répond sa mère.

— Oui, sauf que ça fait du bien de sortir de notre quotidien de temps en temps. Sans vouloir me plaindre, la vie de château n'a jamais été mon fort.

— À qui le dis-tu? renchérit Annie. Il y a des nuits où j'en ai marre de servir les mieux nantis de ce monde. Pour tout vous dire, je m'ennuie des gens vrais.

Marguerite prend les devants quand l'ascenseur s'immobilise à l'étage de leurs suites. Elle débarre la première porte et s'écarte pour laisser entrer ses filles. Les *Oh!* et les *Wow!* fusent à mesure qu'elles avancent dans la suite. Leur mère va ouvrir la porte communicante et les invite à visiter l'autre.

— Vous avez loué deux suites pour nous? la questionne Marie.

— Oui, et je vous interdis de parler d'argent en fin de semaine.

— Chère maman, ajoute Myriam, vous êtes une vraie magicienne.

— Profitez-en pendant que je suis là, dit Marguerite. Il y a trois places dans chaque suite. Vous n'aurez qu'à me dire dans laquelle je dors. Pour la suite des choses, vous disposez de deux heures exactement pour vous préparer pour aller souper. Tenue de ville chic ou décontractée.

La première chose qu'elles savent, c'est que le temps accordé est écoulé.

— Pas besoin de mettre votre manteau, les avise Marguerite, j'ai réservé à l'Astral.

Nouvelle flopée de *Oh!* et de *Wow!*, pour le plus grand plaisir de l'organisatrice. Toutes sont enchantées par son choix de restaurant. De toute sa vie, jamais Marguerite n'a reçu autant de remerciements de la part de ses enfants et ce n'est que le début étant donné tout ce qui les attend. Aussitôt qu'elle est entrée dans l'hôtel, toutes ses peurs de l'échec l'ont abandonnée en une fraction de seconde.

Avant qu'elles quittent le restaurant, Marguerite leur demande d'être prêtes pour dix heures demain matin.

Les surprises qu'elle leur réserve le lendemain font le bonheur de ses cinq filles. C'est à son tour d'être surprise lorsque trois de ses filles choisissent d'écrire alors que Myriam et Annie tentent leur chance du côté de la peinture. Elles rient comme des folles au moment de partager le fruit de leur travail. Elles ne sont pas près d'oublier cette magnifique journée. Ni l'apport de Frédéric.

Lorsqu'elles descendent pour aller souper, elles croient rêver lorsqu'elles aperçoivent leur père assis sur un des divans à la disposition de la clientèle. Quand il leur dit qu'il les invite au restaurant, elles lui sautent au cou à tour de rôle. C'est la première fois qu'elles sortent en solo avec leurs parents depuis qu'elles sont adultes. Adrien les bombarde de questions sur leur journée et elles se plient volontiers au jeu.

Une fois de retour dans leurs suites, Marguerite les nomme responsables de l'organisation de la journée du dimanche, à ses frais, il va sans dire. Au lieu d'aller dormir, elles se retirent dans l'autre suite et font ce qu'il faut pour en mettre plein la vue à leur mère. Elle va de surprise en surprise. Le choix des filles lui confirme à quel point elles l'aiment et combien elles s'intéressent à elle. Tout ce qu'elles ont choisi correspond à ses goûts et leur geste la touche au plus profond de son être. Afin de clore leur fin de semaine de rêve – c'est ainsi qu'elles l'ont baptisée –, elles vont prendre le thé au Château Frontenac. Lyne commande une tarte au citron pour l'accompagner.

— Mille mercis, les filles, pour la merveilleuse fin de semaine que j'ai passée en votre compagnie, leur dit Marguerite. Grâce à vous, je me suis fabriqué une foule de nouveaux et beaux souvenirs.

De la même auteure

UN BONHEUR À BÂTIR

par Rosette Laberge

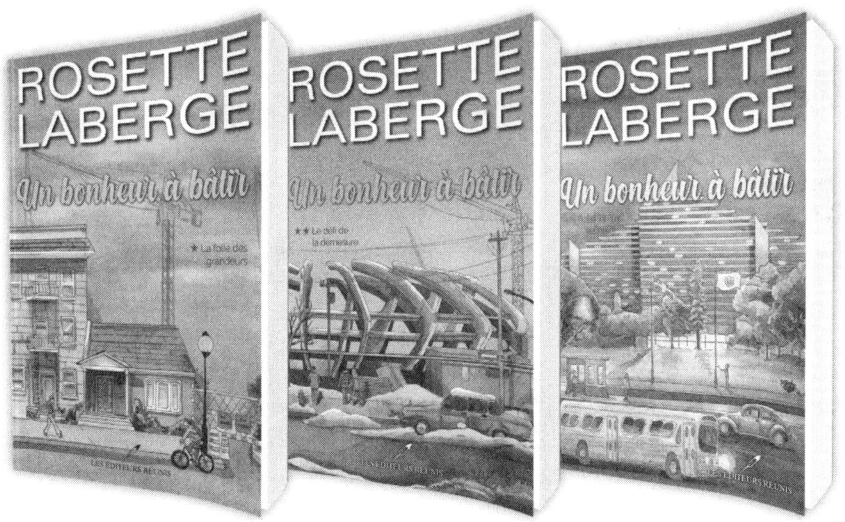

★ La folie des grandeurs

★★ Le défi de la démesure

★★★ Le temps compté

La fresque flamboyante d'une famille portée par les ailes d'un bonheur exaltant.

Encore plus chez Les Éditeurs réunis

Vous avez aimé *Secrets de famille*?
Vous apprécierez sûrement les titres suivants:

Les amours défendues
Michèle B. Tremblay

Chicoutimi, 1949. N'ayant jamais pris mari, Juliette Villeneuve vit toujours avec sa mère, dont elle prend soin alors qu'elle est mourante. Quand elle fait appeler un prêtre pour lui administrer les derniers sacrements, la vieille fille reconnaît son amour de jeunesse. Forcé par ses parents à rejoindre les ordres, Joseph Lajoie l'avait quittée vingt ans plus tôt, sans savoir qu'elle portait son enfant et qu'elle s'était vue contrainte de l'abandonner à la naissance.

À la suite de cette troublante rencontre, les deux anciens tourtereaux s'aperçoivent que, malgré le passage des années, ils éprouvent encore des sentiments l'un pour l'autre. Mais le statut d'homme d'Église de Joseph continue de se dresser entre eux. Comment Joseph et Juliette pourraient-ils même envisager de raviver leur relation, alors que le premier s'est destiné à la prêtrise et que l'autre demeure profondément blessée après avoir donné leur fille illégitime en adoption?

Et pourtant, l'espoir refuse de disparaître en leur cœur, nourri par cet amour défendu qui les unit…

Visitez lesediteursreunis.com pour plus de détails.

Un choix déchirant

Éliane Saint-Pierre

Montréal. L'année 1949 tire à sa fin lorsque Cécile Masson, vendeuse de chapeaux chez Dupuis Frères, rencontre Hubert Dansereau, un jeune bourgeois du carré Saint-Louis. Au début, il n'est à ses yeux qu'un client dérangeant, mais tout changera au moment où, de manière inattendue, elle le recroisera et le verra sous un jour différent. Dès lors, le jeune homme hantera ses pensées.

Le destin pavera la route à une nouvelle rencontre, décisive. Cécile et Hubert, sans plus résister, vivront une passion dévorante jusqu'à faire accepter l'idée de leur mariage. En effet, leurs familles respectives n'approuvent pas l'union de ces deux êtres n'appartenant pas au même milieu social.

Au comble du bonheur, Cécile ose toutefois faire une dernière demande à Hubert avant de l'épouser. Jamais elle n'aurait pu imaginer les conséquences d'une simple requête… Du jour au lendemain, Hubert est transformé et leur avenir compromis. Il faudra une immense résilience à Cécile, tout comme à son fiancé, pour assumer le choix déchirant auquel la vie les oblige.

Visitez lesediteursreunis.com pour plus de détails.

MARQUIS

Québec, Canada